JAMES MCBRIDE

HIMMEL & ERDE

Roman

Aus dem amerikanischen Englisch
von Werner Löcher-Lawrence

btb

Für Sy Friend, der uns alle
die Bedeutung von Tikkun Olam gelehrt hat

INHALT

TEIL I WEG 9
1 Der Orkan 11
2 Ein schlechtes Zeichen 15
3 Zwölf 29
4 Dodo 51
5 Der Fremde 66
6 Challa 77
7 Ein neues Problem 93
8 Paper 104
9 Das Rotkehlchen und der Spatz 118
10 Der Skrup-Schuh 141
11 Weg 161

TEIL II GEKRIEGT 175
12 Monkey Pants 177
13 Cowboy 189
14 Zweierlei Gewicht und zweierlei Maß 203
15 Der Wurm 222
16 Der Besuch 239
17 Der Ochsenfrosch 250
18 Der Hotdog 264

TEIL III DIE LETZTE LIEBE 275

19 Die Lowgods 277
20 Das Antes-Haus 299
21 Die Murme 316
22 Ohne ein Lied 329
23 Bernices Bibel 343
24 Der Entenjunge 354
25 Der Deal 374
26 Der Job 384
27 Der Finger 397
28 Die letzte Liebe 409
29 Auf die Zukunft warten 426

EPILOG 451

DANK 459

EDITORISCHE NOTIZ 463

TEIL I

WEG

1
DER ORKAN

Es gab da einen alten Juden, der bei der alten Synagoge oben auf dem Chicken Hill in Pottstown, PA, wohnte, und als die Pennsylvania State Troopers unten in einem alten Brunnen bei der Hayes Street ein Skelett fanden, gingen sie als Erstes zu ihm. Das war im Juni 1972, einen Tag, nachdem ein Bauträger die Häuser an der Hayes Street hatte einreißen lassen, um Platz für neue Reihenhäuser zu schaffen.

»Wir haben auch eine Gürtelschnalle und einen Anhänger im Brunnen gefunden«, sagten die Polizisten, »und ein paar Stofffetzen von einem roten Anzug oder einer Jacke, wie das Labor meint.«

Sie holten den Anhänger hervor, gaben ihn ihm und fragten, um was es sich dabei handelte.

»Das ist eine Mesusa«, sagte der alte Mann.

»Sieht aus wie das Ding da an Ihrer Tür«, sagten die Cops. »Gehört so was nicht an eine Tür?«

Der alte Mann zuckte mit den Schultern. »Jüdisches Leben ist wandelbar«, sagte er.

»Die Inschrift hinten drauf lautet: ›Zuhause des größten Tänzers dieser Welt.‹ Auf Hebräisch. Sprechen Sie Hebräisch?«

»Sehe ich aus, als spräche ich Suaheli?«

»Beantworten Sie unsere Frage. Sprechen Sie Hebräisch oder nicht?«

»Manchmal kommt es mir in den Kopf.«
»Und Sie sind Malachi, der Tänzer, richtig? So heißt es hier. Man sagt, Sie sind ein großer Tänzer.«
»War ich mal. Ich habe es vor vierzig Jahren aufgegeben.«
»Was ist mit der Mesusa? Sie passt zu der an Ihrer Tür. War das nicht mal ein jüdischer Tempel?«
»So ist es.«
»Wem gehört er jetzt?«
»Wem gehört hier irgendwas?«, fragte der alte Mann. Er nickte zu der riesigen im Licht schimmernden Privatschule hinüber, die man durchs Fenster sehen konnte. Der Tucker School. Stolz erhob sie sich hinter einem schmiedeeisernen Tor auf der Anhöhe mit gepflegten Rasenflächen, Tennisplätzen und glänzenden Unterrichtsgebäuden, eine monströse Bastion anmaßender Eleganz, die wie ein Phönix über dem maroden Viertel Chicken Hill erstrahlte.
»Seit dreißig Jahren versuchen die, mich hier rauszukaufen«, sagte der alte Mann.
Er grinste die Cops an, hatte aber praktisch keine Zähne mehr, nur noch einer hing ihm wie etwas Butter am oberen Zahnfleisch, was ihn wie ein Erdferkel aussehen ließ.
»Sie sind tatverdächtig«, sagten die Polizisten.
»Verdächtig, verhächtig«, sagte der Alte mit einem Schulterzucken. Er war weit jenseits der achtzig, trug eine alte graue Weste, ein zerknautschtes weißes Hemd mit einer Reihe alter Kugelschreiber vorne in der Tasche, einen knittrigen Tallit um die Schultern und eine ähnlich zerknitterte Hose, doch als er in die Tasche dieser Hose griff, taten seine knotigen Hände das mit einer Gewandtheit und Schnelligkeit, dass die State Troopers, die

meistens damit beschäftigt waren, Traktoren mit Anhängern von der nahen Interstate 76 zu holen und bei Verkehrsstaus hübsche Hausfrauen mit ihren rot blinkenden Bubble-Gum-Lichtern und strengen Vorträgen zur öffentlichen Sicherheit zu beeindrucken, erschreckt zurückwichen und die Hände an ihre Waffen legten. Aber der alte Mann holte nur noch mehr alte Kulis hervor. Einen bot er den Cops an.

»Nein, danke«, sagten die.

Sie liefen noch etwas herum und verschwanden dann mit dem Versprechen zurückzukommen, wenn sie das Skelett aus dem Brunnen geborgen und den möglichen Tatort etwas genauer untersucht hätten. Dazu kam es jedoch nicht, da Gott am nächsten Tag die Hände um den Chicken Hill legte und das letzte bisschen Gerechtigkeit aus dem armseligen Ort quetschte. Orkan Agnes kam daher und legte vier Countys lahm. Der nahe Schuylkill River stieg auf eine Höhe von zwei Meter zehn. Wie die alten schwarzen Frauen vom Chicken Hill erzählten, sprangen die Weißen unten in Pottstown von ihren Dächern, als wäre es die Titanic. All die schicken Häuser wurden weggefegt wie Staub. Der Sturm tötete alles, was er berührte. Ertränkte jeden Mann, jede Frau und jedes Kind, das in ihn geriet, zerstörte Brücken, Fabriken und Farmen und verursachte Millionenschäden – Millionen über Millionen, wie die Weißen sagen. Millionen über Millionen. Nun, für uns Schwarze auf dem Chicken Hill war es nicht mehr als ein weiterer Tag, an dem wir uns vorm Übel des weißen Mannes wegduckten. Was den alten Juden und seinesgleichen auf dem Hügel anging, die bekamen all die Zeit zurück, die ihnen gestohlen worden war. Und die Jüdin, der sie unrecht getan hatten, Miss Chona, auch sie erfuhr

Gerechtigkeit, denn der König der Könige belohnte sie für alles Gute, das sie getan hatte, erhob sie und erfüllte ihre Träume von einem Moment auf den anderen, wie nur Er es kann. Der schlimme Narr, der sich Menschensohn nannte, er ist lange fort aus diesem Land. Und der Junge, Dodo, der Taube, er überlebte. Wegen ihm haben sie das Camp oben in Montgomery County errichtet, die Juden. Theaterbesitzer waren sie, Gott segne sie. Und die Cops und die Wichtigtuer, die hinter den Juden her sind wegen der Leiche in dem alten Brunnen, die finden rein gar nichts mehr gegen sie. Denn Gott hat reinen Tisch gemacht und alles, den Brunnen, den Wasserspeicher, das Milchvieh, das Skelett und jeden noch so winzigen Fitzel, der sich gegen die Juden richten könnte, runter in den Manatawny Creek gespült, der komplett alles von dem Wer-hat-John-erschossen-Unsinn in den Schuylkill beförderte, mit dem die ganze Chose in die Chesapeake Bay unten in Maryland gelangte und von da hinaus in den Atlantik. Und da treiben die Knochen dieses verdammten Halunken, dessen Name es nicht verdient, über meine Lippen zu kommen, heute noch herum. Auf dem Grund des Ozeans, und die Fische knabbern dran rum, und der Teufel zählt die Punkte mit.

Was den alten Malachi betrifft, die Cops werden ihn niemals finden. Als der Wirbelsturm abgezogen war, kamen sie zurück, doch da war er lange schon weg. Ließ ein, zwei Sonnenblumen im Garten zurück, mehr nicht. Der alte Mr Malachi kam davon. Er war der Letzte von ihnen. Der letzte Jude in der Gegend. Der Junge war ein Zauberer. Was Besonderes. Und er konnte tanzen ... Gott ... Der Junge war wunderbar.

Masel tov, mein Schatz.

2
EIN SCHLECHTES ZEICHEN

Siebenundvierzig Jahre bevor die Bauarbeiter das Skelett in dem alten Bauernbrunnen auf dem Chicken Hill entdeckten, hatte ein jüdischer Theatermanager namens Moshe Ludlow in Pottstown, Pennsylvania, eine Erleuchtung. Moshe hatte diese Erleuchtung an einem Montagmorgen im Februar, als er, nach einem einmaligen Auftritt von Chick Webb, sein All-American Dance Hall & Theater in der Main Street sauber machte. Webb und seine fulminante zwölfköpfige Band hatten den größten Musical-Abend hingelegt, den Moshe je erlebt hatte, ausgenommen nur das eine Mal vor zwei Monaten, als es ihm gelungen war, Mickey Katz, das brillante, aber launische Klezmer-Genie aus Cleveland, zu holen, um sein All-American Dance Hall & Theater ein komplettes Wochenende mit jüdischem Spaß für die ganze Familie zu füllen. Also, *das* war eine Sache. Katz, das Wunderkind an der Klarinette, und sein neu geformtes siebenköpfiges Ensemble trotzten einem wilden Dezemberschneesturm in den östlichen Bergen Pennsylvanias, um es zu ihrem Auftritt zu schaffen, und Gott sei Dank taten sie das, denn Moshe zählte zweihundertneunundvierzig jüdische Schuhverkäufer, Ladenbesitzer, Schneider, Schmiede, Eisenbahnmaler, Feinkostladenbesitzer und ihre Frauen aus unterschiedlichen Staaten, einschließlich Upstate New York und Maine, die zu dem Konzert kamen. Es waren sogar vier Paare aus Tennessee da, die drei Tage lang durch die Blue Ridge Mountains gefahren waren, sich von Käse und Eiern ernährt und aufs Koscher-Sein am Sabbat verzichtet hatten, um mit ihren Judenfreunden zusammen zu sein – und das auch noch direkt vor Chanukka, zu dem sie für acht Tage alle zu Hause sein und Kerzen entzünden sollten. Gar nicht zu reden von einem der Ehemänner, der ein Fanatiker war und glaubte, der Fastentag Tisha B'Av, der normalerweise im Juli oder August begangen wurde, sollte zweimal und nicht nur einmal im Jahr gefeiert werden, was bedeutete, im Dezember im Haus zu bleiben, zu hungern, die Wände drei Wochen lang mit Blumenbildern zu bedecken und so dem Schöpfer für seine Großzügigkeit zu danken, den Juden Osteuropas dabei zu helfen, vor den Pogromen in den relativen Frieden und Wohlstand des gelobten Landes Amerika zu fliehen. Dank ihm, dem fanatischen Ehemann, und dem Wetter waren alle vier Paare überaus mies gelaunt, als sie ankamen. Sie hatten sich in zwei uralte Packards gezwängt, einer war ohne Heizung, und durch den wilden Schneesturm gekämpft. Und als sie hörten, dass noch mehr Schnee kommen sollte, verkündeten sie, sie wollten gleich wieder fahren, doch Moshe redete es ihnen aus. Das war seine Gabe. Moshe konnte dem Teufel die Hörner vom Kopf reden. »Wie oft im Leben hat man die Chance, ein junges Genie zu hören?«, sagte er. »Es wird das größte Erlebnis eures Lebens sein.« Er brachte sie in sein winziges Zimmer in einem Wohnheim auf dem Chicken Hill, einem Viertel mit wackligen Häusern und unbefestigten Straßen, in dem die Schwarzen, die Juden und eingewanderten Weißen der Stadt wohnten, die sich nichts Besseres leisten konnten, setzte sie vor seinen bullernden

Holzofen, füllte sie mit warmem Eistee und gefilte Fisch und heiterte sie mit der Geschichte seiner rumänischen Großmutter auf, die aus dem Fenster gesprungen war, um der Ehe mit einem Haskala-Juden zu entgehen – nur um auf einem chassidischen Rabbi aus Österreich zu landen.

»Sie stieß ihn in den Dreck«, rief er, »und als er aufblickte, las sie ihm aus der Hand. Also haben sie geheiratet.«

Das zauberte ihnen ein Schmunzeln und Kichern ins Gesicht, wussten doch alle, dass die Rumänen verrückt waren. Ihr Lachen in den Ohren eilte Moshe zurück zur Menge draußen im Schnee, die nervös darauf wartete, dass sich die Theatertüren öffneten.

Als Moshe über die vermatschten Straßen Chicken Hills zu seinem Theater in der Main Street ging und sah, dass die Schlange, die sich eine Stunde zuvor gebildet hatte, zu einer Menge von fast dreihundert Leuten angewachsen war, sank ihm der Mut. Zudem wurde er informiert, Katz, das launische Genie, sei angekommen und im Theater, aber äußerst schlechter Stimmung, nachdem er sich durch den schrecklichen Schneesturm habe kämpfen müssen, und er drohe damit, wieder abzufahren. Moshe rannte nach drinnen und stellte zu seiner Erleichterung fest, dass sein immer verlässlicher Helfer, ein farbiger Mann namens Nate Timblin, Katz und seine Band hinten vor den warmen Ofen gesetzt hatte und sie mit heißem Tee in Wassergläsern, koscheren frischen Eiern, gefilte Fisch und Challa bewirtete, alles ordentlich im Büfettstil angerichtet. Der junge Katz schien erfreut und verkündete, er und seine Band würden anfangen, sobald sie mit dem Essen fertig seien. Moshe ging hinaus, um die wartende Menge zu vertrösten.

Er sah, dass immer noch mehr Leute kamen, Nachzügler eilten mit Tornistern und Koffern vom Bahnhof herbei, und so griff er nach einer Leiter und stieg hinauf, um zu den Leuten zu sprechen. Er hatte in seinem Leben in Amerika noch nie so viele Juden auf einmal gesehen. Die liberalen Snobs aus Philadelphia in ihren Hemden mit geknöpften Kragen standen neben Stahlarbeitern aus Pittsburgh, die sich neben die sozialistischen Eisenbahner aus Reading mit ihren Kappen mit dem Logo der Pennsylvania Railroad drängten, die wiederum Schulter an Schulter mit den örtlichen Bergarbeitern mit ihren dunklen Gesichtern aus Uniontown und Spring City standen. Einige hatten ihre Ehefrauen dabei. Andere waren mit Begleiterinnen da, die angesichts ihrer Pelzmäntel, Lederstiefel und überwältigenden Frisuren sicher nicht mit ihnen verehelicht waren. Einer war mit einer blonden Goje gekommen, die fünfzehn Zentimeter größer als er und in ein knalliges irisches Grün gekleidet war, komplett mit einem Hut, der wie eine Kreuzung aus einem Kleeblatt und den Zacken der Krone der Freiheitsstatue aussah. Einige jammerten auf Deutsch vor sich hin, andere schwatzten auf Jiddisch miteinander. Moshe hörte bayerische Rufe und Polnisch. Als er verkündete, dass es eine kleine Verzögerung gebe, wurde die Menge noch unruhiger.

Ein gut aussehender junger Chassid mit einem Kaftan und einer Pelzmütze, einem Jutesack über der Schulter und unter die Mütze gestopften Locken – schräg auf der Seite trug er die Mütze, als wäre sie ein Fedora – verkündete, er sei den ganzen Weg von Pittsburgh hergekommen und würde mit keiner Frau tanzen. Das rief Lachen und ein paar grobe Worte hervor, einige davon auf Deutsch, über polnische Schwachköpfe, die sich wie Grünschnäbel anzögen.

Moshe war perplex. »Was machst du bei einem Tanz, wenn du mit keiner Frau tanzen willst?«, fragte er den Mann.

»Ich suche keine Tänzerin«, antwortete der gut aussehende Chassid knapp. »Ich suche eine Ehefrau.«

Die Menge lachte wieder. Später, im Bann von Katzens hinreißender musikalischer Hexerei, sah Moshe staunend zu, wie der Mann den ganzen Abend über wie ein Dämon herumwirbelte. Er tollte durch jeden Tanzschritt, den Moshe je gesehen hatte, und Moshe, der in seiner Kindheit als *Fusgeyer* – wandernder Jude – durch Rumänien gezogen war, kannte einige Tänze: Hora, Bulgar, Khosidl, Freylekhs, russische Märsche und Kosakentänze. Der Chassid war ein Wunder verwinkelter Ellbogen, ein rhythmischer Kreisel von elastischer Anmut und wilder Geschicklichkeit. Er tanzte mit jeder Frau, die in seine Nähe kam, und es gab viele. Moshe entschied später, dass der Bursche eine Art Zauberer sein musste.

Die nächsten vier Abende waren das größte, außergewöhnlichste, freudvollste jüdische Zusammentreffen, das Moshe je erlebt hatte. Er hielt es für ein Wunder, nicht zuletzt, weil beinahe alles schon vorbei gewesen wäre, bevor es überhaupt losgegangen war. Das Ganze hatte mit einer Reihe Flugblätter begonnen, die er Wochen zuvor verschickte, um den Kartenverkauf anzukurbeln. Ein jüdisches Adressbuch nutzend, in dem Synagogen und Privatunterkünfte für reisende Juden verzeichnet waren, schickte Moshe seine Informationen an jede einzelne Synagoge, jede jüdische Pension und jedes Hostel zwischen North Carolina und Maine. Die Flugblätter, auf denen er stolz verkündete, dass die große Mickey Katz Road Show für winterlichen jiddischen Spaß und Familienerinnerungen aus dem alten Land in das All-American Dance Hall & Theater komme, wurden in vier Sprachen gedruckt, Deutsch, Jiddisch, Hebräisch und Englisch. Leider nur hatte Moshe die organisatorischen Fähigkeiten jüdischer Rabbis auf dem Land fürchterlich überschätzt, und die meisten Flugblätter gingen im fortwährenden Fluss von Todesanzeigen, Bar-Mizwa-Verpflichtungen, einmaligen Verkaufsereignissen, Anfragen nach koscheren Kuhschlachtungen, Tallit-Schneidern, dem Schlichten von geschäftlichen Streitereien, Beschneidungsschlamassel und Ehearrangementschaos unter, kurz: dem täglichem Brot eines Rabbis auf dem Land. Die wenigen Seelen mit ausreichend Geistesgegenwart, Moshes Briefe mit den Flugblättern dennoch zu öffnen, trugen nicht selten noch zusätzlich zur allgemeinen Verwirrung bei, denn viele von ihnen kamen frisch aus Osteuropa und verstanden kein Englisch. Sie betrachteten jeden Brief mit einer maschinengeschriebenen Adresse als eine Art Regierungsmitteilung, mit der die sofortige Verschiffung von ihnen, ihren Familien, ihren Hunden und grünen Stempeln zurück in ihre alten Länder verfügt wurde, wo russische Soldaten mit einer Belohnung für ihre Teilnahme an der Ermordung des Zarensohnes auf sie warteten, den die Russen natürlich selbst umgebracht und dem sie obendrein noch die Augen ausgestochen hatten, aber wen interessierte das schon? Also wurden die Flugblätter weggeworfen.

Überdies hatte Moshe etlichen Gemeinden die falschen Flugblätter geschickt. Jiddische gingen an Deutsch sprechende Gemeinden. Deutsche landeten in jiddischen Schuln, in denen man Deutsch liebende Snobs hasste. Die englischen gingen an Ungarn, die, wie alle wussten, so taten, als könnten sie kein Englisch, es sei denn, Juden wurden »amerikanische Israeliten« genannt – auf Englisch. Zwei hebräische Flugblätter waren an eine polnische Gemeinde in Maine adressiert, die es nicht mehr gab. Die Grünschnäbel da oben hatten sich wahrscheinlich den Hintern, den *Toches*, abgefroren und waren irgendwo im Eis verschwunden. Ein Kaufmann in Baltimore schickte sein jiddisches Flugblatt irrtümlicherweise an die Anzeigenabteilung der *Baltimore Sun* weiter, was zu Unruhe führte, da der Anzeigenleiter den Eindruck hatte, der jüdische Bekleidungshändler aus dem Judenviertel in East Baltimore, der regelmäßig in der *Sun* inserierte, wolle nur die Jiddisch sprechenden Leser damit erreichen. Tatsächlich aber saß der freundliche Mann hinten in seinem Laden und übersetzte das Flugblatt ins Englische, als vorne im Laden ein Streit zwischen zwei Kunden ausbrach. Als er aufstand, um beruhigend einzugreifen, kam seine Jiddisch sprechende Frau nach hinten, erkannte die Worte *Baltimore Sun* auf dem mit Papieren übervollen Schreibtisch ihres Mannes, stopfte das halb übersetzte Flugblatt zusammen mit ihrem wöchentlichen Anzeigenscheck in einen Umschlag und schickte ihn an die Zeitung. Der Anzeigenleiter, der ihn bekam, war zu blöd, den Unterschied zwischen Anzeigenteil und redaktionellem Teil zu begreifen, und leitete das Ganze an die Lokalredaktion mit der Notiz weiter: »Bringt das morgen, der Jude zahlt immer«, worauf der Abendredakteur, ein frommer, wohlmeinender Katholik, es einem neunzehnjährigen ungarischen Korrekturleser gab, der auch deswegen angestellt worden war, weil er behauptete, Jiddisch zu sprechen. Der Junge schickte das schlecht übersetzte Durcheinander mit dem Hinweis »Das ist eine Anzeige« zurück an die Anzeigenabteilung, und die platzierte das Ganze dann in Großbuchstaben auf Seite B-4, und zwar an einem Samstag, dem letzten Tag des Sukkot, mit dem das Einbringen der Ernte und der wunderbare Schutz gefeiert wird, den Gott den Kindern Israels gewährt hat. Das Ergebnis war eine Katastrophe. Auf Moshes Flugblatt hatte, auf Jiddisch, gestanden:

Kommen Sie zum großen Mickey Katz. Einem einmaligen Ereignis. Familienspaß und jüdische Erinnerungen. Glühend heißer Klezmer, wie Sie ihn noch nie gehört haben.

Ins Englische übersetzt stand da:

Mickey Katz kommt. Einmal ein Leben, immer ein Leben. Sehen Sie Juden brennen, tanzen und sich amüsieren.

Die Anzeige führte zu Panik und Wut in East Baltimores Judenviertel, da sich viele der Einwohner noch an den ersten Rabbi der Stadt erinnerten, David Einhorn, der sich im Bürgerkrieg gegen die Sklaverei ausgesprochen hatte, woraufhin dessen Haus niedergebrannt und er aus der Stadt vertrieben worden war. Sie verlangten, dass der Bekleidungshändler seinen Laden schloss und die Stadt verließ.

Moshe fiel fast in Ohnmacht, als er von der Katastrophe hörte. Er eilte nach Baltimore und gab vierhundert Dollar aus, um die Sache mit dem gutmütigen Händler zu klären, der ihm freundlicherweise half, eine zweite, bessere Anzeige aufzusetzen. Aber es war zu spät. Die erste Anzeige war zu viel für Baltimores Juden gewesen. Das konnte einfach nicht wahr sein! Ein Klezmer-Tanz? Mit dem großen Mickey Katz? Warum sollte ein Star wie Katz für arme Vertreter und Schneider in den kalten Bergen Ost-Pennsylvanias spielen? In einem American Theater? Das einem Fusgeyer, einem Rumänen, gehörte? Fusgeyer besitzen keine Theater! Sie ziehen herum, singen Lieder, und Soldaten des Zaren prügeln ihnen die Seele aus dem Leib. Wo liegt dieses Pottstown überhaupt? Gibt es da Juden? Unmöglich! Das war eine Falle!

Am Ende kauften nur vier Paare aus Baltimore im Voraus Karten, um den großen Mickey Katz zu sehen, und Moshe hatte darauf gezählt, dass viele aus der jüdischen Gemeinde dort kämen.

Fünf Wochen vor dem Konzert, mit tausendsiebenhundert Dollar bei seinem Cousin Isaac in Philadelphia in der Kreide, von dem er sich das Geld für die Theatermiete und die Kaution geliehen hatte, fühlte Moshe sich mieser als beim Tod seines Vaters. Er fiel auf die Knie, betete zu G-tt um spirituelle Erneuerung, verspürte keine und hing hinten im Lagerraum des Heaven & Earth Grocery Store herum, dem einzigen jüdischen Lebensmittelladen auf dem Chicken Hill. Dem Besitzer, einem Rabbi namens Yakov Flohr, tat der junge Rumäne leid, und er bot Moshe an, mit seinem Talmud Hebräisch zu lernen. Er bewahrte das heilige Buch in dem Raum auf, in dem auch seine jüngste Tochter Chona arbeitete. Durch eine Polioerkrankung hatte sie ein kürzeres, verkrüppeltes Bein und musste einen Stiefel mit einer zehn Zentimeter dicken Sohle tragen. Chona verbrachte ihre Tage damit, Gemüse zu sortieren und Butter zu machen, wobei sie ein gelbes Färbemittel in den in Fässern gelagerten Milchrahm schüttete.

Da Moshe wusste, dass er bis über beide Ohren verschuldet war und G-ttes Hilfe brauchte, nahm er das Angebot des Rabbis an und verbrachte mehrere Nachmittage damit, niedergeschlagen den Text durchzusehen, an seinen verstorbenen Vater zu denken und zu Chona hinüberzulinsen, die er nur düster als stilles, unscheinbares junges Ding in Erinnerung hatte, die aber jetzt, mit siebzehn, ziemlich was darstellte. Trotz ihres Beins war sie eine Schönheit mit einer prächtigen Nase und süßen Lippen, üppigen Brüsten, einem ansehnlichen Hintern, der sich unter dem tristen losen Wollrock abzeichnete, und Augen, in denen Heiterkeit und Frohsinn wohnten. Moshe, der mit seinen einundzwanzig Jahren selbst in voller Blüte stand, erwischte sich dabei, dass er immer wieder von seinem Hebräischstudium aufsah, um Chonas Hintern anzustarren, während sie an jenen kalten Abenden Pennsylvanias Butter machte. Ihre Hüften bewegten sich mit dem Versprechen des Kohleofens in der hinteren Ecke, der den Raum nur zur Hälfte heizte. Sie erwies sich als muntere Seele mit einem köstlichen trockenen Humor und dankbar für die Gesellschaft, und nach ein paar Tagen mit netten Gesprächen, in denen sie den jungen Moshe mit lieben Scherzen bedachte und mit ihren leuchtenden, freundlichen Augen anlächelte, gestand er ihr schließlich sein Problem mit dem kommenden Konzert, seinen heftigen Schulden, dem bereits ausgegebenen Geld, dem Flugblattdesaster und den Wünschen eines schwierigen Stars. »Ich werde alles verlieren«, sagte er.

Und es war dort, hinten im Laden des Rabbis, beim Butterfass, den Stampfer in der Hand, dass Chona ihn an die Geschichte von Moses und den glühenden Kohlen erinnerte.

Sie legte ihren Stampfer zur Seite, warf einen Blick zur Tür, um sich zu versichern, dass niemand zusah, kam an seinen Tisch, hob den verstaubten, verwitterten Talmud ihres Vaters an – den sie, wie sie beide wussten, nicht anfassen durfte – und zog den darunter liegenden Midrasch

Rabba hervor, der die fünf Bücher Moses enthielt. Sie blätterte zur Geschichte von Moses und den glühenden Kohlen. Sie studiere die Religion, gestand sie ihm, und die Geschichten von Moses verschafften ihr immer Trost.

Es war dort – kurz vor dem Zusammenbruch seines Theaters, ein Auge auf den Midrasch Rabba gerichtet, das andere auf die entzückende Hand der schönen Chona, sein Herz von erster Liebe erfüllt –, dass Moshe die Geschichte von Moses und den glühenden Kohlen zum ersten Mal hörte. Chona las sie ihm auf Hebräisch vor, wovon er jedes vierte Wort verstand.

Der Pharao stellte einen Teller voller glühender Kohlen auf die eine Seite des kleinen Moses, einen mit glitzernden Münzen und Schmuck auf die andere. War der Junge intelligent, würde er vom glitzernden Gold und den Juwelen verlockt und als Bedrohung für den Erben des Pharaos getötet werden. Berührte er die schwarzen Kohlen, war er zu dumm, um eine Bedrohung darzustellen, und würde leben dürfen. Moses wollte nach den Münzen greifen, doch als er es versuchte, erschien ein Engel und führte seine Hand geschickt zu den heißen Kohlen, an denen er sich die Finger verbrannte. Erschreckt steckte sich das Kind die Finger in den Mund und verbrannte sich auch die Zunge, was ihm eine lebenslange Sprachbehinderung bescherte. Aber das Leben des Führers und wichtigsten Lehrers des jüdischen Volkes war gerettet.

Moshe lauschte, in verzücktes Schweigen gehüllt, und als Chona endete, fühlte er sich ins Licht einer Liebe gehüllt, wie sie nur der Himmel zu erschaffen verstand. Mehrere Tage kam er zurück ins Hinterzimmer des Ladens und beschäftigte sich mit den Worten des Midrasch Rabba, der ihm bis dahin gemischte Gefühle beschert hatte, und der jungen Blume, die ihn zu den heiligen Worten geleitete. Nach drei Wochen des Midrasch-Rabba-Studiums fragte Moshe Chona, ob sie ihn heiraten wolle, und zu seinem Erstaunen willigte sie ein.

In der nächsten Woche zahlte Moshe hundertvierzig Dollar als Geschenk auf Yakovs Konto ein und bat ihn und seine Frau um die Hand ihrer Tochter. Die Eltern, beide Bulgaren, waren so überglücklich, dass jemand, der kein Zyklop war, ihre behinderte Tochter heiraten wollte – was machte es schon, dass er Rumäne war? –, dass sie sogleich zustimmten. »Warum nicht schon nächste Woche?«, fragte Moshe. »Warum nicht?«, sagten sie. Die bescheidene Hochzeit fand in Ahavat Achim statt, der winzigen Schul für die siebzehn jüdischen Familien Pottstowns. Mit dabei waren Moshes Cousin Isaac aus Philadelphia, Chonas überglückliche Eltern und ein paar örtliche Juden, die Yakov zusammengetrommelt hatte, um den notwendigen Minjan von zehn Leuten für die sieben Hochzeits-Segenswünsche zu bekommen. Zwei von ihnen waren polnische Arbeiter vom Betriebshof der Pennsylvania Railroad, die zum Chicken Hill geeilt waren, um etwas Koscheres zu essen zu bekommen. Die beiden willigten ein, an der Hochzeit teilzunehmen, verlangten jedoch jeder vier Dollar für ein Taxi nach Reading, wo sie sich am nächsten Morgen zur Arbeit zu melden hatten. Yakov lehnte ab, aber Moshe zahlte die acht Dollar gerne. Es war ein niedriger Preis dafür, eine Frau heiraten zu können, die ihm mehr Glück brachte, als er je zu hoffen gewagt hatte.

Seine Liebe inspirierte ihn derartig, dass er die verlorenen tausendsiebenhundert Dollar vergaß. Er verkaufte sein Auto für dreihundertfünfzig Dollar, lieh sich weitere tausendzweihundert von Isaac, gab das Geld für dieses

Mal richtig platzierte Anzeigen aus und sah staunend zu, wie die Kartenverkäufe durch die Decke gingen.

Vier Abende lang produzierten Mickey Katz und seine wunderbaren Musiker die mitreißendste, herrlichste Klezmermusik, die Ost-Pennsylvania je vernommen hatte. Vier Abende einer wilden, verrückten jüdischen Tanz-bis-du-nicht-mehr-kannst-Feierei. Moshe verkaufte, was er hatte – an Getränken, Essen, Eiern, Fisch. Er brachte sogar zwanzig erschöpfte New Yorker auf dem Balkon im zweiten Stock seines Theaters unter, der normalerweise für Schwarze reserviert war. Die vier Paare aus Tennessee, die damit gedroht hatten, gleich wieder zu fahren, blieben das ganze Wochenende, genau wie der chassidische Tänzer, der geschworen hatte, mit keiner Frau zu tanzen. Es war ein rauschender Erfolg.

Am Morgen nach dem Ende der Festivitäten fegte Moshe den Bürgersteig vor seinem Theater, als er den tanzenden Chassid zum Bahnhof eilen sah.

Verschwunden war die Pelzmütze, an ihrer Stelle saß ein Fedora. Der Kaftan war zu einer Jacke mit Sakkolänge geworden. Moshe erkannte den jungen Mann kaum. Als er näher kam, fragte er: »Wo kommen Sie denn her?« Aber der Mann war schnell unterwegs, blieb stumm und bewegte sich bereits an ihm vorbei. Moshe rief ihm hinterher: »Wo immer Sie leben, es ist das Zuhause des größten Tänzers der Welt, das ist mal sicher.«

Das wirkte. Der Chassid blieb stehen, griff in seinen Jutesack, kam ohne ein Wort die paar Schritte zurück und gab Moshe eine Flasche Slibowitz, drehte wieder um und eilte weiter den Bürgersteig hinunter.

Moshe rief ihm wohlgelaunt hinterher: »Haben Sie eine Frau zum Heiraten gefunden?«

»Ich brauche keine«, antwortete der Mann und winkte mit der Hand, ohne sich umzusehen. »Ich bin ein Twart der Liebe?«

»Ein was?«

»Ein Biskuitkuchen«, sagte er. »Wissen Rumänen eigentlich gar nichts?«

Bevor Moshe etwas entgegnen konnte, war ein deutliches Plopp zu hören – eine winzige Explosion wie von einem Korken, der aus einer Flasche gezogen wurde, nur lauter. Sie blickten beide hoch zu den wirr durcheinanderstehenden Häusern hinter Moshes Theater. Eine kleine schwarze Rauchwolke trieb durch die Luft, offenbar kam sie aus einem der verwahrlosten Häuser, und verschwand am Himmel.

»Das ist ein schlechtes Zeichen«, sagte der Chassid und machte sich davon.

Moshe rief noch: »Wie heißen Sie?«

Aber da war der Chassid schon weg.

3
ZWÖLF

Am Tag, nachdem der Chassid verschwunden war, ging Moshe zum Theater und fand dort Nate bei der Arbeit vor, der mit einem langstieligen Greifer vorsichtig die Buchstaben von der Theaterfassade zog.

»Hast du den Knall gestern gehört?«, fragte Moshe. »Klang ganz so, als wäre da was auf dem Hill explodiert.«

Nate zuckte mit den Schultern und blickte an der Fassade hoch. »Da gibt's nichts, was explodiert, nur schwere Zeiten. Und davon reichlich.«

Moshe lachte. Er war immer noch prächtig gelaunt nach dem Gewinn, den Katz ihm beschert hatte, und natürlich wegen seiner Hochzeit, und so griff er in die Tasche und zählte fünfzehn Dollar ab. »Für dich«, sagte er.

Nate, den Blick nach oben gerichtet, sah kurz auf das Geld und schüttelte den Kopf.

»Magst du mein Geld nicht?«, fragte Moshe.

Nate lehnte sich auf den langen Greifer. Er war ein großer Mann mit einer hellen, reinen Haut und muskulösen Armen, von irgendeiner Arbeit im Freien, nahm Moshe an.

»Ich mag es schon«, sagte Nate. »Aber meine Arbeit noch mehr. Wie soll ich die behalten, wenn Sie auch noch den letzten Dime verschenken, Mr Moshe? Seit Erskine Hawkins bei Anna Morse in Linfield war, hab ich so einen Tanz nicht mehr erlebt. Ich hab da gut was verdient.«

Moshe erinnerte sich vage an Anna Morse, eine elegant gekleidete schwarze Frau, die einen Packard fuhr. Er kannte auch ihr Haus, einen kleinen Ziegelbau in einer Nebenstraße außerhalb von Lichfield, einer Bauerngemeinde etwa zwölf Kilometer entfernt. »Ist das nicht ein Bestattungsinstitut?«, fragte er.

»War mal ein Tanzsaal für Farbige«, sagte Nate. »Aber Anna verdient heute mehr Geld mit Toten als mit Lebenden. Schade. Farbige müssen heute bis nach Chambersburg, um tanzen zu gehen. Es sei denn, Sie wollen in eine Säuferkneipe und sich abschießen.«

Moshe nickte, aber in seinem Kopf begann es zu arbeiten. Später am Abend fragte er Chona: »Was, wenn ich mein Theater für die Farbigen öffne?«

»Und?«

»Die Gojim werden das gar nicht mögen.«

Chona stand am Herd und kochte das Abendessen mit dem Rücken zu ihm. Sie lachte: »Na und?«, hob ihren Löffel in die Höhe und ließ ihn kreisen. Das war ihre Gabe. Kein bisschen Bitterkeit oder Scham. Im Gegensatz zu Moshe war Chona Amerikanerin. Sie war in Pottstown geboren und in ihrem abgetragenen Wollkleid, ihrem alten Pullover und dem sündteuren Spezialstiefel ein vertrauter Anblick auf dem Chicken Hill, wie sie mit den Nachbarn lachte und scherzte. Sie schien jede einzelne Familie zu kennen. Wenn Moshe zum Mittagessen nach Hause kam oder selbst wenn es spätabends war, fand er seine Frau oft vor dem Laden vor, wo sie mit einem der örtlichen Schwarzen lachte. »Diese Frau«, grummelte sein Cousin Isaac einmal, »ist eine echte Bulgarin. Wann immer die das Gefühl haben, sie sollten arbeiten, setzen sie sich und warten, dass das Gefühl vorbeigeht. Sie können kein Glas Wasser eingießen, ohne dass daraus eine Party wird.« Aber Isaac war ein Griesgram, den Moshe schon vor langer Zeit in bestimmten Fragen zu ignorieren gelernt hatte.

An ihrem Herd stehend, sagte Chona auf Jiddisch: »Me ken dem yam mit a kendel nit ois' shepen (Du kannst nicht gleichzeitig in alle Richtungen reiten).« Und dann: »Was macht es, was die denken? Die Farbigen zahlen mit dem gleichen Geld wie wir.«

Vier Wochen später buchte Moshe Chick Webb, den farbigen Entertainer.

Am Abend von Webbs Auftritt schlüpften Pottstowns Schwarze wie Geister in Moshes All-American Dance Hall & Theater. Still und düster kamen sie herein, die Männer in nüchternen Anzügen und Krawatten, die hübschen Frauen in blumenbedruckten Kleidern und mit schicken großen Hüten. Einige waren eindeutig nervös. Andere schienen aufgeregt. Ein paar sahen völlig verschreckt aus. Die Innenstadt von Pottstown war den Schwarzen verboten, es sei denn, sie kamen als Hausmeister, Dienstmädchen oder um einen öffentlichen Wasserhahn zu benutzen, wenn die Hähne auf dem Chicken Hill mal wieder unerklärlicherweise keinen Tropfen hergaben, was oft der Fall war.

Als Chick Webbs Band jedoch loslegte, verwandelten sich die stillen, zurückhaltenden Schwarzen von Pottstown in eine wild tanzende menschliche Masse. Sie tobten, lachten und tanzten, als wären sie Vögel, die zum ersten Mal das Fliegen genossen. Webbs Band spielte wie eine Magier-Truppe, vier Sets mit großartigem, stampfendem, verrücktem, ausgelassenem, herzzerreißendem Jazz. Es war eine unerhört freudvolle Veranstaltung, die in ihrer Intensität allein Mickey Katzens großem Auftritt gleichkam.

Moshe sah gebannt seitlich von der Bühne aus zu, wie Webb, ein winziger Kerl mit einem runden Rücken, vor Lachen und Begeisterung brüllte und seine Band mit seinem meisterhaften Schlagzeugspiel anfeuerte. Die Musiker ließen den Boden mit ihrem unglaublich dahinbrandenden Sound erzittern. Dieser Mann in seinem weißen Anzug, entschied Moshe, produzierte reine Freude, und dabei war nicht zu übersehen, dass Webb, wie auch Moshes wunderbare Chona, unter einer körperlichen Einschränkung litt. Aber obwohl er einen Buckel hatte, bewegte er sich mit einem Gefühl von Lust und Leichtigkeit, als wäre jeder einzelne Moment wertvoll.

Krüppel, dachte Moshe, *bringen mir Glück: Moses, Chona und Chick.*

Moshe fing an, von Moses zu träumen, und die Träume kamen im Dutzend. Zwölf verschiedene Visionen. In zwölf Nächten. Moses, der durch zwölf verschiedene Tore ging. In zwölf verschiedenen Städten. Moses auf dem Berg Sinai, der auf zwölf verschiedene Gipfel hinabsah. Moshe begann alles als eine Funktion von zwölf zu sehen. Zwölf Bands in zwölf Monaten. Zwölfhundert Dollar in zwölf verschiedene Aktien investiert, die eine fantastische Rendite brachten. Selbst das Haus, das er kaufte, ein winziges Ziegeldings auf Chicken Hill, lag in einer Gegend mit zwölf Straßen auf einer Quadratmeile.

Moshe erzählte niemandem von seinen Träumen, nicht mal seiner Frau. Stattdessen folgte er seinen Visionen, investierte zunächst nur ein paar Pennys in zwölf verschiedene Aktien, dann mehr, als sie an Wert gewannen, und in seinem Theater ließ er zwölf verschiedene schwarze Bands in zwölf Monaten auftreten, natürlich auch Webb wieder, insgesamt noch viermal. Die Veranstaltungen zogen

Schwarze von nah und fern an, und über die nächsten zwölf Monate wuchs sein Wohlstand.

Währenddessen wurde aus dem Grummeln der rivalisierenden Theaterbesitzer der Stadt leiser Protest und schließlich offene, lautstarke Empörung. Schwarze trieben sich überall in der Innenstadt herum, klagten sie, und zogen in ein jüdisches Theater! Und alle wussten doch, dass die Juden ihre Matzen mit Christenblut backten!

Die Antwort kam schnell. Als Erstes erschien der Gebäudeinspektor der Stadt im Theater, erklärte Moshe, seine Rohre seien schlecht und der Putz löse sich, und belegte ihn mit einer Geldstrafe. Der Besitzer des Gebäudes beschwerte sich wegen des Mülls. Der Brandaufsichtsbeamte lud ihn wegen knarzender Türen und fehlender Notausgänge vor. Selbst Moshes eigene Synagoge wollte eine Strafe von fünf Dollar.

Moshe schlug zurück. Er schmierte den Gebäudeinspektor. Der Chef der Brandaufsicht, ein Trinker, bekam vier Flaschen Scotch und eine neue Angelrute. Er ließ den immer getreuen Nate und eine Truppe Schwarzer die Bürgersteige vor jedem einzelnen Laden in der Straße fegen, ging zu seinem Vermieter, versprach ihm hundertfünfzig Dollar für jede schwarze Veranstaltung, die er buchte, und bot darüber hinaus an, das Gebäude in einem Jahr für gutes Geld zu kaufen, wenn er, der Vermieter, nichts gegen die Schwarzen sagte. Der Mann willigte ein.

Was die Synagoge anging, so kam Isaac aus Philadelphia angereist und traf sich mit der Chewra, der Männergruppe, der Moshe die Geldstrafe verdankte. Isaac war eine grimmige, Furcht einflößende Seele, vier Jahre älter als Moshe, der seit ihrer gemeinsamen Kindheit in Europa dessen Beschützer war. Isaac legte einen Silberdollar auf den Tisch und sagte: »Ich gebe jedem in diesem Raum zehn davon, der beweisen kann, dass er mit seiner Frau beim Mickey-Katz-Tanz war.« Keiner rührte sich. Damit war das Gespräch über Moshes Strafe beendet.

Mit den Gewinnen aus den Tanzveranstaltungen für die Schwarzen kaufte Moshe das Theater innerhalb der ersten zwei Jahre und dann später noch eines, zwei Straßen entfernt. Über die nachfolgenden fünf Jahre expandierte er weiter und verdiente richtiges Geld – genug, um seiner Mutter in Rumänien ein warmes Haus zu kaufen und Chona eine gemütliche Wohnung über dem Heaven & Earth Grocery Store einzurichten, den er von Yakov kaufte, nachdem Chonas Mutter gestorben war und Yakov nach Reading zog, um einen größeren Tempel zu führen. Moshe wollte den Laden aufgeben, aber Chona erlaubte es nicht.

»Wie kannst du Heaven & Earth verkaufen?« Sie lachte.

Moshe sah nicht, was daran witzig war. »Du musst dein Leben nicht damit verbringen, Farbigen koscheres Kuhfleisch und Zwiebeln zu verkaufen. Schließen wir den Laden. Die Juden verlassen das Viertel. Folgen wir ihnen.«

»Wohin?«

»Nach unten in die Stadt. Wo die Amerikaner wohnen.«

»Welche Amerikaner?«

»Chona, jetzt komm schon.«

»Ich führe den Laden.«

»Wie sieht das aus? Meine Frau verkauft Käse und Kekse, während ich die besten Theater der Stadt leite? Wir haben mehr als genug.«

Chonas überbordendes Lächeln schmolz zu einem Grinsen zusammen. »Ich soll also den ganzen Tag zu Hause sitzen, während du deinen Spaß mit deinen Musiktheatern hast?«

Moshe gab nach.

Das lieferte den jüdische Hausfrauen in Pottstown viel Gesprächsstoff. Was für ein Ehemann ließ seine Frau sein Geschäft führen? Warum kamen sie nicht wie die anderen Juden in die Stadt? Ihr Vater war nach dem Tod ihrer Mutter nach Reading gezogen. Warum hatte Chona ihren Mann nicht dazu gebracht mitzukommen, um ihrem Vater zu helfen? Was war wichtiger als die Familie?

Aber während all der Jahre, in denen Chona hinten im Heaven & Earth Grocery Store Butter gemacht, Gemüse sortiert und gelesen hatte, hatte sie viel Zeit zum Nachdenken gehabt. Als Kind hatte sie alles gelesen, Comics, Detektivgeschichten, Romanhefte, als junge Ehefrau interessierte sie sich für den Sozialismus und Gewerkschaften. Sie abonnierte jüdische Zeitungen, las hebräische Veröffentlichungen und Bücher über jüdisches Leben, einige aus Europa. Das alles vermittelte ihr eine Vorstellung von Kunst, Musik und weltlichen Fragen. Sie sprach ein besseres Hebräisch als irgendeine andere Jüdin der Stadt, von denen viele über wenig mehr als rudimentäre Kenntnisse der Sprache verfügten. Den Talmud kannte sie genauer als die meisten Männer in der Schul. Statt mit den Frauen auf dem Balkon zu sitzen, bestand sie darauf, unten mit den Männern zu beten, und behauptete, ihr schlimmer Fuß hindere sie daran, die Treppe hinaufzusteigen. Irgendjemand im Tempel hatte daraufhin die intelligente Idee, sie zumindest mit einem Vorhang von den Männern der Gemeinde zu trennen. Doch wie die meisten Ideen in der Ahavat-Achim-Gemeinde Pottstowns erwies sich auch diese am Ende als eine Katastrophe, denn nachdem Chonas Vater fort war, wurde er durch einen linkischen, aber wohlmeinenden Pfuscher namens Karl Feldman ersetzt, der lispelte und von der Gemeinde hinter seinem Rücken Fertzel – Furz – genannt wurde. An vielen Morgenden wurden die verquasten Gesetzesinterpretationen des glücklosen Feldman von der hübschen Hausfrau korrigiert, deren Talmudkenntnisse wie Schmetterlinge hinter dem Vorhang hervorflatterten: »Karl, was redest du da? Es gibt vier verschiedene Versionen des Todes von Kain!« Mehr noch, wenn Feldmans unsicheres Vorsingen die herrlichen Talmudmelodien verhunzte, kam ihm gelegentlich ihre entzückende Singstimme zu Hilfe. Alle wussten, dass Frauen nicht vorsingen sollten, aber Chonas wunderschöne Stimme zauberte sogar ein Lächeln auf die Gesichter der unleidlichsten Gemeindemitglieder. Chonas unziemliches Betragen wurde von der Gemeinde toleriert. Ihr Vater war der erste Rabbi der Stadt gewesen, er hatte die Schul gebaut, und die meisten Gemeindemitglieder hatten sich an Chonas Verrücktheit gewöhnt. Selbst Irv und Marvin Skrupskelis, die grimmigen eineiigen Zwillinge aus Litauen, die Pottstowns Schuhgeschäft führten und wegen allem stritten, liebten Chona. Sie gehörte zu dem wenigen, über das sie sich einig waren. Irv gab zu bedenken: »Der Vorgesang ist der Ruf Zions, aber mit Fertzel gibt es nur Geheul.« Die Zwillinge bekannten sich offen zu ihrem Glauben, dass Amerika das Land war, in dem Juden aller Arten eine Stimme haben sollten. Warum da nicht die schönste Stimme hören?

Moshe flehte seine Frau dennoch an: »Chona, musst du dich ständig in der Schul vordrängen? Das Vorsingen ist Fertzels – Karls – Job.«

Sie winkte ab. »Es gibt Streuner auf dem Chicken Hill, die besser Hebräisch können als Fertzel. Lies das Buch Mose!«

Moshe hatte Angst, seiner Frau von den zwölf Träumen mit Moses zu erzählen. Er nahm an, sie seien gottlos, ein Aberglaube aus seiner rumänischen Vergangenheit, den seine in Amerika geborene Frau, so sein Gefühl, nicht gutheißen würde. Sie würde ihn zurechtweisen, und er verspürte kein Bedürfnis danach. Er hatte jetzt Geld. Er war ein Amerikaner, und er bezahlte für ihren Laden, der finanziell gesehen ein klares Verlustgeschäft darstellte.

Die Monate vergingen, immer noch mehr Juden kehrten dem Chicken Hill den Rücken, und Moshe drängte seine Frau auch weiter, in die Stadt zu ziehen. Da gebe es bessere Häuser, argumentierte er, besseres Licht, reichere Kunden. »Wir können auch dort einen Laden eröffnen«, sagte er. Chona, unbeschwert wie immer, wollte nicht. »Wir haben auch hier wundervolle Nachbarn«, sagte sie.

Endlich gestand Moshe ihr, dass er eine schwarze Wolke heraufziehen sah. »Nach dem Mickey-Katz-Konzert hat es hinter dem Theater eine Explosion gegeben. Dieser erstaunliche Tänzer, der hat es ebenfalls gesehen. Er meinte, es sei ein schlechtes Omen, und ich fürchte, dass er recht haben könnte.«

»Aberglaube«, schnaubte Chona mit einer Bestimmtheit, die der Diskussion ein Ende setzte.

Moshe ließ von der Sache ab. Er vergaß die Voraussage des Tänzers, gab den Gedanken auf, Chonas Laden zu schließen, und machte weiter. Das Leben war gut. Er machte Gewinn. Er füllte seine beiden Theater auch weiter mit mitreißenden jiddischen Bands, jüdischen Theatergruppen und begeisternden, berauschenden schwarzen Jazzbands. Er arbeitete hart daran, ein gutes Bild abzugeben, um nicht aus der Stadt gejagt zu werden, denn seine Frau schrieb monatlich Briefe zu jüdischen Belangen und Gewerkschaftstreffen an den Pottstown *Mercury*. In einem der Briefe protestierte sie sogar wutentbrannt gegen die jährliche Parade des Ku-Klux-Klan und verkündete, sie wisse *genau*, wer einer seiner Köpfe sei. Sie erkenne ihn, schrieb sie, an seinem Gang. Das sei ein gefährlicher Brief, erklärte Moshe, und die beiden gerieten in Streit, denn der verräterische Gang war der des Arztes der Stadt, Doc Roberts, der mit den Mächtigen Pottstowns bestens verbandelt war. Um den Frieden mit diesen Männern zu wahren, buchte Moshe jeden Monat auch schreckliche Bands, die den bleichgesichtigen Presbyterianern Pottstowns gefielen, etwa die Colonial Dames of America, den Pennsylvania Potting Club und die Nineteen Mountain People Whose Fourteenth Cousin Arrived on the Mayflower. Die Bands trugen fürchterliche Outfits und klangen wie heulende Eulen. Moshe sah verwundert zu, wie die Amerikaner mit unbeholfener Befriedigung zum Ächzen und Stöhnen dieser geistlosen, Lärm produzierenden Schrotthändler tanzten, deren langweiliges Humptata mit der Energie von in die Luft geworfenen leeren Erdnussschalen auf die Tanzfläche traf. Die Paare bewegten sich in traurigen Kreisen, hielten sich wie Kinder an den Händen und gaben dabei keinen Ton von sich. Die Frauen trampelten in Holzschuhen dahin, die keine jüdische Frau, die etwas auf sich hielt, tragen würde, und ihre Männer, alles Geschäftsleute, wankten mit Zylindern und Schleifen von anno Tobak um sie herum. Jede dieser Veranstaltungen wurde von tief empfundenen Reden über den Gründer der Stadt unterbrochen, John Potts, dessen Porträt in allen städtischen Gebäuden hing – wie ein Geist lugte das Gesicht des alten Mannes kontrollierend über die Schultern der Bürger.

Derlei Gedanken erfüllten Moshe mit Scham. Er war ein erfolgreicher Amerikaner. Dieses Land war gut zu ihm. Und doch glaubte er immer noch an Zauberei und Hexerei und diese dumme Geschichte mit der Zahl zwölf. *Das ist altes Denken in einer neuen Zeit, sagte er sich, und ich muss mich ändern.*

1935 dann, elf Jahre nach seinem ersten Erfolg mit Mickey Katz, als sein Cousin Isaac ihm schrieb, er habe sich einen nagelneuen Packard gekauft, hatte Moshe genug. Nach dem Essen eines Abends am Küchentisch machte er die Sache klar.

»Wir müssen nicht mehr über diesem Lebensmittelladen leben. Wir können uns unser eigenes Haus leisten. Wir ziehen um.«

»Wohin?«, fragte Chona.

»In die Stadt. In ein neues Haus. Und daneben bauen wir einen neuen Grocery Store. Ich hab schon eine Anzahlung geleistet.«

»Hol dir dein Geld zurück.«

»Das werde ich nicht.«

»Dann viel Spaß da«, sagte Chona. »Ich werde dich von Zeit zu Zeit besuchen.« Ganz ruhig saß sie am Tisch, ihre schönen Züge fest entschlossen. Und wieder war seine Liebe zu ihr zu groß. Der Gedanke, seinen großen Packard vor einem leeren Haus ohne seine Chona zu parken, machte ihm Angst, und sein Entschluss kippte.

»Chona, bitte.«

»Ich will kein Haus in der Innenstadt, und ich will da auch keinen Laden. Hier oben zu wohnen und zur Arbeit nach unten zu gehen ist einfacher. Das ist keine große Geherei.«

»Aber die Juden verlassen den Chicken Hill.«

»Zehn Straßen weiter zu ziehen, heißt, das Viertel zu verlassen?«

»Du weißt, was ich meine. Lass uns sein, wo die anderen sind. Es sind unsere Leute.«

»Moshe, ich mag es hier. Ich bin in diesem Haus aufgewachsen. Der Postbote weiß, wo ich wohne.«

Entnervt zeigte Moshe aus dem Fenster nach Pottstown hinunter. »Da unten, das ist Amerika.«

Aber Chona war unerschütterlich. »Amerika ist hier.«

»Die Gegend hier ist arm. Was wir nicht sind. Sie ist schwarz. Was wir auch nicht sind. Uns geht es *gut*!«

»Weil wir dienen, verstehst du? Das tun wir. Der Talmud sagt es. Wir müssen dienen.«

»Aber hier sind die Schwarzen unsere einzigen Kunden.«

»Hat ihr Geld nicht immer gereicht?«

»Das ist nicht der Punkt.«

Seine Hände lagen auf dem Tisch und hielten eine Tasse Tee umfasst. Sanft legte sie eine ihrer Hände auf seine. »Siehst du nicht, was sie haben, Moshe? Siehst du nicht die Quelle, aus der sie ihre Kraft ziehen?«

»Was für eine Quelle? Wovon redest du?«

Sie schwieg einen Moment und sagte dann ruhig und sanft: »Ich denke an Mickey Katz. Er hatte einen Mandolinenspieler, dem zwei Finger fehlten. Ich weiß noch, wie ich ihm zugesehen habe. Er spielte so wunderbar. Erinnerst du dich nicht?«

»Es gab so viele Auftritte seit damals …«, murmelte er.

»Was ist mit Chick Webb?«, sagte sie. »Mit ihm hast du ein Vermögen verdient.«

»Webb war teuer für einen Krüppel«, sagte Moshe.

Er hatte einen Witz machen wollen, spürte aber, wie das Zimmer in eiskaltem Schweigen erstarrte.

»Siehst du mich so?«, sagte sie schließlich leise.

Chona stand auf, humpelte davon und sprach mehrere Tage nicht mit ihm. Sie vergab ihm erst, als er ihr eine Ausgabe des Schulchan Aruch schenkte, in dem die sieben Erfordernisse des jüdischen Lebens zusammengefasst waren: Weisheit, Demut, Gottesfurcht, Wahrheitsliebe, Menschenliebe, der Besitz eines guten Namens und ein Missfallen gegenüber Geld. Er entschuldigte sich, und sie wurde wieder zu der Chona von früher, die durchs Haus lief und fröhlich verkündete: »Barmherzigkeit des Geistes! Was ist das Leben ohne einen barmherzigen Geist? Ich war in der Stadt und habe eine Frau sagen hören: ›Diese arme verkrüppelte Frau‹, und dachte bei mir: *Wer ist der Krüppel? Der, der den Dingen huldigt? Oder der, der etwas Höherem dient?*«

Diese Art Denken lief Moshes wachsendem Glauben entgegen, dass mehr Geld das Leben einfacher machte. Aber er tolerierte es, denn er kannte ihr Herz, und es war ein unvergleichliches Herz. So sagte er nichts, und sie blieben auf dem Chicken Hill.

An einem grauen Morgen des Jahres 1936, dem zwölften Jahr ihrer Ehe, erwachte Chona mit einem Husten und Schmerzen im Magen.

Sie mied Ärzte, und so wartete Moshe einen Tag, doch dann ging es ihr schlechter. Und damit begann eine Serie langer Pilgerreisen von einem Arzt zum nächsten, ohne dass einer eine Antwort gewusst hätte. Ihre Krankheit war rätselhaft. An einem Tag ging es ihr gut, sie lief herum, lachte und las ihre verrückten jüdischen Bücher, aber am nächsten schon war sie wieder krank, lag im Bett und war kaum in der Lage, sich zu bewegen. Es ging auf und ab.

Als sich ihr Zustand verschlechterte, stellte Moshe Nates Frau Addie ein, um im Laden und bei den Sabbataufgaben zu helfen. Chona hasste jede Art von Hilfe, aber als es mit der Krankheit schlimmer wurde, war sie gezwungen nachzugeben.

Moshe brachte sie zu Ärzten in Philadelphia, Baltimore, sogar in New York, ohne Ergebnis. Ihr merkwürdiges Leiden – Magenschmerzen, plötzliche Ohnmachtsanfälle – schritt fort. Die Ärzte wussten nicht weiter.

Moshes alte Ängste und sein Aberglaube plagten ihn erneut. Konnte es sein, dass sein heimlicher Traum von Moses und der Zwölf und sein lächerlicher Glaube an die finstere Voraussage dieses Chassid, den er einmal gesehen hatte, seinem Glück ein Ende setzten? Das Paar hatte keine Kinder, ein Los, das Chona ohne eine Klage trug, auch wenn sie manchmal aus dem Fenster zu den farbigen Kindern der Nachbarschaft hinausstarrte und verstummte, nur um sich anschließend wieder zu erholen und die alte Chona zu sein, lachend, voller Leben, und von einer Radioserie zu erzählen, die sie kürzlich gehört hatte. Sie führten eine glückliche Ehe. Zwölf wundervolle Jahre waren es jetzt, genau wie es Moses und die Zwölf seltsamerweise vorherbestimmt hatten. Er wünschte sich, seiner Frau von seinen Träumen zu erzählen, aber da sich ihr Zustand verschlechterte, wollte er sie nicht mit Belanglosigkeiten belasten. Als Rabbi Feldman eines Abends zu ihnen ins Haus kam, um für sie zu singen und zu beten, während Chona ruhelos in Fieberwirren lag, war Moshe bereits drauf und dran, ihm alles zu gestehen, fand dann jedoch, dass es nicht der richtige Zeitpunkt dafür war. Und als der Rabbi verkündete: »Ich spüre, dass es Chona besser gehen wird«, war Moshe erleichtert.

Aber es wurde nicht besser. Sie begann, ohne Grund die Besinnung zu verlieren, und der nächstgelegene Arzt, zu dem sie ging, saß in Reading, dreißig Kilometer entfernt. Chona hasste Doc Roberts und wollte sich von ihm nicht behandeln lassen. »Ich bin mit ihm aufgewachsen«, sagte sie. »Wenn ich zu einem Goi-Doktor muss, gut. Aber nicht zu dem.«

Doc Roberts, ein korpulenter Mann, der noch mit einer Pferdekutsche herumfuhr, obwohl doch ein glänzender neuer Chevrolet in der Einfahrt seines mit Efeu überwucherten Hauses gleich beim Friedhof stand, war Pottstowns einziger Arzt. Er hinkte ähnlich wie Chona und marschierte doch jedes Jahr an der Spitze der örtlichen Ku-Klux-Klan-Parade. Trotz des Tuches, das ihn bedeckte, wussten alle, dass es der Doc war. Sein Leibesumfang und sein Gang verrieten ihn. Niemand beschwerte sich. Es war einfach so. Einmal im Jahr, am Tag der Klan-Parade, verschwanden die Schwarzen aus der Stadt, die jüdischen Geschäfte blieben geschlossen, der Klan marschierte, und das war's. Aber Chona fand das Ganze geschmacklos und weigerte sich zu Moshes Entsetzen, ihren Laden wie die anderen jüdischen Händler zu schließen. »Warum sollte ich wegen denen zumachen?«, schimpfte sie. »Die Post ist ja auch nicht geschlossen.« Und was Doc Roberts betraf, so sagte sie zu Moshe: »Er ist so fett, dass sein Nacken wie eine Packung Hotdogs aussieht.« Sie konnte ihn nicht ausstehen.

Und jetzt brauchte Moshe den Doc, doch weil sich Chona weigerte, zu ihm zu gehen, mussten sie für jeden Arztbesuch nach Reading zu dem freundlichen jüdischen Doktor dort fahren. Aber nichts von dem, was er tat, half, und Chonas Ohnmachten wurden gefährlich.

Im Frühling erholte sie sich ein wenig, hatte dann jedoch einen so schweren Rückfall, dass sie kaum mehr gehen konnte. Bis zum Sommer war sie bettlägerig. Es war nicht ihr schlimmes Bein, das sie in Richtung Tod zu ziehen schien, sondern ihr Magen, der sich seltsam aufzublähen begann, als wollte er sich über ihre Unfruchtbarkeit lustig machen.

Moshe konsultierte hektisch einen Arzt nach dem anderen mit immer größerer Dringlichkeit. Er fuhr mit Chona sogar zu einem landesweit bekannten Spezialisten in Boston, doch der war genauso ratlos wie alle anderen. So brachte Moshe sie denn wieder nach Hause.

Er stellte ihr Bett vorn ans Fenster im Wohnzimmer, damit sie die Sonne aufgehen sehen und den Talmud lesen konnte, während der Tag anbrach. Das war zwar verboten, doch das schien nicht mehr wichtig. Das Wohnzimmer lag direkt über dem Laden und erlaubte Chona, Addie unten Anweisungen zuzurufen, denn das Geschäft musste offen bleiben. »Meine Arbeit hält mich am Leben«, sagte sie. Chona begann, Briefe an die Zeitung zu schreiben, um die Leser an die jüdischen Feiertage zu erinnern, und las Witzbücher, um ihren Mann aufzuheitern, dessen schmales, erschöpftes Gesicht jeden Abend nach der Arbeit an ihrem Bett erschien. Sie bot ihm einen Reigen seichter Witze und etwas leichte Unterhaltung, bevor sie einschlief, woraufhin er ihr die Füße und Fußgelenke massierte, die beunruhigend dick geworden waren. Er las ihr laut aus dem Talmud vor, auch wenn sie schlief, weil er wusste, wie sehr sie das liebte.

Es wurde Winter, und ihr Zustand verschlechterte sich weiter. Sie verlor immer öfter das Bewusstsein, Fieber stellte sich ein und blieb.

Und jetzt, da Chona sich dem Tod zuwandte, begannen Chicken Hills Schwarze sich regelmäßig im Heaven & Earth Grocery Store einzufinden. Tag und Nacht kamen sie, brachten Suppe, frisches Gartengemüse, Pasteten und Hausmittel, dazu Lachen und Herzlichkeit für die verrückte, gütige jüdische Lady, die ihren Mann dazu gebracht hatte, sein Theater für die Farbigen zu öffnen, und die den farbigen Familien auf dem Chicken Hill so viel Kredit gewährte, dass weder sie noch irgendwer eine Vorstellung davon hatte, wer nun wem was schuldete. Chicken Hills Schwarze liebten Chona. Sie sahen sie nicht einfach nur als Nachbarin, sondern als Blick in die Freiheit. Die Erinnerung an Chonas typisches Hinken, während sie und ihre Kindheitsfreundin, eine große, umwerfende, stille Seele namens Bernice Davis, jeden Morgen die unbefestigten, mit Schlaglöchern übersäten Straßen des Viertels zur Schule hinuntergegangen waren, hatte sich in das kollektive Gedächtnis eingebrannt. Sie war der Beweis, dass es in Amerika die Möglichkeit der Gleichwertigkeit gab: *Wir alle können miteinander auskommen, sieh dir nur die beiden an.* Chona ihrerseits sah die Schwarzen nicht als Schwarze, sondern als Nachbarn mit unendlich interessanten Leben. Darlenes Tochter hatte so lange am Stück Schluckauf, wie es Chona noch nie erlebt hatte. Der zwölfjährige Larnell konnte nicht lesen, aber die kompliziertesten Rechnungen im Kopf ausführen. Und dann natürlich Bernice, die direkt nebenan wohnte, ihre beste Freundin in Kinderzeiten gewesen war, aber kaum noch etwas sagte und so viele Kinder hatte, dass die Schwarzen auf dem Chicken Hill von Bernices Brut lachend als »vierzig Mulis auf einem Morgen« sprachen, denn niemand wusste genau zu sagen, wie viele Kinder

Bernice tatsächlich hatte, und sie trauten sich nicht, sie zu fragen.

Die Schwarzen füllten Chonas Krankenzimmer mit Leben. Sie erzählten Witze, Geschichten von Geistern und Gespenstern und Humorvolles von Fluchten aus dem Süden, das Chona lachen und ihre Schmerzen vergessen ließ. Addie und ihre Schwester Cleota wechselten sich im Laden ab, blieben am Sabbat koscher, schalteten das Licht ein und aus und zündeten den Ofen an, hielten Geschirr und Besteck getrennt und waren sich beide bewusst, dass Chona darauf bestand, Moshe, ganz gleich, was war, zu erlauben, sie zu wecken, wenn er von der Arbeit zurückkehrte. Manchmal kam Moshe abends und fand Addie an Chonas Bett vor, Chona schlief, den Talmud auf ihrem Nachtkästchen und eine Hand auf der offenen Seite, die sie für ihn ausgesucht hatte. Er weckte sie vorsichtig und las die Stelle laut vor. Sie lobte sein Hebräisch, sagte, wie schön es klinge, obwohl sie doch beide wussten, dass es nicht so war. Sie schlief wieder ein, während er las, und er starrte in ihr schönes Gesicht und weinte. Trauer lastete in jenen Momenten auf ihm und wühlte sein Gedächtnis auf. Die wunderlichen Symbole heiliger Bittgesuche im Hebräischen, die ihm als Kind bedeutungslos erschienen waren, gaben ihm in jenen kalten Nächten mit einem Mal Kraft, zwölf Jahre, nachdem sie sich ineinander verliebt hatten. Und wenn er ein wenig geweint hatte, las er weiter. Er las das Wort, um sie am Leben zu erhalten, und indem er es tat, erwachte auch ein Teil von ihm zum Leben.

Als aus dem Winter Frühling wurde, begann Chonas langer Abschied.

Eines Nachts gegen Ende des Frühlings verlor sie das Bewusstsein und wurde in aller Eile ins Krankenhaus im nahen Spring City gebracht. Sie kam wieder zu sich und wurde tags darauf entlassen, aber die Ärzte erklärten Moshe, wenn ihr Fieber zurückkomme, müsse sie wieder ins Krankenhaus, ihr Ende sei nahe.

Am nächsten Tag wich Moshe nicht von ihrer Seite, auch wenn sie nicht zu wissen schien, dass er da war. Sie redete wie im Fieber, bis Medizin und Müdigkeit schließlich die Oberhand gewannen und sie den Großteil des Nachmittags schlief. Bis in den Abend hinein schlief sie, und Addie schob Moshe aus dem Haus und sagte, er solle ein wenig frische Luft schnappen. Moshe ging hinunter zu seinem Theater, um nach dem Rechten zu sehen. Der endlos treue Nate und eine kleine Gruppe Schwarzer räumten nach dem Gastspiel des schwarzen Bandleaders Louis Jordan auf, der drei Abende in Folge mitreißende Konzerte gegeben hatte. Moshe griff nach einem Besen und wollte helfen, um nicht den Verstand zu verlieren, als er eine Gestalt durch die Hintertür kommen sah. Es war sein Cousin Isaac aus Philadelphia.

»Machen wir einen Spaziergang?«, sagte Isaac.

Moshe lehnte ab. Stattdessen nickte er zu einem leeren Tisch vor der Bühne hinüber.

Isaac, groß und kräftig, zwängte sich auf einen der Stühle. Er trug einen Gehrock und einen Fedora und legte weder das eine noch das andere ab. Offenbar hatte er nicht vor, lange zu bleiben. Er bedeutete Moshe mit einer Handbewegung, sich ebenfalls zu setzen, doch der lehnte auch das ab und blieb gegenüber von seinem Cousin stehen.

Mit seinen siebenunddreißig Jahren war Isaac ein eindrucksvoller Mann. Da war nichts mehr von dem mageren Vierzehnjährigen, der seinen kleinlauten jüngeren Cousin mehr als tausend Meilen zu Fuß aus den Karpaten und durch Osteuropa geführt hatte – aus Bârlad in Rumänien bis nach Hamburg. Die beiden Jungen waren Polizei und Soldaten ausgewichen, hatten sich in Gassen geduckt und hinter Mülleimern versteckt, Fusgeyer, die hier ein bisschen was gestohlen und sich dort ein bisschen was ausgeborgt hatten, bis eine nette alte Frau in Hamburg sie in ihrem Souterrain wohnen ließ, wo sie Zigarren für ihren kranken Mann rollten, der zu Hause für eine örtliche Zigarrenfabrik arbeitete. Der alte Mann starb oben im Haus Stück für Stück, während sich die Jungen unten über drei Jahre die Schiffspassage nach Amerika verdienten. Isaac war jetzt ein großer Amerikaner, groß in jeder Hinsicht, ein Mann von anmaßender roher Kraft mit breiter Brust und breiten Schultern, der Besitzer von neun erfolgreichen Showbühnen in Philadelphia. Stolz trug er seinen dunklen Anzug, das frische weiße Hemd, die Schleife und die glänzenden Schuhe. Das hatte nichts mehr mit ihren Tagen in Rumänien zu tun, wo sie in zerlumpten Hosen und kaputten Schuhen herumgelaufen waren und sich gestohlenes Brot in den Mund gestopft hatten, während sie vor wütenden Ladenbesitzern und russischen Soldaten flohen.

»Ich bin gekommen, um dich zu fragen, wie man farbige Bands bucht«, sagte Isaac.

Moshe witterte gleich, dass es um etwas anderes ging. Isaac war Philadelphias größter Theaterbesitzer. Das kleinste seiner neun Häuser war größer als Moshes zwei zusammengenommen. Isaac veranstaltete alles, von jiddischen Shows über Varieté-Abende bis zu Filmvorführungen. Er konnte einen wandernden Flohzirkus zu sich holen, wenn er wollte. Er brauchte sicher keine Hilfe, um schwarze Bands zu buchen.

Aber Moshe spielte mit und gab ihm ein paar Hinweise.

Isaac stellte oberflächliche Fragen. Dann, wie Moshe erwartet hatte, kam er sanft auf Chona zu sprechen. Er schlug ein jüdisches Heim für Kranke in Philadelphia vor.

»Ich kenne da Leute«, sagte er. »Es sind gute Menschen. Deine Frau kann den Rest der ihr noch verbleibenden Zeit dort verbringen. Sie wird es warm haben, sicher und unter Freunden sein.«

Moshe nickte und riss sich mühsam zusammen, um seine Entrüstung im Zaum zu halten. Er sagte leise: »Du liegst nur selten falsch, Cousin. Aber in diesem Fall schon.«

»Sei vernünftig. Sie ist sehr krank.«

»Ich habe das durchdacht«, sagte Moshe.

»Und was hast du dir gedacht?«

Moshe spürte, wie ihm das Blut in die Wangen schoss. »Machst du dich über mich lustig?«

Isaac war überrascht. »Nein, sicher nicht.«

»Das lässt du auch besser! Weil, wenn du es tust, kriegst du einen Schamalja in die Kischkes, einen Schlag, den du niemals vergessen wirst!«

Isaac, der tausend Straßenkämpfe von Rumänien bis nach Süd-Philadelphia überlebt hatte, war perplex. Die schlimmen Entbehrungen seiner Kindheit hatten aus dem beweglichen Jungen mit dem scharfen Verstand einen widerstandsfähigen, starken Mann gemacht. Er war ein harter Kerl geworden. Er wusste es. Seine Frau wusste es. Seine Kinder wussten es. Er lebte ein freudloses, leeres Leben. Aber er wusste auch, dass der eine helle, schöne Punkt seines sauberen, reichen, lieblosen amerikanischen Lebens dieser Mensch war, der einzige auf dieser Welt, der jede Art von Hass und Bosheit erfahren hatte, ohne jedoch jemals ein harsches oder wütendes Wort an jemand anderen zu richten – bis zu diesem Moment.

Den Zorn in Moshes Augen zu sehen, erschütterte Isaac sehr. Er hatte das Gefühl, dass sich die Erde unter seinen Füßen verschob. »Ich habe allein deine Interessen im Blick, Cousin«, murmelte er.

»Ich kenne meine Interessen«, sagte Moshe. »Warum kommst du her zu mir und redest so?«

»Wie sollte ich denn darüber reden?«

»Warum können unsere Leute nicht offen über Krankheit sprechen?«

»Unsere Leute kennen sich damit nicht aus«, meinte Isaac. »Ich sage dir nur, was ich weiß.«

»Dann weißt du nicht genug«, erwiderte Moshe. »*Sie wird leben!*«

4
DODO

Vier Häuser entfernt von dem, in dem Chona im Sterben lag, stand eine schlanke, ältere schwarze Frau namens Addie Timblin an der Tür ihres winzigen braunen Hauses und linste durch die Risse hinaus in die kalte Dunkelheit. Ihr Blick glitt über die matschige Straße und hielt nach einer Laterne Ausschau, die besagte, dass ihr Mann Nate auf dem Heimweg war. Hinter ihr, am Küchentisch im Zimmer vorn, war das monatliche Treffen der Pottstown Association of Negro Men bereits in vollem Gang mit dem gewohnten Geschrei und Unsinn.

Die Vereinigung traf sich jeden dritten Samstag an ihrem Küchentisch, vordergründig, um über die Aussichten der Schwarzen auf dem Chicken Hill zu reden, mehr Jobs und Möglichkeiten zu bekommen, vielleicht sogar eines Tages fließend Wasser und eine Kanalisation anstatt Außentoiletten, Sickergruben und Brunnen, die das Viertel wie Blasen überzogen. Ihr gehörten Pottstowns führende Schwarze an – jeder Einzelne von ihnen schlimmer als der andere, dachte Addie. Die Männer trafen sich hauptsächlich, um Karten zu spielen, zu quatschen, Witze zu erzählen, mit Autos anzugeben, die ihnen niemals gehören würden, und sich Wege einfallen zu lassen, um die Regeln des weißen Mannes zu umgehen, ohne die Weißen in der Stadt gegen sich aufzubringen.

Es saßen drei Männer am Tisch: Rusty, ein breitschultriger, braunhäutiger Zweiundzwanzigjähriger in einem Arbeitsoverall und mit Strohhut, Rustys Onkel Bags und Reverend Ed Spriggs, den alle im Viertel Snooks nannten. Neben Snooks saß seine Frau Holly und strickte. Im Moment drehte sich das Gespräch um Miss Chona, von der alle im Raum wussten, dass sie im Sterben lag, und der jede Person im Raum, bis auf Addie, Geld für Lebensmittel, Gefälligkeiten, Telefongespräche, extra Kleider und alle möglichen kleinen Notwendigkeiten des Lebens schuldete.

Addie starrte hinaus in die Nacht und hörte, wie hinter ihr Karten gemischt wurden. Sie warf einen Blick zurück und sah, wie Rusty, eine Schachtel Zigaretten in der Brusttasche seines Overalls, die Karten zu Snooks hinüberschob und fragte: »Snooks, decken Juden die Uhren im Haus ab, wenn einer von ihnen stirbt?«

Snooks, ein schwerer Mann in einem krumpeligen Anzug mit einer Schleife um den Hals, zog die Karten näher zu sich heran und zwinkerte Bags zu, während er sie noch einmal mischte. »Aber klar, Rusty. Und sie kauen auch mit den Zähnen, und ihre Frauen tragen im Winter Pelzmäntel. Und die Männer pinkeln im Stehen.«

Bags lachte, aber Snooks warf einen Blick zu seiner Frau Holly hinüber, die ihn finster ansah.

Dann wandte er sich an Addie, die in der Tür stand. »Addie, sorg dafür, dass Miss Chona ihre besten Kleider trägt. Flechte ihr nicht das Haar und kämm es auch nicht aus. Lass es einfach offen, wie es ist. Und stell ihr einen Teller Salz auf die Brust. Es verhindert, dass sich der Körper aufbäumt.«

»Sie wird nicht sterben«, sagte Addie, den Blick nach draußen gerichtet.

Snooks winkte ab und wandte sich wieder dem Tisch zu, mischte weiter die Karten und sagte: »Wärst du bei uns aufgewachsen, würdest du die alten Sitten kennen. Es sind gute Sitten. Ein Teller Salz hält den Teufel fern.«

»Glauben Juden an den Teufel?«, fragte Rusty.

»Ich hoff's«, sagte Snooks.

»Warum haben sie dann Jesus Christus ermordet?«

Snooks war fürs Erste perplex und wandte sich auf der Suche nach einer Antwort seiner Frau zu, die aber so tat, als wäre sie zu sehr mit ihrem Stricken beschäftigt.

»Ich hab nicht gesagt, dass sie Jesus Christus ermordet haben«, sagte Snooks.

»Doch, hast du. In der Kirche. Viele Male.«

Snooks ging nicht weiter darauf ein. »Die Bibel hat sechsundsechzig Bücher, Rusty. Ich kann mich nicht an alles erinnern. Addie, wenn Miss Chona stirbt, gib ein bisschen Molasse auf ihre Füße, steck ihr ein Stück Maisbrot ins Haar und leg ihr Münzen auf die Augen.«

»Wofür?«, fragte Rusty.

»Es verhindert, dass die Augen wieder aufgehen«, sagte Snooks. »Addie, tu es, bevor ihre Verwandten kommen. Sie mögen es vielleicht nicht.«

»Es gibt keine nennenswerten Verwandten«, sagte Addie. »Der Vater ist drüben in Reading. Die Mutter ist vor Jahren gestorben, bevor du hergekommen bist.«

»Ich kann mich nicht an die Mutter erinnern«, sagte Snooks.

»Du würdest sie jetzt nicht hier haben wollen, Snooks. Sie war nicht gut auf Leute zu sprechen, die Unsinn reden.« Addie wünschte, Nate würde sich beeilen. Sie sprach wieder in den Riss in der Tür, aber ihre bitteren Worte waren laut genug, dass alle sie hörten.

»Wenn Miss Chona stirbt, wird jeder einzelne dieser jämmerlichen halben, wie ich sagen möchte, Männer dieser Stadt sich ins Fäustchen lachen. Sie werden sich die Augen aus dem Kopf heulen und so tun, als wären sie traurig. Dabei werden sie froh sein, wenn sie geht.«

Diese Worte wehten zusammen mit einem kalten Wind ins Zimmer. Verlegenes Schweigen folgte.

»Addie ist erschöpft«, sagte Snooks munter. »Holly, geh du an die Tür und halt nach Nate Ausschau. Addie, komm setz dich her und spür etwas von Gottes Ruhe.«

Addie wandte sich ihm zu. »Erklär's mir, Snooks.«

»Was?«

»Erklär mir, wie ich Gottes Ruhe spüren soll, während du hier sitzt und Unsinn redest. Vom Teufel und mit dem nächsten Atemzug davon, Miss Chona Münzen auf die Augen zu legen. Erklär's mir. Wo gibt es in alldem Gottes Ruhe?«

»Reg dich nicht auf, Addie«, sagte Bags. Er war Steinmetz, untersetzt, mit einem mächtigen Brustkasten. »Der Reverend meint es nicht so.«

»Er meint, was er sagt, redet von Gott, während er ein Kartenspiel in der Hand hält. Drüben in Hemlock Row haben sie einen Mann aus der Stadt gejagt, weil er genau das getan hat. Hat sich der Menschensohn genannt. Sie sagen, er war ein leibhaftiger Teufel.«

»In Hemlock Row gibt's keinen Menschensohn«, sagte Snooks. »Das ist nichts als Hokuspokus, den sich die Neger auf dem Land da ausgedacht haben. Die brauchen einen richtigen Prediger.«

»Dann geh hin und predige ihnen.«

»Das sind fünf Kilometer von hier, Addie, und ich hab die Gicht in den Füßen.«

»Warum lässt du ihn nicht in Ruhe, Addie«, sagte Bags. »Gott hat nichts gegen einen Mann, der Karten spielt.«

»Schon gut, Bags«, sagte Snooks. »Wir sind alle unterschiedlich. Die Frauen verstehen manche Dinge anders.«

»Es gibt das Verständnis der Männer, das Verständnis der Frauen, und es gibt Weisheit«, sagte Addie. »Als dein Sohn krank war und Miss Chona dafür gesorgt hat, dass Doc Roberts zu ihm gekommen ist, hast du nicht schlecht über die Juden geredet. Dabei kann sie ihn genauso wenig leiden wie du oder ich.«

»Doc Roberts ist nicht wegen Miss Chona nach Chicken Hill gekommen«, sagte Snooks, »sondern wegen seiner Amnesie. Ich hab ihn im Voraus bezahlt, und er hat vergessen, dass ich ein Farbiger bin, und mir gedankt.«

Die Männer lachten.

Addie hatte genug. Sie schlüpfte hinaus in die kalte Luft und zog die Tür hinter sich zu.

Sie war eine schlanke, hübsche Frau mit dunklen Augen, die hell leuchteten und ihrem Gesicht die Unschuld eines Kindes verliehen – Augen voller Überraschung, strahlend, erwartungsvoll. Sie saßen über einer breiten Nase und den hohen, hageren Wangenknochen einer Ureinwohnerin des Landes. Ihre Familie war aus dem Süden nach Chicken Hill emigriert, als sie noch winzig gewesen war. Im Gegensatz zu den meisten Schwarzen im Viertel hatte sie keine Erinnerung an »zu Hause«, die Welt des Südens, Zedrach- und Pekannussbäume, Brombeeren und das Lachen auf den Wagen, mit denen die Schwarzen zum Baumwollpflücken gefahren wurden. Manchmal wünschte sie, sie könnte sich an den Süden erinnern, einfach nur, um etwas Angenehmes zum Träumen zu haben wie die anderen auf dem Chicken Hill, die North Carolina, Alabama oder Georgia ihr »Zuhause« nannten. Für Addie war der Chicken Hill in Pottstown, PA, ihr Zuhause.

Sie machte ein paar vorsichtige Schritte und sah hinaus auf die dunkle Straße. Ihre Augen suchten die Dunkelheit nach der vertrauten irischen Kappe und dem kurzärmeligen weißen Baumwollhemd ab, das Nate auch noch an den kältesten Tagen am liebsten trug. Der Wind biss ihr in die Haut, aber sie blieb, wo sie war, und ließ den Blick die Straße hinunterwandern.

Nichts.

Gerade, als sie wieder nach drinnen wollte, durchkreuzte ein hoch aufgeschossener Schatten das Licht der einsamen Laterne weiter unten. Sie sah, dass er es war und wie die langen Schritte innehielten, um vorsichtig über die schmalen Gräben zu steigen, durch die Regen und Abwässer flossen. Als er näher kam, trat sie ihm entgegen und legte ihm ihre warme Hand aufs Gesicht. »Warum hast du die Laterne nicht dabei?«, fragte sie.

Nate überhörte das. Er brauchte keine Laterne. Seit Jahren ging er denselben Weg zum Theater. Er blieb für einen Moment stehen, während sie die Hand an sein Gesicht hielt, und erst als er seine auf ihre legte, wandte sie sich dem Haus zu, Nate hinter sich.

Das Lachen und Reden versiegte, als er hereinkam. Er sah sich in der Küche um, nickte zur Tür von Chonas Heaven & Earth Grocery Store hinüber und fragte Addie: »Ist sie tot?«

»Nein. Wie geht es Mr Moshe?«

Nate schüttelte den Kopf. »Sein Cousin ist den ganzen Weg von Philadelphia gekommen und hat davon geredet, sie in eine Art Heim zu bringen.«

»Warum? Sie ist noch ganz bei sich.«

Nate seufzte. Er zog einen Stuhl unter dem Tisch hervor und setzte sich. »Egal, was sie beschließen. Gott hat seinen eigenen Plan für sie.«

»Das ist richtig«, sagte Snooks schnell.

Eine Wolke der Verlegenheit trieb in den Raum. Auf dem Papier war Snooks das Gemeindeoberhaupt vom Chicken Hill. Wenn die Stadtväter etwas spenden oder Pläne verkünden wollten, die mit dem Viertel zu tun hatten, traten sie an Snooks heran, den sie mit »Reverend Spriggs« anredeten. Im Viertel selbst war es Nate Timblins Meinung, die zählte.

Nate lächelte Snooks zu. »Liest du noch die Offenbarungen des Johannes, Snooks?«

Snooks nickte. »Das tu ich.«

»Erzähl mir von einer.«

Snooks rückte unbehaglich auf seinem Stuhl herum. Wie die meisten Farbigen im Viertel hatte er ein wenig Angst vor Nate. Es gab einen stillen Abgrund in Nate Timblin, eine Regung, die nicht zu Dummheiten einlud, eine Stille, die eine Art Sturm bedeckte. Wie die meisten auf dem Chicken Hill nannte Nate den Süden sein Zuhause, aber im Gegensatz zu allen anderen sprach er nie von seiner Vergangenheit. Die war ein dunkles Loch, er ein ausgeschaltetes Licht. Aber das hieß nicht, dass es nicht wieder eingeschaltet werden konnte. Alles war möglich in dieser Welt, besonders auf dem Chicken Hill, wo der gelegentliche Frieden mit gackernden Hühnern und glücklich meckernden Ziegen in ein wildes Chaos aus Trunkenheit, Schlägen, Schüssen und düsteren Worten münden konnte. Nate war locker, ruhig, gewandt, bedächtig, hatte ein wunderbares Lächeln, Hände, die einen Hammer zu fassen wussten, und Augen, die einen direkt ansahen. Mit seinen sechzig Jahren war er das, was die Alten »einen ganzen Mann« nannten. Selbst Fatty Davies, der muskulöse, umgängliche Bursche mit den Goldzähnen, der das einzige Speakeasy im Viertel betrieb, sich mit den Cops Faustkämpfe lieferte und mit den irischen Feuerwehrmännern der Empire Fire Company in der Stadt auf die Ringermatte ging, machte klar, dass es besser war, Nate nicht in die Quere zu kommen. »Lieber würde ich in einem Sturm ins Gras beißen«, sagte er.

Snooks saß am Küchentisch und war wütend auf sich, weil er mit Addie gerangelt hatte, schließlich war sie nicht nur eine ernste Person, sondern auch Nates Frau. »»Wir werden nicht alle entschlafen, aber wir werden verwandelt werden, plötzlich in einem Augenblick, beim letzten Posaunenschall.‹«

Nate nickte. Er nahm seine Kappe ab und warf sie auf den Tisch. Addie stand am Herd hinter Holly und beschloss, die Bombe jetzt gleich hochgehen zu lassen.

»Dodo ist weg«, sagte sie.

Nates dunkle Augen richteten sich auf sie. »Er ist was?«

»Weg.«

»Seit wann?«

»Heute. Sie sagen, er ist achtzig Kilometer gefahren. Bis nach Philadelphia.«

»Wie das?«

»Das ist es, was sie sagen.«

»Wer sind ›sie‹?«

»Yulas Jungs, CJ und Callie. Sie waren heute Morgen am Manatawny Creek fischen, hinter der neuen Reifenfabrik. Sie haben ihn auf dem Güterzug nach Berwyn gesehen, wie er an einer Leiter hing. Die Straße vom Bahnhof da führt direkt nach Philly, es sind fünfzehn, zwanzig Kilometer.

Die schafft er zu Fuß, oder er nimmt einen anderen Güterzug. Das hat er schon mal versucht.«

Die drei Männer am Tisch starrten Addie erschreckt an.

»Warum hast du nichts gesagt?«, fragte Rusty.

»Wer von euch hat ein Auto?«, fragte sie zurück. Keiner.

Nate wollte es nicht glauben. »Dodo ist taub wie ein Stück Holz. Die Jungs haben nicht dran gedacht, ihn aufzuhalten?«

»Sie sind aufgesprungen, um ihn zu packen, aber offenbar ist ein Weißer aus der Reifenfabrik gekommen und hat sie verjagt. Sie mussten ganz hintenrum auf der anderen Seite des Manatawny über das Gelände der Hill School, um zurückzukommen. Da war's schon dunkel.«

»Und keiner von denen hatte einen Nickel, um anzurufen?«

»Von was für einem Telefon?«, fragte Addie. »Miss Chona hat das einzige Münztelefon im Viertel, und das können alle umsonst benutzen. Die Kinder gehen doch nicht zu irgendeinem Weißen und fragen, ob sie telefonieren dürfen.«

Nate schob verdrossen die Lippen vor, der Ärger war ihm anzusehen. Er stand auf und griff nach seiner Kappe.

»Wer hat um diese Zeit ein Auto?«

»Fatty.«

»Lloyds verkauft gerade Schnaps«, sagte Nate, und die anderen registrierten, dass er Fatty, den Besitzer der örtlichen Kneipe, bei seinem richtigen Namen nannte. Er wandte sich zur Tür.

»Wo willst du hin?«, fragte Addie.

»Zu Fabicellis Bäckerei. Mr Fabi hat einen Transporter.«

»Der ist weg«, sagte Addie.

»Seit wann?«

»Seit zwei Wochen. Er hat den Laden verkauft.«

»An wen?«

»Einen jüdischen Burschen.«

Nate durchforstete sein Gedächtnis. »Ich kenne jeden Juden in der Stadt und hab von keinem gehört, der ein Geschäft gekauft hat.«

»Der ist neu hier. Ein Mr Malachi. Rusty hat ihm erst gestern geholfen, ein Schild draußen anzubringen«, sagte Addie.

Nates eindringlicher Blick wanderte zu Rusty. »Wie ist er, Rusty?«

»Ganz in Ordnung«, sagte Rusty vorsichtig.

»Also gut. Ich hab Mr Fabis Transporter auf dem Weg hierher vor der Bäckerei stehen sehen. Ich nehme an, der Neue wird ihn gekauft haben.«

»Ich komme mit«, sagte Snooks.

»Nein, tun Sie nicht«, entgegnete Nate. »Ein Farbiger, der spät noch an die Tür klopft, ist genug.« Addie fragte er: »Wo ist mein Mantel?«

»Den hab ich gestern gewaschen. Er hängt hinten im Schuppen. Ich weiß nicht, ob er schon trocken ist.«

Aber Nate hatte schon die Gaslaterne vom Ofen genommen, ging durch die Hintertür und war weg.

Leise bewegte er sich entlang der Gemüsebeete hinter seinem Haus. Es war eine mondlose Nacht, und die Gaslaterne verbreitete ein gespenstisches Licht über Okra- und Kohlreihen. Der Weg war ihm vertraut, er hatte den Garten mit eigenen Händen angelegt. Er und seine Frau hatten das Gemüse gepflanzt.

Ein winziger Bach floss am Ende des Gartens hinter dem Schuppen her, den sie auch zum Räuchern und Trocknen von Tabak und Schinken benutzten. Er öffnete die Tür, ging hinein und nahm seinen Mantel von einem an der Decke hängenden Fleischerhaken, schloss die Tür hinter sich und fuhr mit einer Hand in einen Ärmel.

Da hörte er ein Platschen im Bach, nur ein paar Meter hinter sich. Er blieb reglos stehen und nahm an, dass es sich um einen Biber handelte. Er lauschte, hörte aber nichts mehr und trat ein Stück vor – da, ein weiteres Platschen.

Er löschte die Laterne, schlüpfte ganz in seinen Mantel und ging seitlich am Schuppen vorbei zum Bach.

Er spähte in die Dunkelheit und sah erst nichts. Das Wasser wurde von den Lichtern der Häuser auf der höheren Seite des Hills erhellt, und die Spiegelungen schufen kurze Schatten in den Bäumen diesseits des Baches. Von dort, wo er stand, konnte er ein paar Meter Ufer erkennen, nicht mehr.

Dann sah er keine zwanzig Schritte entfernt den Jungen.

Nate Timblin war ein Mann, der auf dem Papier kaum etwas besaß. Wie die meisten Schwarzen lebte er in einer Nation mit Statuten und Dekreten, die ihn zwar als gleichwertig auswiesen, doch die Regeln und Regulierungen dazu trafen weitgehend nicht auf ihn zu. Seine Welt, seine Wünsche, seine Bedürfnisse hatten außer für ihn für kaum jemanden einen Wert. Er hatte keine Kinder, kein Auto, keine Versicherungspolice, kein Bankkonto, keine Sitzgruppe, keinen Schmuck, kein Geschäft, keinen Schlüssel für irgendetwas, das ihm gehörte. Kein Land. Er war ein Mann ohne Heimat, lebte in einer Welt der Geister, denn keine Heimat zu haben hieß, nirgends eingebunden zu sein und sich um nichts zu sorgen als das eigene Herz, den eigenen Kopf – und Geister und Gespenster waren das einzig Sichere in einer Welt, in der die eigene Existenz unsichtbar blieb. Die Wahrheit war, dass die einzige Heimat, die Nate kannte und die ihm wichtig war, außer Addie, dieser dünne, taube zwölfjährige Junge war, der in diesem Moment entweder tatsächlich mit einem Güterzug in Richtung Philadelphia fuhr oder als lebensgroßer Geist mit einer Schülermütze, alten Stiefeln, einem zerlumpten Hemd und einer Weste gut drei Meter von ihm entfernt stand und vor seinen Augen kleine Steine in den Manatawny Creek warf. War er es wirklich?

»Dodo.«

Es war die Überraschung, die ihn den Namen des Jungen aussprechen ließ, denn er wusste, er konnte genauso gut mit sich selbst reden. Dodo konnte ihn nicht hören, und er war beschäftigt, bewegte sich mit der Schnelligkeit eines Athleten, sammelte Steine am Ufer, stapelte die großen übereinander, um eine Art Damm zu bauen, und warf die kleineren ins Wasser.

Nate kniete sich hin, entzündete die Laterne aufs Neue und schwenkte sie in der Luft hin und her, um die Aufmerksamkeit des Jungen zu erregen. Bei Dodo ging es allein ums Sehen, Fühlen, Vibrationen, nicht um Geräusche. Das Licht der Laterne warf einen unheimlichen Schimmer auf das Wasser. Aber der Junge war so in sein Tun vertieft, dass Nate sie mehrfach hin und her bewegen musste.

Endlich sah Dodo das Laternenlicht auf dem Wasser und ließ den Stein fallen, den er in den Händen hielt, richtete sich auf und hob einen dünnen Arm zu einem schüchternen Hallo, als Nate näher trat.

Nate zeigte auf die Steine. »Was machst du da, Junge?«

Dodo lächelte. Er zog Nate näher heran und beschrieb mit den Armen einen weiten Kreis, dann tat er so, als hielte er eine Wiege mit einem Baby.

»Was meinst du?«

Der Junge rieb die Hände aneinander, als wollte er einen Zauber oder Wärme erzeugen, und legte sie sich hinter die Ohren, als könnte er so etwas hören.

Nate schüttelte den Kopf, er verstand ihn nicht. Er trat in die Steinformation, eine kleine Mauer, die wohl eine Art fünf mal fünf große Umhausung bilden sollte.

»Was für einen Unsinn baust du hier?«

Dodo sah ihn verständnislos an und rieb sich die Hände an seiner Hose trocken.

»Bist du nicht ganz bei dir, Junge? Bist du heute Morgen Zug gefahren? Warst du das?«

Dodo blinzelte, stand geduldig da und rieb immer noch über seine Hose. Nate berührte sanft eine der Hände des Jungen. Sie war eiskalt. Er hob die Laterne an und hielt sie so, dass Dodo seine Lippen sehen konnte. Der Junge war nicht taub auf die Welt gekommen. Er hatte sein Gehör durch einen Unfall verloren. Der Ofen in der Küche seiner Mutter war explodiert, da war er neun gewesen, und hatte ihn blind und taub gemacht. Die Augen erholten sich, die Ohren nicht. Aber er konnte, was man sagte, von den Lippen ablesen. Nate hielt sich die Laterne so neben das Gesicht, dass Dodo es sehen konnte.

»Was machst du da?«

Der Blick des Jungen tanzte davon. Dann sagte er: »Ich lege einen Garten an.«

»Wofür?«

»Um Sonnenblumen zu ziehen.«

»CJ und sein Bruder sagen, dass du heute Morgen auf einem Zug warst.«

Dodo wandte den Blick ab. Es war seine Art, einer Unterhaltung auszuweichen.

Nate streckte eine Hand aus und drehte den Kopf des Jungen so, dass er ihn ansah. »Warst du auf dem Zug oder nicht?«

Dodo nickte.

»Also gut.« Nate sah sich um und deutete auf einen Hartriegelstrauch in der Nähe. »Brich mir einen Zweig davon ab und mach eine Rute draus. Dann komm mit ins Haus. Deine Tante wird das in Ordnung bringen.«

Nate wandte sich dem Haus zu. Er ging mehrere Schritte und stellte dann fest, dass Dodo nicht mitkam. Er blieb, wo er war, innerhalb seiner Steinmauer.

Nate winkte ihm verärgert zu. »Komm schon, Junge. Es ist kalt hier draußen. Deine Tante wird dir deine kleinen Hinterbacken aufwärmen, und damit ist es wieder gut.«

Dodos Atem ging schneller, aber er blieb, wo er war.

Nate machte ein paar schnelle Schritte zu ihm hin, ging in die Knie und legte ihm eine Hand auf die Schulter. »Die paar Schläge sind zu deinem Besten, Junge. Die Wahrheit tut keinem weh. Das warst du auf dem Zug, oder?«

»Ja.«

»Du hast dir keine gute Zeit zum Rumspaßen ausgesucht. Das weißt du doch?«

Dodo nickte.

»Also dann. Wenn du Ärger machst, musst du dafür zahlen. Deine Tante wird dir den Hintern aufwärmen, du wirst dir die Lehre merken, und das ist es.«

Er griff nach der Hand des Jungen, aber anstatt sie zu nehmen, holte der ein zusammengefaltetes, zerknittertes weißes Stück Papier aus der Tasche.

Nate nahm es, entfaltete es und hielt es ins Licht. Er las die Worte langsam, hielt sie sich dicht vor die Augen. Als er fertig war, ließ er das Papier sinken, und sein Blick richtete sich auf den Jungen. »Ich kann so noble Worte nicht lesen, Dodo. Aber Reverend Spriggs ist im Haus, der liest gut. Wir bitten ihn, dass er es uns erklärt.«

Dodo sagte: »Ich weiß, was da steht.«

»Was?«

»Meine Ma ist tot.«

Nate schwieg für einen Moment. Er sah zu den Steinen hinüber, zum Schuppen und zum Haus und dachte an alles, was in der Welt falsch war. *So viele von Gottes Gefahren,* dachte er, *sind nicht die Geschenke, die sie zu sein scheinen.*

»Du brauchst kein Stück Papier, um zu wissen, dass deine Ma im Himmel ist, Junge.«

»Warum muss ich dann gehen?«

»Wer sagt, dass du gehen musst?«

»Das Stück Papier.«

Nate nahm ihm das Blatt aus der Hand, zerknüllte es und warf es in den Bach. Der große Mann beugte sich zu ihm hinunter und klopfte dem Jungen sanft auf die Brust. »Gott hat dein Herz geöffnet, als er dir die Ohren verschlossen hat, Junge. Du hast ein ganzes Land da drin. Sorg dich nicht wegen einem Stück Papier. Das bedeutet gar nichts.«

Er nahm den Jungen bei der Hand und führte ihn das Ufer hinauf, am Schuppen vorbei und auf das Haus zu.

5
DER FREMDE

Zwei Tage später schlief Moshe tief und fest auf einem Stuhl neben Chonas Bett, als ihn ein Klopfen unten an der Tür weckte. Er sah unter schweren Lidern her, wie Addie, die auf einem Stuhl auf der anderen Seite des Bettes schlief, aufwachte, verschlafen zur Tür schwankte und die Treppe in den dunklen Laden hinunterpolterte.

Moshe blickte auf die Uhr. Es war halb fünf Uhr morgens. Er sah zu seiner Frau, die mit geschlossenen Augen dalag, beugte sich vor, fühlte ihren Puls und legte ihr eine Hand auf die Brust. Sie atmete, wie er erleichtert feststellte, und lebte noch.

Addie kam zurück nach oben gestampft, stand in der Tür und wirkte verärgert. »Da ist ein Mann, der Sie sprechen will.«

»Sag, er soll gehen.«

»Er will nicht.«

»Wer ist es?«

»Der Bursche, der Mr Fabicellis Bäckerei gekauft hat.«

»Ein Bäcker?«

»Ich weiß nicht, was der ist.«

»Was will er?«

»Er sagt was von …«, sie machte eine Pause, »*Holla* herzugeben.«

»Was?«

»Was von Miss Chona helfen und *Holla*.«

»Holla?«

»Ich nehme an, es ist ein jüdisches Wort, Mr Moshe.«

»Woher weißt du, dass es ein jüdisches Wort ist?«

Addie zog die Brauen zusammen. »Ich weiß nicht, was es ist. Ich rate nur. Warum fragen Sie ihn nicht selber? Er war gestern schon da und am Tag davor. Dreimal schon.«

»Schick ihn weg.«

Addie stand in der Tür und zögerte, machte dann eine entschiedene Bewegung ins Zimmer hinein, zog ihren Stuhl nahe an Chonas Bett und setzte sich vorgebeugt darauf, die Unterarme auf den Knien. Sie starrte auf den Boden, warf aus verhangenen Augen einen Blick auf Chona, hustete und wischte sich mit dem Handrücken über die wässrigen Augen.

»Ich geh da nicht wieder runter.«

Moshe zögerte verwirrt. Er fühlte sich wie ein Pingpongball zwischen Addie und Chona. Die beiden Frauen hatten ihn über die Jahre abwechselnd verhätschelt. Er musste nie kochen. Oder sauber machen. Oder irgendetwas von den Sachen erledigen, die er als Kind im alten Land hatte tun müssen. Aber sie verschworen sich gegen ihn. Chona gab Addie eine Stimme, ließ sie den Laden führen, Entscheidungen treffen, den Haushalt machen, während sie ihre sozialistischen Bücher und verrückten Frauenunsinn las. Und das hatte er jetzt davon! Seine Hausangestellte sagte ihm in seinem eigenen Haus, er solle mitten in der Nacht an die Tür gehen. Wenn Chona diese Welt verließ, hatte er Addie am Hals, die ihn zu Tode nerven würde. Er wollte aufstehen und schreien, merkte jedoch, dass er stattdessen seine Frau ansah. Er beugte sich zur ihr hinunter und strich ihr sanft über die Stirn. »Angenommen, sie wacht auf, während ich unten bin? Oder sie wacht gar nicht mehr auf?«

Addie auf der anderen Seite des Bettes hatte sich gefasst. Sie schüttelte die Seiten von Chonas Kopfkissen auf und wischte ihr mit einem weichen Tuch über das Gesicht. »Sie wacht jeden Tag auf, Mr Moshe«, sagte sie. »Da kann man die Uhr nach stellen. Sie ist okay.«

Moshe warf einen letzten besorgten Blick auf seine Frau und ging zur Tür. Unten an der Treppe angekommen, schaltete er das Licht ein und lief an Reihen von Hauswaren, Schachteln und Gläsern mit Süßigkeiten entlang durch den abgedunkelten Laden. Es begann zu dämmern. Als er sich der Eingangstür näherte, konnte er hinter der Scheibe das Sonnenlicht über den Umriss einer kleinen Person kriechen sehen. Er öffnete die Tür einen Spalt und sah sich einem kleinen untersetzten Juden in den Dreißigern gegenüber. Der Mann hatte funkelnde Augen, einen schmalen Schnauzbart und einen breiten Mund, der ihm etwas Schelmisches gab. Und er kam ihm vage bekannt vor. Der Mann lächelte, wofür Moshe ihn gleich hasste.

»Guten Morgen«, sagte der Mann auf Jiddisch.

»Was wollen Sie?«, antwortete Moshe auf Englisch. Er war nicht in der Stimmung, irgendwem einen Gefallen zu tun.

»Erinnern Sie sich an mich?«, fragte der Mann. Er sprach wieder Jiddisch, was Moshe umso mehr reizte. Es bedeutete, dass der Kerl eindeutig etwas wollte.

Moshe fuhr ihn an: »Verschwinde!«, und drückte die Tür zu. Aber der Mann hatte schon einen abgeschabten alten Stiefel dazwischen, der von der Tür eingeklemmt wurde.

»Autsch!«, rief er. »Könnten Sie meinen Fuß herauslassen?«

»Ziehen Sie ihn zurück, wenn ich es tue?«

»Ja.«

Moshe öffnete die Tür vorsichtig etwas weiter, doch anstatt den Fuß herauszuziehen, schob der Fremde jetzt auch noch den Unterarm in die Tür und versuchte, sie aufzudrücken. Moshe war überrascht, hielt aber dagegen. »Was machen Sie da?«

»Ich brauche nur Mehl!«, sagte der Mann.

»Wir haben geschlossen!«

»Ich brauche es koscher. Für Challa.«

Moshe zog die Brauen zusammen. *Challa*, nicht *Holla*. Das hatte Addie gehört. Er drückte gegen die Tür, um sie zu schließen, aber der Mann auf der anderen Seite gab nicht nach. »Haben Sie das meinem Hausmädchen gesagt?«, fragte Moshe.

Der Mann gluckste. »Noch ein amerikanischer Jude mit einem Hausmädchen. Sie ist ziemlich ungehobelt«, sagte er.

»Fahren Sie nach Reading. Da gibt's reichlich koschere Sachen! Und auch ungehobelte Hausmädchen, wenn Sie die wollen«, sagte Moshe. Er drückte gegen die Tür, doch der Mann wich nicht.

»Das ist zwanzig Kilometer weg!«

»Was bin ich, ein Taxi? Besorgen Sie sich ein Pferd und eine Kutsche!« Moshe drückte stärker. Zu seiner Überraschung hielt der Mann, der, wie er durch die Scheiben der Tür sehen konnte, viel kleiner war als er, ohne Problem dagegen.

Ich muss besser essen und mehr schlafen, dachte Moshe. Er drückte noch fester und konnte nicht glauben, dass die Tür den Spalt offen blieb. Der Mann hielt sie ohne Anstrengung, wie sie war.

»Sind Sie nicht ganz bei sich?«, fuhr Moshe ihn an. Frustriert warf er sich mit der Schulter gegen die Tür. Der kleine Mann tat es ihm nach, und die Tür blieb die wertvollen paar Zentimeter geöffnet, weit genug, dass Moshe das Gesicht seines Gegners sehen konnte, der sich zu seinem Erstaunen rein gar nicht anzustrengen schien. »Was für ein Teufel sind Sie?«, rief er.

»Ich brauche nur Mehl! Um Challa zu backen.«

»Besorgen Sie es sich anderswo!« Moshe drückte jetzt mit aller Kraft. Schweiß trat ihm auf die Stirn. Er hielt die Zähne fest zusammengebissen, eine Seite seines Gesichts gegen den Rand der Tür gepresst. Er sah seinen Gegner an, der nicht mehr als ein paar Handbreit entfernt war. Der kleine Mann behauptete sich. Er schien amüsiert. War er eine Art Dämon? *Der Engel des Todes*, dachte Moshe. *Er will meine Frau holen!* Plötzlich fühlte er sich hilflos. Er wünschte, Nate wäre da. Nate wäre stark genug, um die Tür mit einer Hand zuzuknallen und diesen Affen auf die Straße zu schleudern. Oder sein Cousin Isaac. Ein Blick von Isaac würde diesen Trotzkopf in die Flucht schlagen. Aber er war allein. Fast hätte er nach Addie gerufen, entschied sich jedoch dagegen. Das wäre zu peinlich. Stattdessen wandte er alle Kraft auf, spannte jeden einzelnen Muskel an. Der Fremde, der über die Stärke von drei Männern zu verfügen schien, blieb unbeeindruckt.

Moshe spürte, wie seine Kraft schwand. Er war erschöpft. Das Theater, die Nachtwachen an Chonas Seite und kein rechtes Essen, er hatte nicht mehr viel Energie. Er spürte, wie sein Geist den Körper durch die Füße verließ. *Lächerlich*, dachte er.

»Bitte, gehen Sie«, keuchte er.

»Ich möchte Ihnen etwas sagen«, sagte der Mann.

»Sie sind der Teufel!«, ächzte Moshe auf Jiddisch zwischen zusammengebissenen Zähnen und dachte dann: *Warum spreche ich Jiddisch? Ich hasse Jiddisch.*

Der Mann auf der anderen Seite der Tür sagte ruhig: »Nennen Sie mich nicht den Teufel. Ich bin ein Tänzer.«

»Dann tanzen Sie die Straße runter, oder ich ruf die Polizei. Sie brechen in meinen Besitz ein!«

»Ich breche nicht ein.«

»Gehen Sie weg! Meine Frau ist krank.«

»Deshalb bin ich ja hier«, sagte der Fremde. Mit einem heftigen Stoß ließ er Moshe zurücktaumeln und drückte die Tür weit auf. Moshe landete mit seinem Hinterteil auf dem kalten Holzboden neben der Glastheke mit dem Fleisch und der Wurst. Es tat einen so mächtigen Schlag, dass die Flaschen und Waren auf den Regalen erzitterten.

So zu Boden gegangen, hörte er Addie von oben rufen: »Was ist da unten los? Seid ruhig!«

Moshe hob den Blick. Er erwartete, dass der Fremde in den Laden gestampft kam, um ihn fertigzumachen.

Stattdessen stand der kleine Mann ein Stück entfernt in der Tür, den Blick gesenkt, die Hände in den Hüften. Sein kräftiger Körper füllte die Öffnung nach draußen, an seinem Hosenbund hing ein Tallit. Sein Fedora war abgetragen und sein Anzug schäbig, als hätten Mäuse an den Rändern geknabbert. Er trug ein weißes Hemd und eine Schleife mit Clip, die ihm bis auf die Taille hing, blies die Backen auf und sah sich im dunklen Laden um. »Machen Sie sich keine Sorgen wegen ihrer freidenkenden jüdischen Frau, mein Freund. Sie wird so schnell noch nicht abdanken. Dieser Typ Jude kommt gut in diesem Land. Das hab ich gesehen.«

»Mögen Ihnen Zwiebeln im Nabel wachsen, dass Sie so von meiner Frau sprechen.«

»Das ist ein spanischer Ausdruck, mein Freund. Sprechen Sie Spanisch.«

»Nein. Sie?«

»Das tu ich tatsächlich. Ich war mal in Spanien.«

»Dann tun Sie mir einen Gefallen, Sie Irrer. Gehen Sie zurück dorthin.«

»Erst, wenn ich mein Mehl habe.«

Moshe verfiel instinktiv auf einen der vielen hinterlistigen Tricks, die er als Kind in Rumänien gelernt hatte, wenn die Chefs der reisenden jüdischen Theatergruppe, zu der er gehörte, am Rand der Stadt Horden von mit Gewehren und Knüppeln bewaffneten russischen Proleten gegenüberstanden, die in letzter Minute noch Geld für eine von der Truppe begangene Ordnungswidrigkeit, für gewöhnlich eine erfundene, verlangten. Denn es war besser, erst nach der bereits geleisteten Unterhaltung rabiat zu werden, besonders nachdem die hübschen jüdischen Mädchen, die sie überhaupt erst dazu verleitet hatten, in die Vorstellung zu gehen, sie nicht rangelassen hatten. Im Übrigen hatte Moshe in den zwölf Jahren der Verhandlungen mit abgebrühten Bandmanagern in seinem Theater auch ein paar eigene Tricks entwickelt.

Auf seinem Hintern sitzend, eine Hand an der Vitrine mit den Süßigkeiten, Nähnadeln und anderen Gütern, blickte er auf und sagte ruhig: »Ich werde es Ihnen überlassen, mein Freund, zu entscheiden, was das Beste für Sie ist. Denn auch wenn Sie ein Fremder für mich sind, ist es meine Pflicht, Sie willkommen zu heißen. Ich kenne die Not, komme ich doch aus einem Land, in dem ein Pferdehuf wertvoller ist als ein Stück Brot. Ein Pferdehuf, verstehen Sie, kann helfen, ein Feld zu bestellen und ein ganzes Dorf nähren. Aber Brot? Was tut Brot? Sie essen es, und schon müssen Sie ein neues backen. Ich selbst habe weder das eine noch das andere. Ich bin ein armer Krämer, der Süßigkeiten und Nahrungsmittel verkauft. Kommen Sie rein. Nehmen Sie sich so viel Mehl, wie Sie wollen. Und ich überlasse es Ihnen zu entscheiden, was Sie zahlen wollen.«

Der Fremde kicherte und sagte auf Jiddisch: »Sei vorsichtig, du rumänischer Gauner.«

»Sind Sie Ungar?«

»Pole.«

»Es gibt auch in Polen *Schmeichler*.«

»Das sagt der Richtige. Das Einzige, was Sie in Polen mit Schmeicheleien ernten, sind leere Gefühle.« Er sah sich weiter im Laden um. »Arm sind Sie nicht, mein Freund. Das Wichtige ist, ich hab gute Neuigkeiten. Ich bin gekommen, um Ihnen zu sagen, dass ich eine Frau gefunden hab.«

»Sie haben was gefunden?«

»Eine Frau.«

Moshe saß auf dem Boden und starrte den kleinen Mann perplex an. »Warum sollte es mich interessieren, dass Sie eine Frau gefunden haben?«

Zum ersten Mal schien der Mann in der Tür, der vor Selbstvertrauen nur so strotzte, den Kopf ein wenig einzuziehen. Er wirkte ernstlich verletzt. »Aber Sie haben doch gesagt, ich soll mir eine suchen!«

»Was bin ich, Kartoffelbrei? Was stört es mich, ob Sie eine Frau haben? Meine Frau ist krank. Die Pest komme über Sie, dass Sie mir keine Ruhe lassen. Gelb und grün sollen Sie werden! Nehmen Sie sich so viel Mehl, wie Sie wollen, und gehen Sie anderen Leuten auf die Nerven, Sie dämlicher Pole! Lassen Sie mich in Ruhe!«

»Aber ich hab getan, was Sie gesagt haben!«

»Gehen Sie mit Ihren Sprüchen anderswo hausieren, Sir!«

»Sie haben gesagt, warum sollte ich ohne eine Frau zu einem Tanz kommen. Aber Sie haben mich nicht weggeschickt. Sie haben mich dabei sein lassen. Und ich habe getanzt. Deshalb bin ich jetzt hier. Sie haben mich eingeladen.«

»Nichts dergleichen hab ich getan.«

»Doch, das haben Sie. Sie haben gesagt, wo immer ich lebe, ist das Zuhause des größten Tänzers der Welt.«

»Wovon reden Sie da? Verlassen Sie mein Haus!«

»Sie erinnern sich nicht an den Tanz?«

»Was für einen Tanz?«

Der Mann zog so ungläubig wie enttäuscht den Kopf zurück und streckte die Hände aus.

»Was für ein Tanz?«, sagte er fröhlich. »Was für ein Tanz? Der einzige Tanz. Der *größte* Tanz. Der größte Tanz, der größte Familienspaß, die größte Ausgelassenheit, die dieses Land je erlebt hat. Der größte Tanz aller Zeiten!«

Moshe, immer noch auf dem Boden, starrte die Gestalt an, und wie die Blätter eines Buches flatterten Erinnerungsstücke in ihm auf. Im frühen Licht des Tages, als die Sonne gerade über die östlichen Hänge linste und ihr Licht hinunter auf die Hütten und Behausungen Chicken Hills schickte, in genau dem Haus, in dessen warmem Keller vor zwölf Jahren die Liebe mit der Anmut eines Schmetterlings in sein Herz geflogen war und ein wunderschönes junges Mädchen, das heute seine Frau war, Gelb in Butter gestampft und ihm die magischen Worte der Thora gezeigt hatte, eines Buches, das sie nicht berühren durfte, über dessen Seiten sie jedoch gefahren war und ihm das Versprechen enthüllt hatte, das in den Worten der Heiligkeit, der Liebe, der Geschichte steckte – genau diese Seiten flatterten in seinem Gedächtnis auf, und in der Menge draußen vor dem Theater sah er das spitzbübische Gesicht, den Hut, den Tallit, die Grübchen eines jungen Mannes zwischen Juden aller Art –, und dann, als hätte eine ferne Glocke angeschlagen, hörte er, aus weiter Ferne die wundervoll jammernde Klarinette von Mickey Katz.

Und da war er plötzlich wieder in seiner ganzen Pracht, jener wundervolle, kalte Dezembernachmittag, als er, frisch verheiratet und im Rausch der Liebe, auf die High Street gekommen war und mehr Juden an einem Ort gesehen hatte als je zuvor in Amerika. Und die Menge schiebt sich in seinen Blick wie die großen Tempel Ägyptens im Sonnenlicht eines anbrechenden arabischen Tages, Hunderte und Aberhunderte Juden, versammelt vor seinem Theater, begierig darauf, durch die Tür zu strömen und ihn reich zu machen, dort hineinzugelangen, um johlen, kreischen und tanzen zu können, um eine gute Zeit wie ehedem zu haben.

Unter ihnen ein junger Chassid, der verkündete, dass er nicht mit jeder Frau tanzen würde. Weil er nach einer zum Heiraten suche.

Als Moshe den Mann jetzt anstarrte, verspürte er die gleiche Leichtigkeit wie damals, als er in die High Street einbog und all die Menschen sah. Und es war, als würde ihm eine große Last von der Brust genommen und auf den Rücken verlegt, wo sie hingehörte. Zwölf Jahre fielen von ihm ab, und er war wieder ein junger Mann, stand seitlich der Bühne seines Theaters und sah zu, wie Mickey Katzens beseelte Band die Tapete von den Wänden spielte, während Hunderte amerikanische Juden zu ihrer Musik tanzten. Und zwischen ihnen der wirbelnde, sich um die eigene Achse drehende verrückte chassidische Tänzer. Der junge Mann, der verkündet hatte, er wolle mit keiner Frau tanzen. Der junge Mann, der erklärt hatte, dass er nicht nach einer Tänzerin suche, sondern nach einer Frau zum Heiraten, tatsächlich dann aber mit jeder verfügbaren Frau getanzt hatte. Und was für ein Tänzer er gewesen war!

»Ich erinnere mich an Sie!«, sagte Moshe aufgeregt. »Sie waren der beste Tänzer, den ich je gesehen hatte. Wie heißen Sie?«

Anstatt zu antworten, zog der junge Chassid stolz den Hut, kratzte sich die Stirn und sah über die Nase zu Moshe hinunter, der immer noch auf dem Boden neben der Fleischtheke saß. Er sprach langsam, als wäre er ein weiser alter Mann: »Unsere rabbinischen Gelehrten sagen uns, dass wir drei Namen haben: einen, den uns unsere Freunde gegeben haben, einen von unserer Familie und einen, den wir uns selbst geben.«

»Sollte ich Sie also Erbse, Tomate oder Zwiebel nennen?«

»Malachi«, sagte er.

Er wollte noch etwas sagen, aber Moshe, noch ganz in der Erinnerung, platzte fast vor Aufregung, denn eine Frage nagte seit Jahren an ihm, und er konnte sein Glück kaum fassen. »Ich hab sie am Tag danach noch mal gesehen!«, sagte er. »Als Katz wieder weg war. Vor dem Theater. Sie haben mir eine Flasche Pflaumenschnaps gegeben, und wir hörten einen Knall hinten auf der Anhöhe. Wir sahen schwarzen Rauch, und Sie sagten, es sei ein böses Omen.«

»Es war eine böse Zeit«, sagte Malachi. Er trat in den Laden und streckte die Hand aus, um Moshe zurück auf die Beine zu helfen. »Aber sie ist vorbei.«

6
CHALLA

Zwei Tage später ging Chonas Fieber zurück. Tags drauf hörten ihre wirren Fieberreden auf. Noch einen Tag später setzte sie sich auf, Friede schien sich über ihre zarte Gestalt zu senken, und langsam, sehr langsam kehrte das Wohlbefinden in sie zurück. Aber ach, sie konnte noch nicht lange stehen oder ohne Hilfe gehen. Ein Spezialist, den Moshes Cousin Isaac aus Philadelphia geschickt hatte, bestätigte, dass eine Art Blutproblem das Gehirn angegriffen habe, was angesichts ihres schlimmen Beines dazu führen könne, dass das Gehen ohne Hilfe schwierig bleibe. Moshe war das egal. Selbst, wenn sie für den Rest ihres Lebens einen Rollstuhl brauchte, war er glücklich, solange sie sonst die alte Chona war.

Nach einer Woche sah er, wie das Licht in ihre Augen zurückkehrte. Eine Woche später begann sie wieder, lange Sätze zu bilden, wenn auch noch langsam. In der dritten Woche stand sie mit Addies Hilfe, gab Anweisungen und wollte nach unten und den Laden aufmachen.

Moshe war glücklich. Er schrieb ihre Besserung der Ankunft Malachis zu, der darauf bestand, jeden Tag zum Theater zu kommen und einen Laib Challa zu bringen, damit Moshe ihn für seine Frau mitnahm. »Das wird ein Teil der Heilung Ihrer Frau sein«, sagte er stolz.

Als er Moshe den ersten Laib Challa ins Theater brachte,

trug er immer noch sein abgewetztes Sportjackett, Hut und Tallit. Er hielt das Brot stolz in der Hand, als trüge er ein Kind. »Sie sind mein erster Kunde«, sagte er.

Moshe nahm den Laib mit der gleichen ausgesuchten Vorsicht entgegen, mit dem er ihm angeboten wurde. Auch wenn er Challa nie gemocht hatte, war er doch entzückt. Er aß lieber einfaches geschnittenes Weißbrot und amerikanische Sandwiches mit Schinken und Käse, die wie alles in Amerika waren, einfach und schnell, nichts Luftiges, Dickes oder Suppiges wie altes europäisches Essen. Aber Malachis Brot war frisch, und etwas an dem neuen Bäcker rührte ihn, und so riss er ein Stück ab und schob es sich in den Mund – und musste würgen. Moshe gelang es, ein »Danke« herauszubringen, schaffte es aber nur gerade so, den nach Zwiebeln, Sand und Fett schmeckenden quellenden Brei nicht auf den Boden zu erbrechen.

»Wunderbar«, sagte er.

»Es wird Besserung bringen, wohin immer es kommt«, sagte Malachi. »Es wird wie Ihr wundervolles Theater sein und die Menschen zusammenbringen.«

Im Krankenhaus vielleicht, dachte Moshe und nickte. Aber er lächelte und sagte nichts weiter. Er hätte es gehasst, seinen neuen Freund zu beleidigen, und versprach, seiner Frau das Brot am Abend mitzubringen. Stattdessen bot er es jedoch Nate auf ihrem gemeinsamen Nachhauseweg vom Theater an, als sie in den frühen Morgenstunden die unbefestigten Straßen Chicken Hills hinaufgingen. Er tat es mit der entschuldigenden Bemerkung: »Der neue Bäcker lernt noch.«

Nate nahm einen Bissen, sagte nichts und warf das Brot einem braun gefleckten Köter zu, der aus einer der Bretterbuden gelaufen kam, die entlang der Straße den Hill hinauf standen. Der Hund war eine Pest, der sie regelmäßig auf ihrem nächtlichen Nachhauseweg terrorisierte, und wenn Moshe allein ging, machte er einen Umweg, um dem Vieh nicht zu begegnen.

Der Hund verschlang das Brot mit einem Bissen, und als Malachi Moshe am nächsten Tag fragte, ob sein Challa »eine Besserung« bringe, antwortete Moshe glücklich: »Ja, tatsächlich. Und Frieden«, hatte der Hund ihn doch am Morgen zum ersten Mal überhaupt in Ruhe gelassen.

So schrecklich das Challa auch sein mochte, es war der Beweis für den Zauber, der alles, was Malachi anfasste, zu begleiten schien, denn der Hund belästigte Moshe nie wieder. Unheil und Unordnung schienen Moshes neuem Freund überallhin zu folgen, aber es rührte oder ärgerte ihn nicht. Malachi war kein ordentlicher Mensch. Sein Anzug war zerknittert, sein Hut zerdrückt, sein Tallit ausgefranst, und seine klaren blauen Augen schienen immer ein wenig abwesend. Den Kopf hielt er stets gebeugt, tief in die Seiten seines Gebetbuches versunken, manchmal über Stunden, selbst wenn er backte, woraufhin seine Pasteten und Brote verbrannten. Es war Moshe klar, dass sein neuer Freund kein geborener Bäcker war. Malachis Wohnung über der Bäckerei stand voller Gerümpel, voller Dinge, die er sammelte, verkaufte, kaufte und irgendwie von hier und dort zusammentrug, und er gestand, dass er seit seiner Ankunft aus dem alten Land in der neuen Heimat eine Art reisender Händler gewesen war. Seine Reisen hatten zweifellos sein Gesichtsfeld geweitet, denn er war ein endloser Quell an Wissen über alles, von Automobilen bis zu den Eisen produzierenden Fabriken Pottstowns. Und obwohl er so ein fürchterlicher Bäcker und völlig unorganisiert war, verfügte Malachi über eine außergewöhnliche Leichtigkeit und schier endlose Begeisterung für weltliche Dinge. Er schien allem, was er berührte, Licht, Luft und Güte zu bringen. Er staunte über die einfachsten Dinge – einen Apfelschäler, ein Fass, eine Menora, einen Pappbecher, eine Murmel –, hielt oft etwas in die Höhe und sagte: »Wunderbar! Stellt euch das vor. Wer hat sich so was einfallen lassen?«

Moshe hatte wenige Freunde. Die meisten von Pottstowns Juden hatten den Chicken Hill mittlerweile verlassen. Nate war ein Freund, aber er war ein Schwarzer, und so blieb eine gewisse Distanz zwischen ihnen. Bei Malachi gab es die nicht. Sie waren beide Flüchtlinge, die Ellis Island überstanden hatten, den zermürbenden Ausbeuterwerkstätten und dem gemeinen Verbrechen der verdorbenen Lower East Side entkommen waren und es mit allen Mitteln ins Land der unbegrenzten Möglichkeiten geschafft hatten, nach Pennsylvania, der Heimat der Quäker, der Mormonen und Presbyterianer. Wen störte es, dass ihre Leben einsam waren, die Jobs eine undankbare Schinderei und die romantische Vorstellung vom stolzen amerikanischen Staat ein Mythos, dessen Regeln von strengen Europäern sorgfältig in Büchern und Gesetzen niedergelegt worden waren. Europäern, die Stadt und Staat wie düstere Sensenmänner mit ihren selbstgerechten Kirchen heimsuchten, die behaupteten, dass die Juden ihren edlen Jesus Christus ermordet hätten? Ihre pennsylvanischen Mitbürger wussten nichts von ihren zerstörten Schtetl und Synagogen im alten Land. Sie wussten nichts von den überforderten älteren Einwanderern, die in Mietshäusern in New York hungerten, den Alten, die mitgekommen waren, nur Jiddisch sprachen und deren Kinder starben oder sie in Wohlfahrtsheimen zurückließen, die Frauen bis an ihr Ende voller Angst, die Männer dazu verdammt, Gemüse und Obst von Pferdekarren zu verkaufen. Sie waren ein verlorenes, in Amerika verstreutes Volk, verunsichert, ihre Jeschiwa-Ausbildung nutzlos. Vom Lärm und Scheppern der amerikanischen Industrie übertönt, wollte niemand etwas von ihrer stolzen Geschichte wissen, ihrer stolzen Vergangenheit als Uhrmacher und Schneider, Gelehrte und Historiker, Musiker und Künstler, alles dahin, alles vertan. Den Amerikanern war Geld wichtig. Macht. Die Regierung. Die Juden hatten nichts von alldem. Ihr Job war es, leisezutreten im Land von Milch und Honig und dankbar zu sein, dass sie sich frei bewegen konnten, ohne in den Hintern getreten zu werden – oder schlimmer. Das Leben in Amerika war nicht leicht, aber es war frei, und wer hart arbeitete, konnte sich eine Möglichkeit schaffen, vielleicht sogar einen Laden eröffnen oder etwas anderes anfangen.

Moshe, der Besitzer von zwei erfolgreichen Theatern und einem Lebensmittelladen, der dank seiner in Amerika geborenen jüdischen Frau Jahr um Jahr Geld verlor, war stolz darauf, ein Amerikaner zu sein. Er liebte die amerikanische Lebensweise und mühte sich, seinen neuen Freund davon zu überzeugen, dass sie gut war. Er schenkte ihm einen Mesusa-Anhänger – normalerweise schmückte eine Mesusa den Eingang zu einem jüdischen Zuhause, der Anhänger konnte jedoch auch um den Hals getragen werden, und auf der Rückseite stand eine spezielle Inschrift: »Zuhause des größten Tänzers der Welt.« So, erklärte ihm Moshe, würde sich Malachi, wohin er auch kam, überall zu Hause und willkommen fühlen.

Aber Malachi, den freundliche Gesten und kleine Geschenke für gewöhnlich freuten, gab ihm die Mesusa zurück und bat ihn höflich, sie Chona zu geben, was er zu ihrer Freude tat. Im Gegensatz zu den meisten Juden war Malachi stolz auf das, was er lachend sein »Holterdiepolter-Leben in Europa« nannte, das er hinter sich gelassen hatte. Es störte ihn nicht, ein Greenhorn zu sein. Er weigerte sich, sich wie ein Amerikaner anzuziehen, sondern trug lieber seinen Tallit unter dem Hemd und ließ die Enden an der Hose herunterhängen. Er war in einem Maße koscher, das Moshe übertrieben erschien. In der hinteren Tasche seiner übergroßen Hose trug er ein zerlesenes Gebetbuch, einen Machsor, mit sich, dick wie der Protokollblock eines Großstadtpolizisten. Er hatte ihn ständig dabei und holte ihn immer wieder hervor, hielt inne mit dem, was er gerade tat, schlug kenntnisreich eine viel gelesene Passage auf und war manchmal so bewegt, dass er das Buch an die Brust drückte, den Kopf neigte und auf Hebräisch ein inbrünstiges Gebet summte. Eines Nachmittags, als die beiden zusammen eine Tasse Tee genossen, legte Malachi sein Gebetbuch auf den Tisch. Moshe zeigte darauf und sagte vorsichtig: »Ich bin etwas zurückhaltend, was jüdische Dinge in diesem Land angeht.«

»Warum?«

»Es ist nicht so gut, Zeit mit alten Dingen zu vergeuden.«

Malachi lächelte. »Die Gebete in diesem Siddur«, sagte Malachi, »sind nicht alt.« Er nahm den alten Band. »Sie sind für hohe Feiertage wie Passah und Sukkot, nicht für alltägliche Belange. Aber ich benutze sie trotzdem dafür.«

»Ist das nicht falsch?«, fragte Moshe.

Malachi kicherte. »Der Prophet Jesaja verurteilt die Gewohnheit und mechanisches Beten sowieso. Also macht es nichts.«

»Sind Sie ein Rebbe?«

»Hängt davon ab, wer fragt.«

»Muss ein Rebbe nicht die Jeschiwa absolviert haben?«

»Was interessiert es Sie, ob ich ein Rebbe bin oder nicht? Solange unsere Worte überlegt und in guter Absicht geäußert werden, macht es nichts. Unsere Art spendet Trost und fügt kein Leid zu. Sie bringt Freude und keinen Schmerz. Ich hab gesagt, Ihre Frau würde wieder gesund werden. Und so ist es. Was macht es, ob ein Rebbe diese Worte sagt oder ich? Ich bin übrigens kein Rebbe. Ich folge nur dem Talmud, auch wenn mein Brot Ihre Frau gesund gemacht hat.«

Moshe lachte. »Mein Cousin Isaac sagt, sein Arzt hat sie geheilt.«

Malachi lächelte ernst. »Mein Freund, die Wahrheit ist, es war weder ich noch sein Arzt. Noch mein Brot. Die Fülle der Erde hat sie gesund gemacht. Psalm vierundzwanzig sagt, die Menschen sollen die Fülle der Erde genießen. Und ist Brot nicht ein Teil dieser Fülle?«

Moshe zuckte mit den Schultern und beließ es dabei. Er war so froh, dass es Chona immer besser ging, und hatte Angst, es zu beschreien. »Warum kommen Sie nicht zum Essen zu uns?«, sagte er. »Sie haben meine Frau noch gar nicht kennengelernt.«

»Zu seiner Zeit«, sagte Malachi.

Es waren genau diese Art Antworten, die Moshe nervös und neugierig machten – das immer neue seltsame Verhalten, das seinen Freund auszumachen schien. Er nahm an, dass Malachi Chona vielleicht deshalb nicht treffen wollte, weil es ihm verboten war, zumindest seiner Meinung nach, sie zu berühren. Aber dennoch kam er so gut wie jeden Nachmittag, nachdem er seinen Laden geschlossen hatte, mit seinem Brot ins Theater und war stets bester Laune und voller Fragen über das Theater, Moshes Mannschaft, seine Geschäfte und das Leben in Amerika. Und wenn er sich auch immer nach Chonas Fortschritten erkundigte, wollte er über seine eigene Frau doch nicht reden, mit der er bei seiner Ankunft so offen angegeben hatte. Und Moshe fragte nicht nach ihr. Er sah ein, dass sich die Ehe für Juden, die in Amerika neu waren, als kompliziert erwies. Manche Männer hatten Frauen in Europa und nahmen sich hier eine neue. Andere vermissten ihre Frauen so sehr, dass ihnen ihre bloße Erwähnung Tränen in die Augen trieb, sie zu schimpfen begannen, ja, fluchten oder gar handgreiflich wurden. Manche arbeiteten und sparten jahrelang, um ihre Frauen nachholen zu können, nur um, nachdem sie endlich da waren, festzustellen, dass sich beide Seiten zu sehr verändert hatten, um die Ehe aufrechtzuerhalten. Moshe, der sich all dessen bewusst und voller Glück über die eigene intakte Ehe war, schwieg zu dem Thema. Dennoch bildete Malachis Verschlossenheit in Bezug auf seine Vergangenheit und seine Frau eine merkwürdige Kluft zwischen ihnen und machte Moshe nur umso neugieriger. Er wollte sie überbrücken und hätte es wohl auch versucht, wäre Malachis kriselnde Bäckerei nicht wichtiger gewesen, deren Scheitern sich von Beginn an abzeichnete.

Selbst wenn Malachi der beste Bäcker der Welt gewesen wäre, der Zeitpunkt, an dem er nach Pottstown kam, war denkbar schlecht. Fabicelli, der nette alte italienische Bäcker, der sein übrig gebliebenes Gebäck der Woche jeden Sonntagabend in einer Kiste zur freien Verfügung für jedermann auf den Chicken Hill brachte und von dem Malachi die Bäckerei gekauft hatte, war einer der letzten weißen Händler gewesen, die noch ins Viertel kamen. Nur Herb Radomitz mit seinem Ice House gab es noch, der mit Pferd und Wagen Eis auslieferte, ja, und die aufbrausenden litauischen Schumacher Irv und Marvin Skrupskelis, die den Leuten eine Heidenangst machten. Alle anderen weißen Läden waren auf die grüneren Weiden der High Street gezogen, nur zehn Straßen weiter.

Und während der nette, alte Fabicelli seinen alten Transporter, die Bäckerei und das Haus mit der Wohnung darüber nur zu gern dem wandernden Juden verkauft hatte, hatte er ihm seine Rezepte ganz offensichtlich nicht überlassen, denn auch der Rest von Malachis Backwaren war so schlecht, wenn nicht noch schlechter als sein Challa. Die Kuchen waren eine reine Katastrophe. Sie sahen aus wie die Fingerfarbenbilder eines Sechsjährigen, mit herunterlaufendem Zuckerguss und eingedrückten Rändern. Seine Milchbrötchen schmeckten nach gehackter Leber, und das Innere seiner Fleischpasteten sah aus wie verschimmeltes Corned Beef, das einen Maler mit Pinsel und einem Topf roter Farbe brauchte. Selbst Chicken Hills Schwarze, die angefaulte, alte Dinge gewohnt waren, mieden Malachis Bäckerei. Dass sie die ersten paar Wochen überhaupt überlebte, lag an den siebzehn jüdischen Familien Pottstowns.

Moshe verfolgte den Niedergang mit Sorge, und eines Nachmittags, als Malachi ins Theater kam, um sein gewohntes als Challa verkleidetes Wasser und Mehl zu bringen, entschied sich Moshe, das Problem anzusprechen. Die beiden standen vor der Bühne, während Nate und seine kleine Mannschaft alles für den abendlichen Auftritt des großen Count Basie Orchestra vorbereiteten.

Bevor Moshe das Thema jedoch ansprechen konnte,

warf Malachi, ganz in der Stimmung, über sein Geschäft zu reden, den in braunes Papier gewickelten Laib Challa auf den Rand der Bühne und gestand: »Ich hab die Bäckerei heute früher zugemacht.«

»Warum?«

»Das Geschäft geht schlecht. Die Leute mögen mein Brot nicht. Was ist schlecht an meinem Brot? Es ist gutes Brot.« Er lehnte sich an die Bühne und sah zu Nate und den anderen drei Schwarzen hinüber, die Tische abwischten und den Müll vom letzten Abend einsammelten.

Moshe fragte vorsichtig: »Hatten Sie früher schon mal eine Bäckerei?«

»Natürlich nicht.«

»Warum haben Sie dann eine gekauft?«

»Sie war zu haben.«

»Es gibt auch viele andere Geschäfte.«

»Was ist falsch daran, eine Bäckerei zu kaufen?«

»Nichts. Aber so was will gelernt sein.«

»Warum? Ich bin ein guter Koch.«

»Backen ist kein Kochen. Soweit ich es verstehe, verlangt Backen eine große Genauigkeit. Haben Sie im alten Land gebacken?«

Malachi antwortete nicht gleich. Stattdessen nahm er den Hut ab und fuhr sich mit der Hand durch sein dickes, lockiges Haar, setzte den Hut wieder auf, griff in seine Manteltaschen und fischte alle möglichen Backutensilien heraus: einen Mixbecher, ein Sieb, eine Backunterlage, einen Teigschaber, einen Portionierer, einen Spachtel und ein Nudelholz. Das alles legte er auf den Rand der Bühne und richtete es akkurat aus.

»Das sind meine Werkzeuge. Ich übe ständig. Ich bringe es mir selbst bei.«

»Man kann nicht gleichzeitig üben und verkaufen, mein Freund.«

»Warum nicht? Macht man es in Amerika nicht so?«

»Vielleicht. Aber *bevor* man ein Geschäft kauft. Nicht hinterher.«

Malachis normalerweise leuchtende Augen verdunkelten sich etwas. »Ich bin verwirrt. Als ich nach Amerika kam, bin ich zuerst nach Pittsburgh. Aber da wollte mich niemand einstellen, weil ich die Jeschiwa besuchte. Sie dachten, ich sei zu vergeistigt. Ich ging in ein großes Kaufhaus und sagte: ›Ich kann dolmetschen, weil ich viele Sprachen spreche. Ich spreche Jiddisch, Deutsch, Polnisch, Russisch und Spanisch. Ich kann die Kunden in ihrer Sprache ansprechen und ihnen Dinge vorschlagen.‹ Stattdessen sollte ich Kleider auszeichnen. Also hab ich an einem Gemüsewagen angefangen. Aber der Besitzer wollte, dass ich auch am Sabbat arbeite, da hab ich wieder aufgehört. Dann hab ich in einem Diner angefangen und Einlegefässer gesäubert. Von der Marinade sind meine Finger geschwollen. Danach hab ich Frauenartikel verkauft, von einem Pferdegespann. Am Ende hab ich dem Besitzer Pferd und Wagen abgekauft. Von da an hab ich gespart, genug, um schließlich die Bäckerei zu kaufen. Neun Jahre hat das gedauert.«

»War Ihre Frau da schon dabei?«, fragte Moshe.

Malachis Blick trübte sich, er ignorierte die Frage und deutete auf die Backutensilien auf der Bühne.

»Ich übe die ganze Zeit. Sogar nachts. Ich backe die schönsten Kuchen. Haben Sie schon mal meine Pasteten probiert?«

Nach seiner Erfahrung mit Malachis Challa hatte Moshe das nicht vor. Stattdessen zeigte er zu Nate und seinen Leuten hinüber, die alles für den Abend vorbereiteten. »Mein

Nate kann Ihnen helfen, ein paar farbige Mitarbeiter zu finden.«

Malachi schüttelte den Kopf. »Lebt er koscher?«, fragte er.

»Eine koschere Bäckerei verlangt keinen koscheren Bäcker«, sagte Moshe.

Malachi schwieg einen Moment und sagt dann: »Es ist nicht klug, Dinge zu vermischen, wie sie es hier in Amerika tun.«

Moshe verblüffte diese Aussage, die er für dumm hielt. »Was macht es? Sie wollen, dass Ihr Geschäft erfolgreich ist, oder?«

Aber Malachi hörte nicht zu. Er starrte zu Nate und seinen Männern hinüber, die Stühle und Tische herumrückten, die Tische weiß deckten und Kerzen daraufstellten. Er zeigte hinten in den Raum. »Wer ist der Junge?«, fragte er.

Moshe folgte seinem Blick, Malachis Finger deutete auf ein einzelnes schwarzes Kind unter den Männern, die in der Nähe eines der Ausgänge Tische abwischten. Der Junge war groß und dünn, nicht älter als zehn oder zwölf, nahm Moshe an, athletisch, mit langen Armen und einem langen Hals, und seine Haut sah aus, als hätte man ihn in ein Fass Schokolade getaucht. Er hatte ein dunkles, ovales Gesicht, eine breite Nase und hohe Wangenknochen. Schöne, ausdrucksvolle Augen. Der Junge fegte mit einem Handbesen Popcorn und Bonbonpapiere von den Stühlen. Er bemerkte sie, lächelte verschämt, zog den Kopf ein und machte weiter, als Nate ihn ansprach. Der Junge bewegte sich so schnell, als wollte er zwischen Tischen und Stühlen verschwinden.

Moshe sah ihm gebannt zu. Er war es gewohnt, dass

Schwarze kamen und gingen und plötzlich verschwanden. Aber als er dem schwarzen Jungen zusah, wie er über die Tanzfläche lief, Abfälle zusammenkehrte, Tische und Stühle verschob, und das alles so schnell und mit einer geradezu verzweifelten Zielgerichtetheit, verspürte er eine Art Erinnerungsböe, als wehte seine eigene Vergangenheit durch den Saal und bliese ihm hinten in den Hemdkragen. Es war wie eine Brise, die durch eine offene Bürotür hereinstieß und sämtliche Papiere von den Schreibtischen wehte. Er sah sich wieder in Rumänien, neun Jahre alt und hungrig, erschöpft, wie er vor einer Bäckerei in Constanța stand, ein von Panik erfülltes Auge auf die Straße gerichtet und nach Soldaten Ausschau haltend, das andere zur Tür des Bäckers blickend, aus der Isaac gestürzt kam, einen Laib Challa wie einen amerikanischen Football unter dem Arm, und eine alte Frau lief hinter ihm her, und Isaac zischte: »Weg hier, bevor die Soldaten kommen!« Die beiden Jungen rannten und verschlangen das Brot noch im Laufen wie Wölfe. Kein Wunder, dass er Challa hasste.

Er wandte den Blick von dem Jungen ab und sah, wie Malachi ihn anstarrte.

»Es ist so eine verrückte Geschichte mit dem Challa«, sagte Moshe. »Soll ich ...?«

»Nein.«

»Warum nicht?«

»Weil ich weiß, dass es nicht meine Backkunst ist, die Sie nicht mögen, mein Freund«, sagte Malachi. »Es ist das, was da in Ihnen brodelt. Und damit kann ich Ihnen nicht helfen. Da hilft nur Beten.«

Moshe machte große Augen. Wie konnte er das wissen? »Wovon reden Sie da?«, sagte er. »Sie bilden sich das ein. Es ist nur das Brot.«

Malachi ging nicht darauf ein. Stattdessen zog er sich hoch, setzte sich auf den Bühnenrand, ließ die Beine baumeln und sah dem schwarzen Jungen zu, wie er mit den Männern arbeitete und sich dabei durch den Tanzsaal bewegte. Er sah auf die Uhr, dann wieder zu dem Jungen hinüber. »Es ist ein Uhr. Das Kind sollte in der Schule sein.«

Moshe zuckte mit den Schultern. Der Unterricht des Jungen war nicht seine Sache. »Nate hat ihn mitgebracht. Nate bringt mir alle meine Arbeiter.«

Malachis Augen verloren ihr Licht. Niedergeschlagenheit überzog sein Gesicht, während er den Schwarzen zusah. »Als ich auf Ellis Island an Land ging, war der erste Amerikaner, den ich sah, ein Schwarzer. Darauf dachte ich, alle Amerikaner wären Schwarze.«

Moshe lachte nervös. Gespräche über Herkunft gaben ihm ein ungutes Gefühl. Er versuchte, das Thema zu wechseln. »Ich hatte, bevor ich herkam, noch nie eine Tomate gegessen«, sagte er aufmunternd. »Und auch noch keine Banane. Und als ich es dann tat, mochte ich beides nicht.«

Aber Malachi schien abgelenkt. Er starrte den Jungen an und sah zu, wie er Papier in einen kleinen Eimer warf und sich weiter nach hinten in den Saal entfernte. »Das ist es, was mit diesem Land nicht stimmt«, sagte er. »Die Schwarzen.«

Moshe zuckte mit den Schultern. »Sie haben nichts Falsches getan. Es sind gute Freunde ... mein Nate. Seine Frau Addie und die Leute, die sie mitbringen. Sie helfen mir sehr.«

Malachi grinste. »Wussten Sie, dass alle historischen Quellen zum Chanukka-Fest in griechischer Sprache verfasst sind?«

»Was hat das mit meinen schwarzen Arbeitern zu tun?«

»Licht ist nur durch den Dialog der Kulturen möglich, nicht durch gegenseitige Ablehnung.«

Moshe gluckste und nickte zu Nate hinüber, der sich in den hinteren Teil des Saals vorgearbeitet hatte und dem Jungen etwas sagte. »Mein Nate spricht kein Griechisch.«

»*Ihr* Nate? Gehört er Ihnen?«

Moshe schien perplex. »Sie wissen, was ich meine«, murmelte er.

Malachi runzelte die Stirn. »Die amerikanische Art, die Sie gelernt haben.« Er schüttelte den Kopf. »Dieses Land ist zu schmutzig für mich.«

»Was ist mit Ihnen? Nate ist mein Freund.«

»Ist er das jetzt?«

»Natürlich.«

»Weil Sie ihn bezahlen?«

»Natürlich. Soll er etwa umsonst arbeiten?«, stammelte Moshe.

Aber Malachi hörte nicht zu. Er starrte zu Nate, dem Jungen, der hinter ihm arbeitete, und den anderen Schwarzen hinüber. Er sah ihnen eine ganze Weile zu und murmelte dann: »Ich glaube, die Schwarzen haben einen Vorteil in diesem Land.«

»Wie das?«

»Sie wissen wenigstens, wer sie sind.«

Er rutschte von der Bühne und begann, seine Backutensilien einzusammeln, das Nudelholz, den Teigschaber, und stopfte alles unter lautem Geklapper in die übergroßen Taschen seiner abgetragenen Jacke. Das Nächste, was er sagte, sagte er auf Jiddisch: »Wir fügen uns in ein brennendes Haus.«

»Wovon reden Sie da?«, wollte Moshe wissen. Malachi drehte sich zum hinteren Teil des Saals hin, der Blick aus seinen blauen Augen folgte den Schwarzen, von denen plötzlich einer leise zu singen begann, ein Kirchenlied, und die anderen fielen in den Gesang mit ein, bewegten sich synchron, arbeiteten jetzt schneller, schoben Tische zurecht und warfen Abfall in die Mülleimer.

Ich gehe, wohin Du willst, dass ich geh,
Über Berge, Ebenen, die See.
Ich werde sagen, was ich sagen soll,
Werde sein, o Herr, der ich sein soll.

Das Lied wehte durch den nasskalten, düsteren Tanzsaal.

Malachi lauschte einen Moment und sagte dann, wieder auf Jiddisch: »Ich möchte, dass Sie meine Bäckerei für mich verkaufen. Ich bringe die Papiere morgen früh. Wenn es einen Gewinn gibt, schicken Sie ihn mir bitte.«

»Wohin wollen Sie?«

Aber Malachi war schon an der Seitentür raus.

Moshe sah verblüfft zu, wie sich die Tür hinter ihm schloss. Er blickte zur Bühne hin. Malachi hatte ein paar Dinge zurückgelassen, den Mixbecher, das Sieb. Er dachte: *Die Sachen gebe ich ihm, wenn ich ihn morgen sehe.*

Doch er sah Malachi am nächsten Tag nicht. Oder dem darauf. Er sollte Malachi drei Jahre lang nicht wiedersehen.

7
EIN NEUES PROBLEM

Einen Monat, nachdem Malachi Pottstown verlassen hatte, war Moshe im Theater, verschob Tische und räumte das Durcheinander vom letzten Abend auf, einem Blues-Sock-Hop mit Jay McPhan, als Nate seinen Besen beiseitestellte und zu ihm kam.

»Können wir mal reden?«

Moshe hätte ihn fast nicht gehört. Malachis plötzliches Verschwinden bereitete ihm immer noch Kopfzerbrechen. Ein paar Tage danach hatte er Nate zur Bäckerei geschickt, und der hatte berichtet, dass sie geschlossen und die Wohnung darüber dunkel sei. Kurz darauf bekam Moshe einen in Chicago abgestempelten Brief und zwei Tage danach einen aus Des Moines, Iowa, beide in Malachis wundervoll geschwungener Schrift, mit Instruktionen zum Verkauf der Bäckerei, was mit der Einrichtung und den Utensilien geschehen und wohin er das Geld schicken solle, wenn der Verkauf abgeschlossen sei. Das war eine Sorge, um die Moshe sich nicht drängte.

Moshe wartete eine Woche und hoffte irgendwie darauf, dass Malachi vielleicht seine Meinung änderte, machte sich schließlich aber daran, seiner Bitte zu folgen. Nachdem er ein paar Erkundigungen eingezogen hatte, kam sein Schwiegervater in Reading mit zwei jüdischen Brüdern aus Litauen, die die Bäckerei nur zu gerne kaufen wollten. Sie waren unerfahren, gerade erst angekommen und wussten nicht, wie Amerika funktionierte. Was bedeutete, dass Moshe hinunter ins Rathaus musste, um sich mit den Gojim und ihren abfälligen Fragen und verwirrenden Formularen herumzuschlagen. Isaac bot an, ihm einen jüdischen Anwalt aus Reading zu Hilfe zu schicken, aber Moshe lehnte das ab. Er kannte alle Angestellten der Stadt. Er konnte es selbst erledigen. Im Übrigen war Malachi ein Freund, auch wenn er an Dinge glaubte, an die er, Moshe, jetzt, wo er Amerikaner war, nicht mehr glaubte. Malachi, so entschied er, war Teil der Vergangenheit, und die alten Ideen passten einfach nicht nach Amerika. Trotzdem, was Malachi gesagt hatte, wollte ihm nicht aus dem Kopf. »Dieses Land ist zu schmutzig für mich«, hatte er gesagt. Was fiel ihm ein! Amerika war sauber, sauber, sauber – weit sauberer als Europa. Was stimmte mit ihm nicht, dass er so über dieses großartige Land reden konnte? Man brauchte sich doch nur anzusehen, wie es ihm geholfen hatte!

Aber es war das, was Malachi über die Schwarzen gesagt hatte, was Moshe am meisten umtrieb. »Ich glaube, die Schwarzen haben einen Vorteil in diesem Land. Sie wissen wenigstens, wer sie sind.«

»Das ist lächerlich«, hatte Moshe geantwortet.

Er hob den Blick und sah, dass Nate ihn anstarrte. »Wofür ist das?«, fragte Nate und nickte zu Moshes Hand hin.

Moshe stellte fest, dass er eine Zehn-Dollar-Note in der Hand hielt. Es war ein Trinkgeld, das er Nate dafür geben wollte, dass er die McPhan-Band mit seinem gewohnten Geschick betreut hatte. Er gab Nate immer etwas. Nate war sein Mann.

Er hielt ihm das Geld ihn. »Für dich.«

Nate sah ihn an. »Ist alles okay, Mr Moshe?«

Moshe sah sich im Theater um. Hinten waren zwei von Nates Arbeitern wieder hereingekommen, zusammen mit dem Jungen, der Malachi vor einem Monat aufgefallen war. »Wer ist das?«, fragte er.

Nates gütige Augen füllten sich mit Sorge. »Über ihn würde ich gern mit Ihnen sprechen. Das ist mein Neffe, Dodo.«

»Was für ein Name ist das für ein Kind?«

»So nennen wir ihn. Er ist ein guter Junge. Er ist taub und ... nun, nicht blöd.«

»Geistesschwach?«

Nate zuckte mit den Schultern. »Nein ... Er hatte einen Unfall, also ... Der Ofen von Addies Schwester ist eines Tages explodiert, und er hat was ins Auge gekriegt. Er konnte eine Weile nichts sehen, und er kann immer noch nicht wieder richtig hören. Aber er redet okay.«

»Wart ihr mit ihm bei Doc Roberts?«

Nate lächelte. Es war, wie Moshe sah, ein bitteres Lächeln. Doc Roberts marschierte jedes Jahr in der Parade des Klans mit. Es war Chona, die ihm das öffentlich vorgeworfen hatte. Ihre Briefe an die Zeitungen, in denen sie gegen die Männer protestierte, die, in weiße Tücher gehüllt, die Main Street hinuntermarschierten und die jüdischen Händler dazu zwangen, ihre Läden zu schließen, machten in Moshes Augen mehr Ärger, als sie wert waren. Und ihnen noch einen Brief hinterherzuschicken, der darauf hinwies, dass den Juden der Zugang zum Pottstowner Tennisclub verwehrt wurde, ja, sogar zur Eislaufbahn, und den der *Mercury* dann tatsächlich die Stirn hatte abzudrucken, half auch nicht. Das sorgte nicht nur in der Stadt, sondern auch in der Schul für Aufregung. Die meisten der ursprünglich siebzehn jüdischen Familien auf dem Chicken Hill kamen aus Deutschland und passten sich am liebsten an. Dagegen waren die neueren Juden aus Osteuropa ungeduldig und nur schwer zu kontrollieren. Die Ungarn gerieten leicht in Panik, die Polen schmollten gern, die Litauer waren wütend und unberechenbar, und die Rumänen, nun, das war er, Moshe, er war der einzige Rumäne hier, und er tat, was immer seine Frau ihm sagte, auch wenn er nicht in allem ihrer Meinung war. Jedenfalls hatten die relativ neuen jüdischen Ankömmlinge keine Angst, sich zur Wehr zu setzen. Sie schienen sich auf die unausgesprochene Auffassung zu stützen, dass Auseinandersetzungen zwar schlecht fürs Geschäft waren, Pottstown jedoch, wenn die Juden ihre Jobs und Geschäfte aufgaben, von einem Tag auf den anderen kollabieren würde. Chona, eine in Amerika geborene Bulgarin, hatte Einfluss, ihre amerikanische Herkunft verschaffte ihr Ansehen bei den hochnäsigen Juden in den Sozialdiensten, die ihre neuen in muffigen Kleidern und nur Jiddisch sprechend von den Schiffen kommenden Brüder von oben herab betrachteten. Ihr Vater hatte die Schul gegründet. Ihr Mann war der reichste Händler der Stadt, auch wenn er sein Geld mit jiddischen Theaterstücken und Nigger-Shows verdiente, und sein Cousin war der größte Theaterbesitzer Philadelphias mit Kontakten bis nach Hollywood. Isaacs Auftritt vor der Chewra, wo er Moshes Entscheidung verteidigte, sein Theater Farbigen zu öffnen, hatte große Wirkung gehabt. Und so trat Chona niemand öffentlich entgegen. Zudem war sie ein Krüppel, und wer würde mit einem Krüppel streiten? Lasst sie schimpfen, schienen sie zu sagen. Aber die älteren Juden der Stadt verfolgten, was sie tat, mit ängstlicher Aufmerksamkeit.

Ihre Krankheit machte alles noch komplizierter, weil Chona sich weigerte, sich von Doc Roberts behandeln zu lassen. Er war der Stolz der Stadt, ein Junge aus den eigenen Reihen, der es geschafft hatte, und die Geschichte ihrer langen Reisen zu weit entfernten Ärzten war eine Peinlichkeit. Doc Roberts hatte sogar eine Nachricht geschickt, dass er den Hill heraufkommen würde, um nach ihr zu sehen, war jedoch ignoriert worden. Moshe tat alles, um eine Konfrontation zu vermeiden, und behauptete, Chona brauche Spezialisten, was bis zu einem gewissen Grad auch stimmte – wenn es denn eine Diagnose gegeben hätte. Aber es gab nicht wirklich eine. Die Wende kam, und das erzählte sie gerne, als Malachi auftauchte und aus seinem dicken Machsor für sie betete. Und war es nicht vorauszusehen, erklärte sie, der arme Mann hielt es kaum fünf Minuten in Pottstown aus. Weil die Leute ihn nicht unterstützten. Jetzt ist er irgendwo da draußen und heilt die Welt. Pottstown sei verdammt! Stattdessen haben wir Doc Roberts am Hals, der jedes Jahr in seinem dummen weißen Kostüm marschieren geht. Wo und wie ist er überhaupt ein Doktor geworden?

Moshe hörte diese Dinge in seinem Haus und dankte seinem Glück dafür, dass Chonas körperliche Beschwerden es ihr schwer machten, in die Stadt zu gehen. Aber auch das löste das Problem mit Doc Roberts nicht. Moshe stöhnte, wann immer das Gespräch auf den Doc kam.

Als wollte er das alles bekräftigen, tat Nate den Gedanken an Doc Roberts sofort ab. »Dodo braucht keinen Arzt«, sagte er. »Er hatte einen Unfall. Er war krank. Dann ging es ihm besser. Er ist okay.«

»Was ist also das Problem?«, fragte Moshe.

Nates Hände fuhren nervös über den Besenstiel, während er sprach. »Ich wollte Sie schon länger fragen ... ob es okay ist, wenn ich ihn zum Aushelfen mitbringe, um die Stimmung zu heben und so.«

»Du kannst mitbringen, wen immer du willst«, sagte Moshe.

»Ja, aber ich frage mich, ob ich, wie man so sagt ... Ihren Segen dabei hab.«

Moshe sah zu dem Jungen hin, der, den Boden säubernd, näher kam. Es war ein hübscher Junge. Er hatte die reinste, schimmerndste dunkle Haut, die Moshe je gesehen hatte. Er leuchtete geradezu. Moshe lächelte ihn an. Der Junge erwiderte seinen Blick, sah gleich wieder weg und sammelte den Abfall auf.

Moshe kam ein Gedanke, als er sich an Malachis Worte zu dem Jungen erinnerte. Er sah auf die Uhr. Es war fast eins. »Wie alt ist er?«

»Etwa zehn.«

»Sollte er nicht in der Schule sein?«

Nate lehnte sich auf seinen Besen. »Nun, das ist es ja«, sagte Nate. »Dodo ist der Junge von Addies Schwester Thelma. Erinnern Sie sich an Thelma?«

Moshe erinnerte sich schwach an eine ruhige schwarze Frau, die Nate von Zeit zu Zeit als Hilfe mit ins Theater gebracht hatte. »Ich glaube, ja.«

»Thelma hat letzten Monat ihre Flügel bekommen.«

»Ihre Flügel?«

»Sie ist gestorben.«

»Oh.«

Nates Stirn legte sich in Falten, und seine Hände strichen langsam über den Besenstiel. Er sagte leise: »Meine Frau und ich haben ihn jetzt.«

Moshe senkte den Blick verlegen zu Boden. Ihm kam

nur selten der Gedanke, dass er und Nate etwas gemeinsam hatten. Ihre Frauen konnten beide keine Kinder bekommen. Seit zwölf Jahren arbeiteten sie Seite an Seite im Theater, sprachen aber kaum einmal über ihre Ehen oder Dinge bei sich zu Hause. Warum auch? Ihre Frauen übernahmen das schon. Chonas Krankheit hatte sie alle erschüttert, und ihre Genesung hatte ihnen etwas gegeben, worüber sie sich freuen konnten. Oder? Er begriff, dass er es immer schon vermieden hatte, Nate nach Dingen bei sich zu Hause zu fragen. Es war besser so, eine Rückkehr zu seiner eigenen Fusgeyer-Kindheit, als er sich mit Kindern anfreundete, deren Eltern sich der Theatergruppe anschlossen, und dann eines Tages waren sie plötzlich verschwunden, einige wurden adoptiert, andere von Krankheiten geholt, Unglück, Tod und in seltenen Fällen sich eröffnenden Möglichkeiten. Zu essen gab es wenig. Das Leben war billig. Ein Judenleben im alten Land war wertlos. Besser, man freundete sich mit niemandem an. Wie konnte Malachi dieses Land schmutzig nennen! Es war so viel besser hier.

»Nun, ich denke, das ist in Ordnung«, sagte Moshe. »Du kannst die Dinge halten, wie du magst.«

Nates Falten vertieften sich noch etwas. »Letzte Woche war ein Mann vom Staat bei uns. Er sagte, er bringt Dodo in eine spezielle Schule drüben in Spring City. Dodo will in keine spezielle Schule. Ihm geht's gut hier bei uns.«

Moshes Herz schlug schneller. Er spürte, dass Nate ihn um etwas bitten wollte, aber Nate fuhr schon fort: »Der Mann hat gesagt, er kommt nächste Woche, um ihn zu holen, und ich frage mich, ob Sie mich Dodo hier im Theater unterbringen lassen, nur für ein paar Tage, bis der Mann wieder weg ist. Der Junge ist ruhig. Kann nichts hören. Wird keine Angst haben oder Lärm machen. Und er ist ein guter Arbeiter, beim Saubermachen und so.«

»Für wie lange?«

»Nur ein paar Tage, bis der Mann wieder weg ist.«

»Aber es gibt hier nichts, worauf er schlafen kann«, protestierte Moshe, »und es ist zu kalt.«

»Er kann im Keller schlafen. Da haben wir ein Sofa und einen alten Ziegelkamin. Das reicht.«

»Was ist mit dem Mann vom Staat?«

»Die Regierung wird sich nicht zu sehr um einen kleinen farbigen Jungen in dem Alter sorgen, Mr Moshe.«

Moshe spürte bei dem Wort »Regierung« Angst in sich aufflammen. Die USA. Das Gesetz. Allein der Gedanke an Addie, wie sie bei seiner Frau stand, wie ihr die Tränen übers Gesicht rannen, während sie sich um Chona kümmerte, die schon lange schlief, und wie er morgens in seinem Sessel aufwachte und Addie war immer noch da und kämpfte gegen die Krankheit, kämpfte gegen den Teufel, der ihm die Liebe der Frau zu nehmen versuchte, die ihm so viel gegeben hatte. Nur dieses Bild gab ihm den Mut, die blanke Angst, die ihm in der Kehle aufstieg und über den Nacken fuhr, zu ignorieren, und er sagte: »Da muss ich mit meiner Missus sprechen, Nate.«

»Gut.«

Aber Moshe kannte die Antwort bereits, als er am Abend in seine Küche kam. Er erwartete nichts anderes, denn Chona fürchtete sich nicht vor der Regierung. Als ihr Vater nach Reading übergesiedelt war und darauf bestanden hatte, dass Moshe sein Theater verkaufte und sie in seine Nähe zogen, hatte Chona ihrerseits darauf bestanden, dass sie blieben. »Wir schaffen uns unsere eigene Zukunft«, sagte sie. Im Gegensatz zu Moshe fürchtete sie die

Polizei nicht. Chona hatte nicht mal Angst, sich ihrer zu bedienen. Als sich der Bauer, dessen Brunnen der Synagoge am nächsten war, weigerte, der Schul Wasser für das monatliche rituelle Bad der Frauen zu verkaufen, rief Chona die Polizei, und als die nichts tun wollte und behauptete, sie kämen mit ihren Autos nicht die unbefestigten Straßen des Viertels hinauf, ging sie zum Bahnhof und sagte ihnen die Meinung. Und ohne jemanden aus der Schul zu fragen, heuerte sie einen Farbigen mit Pferd und Wagen an, fuhr hinten drauf mit in die Stadt, füllte höchstselbst die Fässer am öffentlichen Zapfhahn, ließ sie von dem farbigen Mann in die unbesetzte Mikwe schaffen und das Wasser in die Bäder schütten. Die Leiter der Schul gerieten so außer sich, dass sie drohten, Moshe und Chona aus der Gemeinde auszuschließen. Das Zerwürfnis überdauerte Jahre, und Moshe war sicher, wenn er und Chona einmal starben, würden sie nicht neben ihren Großeltern auf dem Friedhof der Schul begraben werden, sondern auf dem Fleckchen jüdisches Land bei der Hanover Street, das dem Schtetl gehörte und von den Farbigen und Armen der Stadt genutzt wurde.

Chona tat das ab. »Als ich im Sterben lag, wo waren sie da?« Sie lachte. »Damit beschäftigt, ein paar Dollar in ihre Taschen umzuleiten, das waren sie. Die Koljekeh, die Kranke, nennen sie mich. Dabei überlebe ich sie alle.«

Als er an diesem Abend nach Hause kam, fand Moshe sie am Herd, wo sie gefilte Fisch machte, mit Zwiebeln, und vor sich hin summte. Er erzählte ihr, dass die Mutter des tauben Jungen gestorben sei, dass Nate und Addie ihn aufgenommen hätten und er es jetzt erlaubt habe, dass der Junge im Keller des Theaters schlief, damit die Regierung ihn nicht der einzigen Familie wegnehmen könne, die er habe.

Chona hielt ihm den Rücken zugewandt, rührte mit der einen Hand im Topf und hielt sich mit der anderen an der Arbeitsplatte fest, um das Gleichgewicht zu halten. Sie sah über die Schulter zu ihm hin, und ein einziger Blick in ihre hell leuchtenden Augen, die verärgert etwas von ihrem Licht verloren, sagte ihm alles. Dann wandte sie sich wieder dem Topf zu und sprach mit dem Rücken zu ihm.

»Was ist mit dir?«, sagte sie.

»Ich habe Ja gesagt.«

»Du lässt ihn im kalten Theaterkeller schlafen? Bei den Ratten?«

»Da unten steht ein Ofen. Nate und ich haben für ihn eingeheizt.«

»Und?«

»Es gibt Ärger, Chona. Die Regierung will ihn.«

»Wofür?«

»Sie wollen ihn in eine spezielle Schule schicken.«

»Was für eine Schule?«

»Eine für Kinder wie ihn.«

Er konnte sehen, fast fühlen, wie ihr Nacken rot anlief. Sie schwieg einen Moment und sagte dann: »Kinder wie ihn.« Sie sagte es auf Jiddisch, was bedeutete, dass sie wütend war.

»Aber ich habe es erlaubt«, sagte er. »Ich habe Nate noch zusätzlich Kohlen in den Ofen füllen lassen, damit er es warm hat.«

»Denkst du, dass ein Kind, das nichts hören kann, auch nachts nicht friert? Denkst du, es hat keine Angst vor der Dunkelheit? Denkst du, es schläft gerne in einem kalten Theater? Denkst du, weil die Ohren nicht funktionieren, spürt es auch keine Kälte? Oder Einsamkeit? Oder dass es sich nicht nach seiner Mutter sehnt? Denkst du das alles?«

»Ich leite ein Theater«, sagte Moshe. »Was weiß ich von Kindern?«

Chona klopfte mit dem Löffel auf den Rand des Topfes, legte ihn neben den Herd und sagte über die Schulter.

»Geh und lösch das Feuer im Ofen und bring ihn zu uns nach Hause.«

8
PAPER

Chonas Entscheidung, Dodo vor dem Staat Pennsylvania zu verstecken, war nicht mal die Titelgeschichte, als Patty Millison, bekannt als »die Zeitung«, oder kurz »Paper«, am folgenden Samstag in Chonas Heaven & Earth Grocery Store Hof hielt.

Paper, deren schöne, dunkle schokoladenbraune Haut, die kecken Brüste und das wilde, zu Cornrows geflochtene Haar mit einem niemals still stehenden Mundwerk verbunden waren, das weder Geheimnisse bei sich zu behalten verstand noch genug Essen zu schlingen vermochte. Sie aß wie ein Pferd, ohne auch nur ein Gramm zuzulegen, war eine Waschfrau und versammelte jeden Samstag im Heaven & Earth Grocery Store ihre Anhängerschaft um sich. Der Samstag war Miss Chonas Sabbat, was Paper freie Bahn gab für den Austausch von Witzeleien, pikanten Gerüchten und anderen grundlegenden örtlichen Informationen, ohne dass Chona es hörte. Die farbigen Hausmädchen, Haushälterinnen, Saloon-Reinigerinnen, Fabrikarbeiter und Hotelpagen vom Chicken Hill, die sich samstagmorgens an der Gemüseauslage trafen, um Papers Nachrichten zu hören, liebten ihr Gerede. Paper wusste mehr als die örtlichen Zeitungen, die sie niemals las. Tatsächlich ging das Gerücht, dass Paper gar nicht lesen konnte – sie war schon mehr als einmal in der Second Baptist Church gesehen worden, wie sie das Gesangbuch verkehrt herum in der Hand gehalten hatte. Doch das machte nichts. Aus ihrem hübschen Holzhaus in der Franklin Street, einer der Hauptstraßen, die auf den Chicken Hill führten, sah sie die Stadt vor sich liegen und hatte das Viertel im Rücken. Allerdings war es nicht die Lage ihres Hauses, die es Paper erlaubte, zur Quelle der furchtlosesten Berichte auf dem Hill zu werden, und auch nicht, dass sie es selbst mit den besten Reportern des wendigen Pottstown *Mercury* und sogar des mächtigen *Philadelphia Bulletin* hätte aufnehmen können. Nein, es war die Wirkung, die sie auf die Männer ausübte. Ihre Schönheit, ihr unbeschwertes Lachen, die leuchtenden Augen und das Lächeln, das sie jedem Fremden schenkte, den sie traf, machten sie zu einem Männermagnet. Männer schütteten Paper ihr Herz aus. Hartgesottene Strolche, die sich gegenseitig in dunklen Gassen Messer in die Bäuche stießen, sahen sie nachmittags über die schmutzigen Straßen Chicken Hills wandeln und empfanden ein plötzliches Bedürfnis nach Reue, erinnerten sich an die Unschuld ihrer Kindheit und das herrlich gelbe Sonnenlicht, das ihre Gesichter liebkost hatte, wenn sie am Palmsonntag mit Hemd und Krawatte nach der Sonntagsschule Palmwedel schwenkend aus der Kirche zu ihren lachenden Müttern gestürmt waren. Sanftmütige Diakone, die einen anstrengenden Tag lang im Pottstown Social Club in weißer Jacke die Väter der Stadt bedient hatten und mit düsterer Miene vor ihren Häusern saßen, sahen Papers stolze Brüste frei unter ihrem Kleid schwingen, während sie vorbeischwebte, und hörten plötzlich tausend Trommeln den Amazonas herunterkommen, begleitet von Visionen, in denen sie ihre Bosse ertränkten. Maurer besserten ihren

Kamin aus, nur um zu sehen, wie sie sich in ihrem herrlich blühenden Garten über die Petunien beugte. Maultiertreiber schafften Fässer mit Trinkwasser zu ihrem Haus, nur um ihr Lachen zu hören. Die führenden Pullman-Schaffner der nahen Reading Railroad strömten herbei, um ihre Wäsche zu bringen und wunderbare Geschichten von Reisen an ferne Orte wie Iowa, Florida oder gar Los Angeles zu erzählen. Sie träumten von etwas Bunga-Bunga mit Paper, die sie für die örtliche Wilde hielten. Auch weiße Männer fanden sie unwiderstehlich, weshalb sie keinen einträglichen Hausmädchenjob hatte. »Ich habe mich von der Tagesarbeit zurückgezogen«, erklärte sie Freundinnen mit einem Lachen. »Zu viel Ärger. Die Männer fummeln, und die Frauen grummeln.« Die weißen Hausfrauen der Stadt, die wollten, dass ihre Männer die glitschigen Leitern des Erfolges in Pottstowns blühender Banken- und Produktionswelt hinaufkletterten, waren ständig mit deren Hemden und sonstigen Kleidungsstücken zu ihr unterwegs, denn sie wusch und bügelte mit solch einer Sorgfalt und Professionalität, dass sogar Millstone Potts, der oberste Banker der Stadt und Enkel von Mr John Potts persönlich, dem alten Sack, der Gott sei Dank auf dem Friedhof lag und Würmer sammelte – und mit dem Fallschirm in der Hölle gelandet war, falls die Brücke versperrt war, beteten die alten Schwarzen –, selbst Millstone Potts schickte *seine* Hemden zu ihr, um sie waschen und bügeln zu lassen. Paper, sagten die Alten, hat den Bogen raus, sie hat Talent. Frauen fanden sie witzig und interessant, denn sie wollte im Gegensatz zu den meisten Männern wissen, was sie dachten, und war zudem noch nicht verheiratet und schwor, dass sie keinerlei Pläne in der Richtung habe. »Ich bin ohne Mann besser dran«, erklärte sie, was sie erfolgreich machte und wodurch sie der angesehensten Staatsfrau von Chicken Hill, Addie, Nates Frau, etwas voraus hatte, wobei Addie eine Townsend war, und alle wussten, dass die Townsends sowieso zu unerschrocken waren, um lange zu leben. Sie waren schon zu lange aus dem Süden weg. Zu schwarz, zu stark, zu mutig. Sie weigerten sich, den Bürgersteig freizumachen, wenn eine weiße Frau näher kam. Sie vergaßen es zu vermeiden, einer weißen Person in die Augen zu sehen. Sie hatten alles vergessen, was zu Hause dazu hätte führen können, ihr Leben im Zeitraffer an sich vorbeiziehen zu sehen, während sich die Schlinge um ihren Hals legte – oder schlimmer, zwanzig Jahre lang durch Gitter zu blicken, die Hoffnung schal wie Bier von gestern, und von altem Kram zu träumen, den sie hätten verkaufen sollen, von Wild, das sie hätten schießen sollen, aber verpasst hatten, von Frauen, die sie hätten heiraten sollen, es aber verpatzt hatten, weil sie offenen Auges in den fünffingrigen Karateschlag der Gesetze des weißen Mannes gelaufen waren. Eine farbige Person konnte in der Welt des weißen Mannes nicht überleben, wenn sie nicht Bescheid wusste. Sie musste die neuesten Nachrichten kennen. Deshalb war Paper so wichtig. Sie war eine Besonderheit Pottstowns.

Und so kam es, dass niemand aus der Gruppe der Hausfrauen, Faulenzer und Fabrikpförtner ihre Entscheidung infrage stellte, dass die Titelgeschichte dieses Samstags in Chonas Heaven & Earth Grocery Store nichts mit Miss Chonas Entscheidung zu tun hatte, Dodo vor dem Mann vom Staat zu verstecken. Alle wussten sowieso, dass Dodo verloren war. Er war Addies Neffe, das Kind ihrer toten Schwester Thelma, die drei Jahre, nachdem ihr Ofen explodiert war und dem Jungen das Gehör genommen hatte, gestorben war. Die »spezielle Schule«, von der alle wussten, dass es keine Schule, sondern das ziemlich schreckliche Pennhurst-Sanatorium in Spring City war, stellte nicht mehr als eine weitere Ungerechtigkeit in einer Welt dar, die voll damit war, warum also lange darüber debattieren? Im Übrigen waren Papers Neuigkeiten an dem Samstag viel zu reizvoll, um übergangen zu werden.

Sie fing folgendermaßen an: »Big Soap hat Fatty seinen Goldzahn ausgeschlagen.«

Big Soap war relativ neu und beliebt im Viertel, ein riesiger Italiener namens Enzo Carissimi – ein Meter achtundneunzig groß und prächtig gebaut, mit breiten Schultern, großen Händen, anziehenden braunen Augen und einer sanften Natur, der zudem ständig in Lachen ausbrach. Mit zwölf Jahren war er mit seiner Großfamilie, die zu den letzten weißen Familien im Viertel gehörte, aus Sizilien nach Amerika gekommen. Fatty Davis, ein cleverer, stämmiger, harter, geselliger Gauner, dem die einzige Kneipe von Chicken Hill gehörte, war damals auch zwölf gewesen, und die beiden hatten sich schnell angefreundet. Fatty diente Big Soap gerne als Übersetzer und Englischlehrer. Beide liebten es, zu bauen und Dollars zu machen. Nach der Highschool arbeiteten sie gemeinsam in verschiedenen Fabriken, zuletzt bei den Flagg Industries im nahen Stowe, die Stahlnippel sowie Anschlüsse und Armaturen für Dampfleitungen produzierten. Oft gingen sie zusammen von der Arbeit nach Hause.

Papers Satz zog schnell eine Reihe Leute an. Rusty, der am Rand stand, reagierte ungläubig.

»Hast du es selbst gesehen, Paper? Oder hat es dir einer erzählt?«

Papers große braune Augen richteten sich auf Rusty,

dessen schlanker Körper sich leicht anspannte, als sie ihn so ansah. »Rusty«, sagte sie geduldig, »ja, ich habe gesehen, wie Big Soap Fatty den Zahn ausgeschlagen hat, okay? Mit meinen eigenen Augen. Gestern.«

»Wie kommt es dann, dass ich von Fatty nichts dazu gehört habe? Ich war gestern Abend in seiner Kneipe.«

»Was hast du da gemacht?«

»Ist meine Sache.«

»Hast du Fatty da gesehen?«

»Ich hab nicht nach ihm Ausschau gehalten. Ich hatte zu tun.«

»Nun, was immer das war, Fatty war nicht da, weil er nach Philly gefahren ist, um seine Lippe in Ordnung bringen zu lassen. Die war oben dick wie ein Hotdog.«

Die Frauen, die im Kreis um sie herum standen, lachten. Addie, die hinten im Laden am anderen Ende der Theke arbeitete, kam herüber. »Hatten die beiden getrunken?«, fragte sie.

»Ich glaube nicht«, sagte Paper.

Rusty feixte: »Woher willst du das wissen? Hast du dich von ihnen anhauchen lassen?«

Paper neigte den Kopf und betrachtete ihn ruhig. Rusty sah eigentlich nicht schlecht aus, dachte sie, aber schrecklich, wenn er so grinste. Sie fragte sich, ob er wusste, wie gut er aussah, wenn er normal blieb und nicht so dumme Grimassen zog. Sie entschied, nein, tat er nicht. Er war schließlich, wie alle Männer, ein Schwachkopf.

»Was hast du gegen mich, Rusty?«, fragte sie.

Rusty stand mit den Händen in den Taschen seines Overalls da, griff nach seinen Zigaretten und wusste mit einem Mal nicht mehr, wo er sie hingesteckt hatte. Er befühlte seinen Overall und geriet außer Atem. So fühlte er sich immer, wenn Paper in der Nähe war. »Dieser ganze Wer-war-es-Unsinn hat nichts zu bedeuten, wenn du nicht selbst dabei warst, Paper. Hast du das alles gesehen?«

»Nur das Ende«, sagte sie.

»Und das war …?«

»Was ich gesagt hab. Soap hat ihm eine geknallt.«

Rusty fand seine Zigaretten nicht, gab auf und steckte die Hände zurück in die Taschen. Er hatte das Gefühl, als wäre ihm etwas entglitten. Er hörte sich betteln: »Komm schon, Paper … Schmück's aus, wie du es so gut kannst. Mach eine Story draus.«

»Warum sollte ich?«

»Weil, wenn du es anders erzählst, klingt es wie eine Lüge.«

Paper wurde etwas nachsichtiger und lächelte. Rusty, musste sie zugeben, hatte was – eine gewisse Unschuld, und trotz des weiten Overalls versetzten seine muskulösen Arme und die feste Brust ihre Innereien in eine Art Unruhe, wie sie es seit Jahren nicht mehr erlebt hatte, nicht seit sie siebzehn gewesen war und ihre erste und letzte Busreise aus Vestavia, Alabama, in Richtung Norden zu unbekannten Ufern gemacht hatte.

»Ich höre, deine Tante Clemy bringt ihre Käsecracker mit zum Essen nach der Messe morgen.«

»Sie nennt sie Käsehalme.«

»Meinetwegen kann sie sie George Washington nennen. Wenn sie die Cracker mitbringt, wirst du dann an deine Freunde denken?«

»Vielleicht.«

Befriedigt und jetzt mit komplett versammeltem Publikum legte Paper los.

»Ich hab gerade im Garten Unkraut gejätet, als ich sah,

wie Fatty und Soap von der Arbeit den Hill raufkamen. Ein paar Meter vor meinem Garten sind sie stehen geblieben, und Fatty sagte: ›Los doch, Soap, mach es. Ich weiß, du willst es. Mach schon. Los. Bring es hinter dich.‹«

Und sie demonstrierte, was er dabei gemacht hatte, reckte das Kinn vor und beugte den Rücken. Die Leute lachten, es waren noch ein paar neue dazugestoßen, unbekannte Farbige aus dem nahen Hemlock Row, aus Phoenixville und Stowe, ein paar Tagelöhner, die auf weißen Farmen außerhalb der Stadt wohnten und am Wochenende in den Heaven & Earth kamen, um zu sehen und zu hören, was es Neues gab.

Paper sah ihr Publikum an und hatte Mühe, nicht zu lächeln, als sie weitererzählte: »Ihr wisst, wie Soap ist. Er kann keiner Fliege was zuleide tun, und er sagte: ›Ich mach das nicht, Fatty.‹ Aber Fatty wollte keine Ruhe geben: ›Los, mach, bring's hinter dich.‹«

Papers Augen funkelten, sie stand wieder gerade, und ihr schönes Gesicht leuchtete im Sonnenlicht, das durchs Schaufenster fiel, auf sie, auf Obst und Gemüse und bis in die Ecken des Heaven & Earth Grocery Store. Es ließ Paprikaschoten und Möhren erstrahlen, Salzcracker und Apfelschäler, und das Leben schien so voll und neu und frisch wie das Versprechen, das Pennsylvania einmal für viele der Umstehenden gewesen war, die aus dem Süden in den Norden gekommen waren. In ein Land, das Gutes verhieß und eine klare Freiheit, in der ein Mann ein Mann und eine Frau eine Frau sein konnte, so anders sich die Wirklichkeit auch erwies, in der sie nun lebten, in eng zusammengepferchten Häusern, umschlossen vom Schmutz der Fabriken, die bitteren Rauch in den grauen Himmel schickten, die Gärten klein und voller Ziegen und Hühner in einem Teil der Stadt, den niemand wollte, ohne fließendes Wasser und Toiletten. Wo sie lebten wie zu Hause. Nur dass sie hier nicht zu Hause waren. Sonst war es das Gleiche. Aber Augenblicke wie dieser machten das Leben lebenswert, denn Paper schlug die Trommel. Gerüchte und Neuigkeiten zu verbreiten, das war ihr Gospellied, stets melodiös und freudig.

Sie stand unter ihnen, ihre Augen glitzerten. »Soap wollte nicht nachgeben, aber Fatty redete weiter auf ihn ein: ›Los doch, Soap, ich bin ein Mann. Mach schon.‹ Und man konnte sehen, dass Soap sich mit der Vorstellung anzufreunden begann«, sagte sie. »Sie gewann eine gewisse Attraktivität. Und da Fatty immer weiter drängte, nehme ich an, sagte er sich, es sei schon okay.«

Und jetzt kicherte sie.

»Also ballte er eine Faust ... ich meine, der weiße Junge holte aus und schickte sie, diese Faust, durch vier, fünf Staaten, bevor sie Fatty ›Hallo‹ sagte. Sie fegte durch Mississippi, durch die Carolinas, machte eine kurze Kaffeepause in Virginia, nahm in Maryland noch mehr Schwung auf ... und wumms! Sie wollte Fatty aus dieser Welt heben und landete ganz fürchterlich in seinem Gesicht. Ich hör noch, wie sie drauf aufgeprallt ist. Holte Fatty von den Beinen und schickte seinen Goldzahn, den vorne, auf Wanderschaft.«

»Und dann?«, fragte Rusty.

»Da gab's kein *dann*, Rusty«, sagte sie. »Soap drehte sich um und ging nach Hause. Und Fatty saß auf seinem Hintern da. Nachdem er festgestellt hatte, dass sein Kopf noch auf den Schultern saß, erhob er sich und fing an, auf allen vieren rumzukrabbeln wie ein Hund, der einen Knochen ausscheißt.«

»Und was hast du die ganze Zeit gemacht?«, fragte Rusty.

»Was denkst du? Ich bin zu ihm raus.«

»Bist du nicht!«

»Aber klar doch. Ich komm aus meinem Garten und sage: ›Fatty, was ist los?‹, und er sagt: ›Mein Goldzahn ist weg!‹ Es hat uns 'ne Weile gekostet, im Dreck danach zu suchen, aber wir haben ihn gefunden. Das war schon ein Schlag, das Ding in die Tasche stecken zu müssen. Und er ist weg mit'm Loch in den Zähnen groß wie Milwaukee.«

Rusty und die anderen lachten, und als es wieder ruhig wurde, steckte sich Paper einen Zahnstocher in den Mund. »Dick Clemens, der drüben bei Flaggs arbeitet, kam später und hat mir erzählt, was passiert war. Wie sich rausgestellt hat, war irgendein hoher Inspektor da. Einer von ganz oben. Zweimal im Jahr kommt er aus Philly, und dafür muss alles picobello aussehen. Alles wird geputzt, die Maschinen, die Fenster, die Balken, die Pfeiler und das ganze Zubehör. Alles kriegt eine Schönheitsbehandlung.

Also Fatty war gerade befördert worden und Soap jetzt unter ihm. Sie waren ein Team, ja, aber Fatty ist das zu Kopf gestiegen. Er fing an, den weißen Jungen rumzukommandieren. Soap musste alles machen, während Fatty dasaß und sich ausgeruht hat.«

Sie legte ein Pause ein, betrachtete die Leute und warf instinktiv einen Blick auf den leeren Stuhl am anderen Ende der Ladentheke, wo Miss Chona normalerweise saß und über die Süßigkeiten herrschte. Der Stuhl war leer.

»Als jetzt der große Inspektor in den Raum kam, in dem Fatty und Soap waren, deutete er auf einen der Löschschläuche, die da hingen, und sagte: ›Ist dieser Schlauch getestet worden?‹, und Fatty sagte: ›Ja, Sir, der ist getestet.‹ ›Wer hat ihn getestet?‹ ›Nun, unser Soap‹, sagte Fatty.

Soap hat allerdings nicht mehr Ahnung vom Testen eines Löschschlauchs als ein Schwein vom Klettern. Aber als Italiener, der nicht so gut Englisch spricht, sah er Fatty nur nicken und sagte: ›Ja, ja, sì, sì‹, oder wie die Italiener auch Ja sagen mögen.

Darauf zog der Inspektor den Schlauch vom Regal und schüttelte ihn. Eine Erdnuss fiel raus. Er sagte: ›Die Erdnuss habe ich vor sechs Monaten da reingelegt, als ich das letzte Mal hier war.‹

Fatty meinte: ›Aber sie ist sauber, Sir.‹

Nun, der Kerl drehte durch, und die beiden wurden auf der Stelle gefeuert. Auf dem Nachhauseweg dann wollte Fatty die Sache wohl klären, da er wusste, Soaps Momma würde Soap eine Tracht Prügel verabreichen, weil er seinen Job verloren hatte. Ihr wisst, wie Soaps Momma ist. Die kleine Lady wird dem Riesen die Hölle heiß machen! Die schlägt ihn grün und blau!«

Die Leute lachten laut los, und als sie sich zerstreuten, bemerkten einige, dass Fatty, durchtrieben, wie er war, einfach zu viele Jobs habe, das sei es. Er fuhr Taxi, hatte einen Wäschereiservice, arbeitete in der Fabrik, und dazu betrieb er noch seine Kneipe und die Hamburger-Bude. Andere spekulierten, dass der arme Big Soap sich Fatty verpflichtet fühlte, weil der ihn mit in die Empire Fire Company genommen hatte, bevor sie bei Flagg anfingen, und ihn den Iren da vorgestellt hatte, die den ganzen Tag rumsaßen, Bier tranken und Karten spielten und Big Soap den neuen Feuerwehrwagen waschen und die alte Feuerwehrkutsche einmal um die Station ziehen ließen, gleichsam um zu beweisen, dass er dazugehörte, als erster Italiener in der Geschichte der Company. Big Soap hatte die falschen Freunde, da waren sich alle einig.

Und während die Leute sich noch unterhielten, bewegte sich Paper nach hinten zur Theke, wo Addie stand. Sie wartete, bis die Leute weit genug weg waren, um nicht einfach mithören zu können, und beugte sich vor.

»Gib mir ein Päckchen von dem schmerzstillenden Pulver«, sagte sie leichthin und deutete über Addies Schulter.

Addie griff hinter sich, nahm eins und legte es auf die Theke. Ihr Blick wanderte nach links zur Tür bei der Gemüseauslage, wo ein großer fremder Schwarzer mit weißem Hemd und einer Filzkappe stand und so tat, als sähe er nach den Zwiebeln. Paper blickte ebenfalls zu ihm rüber und schloss die schönen langen Finger um das Schmerzpulver.

»Hast du Kopfschmerzen, Paper?«, fragte Addie.

»Nein. Aber der Nigger da wird welche kriegen. Alles, was ich tun konnte, war Rusty von ihm abzulenken. Der hätte ihn verprügelt.«

»Vielleicht ist er aus Hemlock Row.«

»Nein. Die Farbigen von da sind kleiner, die Köpfe sind anders, und sie vertragen sich. Der ist vom Staat.«

»Der Staat hat keine farbigen Arbeiter«, sagte Addie. »Vielleicht ist er von der Eisenbahn.«

»Wenn das ein Schaffner ist, fress ich ihn ohne Salz. Sieh dir die Schuhe an. Welcher Schaffner würde auch nur im Traum daran denken, solche ausgelatschten Treter zu tragen? Im Übrigen kenn ich alle Schaffner, die hier durchkommen. Ich denke, er könnte einer vom Staat sein. Vielleicht von der Irrenanstalt in Pennhurst. Um Dodo zu holen.«

»Ein Farbiger? Die putzen da höchstens die Böden, soweit ich weiß. Aber egal. Könnte sein. Wie finden wir es raus?«

Paper dachte einen Moment nach und sagte dann: »Miggy Fludd aus Hemlock Row, die kennt alle Farbigen da oben. Sie könnte wissen, wer das ist.«

Addie beobachtete den Mann und sah dann besorgt weg. »Der Staat hat schon dreimal einen weißen Burschen geschickt, um Dodo zu holen. Immer denselben.«

»Ihr müsst ihn echt sauer gemacht haben, als ihr ihn verscheucht habt.«

»Ich hab ihn nicht verscheucht. Das war Miss Chona.«

»Gut, dann sie«, sagte Paper.

Die beiden sahen zu, wie der Mann den Blick durch den Laden gleiten ließ, sich von den Zwiebeln zu den Okras bewegte, eine befingerte, dann noch eine. Paper grinste. »Das ist schon was. Ich habe noch nie einen Farbigen gesehen, der für den Staat arbeitet. Soll ich ihn mal anquasseln?«

»Nein«, sagte Addie. »Er muss an deinem Haus vorbei, wenn er wieder geht. Falls er ein Auto hat, schreib dir seine Nummer auf.«

Paper gluckste. »Dagegen bin ich allergisch. Ich kann hier und da ein paar kleine, olle Buchstaben auf ein Stück Papier schreiben, aber das ist es auch schon. Soll ich Fatty Bescheid sagen? Der stutzt ihn zurecht.«

»Ich dachte, du hast gesagt, Fatty ist in Philly, wegen seinem Zahn?«

»Der kommt schon rechtzeitig zurück.«

»Lass ihn da raus.«

»Was ist mit Miss Chona?«, fragte Paper.

»Lass sie da auch raus, Himmel noch mal. Sie ist noch nicht wieder so zurecht, wie es den Anschein hat. Wenn sie rausfindet, wer der Kerl ist, fällt sie womöglich über ihn her. Oder schlimmer, sie kriegt einen Rückfall, was nur noch mehr Ärger mit den Weißen bedeutet. Die mögen sie in etwa so wie Erdnussschalen. Sag einfach nichts.«

Addie rieb sich einen Moment lang das Kinn, lehnte sich auf die Theke und rutschte ein wenig näher zu Paper hin. »Eine Sache«, sagte sie mit gesenkter Stimme. »Miss Chona hat dem Mann vom Staat *dreimal* gesagt, dass der Junge nicht mehr in der Gegend ist. Warum suchen sie dann noch?«

»Weil irgendwer im Viertel das Maul aufreißt«, sagte Paper.

»Wie finden wir den Schwätzer?«

Paper lächelte, und ihre prächtigen Augen leuchtete in freudiger Erwartung beinahe grün. »Überlass das mir«, sagte sie.

9

DAS ROTKEHLCHEN UND DER SPATZ

Im Haus neben Chonas Heaven & Earth Grocery Store wohnte die reizende Bernice Davis, die Schwester von Fatty Davis. Wie Fatty war auch Bernice mit so gut wie jeder schwarzen Person auf dem Chicken Hill verwandt. Sie war eine Cousine zweiten Grades von Earl »Shug« Davis, dem Chauffeur des Vizepräsidenten der Pottstown Bank, und von Bobby Davis, der mal als Mädchen für alles für Buck Weaver gearbeitet hatte, den großen Baseballspieler der Stadt, der für die Chicago White Sox angetreten war. Und durch eine verworrene, komplizierte Ehe innerhalb der Familie zwischen ihrem Großvater und der Stieftochter seines Sohnes war sie verrückterweise die Großtante von Mrs Traffina Davis, der Frau von Reverend Sturgess, was bedeutete, dass Bernice zwölf Jahre jünger als ihre Großnichte war. Im Übrigen fungierte sie als Stiefschwester für Rusty Davis, den Mann für alle Fälle, der alles reparierte, und war die Cousine vierten Grades von Holly Davis, dem einzigen Schlosser auf dem Hill. Und nicht zuletzt war sie die Nichte von Chulo Davis, dem legendären Jazzschlagzeuger, der den Chicken Hill verlassen hatte, um mit den berühmten Harlem Hamfats in Chicago zu spielen, bis er wegen einer Schüssel schwarzer Bohnen erschossen wurde.

Bernice war zudem die stolze Mutter von, nach letzter Zählung, acht Kindern, die alle mehr oder weniger wie sie – mit unterschiedlich hellerer bis dunkler Haut – aussahen.

Das war keine schlechte Sache. Aber auch keine gute. Alle wussten, Bernice hatte die Art Gesicht, die einen Mann nach Hause telegrafieren ließ, dass man ihm Geld schickte. Die Frage war nur, *wer* war der Mann und *wo* war das Geld?

Chona, die sich mit einem Stock durchs Haus bewegte, ging zur Küchenspüle, von der sie einen guten Blick auf das kleine Schindelhaus hatte, in dem Bernice wohnte. Sie sah lange hinüber. Die beiden Häuser hatten etwa gleich große Grundstücke, einen gemeinsamen Zaun und standen rund sieben Meter auseinander. Und doch hatte sie Bernice seit Jahren nicht gesehen. Was sie über ihre Nachbarin wusste, erfuhr sie von Addie, einem der wenigen Menschen auf dem Hill, die mit Bernice redeten. Addie beschrieb sie als die »unangenehmste, engherzigste, dich ohrfeigende, komplett verrückte Seele« des Viertels, neben Irv und Marv Skrupskelis, für die Bernice ironischerweise kochte, was Chona für die perfekte Verbindung hielt, denn wenn man die übelsten, zermürbendsten, zänkischsten Juden benennen sollte, standen die beiden ganz an der Spitze. Sie hatte Gerüchte gehört, dass Bernice jahrzehntelang mit Irv »geschäkert« habe, dann hieß es irgendwann, nein, mit Marv, und dann wieder mit Irv, bis der heiratete und den Gerüchten ein Ende setzte, zumindest der Hälfte von ihnen. Niemand, nicht mal Nate, traute sich Bernice gegenüber auf das Thema zu kommen, wer denn nun der Vater ihrer Kinder sei. Selbst Fatty, der es liebte, mit allen zu reden, sagte, wenn er auf seine Schwester angesprochen wurde: »Ich stelle ihr keine Fragen. Ich lebe zu gerne.«

Chona starrte das Haus an und seufzte. In den vierzehn Jahren, in denen sie Nachbarn waren, hatten sie und Bernice nicht mehr als fünf Worte gewechselt.

Das war nicht immer so gewesen. Als sie noch ein kleines Mädchen gewesen war, da waren ihr Vater und Bernices Vater Shad gute Freunde gewesen. Chonas Vater Yakov war 1917 aus Bulgarien gekommen und einer der ersten Juden in Pottstown gewesen. Er kam wie viele andere Juden als Hausierer in die Stadt, mit einem Rucksack voller Küchenutensilien, gebrauchter Werkzeuge und hausgemachter Gerätschaften. Die Sachen hatte er von der Lower East Side, wo er gelandet war, nachdem er von Ellis Island gekommen war, mit sechzig Cent in der Tasche, einer winzigen Mesusa, die ihm seine Mutter gegeben hatte, und einer Grapefruit von einem mitfühlenden schwarzen Obstverkäufer, dem er weinend in der Delancey Street begegnet war. Yakov hatte noch nie eine Grapefruit gesehen. Der Schwarze musste ihm zeigen, wie man sie schälte, und als er hineinbiss, war sie so sauer und herb, dass sich seine Augen mit noch mehr Tränen füllten, und er begriff, dass er sein Leben der Verbreitung des jüdischen Glaubens widmen musste, um nicht wie dieser komische Amerikaner zu enden, der sein Leben der Verteilung von tränentreibendem Obst verschrieben hatte. Er war ein freundlicher, großzügiger junger Mann, der hart zu arbeiten wusste, und nach einigen Monaten in einer Hosenfabrik, in der er einen Dollar fünfzig in der Woche verdiente und abends die Thora studierte, hatte er eine Menge Trödel angesammelt, dazu ein bisschen Geld und den Wunsch, das Wort zu verbreiten. Er zog gen Westen.

Er kam nach Pottstown, mit seinem Trödel und begrenzten Englischkenntnissen, verkaufte den Trödel günstig, was dem Eisenwarenhändler der Stadt gar nicht passte, der die Polizei rief, damit sie ihn aus der Main Street verjagte, den Chicken Hill hinauf, wo Reb, wie er genannt wurde, einen Job in einer Gerberei mit schwarzen Mitarbeitern annahm, und dann noch einen zweiten in der Viehzucht, ebenfalls zusammen mit Schwarzen. Reb war eine Frohnatur, ein Mann mit endloser Begeisterungsfähigkeit, der glaubte, der Talmud schenke ihm die Gabe, alle Menschen um sich herum glücklich und zufrieden zu machen, einschließlich der Schwarzen, die er als Einwanderer wie sich sah, die durch Armut und mangelnde Mittel viele Fähigkeiten erlernen und sich ständig anpassen mussten. Nachdem er genug Geld gespart hatte, um seine Frau aus Europa nachkommen zu lassen, kaufte Reb eine alte Nähmaschine, und die beiden nähten des Nachts Mäntel, Hosen und Jacken für seine schwarzen Kollegen in der Gerberei, die schöne, preiswerte Sachen für die Kirche am Sonntag wollten. Reb selbst lieferte sonntags in aller Frühe noch Milch aus, verkaufte nachmittags frisches Obst und Gemüse und saß abends an der Kasse der örtlichen Eislaufbahn. Und während die Väter der Stadt den Juden verboten, ihre wunderbare Eislaufbahn zu benutzen, hatten sie nichts dagegen, dass sie, die ihren geliebten Jesus Christus ermordet hatten, wundervoll leckere, ausgezeichnete, fabelhafte Kastanien rösteten, die so beliebt waren, dass sie zu Weihnachten auf so gut wie jedem protestantischen Tisch der Stadt landeten, zubereitet von niemand anderem als Reb persönlich, der ein ausgezeichneter Koch war. »Dieser Jude«, bemerkte ein Ratsmitglied der Stadt, »ist begabt.«

Reb schlug aus seiner Begabung Kapital und sparte sechshundert Dollar an. Mit der einen Hälfte kaufte er ein altes Eishaus auf dem Chicken Hill, das er zu einem Lebensmittelladen umbauen wollte, mit einer Wohnung darüber für seine Familie, mit der anderen eine alte Destillerie zwei Straßen weiter, aus der eine Schul mit dem Namen Ahavat Achim werden sollte, für die jüdische Bevölkerung der Stadt, für deren Ankunft er betete. Und sie kam, in vier Jahren, und wuchs – aus zwei Familien wurden zehn und schließlich siebzehn, womit es aufhörte, denn die Stadtväter entschieden durch Einschüchterung, clevere Gesetze und offenen Diebstahl, dass siebzehn jüdische Familien genug waren. Obwohl der Kongress begann, Einwanderungsquoten gesetzlich zu fixieren, beschlossen die siebzehn Familien, deutsche, polnische und eine litauische, zu bleiben, auch wenn sie sich nicht verstanden. Die Deutschen und die Polen hassten sich, und alle fürchteten den Kopf der litauischen Familie, Norman Skrupskelis. Er war ein dicker, breitbrüstiger Mann, der für sein gefährliches Schweigen bekannt war und selten sein Haus verließ, einen bescheidenen Ziegelbau zwischen einem Schweinekoben auf der einen Seite und einem maroden Schuppen auf der anderen. Das Gerücht ging, dass ihn seine Frau in einem Käfig hielt und nur zu Jom Kippur hinausließ, dem Tag der Sühne, an dem er in Rebs Schul ging, die mal ein Eishaus gewesen war, und ein paar Minuten betete, um gleich wieder zurück in seinen Keller zu verschwinden, wo er fachmännisch wundervoll elegante Schuhe schuf, die seine Frau für sattes Geld dem örtlichen Schuhladenbesitzer verkaufte. Norman Skrupskelis' Schuhe waren außerordentliche Kunstwerke, so bequem wie stilvoll. Später dann erbten seine Söhne Irv und Marv seine Schuhmacherqualitäten und eröffneten einen Laden, obwohl sie beide auch seinen Charakter geerbt hatten. Nur Irv war gemäßigt genug, um selbst im Laden zu verkaufen – solange man nichts zurückbrachte. Skrup-Schuhe, wie sie genannt wurden, waren nicht umtauschbar.

Reb Flohrs erster Job bestand darin, sein Haus zu bauen. Er witzelte gerne, dass die Geburt der Schul so viel mit der Geburt seines Hauses zu tun hatte wie mit G-ttes Wille, aber die Wahrheit war, dass der tatsächliche Bau seines Hauses Fähigkeiten und Dinge verlangte, über die er zu der Zeit nicht verfügte. Muskeln. Pläne. Ziegelsteine. Holz. Und Männer. Männer, die Dinge steile Hänge hinaufzuschaffen vermochten, die nach jedem Sommerregen matschig und unbegehbar und nach jedem Schneesturm kalt und gnadenlos waren. Er hatte niemanden, der ihm half, nachdem er seine sechshundert Dollar für sein Haus und die Schul gespart hatte, also heuerte er vier Schwarze und einen Arbeitskollegen aus der Gerberei an, Shad Davis, der ein tausend Pfund schweres Maultier namens Thunder besaß. Shad wohnte in einem alten Schuppen neben dem Eishaus, wo Reb seinen Laden haben wollte, und Reb sah, dass der farbige Mann seinen Schuppen gekonnt umgebaut hatte. Shad war ein sanfter, säuberlich gekleideter Schwarzer, der im Gegensatz zu den anderen Schwarzen Chicken Hills Overalls und Farmerkleidung mied und stattdessen das Jackett eines Gentlemans trug, einen abgetragenen Homburg und dazu Lederschuhe, was immer auch zu tun war. Wie es ihm gelang, Jackett und Hut sauber zu halten, dachte Reb, war ein kleines Wunder, und dann erwies er sich, der leise Shad, als einer der besten Steinmetze, die Reb je erlebt hatte. Shad konnte ein Stück

Land betrachten und roch geradezu die Risse darunter. Er konnte einen kleinen Felsbrocken in der Hand halten, ihn ausbalancieren, sein Gewicht bestimmen und entscheiden, wohin er gehörte, wie viel Mörtel er brauchte und in welcher Position genau er eingefügt werden musste, um das Gewicht der Steine und des Mörtels über sich zu tragen. Er und seine Mannschaft aus Schwarzen bauten Reb in fünf Wochen ein dreistöckiges Haus mit dem Heaven & Earth Grocery Store im Erdgeschoss.

Als siebzehn jüdische Familien auf dem Chicken Hill angekommen waren und beschlossen, eine Schul zu errichten, schlug Reb vor, Shad mit dem Bau ihres ersten Tempels zu beauftragen. Aber die Deutschen, die immer nach Anerkennung unter den weißen christlichen Einwohnern Pottstowns strebten und die Gemeinde anführten, taten lautstark ihr Missfallen kund. Sie bestanden darauf, dass ein junger, frisch eingetroffener Architekt für den Entwurf und den Bau engagiert wurde, war er doch an einer der bedeutenden amerikanischen Universitäten ausgebildet worden. Reb stimmte widerstrebend zu. Nachdem sie tausendsiebenhundert Dollar gesammelt hatten – das gesamte Baubudget der Gemeinde –, stieg der Architekt, ein ernster junger Mann mit einem gezwirbelten Schnauzbart, schicken kniehohen Gummistiefeln, einem schönen Bowler und einem Schaffellmantel, die matschigen Wege Chicken Hills bis zum Bauplatz hinauf. Er warf einen arroganten Blick auf die schlammigen Hänge unter sich, die aufgewühlten Gärten voller Hühner, Schweine und Ziegen, die offenen Abwassergräben und die umherlaufenden Schwarzen, stapfte zurück in sein Büro und verfertigte ein paar Skizzen, die er zusammen mit dreihundert Dollar einem örtlichen Baugeschäft gab. Den Rest des Geldes steckte er in die eigene Tasche und verließ Pottstown mit unbekanntem Ziel. Er wurde nie wieder gesehen.

Der Bauarbeiter begannen das Projekt und stellten die Arbeiten einen Monat später, als ihnen das Geld ausging, wieder ein. Drei Monate danach fiel der halb errichtete Bau in sich zusammen.

Ihre geliebte Schul war nur mehr ein Haufen Schutt, darunter einiger Marmor, der aus einem Steinbruch im italienischen Carrara stammte und der von Norman Skrupskelis zu einem unglaublichen Preis gekauft worden war, war er doch für die Mikwe der Frauen gedacht, die zu Ehren seiner verstorbenen Mutter Yvette Hurlbutt Nezefky Srupskelis deren Namen tragen sollte. Niemand hatte sie je gesehen, denn sie war in Europa gestorben, in einer Stadt mit einem so komplizierten Namen, dass die Deutschen sie Daumen-in-der-Nase nannten. Damit sah sich die Gemeinde in ihrer ersten ernsthaften Krise. Das Baubudget war komplett ausgegeben. Noch einmal tausendsiebenhundert Dollar aufzubringen war für die siebzehn Familien, Ladenbesitzer, Eisenbahn- und Fabrikarbeiter, unmöglich. Schlimmer noch, Norman Skrupskelis hatte fast ein Drittel des ursprünglichen Budgets beigesteuert und dazu noch die wundervolle Thorarolle unter schwierigsten Umständen aus Europa mitgenommen.

Der Gedanke an einen wütenden Norman Skrupskelis, der sechshundert seiner wertvollen Dollar in einem verpfuschten Bauprojekt verloren hatte, war furchterregender als die Vorstellung G-ttes, der seine Wut auf Moses gerichtet und ihm nicht erlaubt hatte, ins Land Israel einzutreten. »Hätte ich die Wahl, ob ich jetzt lieber ich oder Moses sein wollte«, gestand der Leiter der Chewra Reb Flohr, »würde ich mich für Moses entscheiden.« Die Gemeinde tat, was sie konnte, rief Freunde und Verwandte in Reading, Philadelphia, Baltimore und sogar Vermont an, erinnerte ihre Landsmänner an den wunderschönen Teil des Kaddisch, der da lautet: »Sein großer Name sei gepriesen in Ewigkeit und Ewigkeit der Ewigkeiten«, und wies zudem darauf hin, dass ein verrückter Litauer unter ihnen sechshundert Dollar in dieser Sache versenkt hatte, die nur mehr aus Schutt bestand, und dass er ein Zyklop war, der alle in seiner Reichweite erschlagen würde, sollte er dessen gewahr werden. Mit ihrer Hilfe kratzte die Schul hastig weitere dreihundertfünfzig Dollar zusammen, gab sie Reb und sagte: »Du bist der Chef. Tu was.«

Und Reb rief Shad. Der schlanke farbige Mann kletterte auf die Anhöhe, mit Thunder und einem Wagen voller Steine, trat zwischen das zersplitterte Holz, die eingestürzten Mauern, die zerbrochenen Steine, und sah sich schweigend um. Er nahm seinen Bowler ab, um sich damit vor der grellen Sonne zu schützen, und hob eine Hand vors Gesicht. Schließlich deutete er auf eine Ecke der Ruine. »Da ist Norden. Ihr Fundament muss bis an den Rand kommen. Bis ganz ans Ende. Ziehen Sie es am Rand entlang, verkürzen Sie es an der Südseite um drei Meter, so, und bringen Sie es zwei Meter weiter nach Westen, dann steht Ihre Wand, und sie wird halten. Und Ihre Fenster gehen immer noch nach Osten, wo die Sonne aufgeht. So bekommen Sie Ihr Haus.«

Reb, mit dem Hilfsgeld der Gemeinde in der Tasche, stimmte ihm zu und schloss einen stillen Handel mit Shad, für die gesamten dreihundertfünfzig Dollar. Als einen Monat später dann der zweite Grundstein für die Ahavat Achim gelegt wurde, tat es Shad Davis.

Es war eine merkwürdige Freundschaft, denn Shad war,

soweit Reb es beurteilen konnte, weder sehr religiös noch überhaupt irgendwem eng verbunden, auch nicht den eigenen Leuten. Und während er anderen wunderbare, solide Häuser aus Ziegel und Stein baute, kümmerte er sich kaum um sein eigenes Haus neben Rebs Heaven & Earth Grocery Store. Es war weder aus Ziegeln noch aus Stein, sondern hauptsächlich aus Holz und Blech. Darin wohnten Shad, seine Frau Lulu, die kaum mit jemandem sprach, und zwei stille, respektvolle Kinder. Rebs und Shads Grundstücke grenzten aneinander, hatten exakt die gleichen Maße und reichten fast einen Morgen zurück bis an den Manatawny Creek, doch damit endete die Ähnlichkeit auch schon. Reb bewirtschaftete seinen Garten, es standen Fässer darin, eine Kuh, und es gab etliche Hühner, alles für koschere Zwecke. Shads Land blieb weitgehend ungenutzt, nur sein Maultier Thunder stand darin und seine Frau zog ein wenig Gemüse. Außerhalb der Arbeit redeten die Männer selten miteinander, denn Reb hatte gelernt, dass wie ein Mann seinen Lebensunterhalt verdient, in Amerika oft nichts damit zu tun hat, wie er lebt. Im Übrigen brachte Shads offenbare Genialität beim Bau der Schul viele Juden dazu, ihn auch für sich zu beanspruchen, und sobald sie es sich leisten konnten, ihrem alten Viertel den Rücken zu kehren, beauftragten sie ihn damit, die näher am Stadtkern liegenden maroden Häuser, die sie kauften, mit Mörtel, Ziegel und Stein auszubessern.

Reb glaubte, Shad sei wohl ein Trinker oder Spieler, bis er von seiner Frau, die gelegentlich mit Shads Frau schwatzte, erfuhr, dass sein genialer Baumeister auf Dauer nicht in Pottstown bleiben wollte. Er sparte jeden Penny, um nach Philadelphia zu ziehen, seine Kinder dort in die Schule und anschließend zur Lincoln University zu schicken, ein schwarzes College in Oxford, PA, oder vielleicht sogar aufs Oberlin College in Ohio, die erste weiße Universität in Amerika, die ihre Türen für Schwarze geöffnet hatte. Reb respektierte solche Ambitionen. Sie passten zu seinem Glauben daran, dass in Amerika alles möglich war und Shad, ein Mann voller Energie und Talent, der wusste, was er wollte, das Beste verdiente, was das Land ihm geben konnte.

Aber ach, keiner seiner Träume sollte Wirklichkeit werden.

Schon bald, nachdem er die Schul gebaut hatte, wurde Shad krank und starb, was seine Familie am Boden zerstört zurückließ. Reb hatte angenommen, Shads Ersparnisse würden die Familie wenigstens für eine kleine Weile über Wasser halten, hatte er doch kaum etwas dafür ausgegeben, sein Haus in einen besseren Zustand zu versetzen. Aber laut seiner Frau hatte er den Banken nicht getraut und einem Finanzberater Glauben geschenkt, der sich als zwielichtig und so schnellfüßig erwies wie der erste Architekt der Schul. Der Mann verschwand gleich nach Shads Tod und ließ die Familie des vorsichtigen Baumeisters mittellos zurück.

Allein die Freundschaft der beiden Männer ließ Shads Familie überleben, denn Reb gewöhnte sich an, wegzusehen, wenn seine Frau Shads Witwe Brot, Milch und Butter aus dem Laden zuschob. Und als der merkwürdig seltsame Marv Skrupskelis, der Sohn von Norman Skrupskelis, ins Haus der Familie Davis kam, um verschiedene Dinge für Shads Witwe zu erledigen, und Shads Tochter Bernice gelegentlich in den Garten folgte, entschied sich Reb, keine Spekulationen darüber anzustellen, schließlich waren Kinder Kinder.

Wie es war, hätten sich die Familien mit der Zeit wahrscheinlich auseinandergelebt, wäre da nicht Chona gewesen, die, obwohl sie im Alter von vier Jahren an Kinderlähmung erkrankte, ein sehr aktives Kind und kaum zu stoppen war. Sie in die Schule zu bekommen, war vom ersten Tag an eine Herausforderung, da sie sich mit ihren sechs Jahren weigerte, in irgendein Fahrzeug zu steigen, ob es ein Karren oder ein Rollstuhl war, auch nicht auf die Ladefläche des uralten Transporters, den Reb für seinen Laden angeschafft hatte. Sie zog es vor, wie die anderen Kinder des Viertels zu Fuß zur Schule zu gehen, und da Pottstowns weiße Schulen auch Schwarzen offenstanden, sahen Shads Kinder Bernice und Fatty das süße sechsjährige jüdische Mädchen mit dem dunklen Rock und den Locken, die sein ovales Gesicht einrahmten, hinter sich her humpeln, wenn sie den Hill hinunter ins städtische Schulhaus liefen.

Mit neun hatte Fatty dann nicht mehr die Geduld für noch ein Mädchen, das ihm hinterherlief. Und er ertrug auch seine Schwester nicht. Aber Bernice wünschte sich unbedingt eine kleine Schwester, und so gingen die beiden Mädchen denn gemeinsam in die erste Klasse, obwohl Bernice ein Jahr älter war. Chona verkündete allerdings gleich am ersten Tag, Bernice sei zu groß für die erste Klasse, was die schweigend ertrug. Aber noch am Nachmittag festigten die beiden ihre Freundschaft, als sich die Lehrerin ans Klavier setzte und »Polly Parrot Ate the Carrot« spielte, ein beliebtes Kinderlied. Sie rief alle Schüler nach vorn und verlangte, dass sie das Lied sangen. Wenn das Kind dem folgte, nannte sie es ein Rotkehlchen, tat es das nicht, war es ein Spatz.

Chona hatte kein Problem, ein Rotkehlchen zu werden,

sie sprang vor die Klasse und sang mit klarer, kräftiger Stimme. Aber Bernice, das einzige schwarze Gesicht unter den Kindern, wollte nicht singen, als sie aufgerufen wurde.

»Du bist ein Spatz«, verkündete die Lehrerin. »Setz dich wieder.«

Chona sah perplex zu, wie Bernice zurück zu ihrem Platz ging. Sie waren Nachbarn. Sie hörten, was im Haus nebenan vorging, hörten jeden Streit, hörten die Stühle über den Küchenboden kratzen, das Knarzen der Verandastufen, Türen, die zugeschlagen wurden. Und das eine, was Chona wirklich liebte, war der Klang von Bernices Stimme. Zu Hause sang sie wie ein Vogel. Sie hatte einen prächtigen, glockenhellen, wunderschönen Sopran voller Sorge, Trauer und Sehnsucht. Bernice sang überall, im Garten, wenn sie Unkraut jätete, wenn sie die Veranda fegte, und nachmittags, wenn sie für ihre Mutter durch das Gemüse im Heaven & Earth Grocery Store sah. Ihre Stimme war so klar und engelsgleich, dass Chona und ihre Mutter sonntags, wenn sie an der Second Baptist Church vorbeikamen, stehen blieben, um zu hören, wie sich Bernices Stimme über die anderen erhob, kräftiger und schöner denn je.

Als Bernice sich setzte, rief Chona: »Bernice ist kein Spatz. Sie ist ein Rotkehlchen.«

Ihr Kommentar rief Kichern bei den anderen Kindern hervor und brachte den beiden einen Abstecher ins Büro der Rektorin ein, weil Chona ungefragt dazwischengerufen hatte. Nachmittags gingen die zwei langsam nach Hause, und Chona versuchte, das Singen noch mal anzusprechen. »Du bist kein Spatz, Bernice. Du bist ein Rotkehlchen.« Aber Bernice war missmutig und schwieg.

Chona begriff, dass Bernice wie die Zwillinge in der

Schul war, Irv und Marv. Ihr Vater, Mr Norman, der ihren Spezialschuh so sorgfältig angefertigt hatte, war genauso. Sie verschlossen was in sich. Da gab es etwas, das sie nicht herausließen, und auch in Bernice war irgendwas zugesperrt wie ein fest zugedrehter Wasserhahn, eine Lampe, die nicht leuchten wollte. Mit ihren sechs Jahren vermochte Chona jedoch nicht auszudrücken, was es war. Stattdessen nahm sie Bernices Hand und sagte: »Ich mag Blumen sowieso lieber als Vögel.« Was mit einem kleinen Lächeln beantwortet wurde.

Mit der Zeit verringerte sich die Kluft zwischen ihnen. Chona zeigte Bernice, wie man Pinochle spielte, was sie konnte, weil sie ihrem Vater und den anderen jüdischen Männern im Hinterzimmer des Ladens dabei zugesehen hatte. Sie brachte ihr bei, wie man häkelte, mit links oder rechts, und die Treppe hinunterkam, ohne dass die Füße die Stufen berührten – indem man das Geländer runterrutschte. Bernice zeigte Chona, wie man dicke Wolldecken machte, die gegen die Kälte schützten, und Petersilie, Suppengrün und alles mögliche andere Gemüse im Garten zog. Die beiden Mädchen wurden Freundinnen.

Und ihre Freundschaft hielt bis in die Highschool. Sie wichen nicht voneinander, denn weder die eine noch die andere schloss sich einer speziellen Gruppe an oder begann einen Sport. Als sie in Hauswirtschaft ein Kleid nähen sollten, holte Chona die alte Nähmaschine ihres Vaters aus dem Keller, ein Überbleibsel aus den Tagen, als er nach Pottstown gekommen war, entstaubte sie und zeigte Bernice, wie man eine französische Naht nähte, erst auf der einen, dann auf der anderen Seite. Chonas Kleid nähten sie zuerst, dann das für Bernice. »Ich nehme die erste Naht, du die zweite«, sagte Chona.

Sie halfen sich gegenseitig und waren begeistert von dem, was sie geschafft hatten. Am Tag der Prüfung trugen sie die Kleider in die Schule und legten sie stolz zu denen der anderen Schülerinnen. Chonas war ein lila Kleid mit Azaleen, das von Bernice war schwarz mit gelben Gänseblümchen.

Ihre Lehrerin, eine grauhaarige, verkniffene Seele, die immer nur Schwarz trug, hielt jedes einzelne Kleid in die Höhe, studierte es und machte Bemerkungen zur Qualität der Handarbeit.

Chonas Kleid überzeugte sie, aber als sie zu dem von ihrer Freundin kam, das eindeutig das schönste von allen war, rief sie Bernice nach vorne.

Bernice stand auf und blinzelte verlegen. Das große, schlanke Mädchen trat vor die Klasse zum Pult der Lehrerin. Die hielt ihr Kleid in die Höhe und sagte: »Das ist nicht der Stich, den ihr benutzen solltet«, und sie riss das Kleid auseinander.

Auf dem Weg nach Hause sagte Chona: »Ich zeige dir einen anderen Stich. Ich kenne einen noch besseren.« Aber Bernice sagte nichts. Sie sah Chona auf eine Weise an, die diese noch nicht kannte.

»Du hast mich den falschen Stich benutzen lassen«, sagte sie schließlich.

Bevor Chona sie daran erinnern konnte, dass ihr Kleid doch genauso genäht war und sie nicht wusste, warum die Lehrerin dazu nichts gesagt hatte, war es doch wirklich das Gleiche, tat Bernice etwas, was sie noch nie getan hatte, in all den Jahren nicht, da sie einander kannten.

Sie wandte sich ab, beschleunigte ihren Schritt und ließ Chona hinter sich.

Am nächsten Tag, als Chona aus dem Haus kam, um

sich den schwarzen Kindern anzuschließen, die den Hill hinunter zur Schule liefen, war Bernice nicht da.

Bernice kam an diesem Tag nicht in die Schule. Auch am nächsten nicht. Überhaupt nicht mehr. Sie blieb im Haus und kam nur selten heraus.

Für Chona war der Tag, an dem Bernice sich vor der Welt verschloss, der Beginn ihres eigenen Erwachsenenlebens, denn was sie da vor sich liegen sah, erfasste sie mit voller Macht, und sie konnte den Chicken Hill und die Stadt als das erkennen, was sie wirklich waren. Sie begann, Ansichten zu dem zu entwickeln, was kam, und die Begrenzungen ihres eigenen Lebens zu sehen. Ihre Mutter wollte, dass sie einen jungen orthodoxen Juden aus Reading heiratete, den sie ausfindig gemacht hatte. Er war durchaus nett, ein kleiner, ernster Pole, der das Schuhgeschäft seines Vaters erben würde, eine sanfte Art hatte und offen für Neues zu sein schien. Aber er hatte die Angewohnheit, an seinen Zähnen zu saugen, was Chona abstoßend fand, und nachdem sie einmal mit ihm essen gegangen war, entschied sie, dass er schrecklich war, und vermied es, ihn wiederzusehen. Sie sah die zerbrochenen Ehen in der jüdischen Gemeinde der Stadt, die sich elend fühlenden Hausfrauen, die frustrierten Ehemänner, sah die unguten Dispute innerhalb der winzigen jüdischen Bevölkerung, die von deutschstämmigen, die Hälse reckenden Juden dominiert wurde, die über die Schultern ihres christlichen Gegenübers zu blicken versuchten, sich in ihren sozialen Einrichtungen und snobistischen Organisationen die Nasen zuhielten und auf ihre Jiddisch sprechenden Mitgläubigen aus anderen europäischen Provinzen hinabsahen, Geld schickten, abgetragene Kleider und ebensolchen Rat – auf Englisch, Jiddisch war nicht erlaubt. Die alles schickten, nur keine Wärme. Sie hatte davon geträumt, den Chicken Hill nach der Highschool zu verlassen, und sogar ein paar vorsichtige Pläne in diese Richtung gemacht, aber als Moshe in den Keller ihres Vaters kam und die Liebe in ihr Leben trug, veränderte er alles. Er war ein Mann, der sie erfüllt sehen wollte, der ihr niemals den Zugang zu Wissen, Wachstum und Leidenschaft, zu den Wahrheiten dieses Lebens versperren wollte, der ihr Bücher, Schallplatten und Musik brachte. Und als sie ihn heiratete, vergaß sie Bernice und die Davisses nebenan, denn jetzt übernahm das Leben. Ihre Mutter starb zwei Jahre nach der Hochzeit, ihr Vater zog nach Reading an eine größere Schul, und es galt, ihren milde gesonnenen Mann davon abzuhalten, den übrigen Juden in die Stadt und damit in die Verlorenheit zu folgen. Dann kam ihre Krankheit, die die gesamte Welt verschlang. Sie hatte ihr eigenes Leben, aber keine Kinder, die Zeugnis davon gaben. Abgesehen von einem schnellen Nicken in Richtung von Bernice, deren wachsende entzückende Brut, alles stille, schöne Schatten ihrer Mutter, zum Einkaufen in den Laden kam, und einem gelegentlichen Lachen mit Bernices Bruder Fatty, der sich nie ändern würde, hatte Chona keinen Bezug zum Leben ihrer ehemaligen Freundin mehr. Wie Bernice ihre Kinder produzierte, mit wem und warum sie so viele hatte und wie sie ihr Leben lebte, danach fragte Chona nicht. Ihr eigenes Leben war erfüllt, so unvollständig es sich für sie ohne Kinder auch anfühlte. Bernice dagegen hatte viele. Bernice war reich an Kindern, aber sie hatte Chona für ihr französisch genähtes Kleid verantwortlich gemacht, was nicht richtig war. Doch das alles war viel zu kompliziert und zu lange her und glich den überwucherten Wurzeln eines uralten Baumes.

Aber jetzt hatte sie ein Problem.

Chona hatte mit einem Mal ihr eigenes Kind. Es war nicht *ihr* Junge, kam dem jedoch sehr nahe. Sie hatten ihn aus Gewissensgründen aufgenommen, und daraus war Liebe geworden. Er war klug. Empfindsam. Er sah Dinge, die andere nicht sahen. Auch ohne hören zu können, verstand er alles. Er war pfiffig. Intelligent. Und notwendig. Jahrelang hatte sie gebetet, Kinder zu bekommen, und es, als der Erfolg ausblieb, als Teil des Lebens akzeptiert. Stunden hatte sie lesend verbracht, wollte mehr erfahren über Politik, den Sozialismus und die Veränderungen in Orten wie New York, die wilde Welt von Emma Goldman und fortschrittlichen Juden, Anarchisten, Ruhestörern, Gewerkschaftsaktivisten und Pazifisten, die alle ihnen auferlegten Beschränkungen beiseitewischten und die Möglichkeiten des amerikanischen Lebens einforderten, wie sie auch allen anderen offenstanden – über Juden, die auf ihre eigene Weise versuchten, Licht in diese Welt zu bringen. War das nicht das, was der Judaismus tun sollte? Licht bringen und den Austausch zwischen den Kulturen fördern? All das hochtrabende Gerede des Judaismus war ihr zunehmend sinnlos erschienen und weit weg, als sie älter wurde, bis es sich in die sonnendurchflutete Wirklichkeit einfügte, die in Form von Dodo kam. Der Junge brachte seine eigene Art Licht mit. Sie quartierte ihn im Hinterzimmer des Ladens ein, wo sie selbst oft während ihrer Krankheit gelegen hatte, und er erleuchtete das Dunkel dort auf eine Weise, die den Schmerz aus ihrer Erinnerung vertrieb. Das stumme, ernste Kind, das da gekommen war, erneuerte das Leben. Der Junge war ein Funke, ein Zauberer. Er war da, wenn sie am Morgen erwachte, und kam in ihr Schlafzimmer, um gute Nacht zu sagen. Er war zwölf und lernte sein Jungenleben außer Sichtweite von anderen. Malte Bilder, spielte mit Ballons und las Comics in seinem Zimmer. Nachts ging er im Creek fischen. Nach Geschäftsschluss putzte er den Laden. Er war sich der Welt um sich herum bemerkenswert bewusst für jemanden, der nicht hören konnte, las anderen die Worte perfekt von den Lippen ab, sammelte Kronkorken und Murmeln, liebte Geleeäpfel und geröstete Kastanien, fand das Akkordeon von Chonas Vater und entlockte ihm unten im Keller ganz fürchterliche Töne. Er verstreute Pfirsichsteine in ihrer Küche. Am Sabbat war er morgens da, wenn sie aufwachte, hatte die Lichter am Abend zuvor gelöscht und bereits den Ofen eingeheizt. Er konnte nicht still sitzen. Wenn sie und Moshe ruhig oben lasen, rumste und schepperte es unten in seinem Zimmer hinter dem Laden, wo er schlief und es ein Waschbecken und einen Ofen gab. An manchen Abenden ging Chona nach unten, um das Licht auszuschalten, und fand ein wildes, freudvolles Durcheinander in seinem Zimmer vor, mit Mopps, die als Hexenbesen gebraucht wurden, alten Comics, Kreide, Steinen und Pfeilspitzen. Am Ventilator hingen fliegende Vorrichtungen an Drähten und drehten ihre Kreise. In vier Monaten war er zur lebenden Verkörperung von *L'Chaim* geworden, ein Trinkspruch auf das Leben. Ein Junge. Ein Junge, der sein Leben lebte. Etwas, das sie sich gewünscht und wofür sie seit ihrer Mädchenzeit gebetet hatte. Wen störte es, dass er ein Schwarzer war? Er gehörte ihr!

Und er antwortete. Sie hatte ja keine Ahnung, wie leicht es sein würde. Sie musste ihm nie zweimal sagen, was er tun sollte. Die Zähne putzen. Sich die Haare kämmen. Das Gesicht waschen. Die Wäsche aufhängen. Die Regale auffüllen. Er liebte Schokolade, und sie musste sich zwingen, ihm nicht zu viel zu geben. Jeden Tag fegte und putzte er und arbeitete mit solch einer Energie und Konzentration, dass sie ihn bremsen musste, und dann, am Ende der Woche, kam er nach Ladenschluss nach hinten, hielt eine Murmel in der Hand und bedeutete ihr, dass er gerne sein Stück Schokolade bezahlen würde. Es war ein Spiel, das sie mit mehreren Kindern aus der Nachbarschaft spielte. Sie kamen hungrig in den Laden, nahmen eine Dose Erbsensuppe in den Blick und fragten: »Wie viel kostet die?«, worauf Chona sagte: »Wie viel hast du?«

»Ich hab nur eine rote Murmel.«

»Hast du auch grüne Murmeln?«

»Vielleicht hab ich eine zu Hause.«

»Okay. Nimm die Suppe, geh nach Hause, und morgen bringst du die grüne Murmel, und ich entscheide, ob ich sie möchte.«

Tags drauf brachte das Kind eine rote Murmel, und sie sagte: »Nein, nicht die. Ich mag die Farbe nicht. Ich möchte eine blaue Murmel.« Also ging das Kind und kam am nächsten Tag mit einer blauen Murmel. Dann einer grünen. Bis die Woche vorbei und die Murmel vergessen war, und dann kam das Kind und fragte nach einem bestimmten Gemüse oder einer Schachtel Kekse und wollte wieder mit der falschen Murmel bezahlen – und das Spiel ging von Neuem los.

So ging es hin und her, manchmal über Wochen. Es gab einige Murmelkinder, und Dodo wurde eines von ihnen. Er trat in den Murmelchor ein. Sie gab nie nach, gab ihm nie zu viel Schokolade, aber doch genug. Eine rote Murmel für ein Stück Schokolade hier, eine blaue für eines da. Die Murmeln, die sie von den Kindern einsammelte, kamen in ein Glas. Daraus verschwanden sie auf rätselhafte Weise wieder, um eine Woche später zurück in den Händen der Kinder zu sein. Sie störte es nicht. Sie verstand es. Sie liebte Dodos Großzügigkeit. Er war ein Kind der Liebe, leicht zu befriedigen, leicht zu beschenken.

Sie wusste jedoch von Beginn an, dass der Traum nicht von Dauer sein würde. Dass sie ihn nicht so lieben sollte. Sie gewährten ihm nur Unterschlupf und entlasteten damit die ihnen so treuen Nate und Addie, und Addies verstorbene Schwester Thelma, die gelegentlich geholfen hatte, Chona in Zeiten ihrer Krankheit zu pflegen. Aber jetzt, nach vier Monaten, in denen sie Dodo geschützt hatten, wusste der Mann vom Staat, wo er war. Sie kannte ihn flüchtig, Carl Boydkins hieß er. Sie waren etwa im gleichen Alter und zur gleichen Zeit in die örtliche Highschool gegangen. Chona erinnerte sich, dass er in irgendeiner Mannschaft gewesen war – Football vielleicht. Und dass er wie die meisten ihrer Klassenkameraden nicht besonders judenfreundlich gewesen war. Er stammte aus einer der vielen Farmerfamilien, die viel verloren hatten, indem sie ihr Land nicht an die großen Stahlunternehmen abgaben, die Tausende Morgen am Manatawny aufkauften. Das hatte sich für diese Familien nicht ausgezahlt.

Als Carl Boydkins also in den Laden kam und Fragen stellte, versuchte sie, freundlich zu sein. Aber er war dafür nicht empfänglich. Er machte ein paar Bemerkungen dazu, dass es gegen das Gesetz sei, Flüchtigen Unterschlupf zu bieten, und sie war dankbar, dass Moshe nicht da war, weil der Dodo sofort ausgeliefert hätte. Moshe hatte Angst vor den Behörden. Aber er wusste nichts von den Besuchen. Noch nicht. Aber bald. Die Nachricht, dass der Staat zwei Männer, erst Carl Boydkins und dann den Schwarzen, in den Laden geschickt hatte, um Dodo zu finden, würde schnell von Addie zu Nate gelangen, und von Nate zu Moshe.

Deshalb brauchte sie Bernice. Bernice hatte all diese Kinder – acht nach letzter Zählung, in allen Schattierungen von hell bis dunkel, groß und klein. Wie Bernice sie bekommen hatte und wer ihre Väter waren, ging Chona nichts an. Aber sie sahen alle anders aus, nur eben wie Schwarze, und das reichte.

Chona wandte sich vom Fenster ab, den Stock in der Hand, und ging langsam zur Tür des Ladens. Addie war hinter der Theke. Dodo stand auf einem Milchkasten und packte Keksschachteln in ein Regal. Sie hob ihren Stock, um seine Aufmerksamkeit zu erregen, und als er zu ihr hinsah, sagte sie: »Komm mit.«

Er folgte ihr. Sie verließen den Laden und gingen die zehn Schritte zu Bernices Tür. Chona klopfte. Bernice machte auf.

Da war kein Licht in Bernices Augen. Sie schien erschöpft und müde. Ihr schmales, abgehärmtes Gesicht sah aus, als hätte sie zu lange in die Sonne gestarrt, und doch war sie, dachte Chona, immer noch schön, schön durch die Lampe in ihr, auch wenn sie dunkel blieb. Hinter ihr drängten sich mehrere Kinder und sahen neugierig zu Chona hin.

»Was ist?«, sagte Bernice. Sie sprach ruhig und ungezwungen, als hätten sie vor einer Woche erst aufgehört zu reden und nicht in den letzten vierzehn Jahren kaum mehr als fünf Worte gewechselt.

Chona spürte, wie sie rot wurde. Sie stellte fest, dass ihr die Worte fehlten, und stammelte: »Ich wollte, dass du ... Ich habe Thelmas Jungen.«

»Ich kenne Dodo«, sagte Bernice.

»Er wohnt jetzt bei mir.«

»Und?«

»Ich habe mich gefragt, ob …«, Chona zögerte, »da ist ein Mann vom Staat …«

Aber Bernice ließ sie nicht ausreden. Sie nickte nach hinten, über die Schulter, in Richtung ihrer beiden Gärten. »Schneid ein Loch in den Zaun, wo es niemand sehen kann«, sagte sie. »Wenn der Mann vom Staat kommt, schick ihn raus in den Garten zu meinen spielenden Kindern. Ein Farbiger sieht aus wie der andere.«

Chona lächelte und wandte sich Dodo zu, um ihm zu erklären, dass er in den Garten nebenan wechseln durfte und sie und die liebe Frau in der Tür einmal Freundinnen gewesen waren. Aber sie war überwältigt von den widerstrebenden Gefühlen in sich, denn sie wollte Bernice danken, ihre Hand nehmen und sie halten, wie sie es als Kind getan hatte. »Du bist kein Spatz, du bist ein Rotkehlchen«, wollte sie sagen und fragen, warum sie seit Jahren ihre Stimme nicht gehört hatte, eine Stimme, die ihr als Kind eine ganze Welt eröffnet hatte.

Aber noch bevor Chona sich erneut zu ihr hindrehen konnte, hatte Bernice die Tür wieder geschlossen und war verschwunden.

10
DER SKRUP-SCHUH

Earl Roberts, in Pottstown als Doc bekannt, hatte schon vor langem Gerüchte gehört, dass die Jüdin auf dem Chicken Hill illegal ein schwarzes Kind vor dem Staat versteckte. Er wusste es von seinem entfernten Cousin Carl Boydkins, der für das staatliche Wohlfahrtsamt arbeitete. Die beiden Männer standen sich nicht nahe. Sie waren auf benachbarten Farmen aufgewachsen. Beide Familien, so hieß es, gingen über zehn Generationen auf die Blessingtons zurück, die damals 1620 angeblich mit der *Mayflower* angekommen waren. Darauf waren sie stolz, wobei sich jedoch herausstellen sollte, dass sie rein gar nichts mit der *Mayflower* zu tun hatten. Docs Familie stammte in Wahrheit von einem Iren namens Ed Bole ab, einem fernen Verwandten, der im Jahr 1774 als Hausdiener für den chinesischen Kaiser Chaing Kai Wu in der Provinz Monashu gearbeitet hatte. Bole, ein irischer Seemann und Trinker, war in dem Jahr vom englischen Frachter *Maiden* geworfen worden, dessen Captain seinen betrunkenen Schabernack leid war und ihn kurzerhand in Shanghai zurückließ. Die chinesischen Behörden griffen ihn bald schon auf und zerrten ihn vor den Kaiser, dem der Gedanke, seinen Tee und seine chinesischen Crumpets, bekannt als Mantou, von einem weißen Mann serviert zu bekommen, wunderbar befriedigend erschien. Nach drei Jahren gelang Bole die Flucht, und er schaffte es zurück nach England, wo er sich als Lord Earl Blessington von Sussex einführte, mit seinen Chinesischkenntnissen und seinem Wissen über chinesischen Tee in einer britischen Schifffahrtsgesellschaft unterkam und am Ende, nachdem er die Tochter eines englischen Handelsmannes geheiratet hatte, ein Vermögen durch den Handel mit Salz und chinesischer Medizin verdiente. Als 1784 ein entfernter Cousin aus Irland in London auftauchte und anfing, Fragen zu stellen, verfrachtete Bole seine Frau und die vier kleinen Kinder hastig auf ein Schiff namens *Peanut* und schickte sie nach Amerika, wo sich niemand für die Vergangenheit weißer Leute interessierte. Drei Tage nach Abfahrt der *Peanut* erstickte Bole jedoch an einem Char-Siu-Bao-Pork-Brötchen, für die er im Land der Wunder eine Schwäche entwickelt hatte. Glücklicherweise hatte er Frau und Kinder mit der hübschen Summe von viertausend Dollar auf die Reise geschickt, was ein Vermögen war in jenen Tagen, und dazu einer Kinderfrau, die ihnen helfen sollte, da er dachte, es würde einige Monate in Anspruch nehmen, bis er ihnen folgen konnte – eine Vorstellung, die unglücklicherweise mit dem Char-Siu-Bao-Pork-Brötchen ihr Ende fand, das ihm in die Luftröhre geriet.

Als die Nachricht vom Tod Lord Blessingtons, geborener Bole, seine Witwe in Amerika erreichte, folgte das gewohnte Händeringen, Heulen und Haareausreißen. Die Gute brach zusammen und landete in den Armen ihrer treuen Kinderfrau, die sie fest an sich drückte. Funken flogen. Die beiden Frauen verliebten sich ineinander, beschlossen, zusammenzuleben, konsultierten eine Landkarte, sahen ein Flüsschen bei Pottstown, PA, weit entfernt von den neugierigen Blicken der New Yorker Gesellschaft, welche die Witwe mit Argwohn betrachtete, schien die Frau die männliche Spezies doch weder mit Verachtung noch mit Bitterkeit, sondern mit völligem Desinteresse zu betrachten, und so wechselten die beiden Liebenden denn als die Blessington-Schwestern nach Pottstown und kauften ein riesiges Stück Land am Manatawny Creek. Dort zogen sie mit Hilfe von örtlichen Bediensteten und Farmern die Kinder groß und verfügten, das Land nach ihrem Tod unter den vieren aufzuteilen.

Weder der Doc noch Carl hatten ein Interesse daran, die Herkunft ihrer Familie infrage zu stellen, war ihre Kindheit doch so glücklich, wie es die von Nachfahren der *Mayflower* sein mochte. Sie waren weiße christliche Männer, geboren in einem Amerika, das offenbar für sie gemacht war, aufgewachsen auf benachbarten Farmen in Pine Forge, auf wundervollem Land am Manatawny Creek voller Sonnenblumen, Weiden und fruchtbarer Erde. Ihre beiden Familien, längst voneinander getrennt und mit unterschiedlichen Nachnamen, lebten einander gegenüber: Docs Familie, die Roberts, auf der einen Seite, Carls Familie, die Boydkins, auf der anderen. Oft fuhren sie sonntags gemeinsam mit der Kutsche zur Kirche, die presbyterianische natürlich. Die kultivierten Messen füllten den geheiligten Ort bis an den Rand mit guten weißen Menschen. Es war eine wundervolle Zeit, Docs Kindheit, voller starker Männer, deren Handschlag alles zusammenhielt, und Frauen, die wussten, wie man kochte und Kinder erzog. Es waren nette, saubere Familien. Das war alles vor den »neuen Leuten«, den Juden, den Schwarzen, den Griechen, den Mennoniten und den Russisch-Orthodoxen.

So lebten die beiden Familien denn glücklich und in Frieden bis kurz vor dem Schwarzen Donnerstag, dem großen Crash, als Docs Vater sah, was da drohte, und alles verkaufte, Gott sei Dank. Aber die Boydkins blieben, und sie litten, denn der neue Besitzer des Robertsschen Landes war ein guter Christ, der Eisen und Stahl schmiedete, was stinkenden Müll produzierte und schwarze Abwässer von Färbemitteln, wobei er den Boydkins versprach, seinen Müll zu vergraben und nichts von dem Dreck in den schönen Creek einzuleiten. Sie freuten sich, als er das versprach, und glaubten ihm. Schließlich war er ein guter Christ.

Kurz darauf stieß ein weiterer Mann zu ihm, noch ein guter Christ, der sein Wort hielt. Dann kam ein dritter, ebenfalls ein guter Christ ... der, nun, es hieß, dass er ein guter Christ sein *wolle*, was durchaus etwas zählte, auch wenn er seine Frau für ein fünfzehnjähriges Mädchen mit Brüsten wie Melonen verlassen hatte, das einige Zeit in der Strafanstalt in Muncy verbracht haben sollte. Der Mann zog mit seiner neuen Frau am Ende nach New Orleans und wurde von einem Iren namens Fitz-Hugh ersetzt, der, wie es hieß, sein Vermögen mit Opium gemacht hatte. Fitz-Hugh zahlte die ursprünglichen Besitzer aus, und so wurden aus dem Ein-Mann-Betrieb zwei Hütten mit jeweils vier Arbeitern. Dann drei, dann vier kleine Hütten. Die Boydkins wachten bald schon morgens auf und sahen aus dem Küchenfenster acht Arbeiter, die den ganzen Tag Eimer mit Schlamm zum Ufer des Manatawny schleppten und dort entleerten. Innerhalb von sechs Monaten wurden aus den acht Arbeitern neun, dann zwölf, schließlich neunzehn. Aus den vier Hütten wurden sieben, dann acht, sie teilten sich wie Amöben und überzogen die Anhöhe über dem Creek, bis sie von kleinen Fabriken ersetzt wurden, die Rohrnippel, Bolzen und verschiedene Eisenteile produzierten und aus kleinen Schornsteinen Rauch in den klaren Himmel Pennsylvanias stießen. Aus den kleinen Fabriken wurden größere, die Eisenrohre, stählerne Beschläge und Armaturen, dazu

Glasflaschen für Whiskey-Destillerien herstellten, gefolgt von noch größeren Fabriken für drei Meter lange Stahlwellen, Unterzüge, Fässer, Rohrleitungsverbindungen, Güsse, Schilder, ganze Fensterrahmen und Stahlträger. Nach acht kurzen Jahren war die erste kleine Hütte verschwunden, und an ihrer Stelle erstreckte sich eine rumorende, rumpelnde Fabrikfeste, aus der ein dreißig Meter hoher Schornstein in den Himmel wuchs, der rund um die Uhr grauen Rauch ausstieß. Die Arbeiter, die den schwarzen Schlamm in den Manatawny gekippt hatten, gab es nicht mehr, dafür spuckten zwanzig Zentimeter dicke Rohre eine widerliche dreckige Brühe in den einst schönen Fluss, aus dem die Kühe der Boydkins tranken und der ihre Felder bewässerte. Als sich die Boydkins dann endlich lautstark beschwerten, bliesen bereits drei Dreißig-Meter-Schlote ihren schwarzen Rauch in den Himmel. Zweihundertfünfundzwanzig fluchende, lachende Arbeiter, die jede Sprache unter Gottes Sonne sprachen, zogen in drei Schichten in den Gebäuden ein und aus, und die Arbeitspfeife kreischte dreimal am Tag, einschließlich sonntags. Und das alles nur fünfzig Meter von ihren Fenstern entfernt.

Die Boydkins protestierten, sagten, das gottlose Gefluche der Arbeiter in Hörweite ihres Küchentischs und ihrer Kinder sei empörend, Schlamm und Abwasser mache ihr Vieh krank und ruiniere das Land. Aber es war 1932, und da waren Flagg, Bethlehem Steel und die Jacobs Aircraft Engine Company, und die hatten geschickte Anwälte mit gestärkten Kragen und schimmernden Packards. Und die Anwälte waren bestimmt: Wir müssen Motoren für die mächtigen amerikanischen Flugzeuge herstellen, mit denen wir die Freiheit um die Welt tragen. Wir müssen riesige Stahlträger für die Golden Gate Bridge produzieren, die wundervollen Automobilen erlauben wird, über sie zu fahren. Wir brauchen Schießpulver, Patronenhülsen und Stahl für den Krieg, der vor der Tür steht. Verzweifelt wandten sich die Boydkins an die Stadtväter Pottstowns, die bestimmten: Es gibt Krieg. Ihr müsst gehen. Und so waren die Boydkins gezwungen, ihre einhundertsiebenundvierzig Morgen entlang des Creeks für Pennys zu verkaufen, um Amerikas Freiheit zu erhalten. Es ging nicht anders.

Es war eine schlechte Entscheidung gewesen, im Jahr 1929, am Manatawny zu bleiben, und der Doc war dankbar für die Weitsicht seines Vaters.

Er und Carl waren sich in der Highschool nicht besonders nah gewesen, teilweise, weil Carl groß und ein guter Sportler war und die Mädchen ihn liebten, während der Doc sich am liebsten in Bücher versenkte und wegen einer Polioerkrankung sein linkes Bein etwas nachzog. Der Fuß bewegte sich komisch und hatte eine Lücke, wo Zeh zwei und drei sein sollten. Von Zeit zu Zeit tat er weh, und so wurde er ständig an ihn erinnert. Als Kind hatte seine Mutter gesagt, er solle den Fuß immer bedeckt halten, aber er tat so weh und kein Schuh passte richtig, und so ignorierte er, was sie sagte, so oft er konnte. Wobei er insgeheim das Gefühl hatte, dass sich sein linker nicht wirklich vom rechten Fuß unterschied. Was sich auf schmerzliche Weise als falsch erwies, als er im Turnunterricht der ersten Klasse den Strumpf auszog. Die Jungen sahen seinen Fuß, johlten und nannten ihn »Huf«. Von da an entblößte er seinen Fuß nie mehr in der Öffentlichkeit.

Das hielt den Doc jedoch nicht davon ab, die Highschool zu genießen. Er liebte den Biologieunterricht, wurde zum Vorsitzenden der Debattiermannschaft der Schule gewählt, und obwohl er, wie die Mädchen es nannten, eine Walnussnase hatte – sie stach ähnlich schrumpelig aus seinem Gesicht hervor –, stellte er fest, dass sie clevere Jungs mochten. Er las Bücher über Komödien, die Liebe, Biologie und Sex, und Letztere verrieten ihm alle möglichen geheimen Dinge, die Mädchen gefielen, einschließlich spezieller verbotener Stellen, an denen federweiche Fingerbewegungen sie dazu brachten, alles zu tun, was ein Junge sich wünschte. Er merkte sich ein paar dieser Tricks und probierte sie im zweitletzten Jahr an Della Burnheimer aus, einer quirligen blonden Cheerleaderin, der er leid tat und die in ein Picknick mit ihm am Creek im nahen Saratoga Park eingewilligt hatte. Als sie nach dem Essen auf der Decke lagen, gestand der Doc ihr, dass er noch nie ein Mädchen geküsst habe und es gerne probieren würde. Della, eine großzügige Seele, warf einen Blick auf Docs komischen Schuh, empfand noch mehr Mitleid mit ihm und war einverstanden. Der Doc erwies sich als leidenschaftlicher Küsser, verpasste ihr eine volle Mund-zu-Mund-Reanimation und fuhr dabei mit den Händen in ihre Unterwäsche, wo er sich der federweichen Techniken bediente, von denen er gelesen hatte. Zu seiner und ihrer Überraschung stöhnte Della zustimmend. Doch dann, von plötzlicher Selbstkontrolle erfasst, setzte sie sich auf und schlug vor, durchs nahe Wasser zu waten und sich wie ein richtiges Paar bei den Händen zu halten, anstatt Dinge zu tun, die ihnen in der Kirche, in die sie beide gingen, Ärger bereiten würden. Der Doc stimmte zu, was er gleich darauf bereute, denn als er seinen Strumpf auszog und Dellas blaue Augen seinen Fuß sahen, erklärte sie, sie wolle jetzt nach Hause. Keine Unternehmungen mehr mit dir, Junge.

Der Doc war keine besonders empfindsame Seele, seine Mutter jedoch schon, und als er ihr gestand, was mit Della

Burnheimer gewesen war – wobei er die intimeren Einzelheiten mit den federleichten Fingern und der intensiven Mund-zu-Mund-Behandlung wegließ –, ging sie mit ihm auf den Chicken Hill, wo der beste Schuhmacher der Stadt, Norman Skrupskelis, seine Werkstatt hatte. Alle in der Stadt fürchteten Norman, einen grimmigen, Zigarren kauenden Juden, der kaum mal etwas sagte und von dem es hieß, dass er des Nachts wie ein buckliges Ungeheuer durch die matschigen Straßen Chicken Hills strich, die Schwarzen in Angst und Schrecken versetzte und ihnen ihr Geld abnahm. Aber er war ein Schuhmachergenie, und seine glänzenden Schuhe schmückten die Schaufenster aller drei Schuhgeschäfte Pottstowns.

Sie klopften, und Norman führte sie in seine Werkstatt im Keller – kein Käfig in Sicht, stellte Docs Mutter fest. Er setzte sich auf einen Hocker vor einer vollgepackten Werkbank und sah dem Doc nicht ein einziges Mal ins Gesicht. Stattdessen starrte er auf seinen verbildeten Fuß, der in einem Schuh von einem Schuhmacher in Philadelphia steckte, den seine Eltern teuer bezahlt hatten, zeigte auf einen Stuhl bei der Werkbank und bellte mit schwerem Akzent: »Schuh aus.« Der Doc setzte sich, tat, wie ihm geheißen, und gab ihm den Schuh.

Der alte Mann warf ihn beiseite, als wäre es eine leere Flasche, und nahm Docs schmerzenden, pochenden Fuß in seine raue Hand, die einer Klaue glich. Die harten Finger fühlten sich wie mit Sandpapier überzogen an, als er den Fuß hierhin und dorthin drehte, als wäre es ein Pfund Rindfleisch. Er studierte ihn sorgfältig und bewegte ihn in seinen Händen. Als er fertig war, ließ er den Fuß fallen wie die Zeitung von gestern, wandte sich seiner Werkbank zu und nahm Leder und Zubehör aus einem Regal darüber.

Er sagte kein Wort, und nach einer Weile sagte Docs Mutter, die verlegen blinzelnd daneben stand: »Wollen Sie kein Maß nehmen?«

Der alte Mann wedelte abwehrend mit der Hand. »Kommen Sie in einer Woche wieder her«, sagte er.

»Wie ist der Preis?«

»Darüber reden wir dann.«

Eine Woche später kamen sie zurück, und der Schuh war ein Wunder. Ein außergewöhnliches Kunstwerk, schimmerndes schwarzes Leder, fein genäht und perfekt der Wölbung von Docs Fuß angepasst, mit einer Einlegesohle, die sorgfältig gearbeitet war, um den Fuß zu stützen und ihm zusätzlich Halt zu geben, während er nach außen hin fast aussah wie sein rechtes Gegenstück. Der alte Knabe hatte sogar der Sohle noch zwei Zentimeter hinzugefügt und sie so geformt, dass Docs Hinken weniger auffiel und seinem Fuß und Rücken fast auf der Stelle Erleichterung verschaffte. Und all das für einen überraschend niedrigen Preis. Docs Mutter war begeistert.

Der Doc selbst war dankbar, fühlte sich aber auch gedemütigt. Der alte Mann sagte nicht ein Wort zu ihm. Nicht mal Hallo. Aber er produzierte diese wundervollen Schuhe, und der Doc musste jedes Jahr wieder zu ihm, um einen neuen zu bekommen. Dem Doc graute vor den Besuchen in Normans Keller, denn so genial dieser Schuhmacher auch war, fand der Junge seine Überheblichkeit untragbar. Wusste er nicht, mit wem er es zu tun hatte? Kannte er keinen Respekt?

Sein Unmut blieb dem Doc über Jahre erhalten, und als Norman starb und seine Söhne Irv und Marv das Geschäft übernahmen, ging der Doc ihnen aus dem Weg und zahlte dreimal so viel, wie sie in Rechnung gestellt hätten, um seinen Spezialschuh in Philadelphia machen zu lassen. Wen störte es, dass die Skrupskelis-Zwillinge so talentiert waren wie ihr Vater, mit die besten Schuhe im Staat machten und von allen Ärzten rundum empfohlen wurden? Er hatte sie erlebt! Sie waren so arrogant wie ihr Vater. Was bildeten sie sich ein! Der Doc kaufte seine Schuhe in einem amerikanischen Geschäft in Philadelphia und nicht bei eingewanderten Chicken-Hill-Juden, die nicht wussten, wo ihr Platz war.

Nach seiner katastrophalen Verabredung mit Della gab der Doc diese Art Abenteuer auf, wobei ihm während seiner Highschool-Jahre durchaus bewusst war, dass es da eine Schülerin an der Pottstown High gab, die sein Schicksal mit den Schuhen und dem alten Skrup teilte: die Jüdin Chona. Sie war eine Klasse unter ihm, und als sie am ersten Schultag an ihm vorbeikam, fiel sie ihm gleich auf, denn ihr Gang war ihm vertraut. Er sah auf ihre Schuhe, und es war klar, sie trug einen Skrup-Schuh. Sie verschwand den Flur hinunter, und er war froh. Er mied sie, was nicht schwer war, denn die meisten Juden vom Chicken Hill blieben unter sich, gingen nicht in den Chor und nahmen weder an den Schulausflügen noch an nachschulischen Aktivitäten teil. Aber ihm fiel auf, dass die Jüdin oft von einem gertenschlanken schwarzen Mädchen vom Hill begleitet wurde.

In dem Jahr und im nächsten geriet sie ihm aus dem Blick, aber in seinem letzten Jahr hatten sie ihre Spinde auf demselben Flur. Zunächst sah er sie nur von hinten, wie sie mit etwas in ihrem Spind herumtat, aber als sie die Tür dann abschloss und sich umdrehte, da funkelten plötzlich Sterne, und er hörte den Klang von tausend Jazztrompeten wie an Silvester. Das fußlahme, schüchterne Mädchen hatte sich in eine umwerfende, lässige, vollkommene Schönheit verwandelt. Einen stolzen, aufrechten

Teenager mit schwarzen Locken, frechen Brüsten, wunderbaren Hüften und schlanken Fesseln, die Beine unter einem einfachen Wollkleid versteckt, und das Leuchten ihrer dunklen Augen schien den ganzen Flur zu erfüllen. Der Doc starrte von seinem Spind aus zu ihr hinüber und vergaß alles, was mit Della Burnheimer gewesen war. Chona war wundervoll. Wie konnte es sein, dass sie ihm bisher nie aufgefallen war?

Er sah ihr in ehrfürchtigem Schweigen hinterher, als sie den Flur hinunter verschwand, und stellte sich vor, wie es wäre, mit ihr auszugehen. Was würden die anderen Schüler sagen? Was würde seine Mutter sagen? Sein Vater? Was machte es, dass sie eine Jüdin war? Sie war schön. Er stellte sich vor, wie sie zu zweit am Manatawny Creek entlangspazierten und über große Dinge redeten, zum Beispiel, dass er einmal Arzt werden würde. Wie er ihr von seiner Familie erzählte, ihrer großartigen Geschichte, den tollen Blessingtons von Pottstown, die mit der *Mayflower* übers Meer gekommen waren, und wie schön der Manatawny gewesen war, bevor all die Fabriken kamen, die Kirche am Sonntag und das Eisessen hinterher. Vielleicht konnte sie konvertieren. Flexibel sein, oder? Er war sicher, dass sie das konnte. Sie wusste, was es bedeutete, eine Außenseiterin zu sein, mit ihrem Fuß. Das zumindest hatten sie gemeinsam. Sie konnte konvertieren, natürlich konnte sie das!

Die Gefühle wurden Woche für Woche stärker in ihm, gingen zurück, kamen aufs Neue, Monat für Monat, wurden mehr und wieder weniger. Dann, eines Nachmittags im Frühling, der Abschluss kam näher, fasste er endlich den Mut, sie in die Debattiermannschaft einzuladen, deren Vorsitzender er war.

Er fühlte sich unbeholfen und nervös, er war es nicht gewohnt, mit Juden zu sprechen, und es lief nicht gut, denn kürzlich hatte er in einem Film Dana Andrews gesehen und sich angewöhnt, so draufgängerisch zu reden, wie er es bei ihrem männlichen Gegenüber gesehen hatte. Chona stand an ihrem Spind, und als sie sich umdrehte und ihn so nahe vor sich stehen sah, schien sie überrascht. Es gelang ihm, seine Einladung zu stammeln, und er sah den Blick aus ihren schönen Augen über seine Schulter den Flur hinunterwandern und zurück zu ihm und spürte, wie ihm das Herz in der Brust schlug.

Sie kicherte nervös und sagte: »Oh, nein, das geht nicht«, und entschlüpfte den Flur hinunter, gefolgt von dem großen, schlanken schwarzen Mädchen, das immer bei ihr war.

Er blickte ihr hinterher und fühlte sich vernichtet. Einen Tag später wurde sein Schmerz zu Ärger und schließlich zu Entrüstung. Er hatte sich christlich verhalten. Er hatte die Hand ausgestreckt, um sie hoch auf seine Ebene zu heben, und sie war zu blind, um es zu sehen. Sie wohnte auf dem Chicken Hill, Herrgott noch mal! Ihr Vater hatte einen Lebensmittelladen, in dem Nigger einkauften, während sein Vater im Stadtrat saß und ein presbyterianischer zweiter Pastor war. Ein Mann von Bedeutung. Er hatte die Hand ausgestreckt, und sie hatte sie ausgeschlagen. Unvorstellbar. Sie war wie der alte jüdische Schuhmacher mit seiner üblen Arroganz. Es ekelte ihn an. Juden. Sie und der alte Norman machten sich wahrscheinlich über ihn lustig, wenn er nicht da war.

Sein Ärger schwand, als er aufs College kam und sein Medizinstudium an der Penn State aufnahm. Er versank im Gewirr von Biologie, Leichen und klinischen Studien, stand Schulter an Schulter mit Studenten aus wohlhabenden Familien in Philadelphia, Pittsburgh und sogar New York. Und während seine Kommilitonen große Pläne hatten und nach dem Studium wieder in ihre großen Städte wollten, konnte er sich nichts anderes vorstellen, als in seine Heimatstadt zurückzukehren. Ja, er hatte mal davon geträumt, in eine Großstadt zu ziehen, dort in einem wichtigen Krankenhaus zu arbeiten und in einer Wohnung in einem Hochhaus zu wohnen, mit einem schwarzen Hausmädchen und einer bezaubernden blonden Frau. Aber wer würde ihn da wollen? Da gab es zu viele merkwürdige Leute – Italiener und Farbige, große Märkte, teure Autos und Familien, deren Geld über Generationen zurückreichte. Der Gedanke machte ihm Angst. Es war sicherer, zu Hause zu bleiben, in seiner Heimatstadt, und da die Kranken zu heilen. Selbst seine höhnischen Medizinprofessoren respektierten ihn für diese Haltung.

Aber die Heimatstadt, in die er zurückkehrte und in der sich anständige weiße Leute gegenseitig beim Namen kannten, in dieselbe presbyterianische Kirche gingen und nach der Messe ein Eis im Bristol Ice House aßen, war eine Einwandererstadt geworden. Griechen fuhren Lastwagen, Juden gehörten ganze Gebäude, Schwarze gingen die Main Street entlang, als gehörte sie ihnen, und dazu kamen Russen, Mennoniten, Ungarn, Italiener und Iren. Die idyllischen Pferdegespanne seiner Kindheit waren durch Sattelzüge ersetzt worden, die Stahlträger transportierten, die Milchbauern durch ölige, düstere, Rauch ausstoßende Fabriken. Die Main Street war samstags voller Autos, es gab nicht eine, sondern zwei Ampeln und eine Straßenbahn. Sein liebliches Pottstown war zu einer Stadt geworden, in der sich niemand mehr zu kennen schien. Dennoch, als er sich eine Frau aussuchte, die sein Vater guthieß, eine einfache Farmerstochter aus dem nahen Fagleysville, schaffte die Hochzeit es auf die Titelseite des *Mercury*. Das war eine große, gute Sache.

Aber die Jahre, in denen er sich um gebrochene Beine kümmerte und Finger zurück an die gebrochenen Hände von Fabrikarbeitern nähte, nagten an ihm, und seine Enttäuschung wuchs. Immer noch mehr Fabriken stießen Rauch aus, und auch immer noch mehr Ausländer kamen. Und als sich herausstellte, dass die einfache Farmerstochter, die er geheiratet hatte, eine faule, geistlose Seele war, die für Bingo-Abende, billige Romane und Blaubeerkuchen lebte, was zu ihrem wachsenden Umfang beitrug, während sie stolz mit ihren vier Kindern in dem nagelneuen Chevrolet durch die Stadt fuhr, der, darauf bestand sie, alle zwei Jahre durch das neueste Modell zu ersetzen war, verlor er das Interesse an ihr. Er hatte seine Jugend vergehen sehen, wurde Zeuge, wie seine Stadt zerstört und das Blut seiner stolzen weißen Väter von Eindringlingen verwässert wurde, Juden, Italienern, sogar Niggern, die über den Chicken Hill zogen und einander Eiscreme und Schuhe verkauften, während sich anständige weiße Menschen zudem noch gegen das neue Geld von Juden und Italienern zur Wehr setzen mussten, die alles aufzukaufen schienen. Gar nicht zu reden von den Mennoniten in der Stadt mit ihren Pferdekutschen und den Iren der Fire Company, den Griechen, die ihre Geschäfte in Dinern machten, und den Italienern, die sich in der Milchwirtschaft hervortaten. Und die Nigger vom Chicken Hill arbeiteten lieber in den Fabriken und nicht als Dienstmädchen und Hausmeister, wie es richtig wäre. Juden kauften Häuser in der Beech Street, hatten Pläne, eine größere Synagoge zu bauen, und was noch schlimmer war, sie verdarben die guten weißen christlichen Teenager mit schwarzer Musik – Jazz –, die von keinem anderen als von Chonas Mann in die Stadt gebracht wurde, noch einem Juden, dem nicht ein, sondern gleich zwei Theater gehörten. Wo blieb Amerika in all dem? Pottstown war für die Amerikaner. Gott hatte es so bestimmt. Die Verfassung garantierte es. Die Bibel sagte es. Jesus! Wo war Jesus in all dem? Der Doc fühlte, wie seine Welt zerbrach.

So kam es, dass er zustimmte, als ihn ein paar Jahre nach dem Studium Freunde ansprachen, ob er nicht an einem Treffen der Ritter Pottstowns teilnehmen wolle, um die guten christlichen Werte zu bewahren. Und als die sich bei ihrem Treffen als die Weißen Ritter des Ku-Klux-Klans entpuppten, machte das für ihn keinen Unterschied. Es waren Männer wie er. Sie wollten Amerika erhalten. Dieses Land war Urwald gewesen, bevor der weiße Mann kam. Es musste gerettet werden. Die Stadt, die Kinder, die Frauen, sie alle brauchten Schutz vor denen, die die reine weiße Rasse mit Unverstand und Schmutz besudeln wollten, die alles verderben wollten, indem sie das reinweiße angelsächsische, protestantische Erbe mit Griechen, Italienern und den Juden vermischten, die Jesus Christus ermordet hatten, den Niggern, die davon träumten, weiße Frauen zu vergewaltigen, und deren lüsternen schwarzen Frauen, die eine Gefahr für jeden anständigen, gottesfürchtigen weißen Mann darstellten. Nicht alle von ihnen waren schlecht, natürlich nicht. Die Weißen Ritter würden entscheiden, wer die Guten waren. Die gab es durchaus. Der Doc kannte einige.

Die Treffen glichen mehr denen eines Freizeitclubs als eines Vereins, der Gift und Galle spuckte. Die Männer redeten über die Landwirtschaft und verlorenes Eigentum, die Herausforderungen von Aussaat und Pflege des Getreides bei schlechtem Wetter, die Kosten von Vieh, dessen Transport und die steigenden Preise. Viele waren ehemalige Farmer, andere Fabrikarbeiter und Banker. Gute Leute. Pottstowner. Leute, die der Doc sein ganzes Leben schon kannte. Und als Carl ihn eines Nachmittags nach einem Treffen der Weißen Ritter ansprach, wegen des Problems mit der Jüdin, die ein taubes schwarzes Kind illegal bei sich versteckte, zur Arbeit in ihrem Laden zwang und von der Schule fernhielt, wo es doch einen Platz in einer sehr guten Schule für ihn gab, zeigte der Doc Interesse. Er sagte Carl, er solle in der nächste Woche in seine Praxis kommen.

Ja, er kannte Chona. Als er seine Praxis eröffnet hatte, war sie wegen plötzlicher Ohnmachten zu ihm gekommen, ohne bei ihrem Besuch erkennen zu lassen, dass sie sich an seinen Versuch in der Highschool erinnerte, sich mit ihr anzufreunden. Er nahm an, hoffte, dass sie es vergessen hatte. *Er* hatte es nicht vergessen, und als sie so vor ihm stand, fühlte er wieder tausend Trommeln in seiner Brust, denn sie war gut gealtert. Die schönen Brüste, die schlanken Hüften, die hellen, leuchtenden Augen, es war alles noch da, zusammen mit dem Skrup-Schuh an ihrem Fuß, dessen Design, wie er bemerkte, leichter und eleganter geworden war, in jeder Hinsicht besser als das ziegelgleiche, sündteure Ding an seinem Fuß, der in diesem Moment schmerzte. Aber das war der Preis seiner Prinzipientreue, und er zahlte ihn gern.

Er blieb bei diesem Besuch ganz professionell, verschrieb ihr ein paar Schmerztabletten und sagte, sie solle wiederkommen, wenn es mit den Anfällen weitergehe. Und er hoffte, dass sie zurückkam, was sie jedoch nicht tat, und wieder war er beleidigt. Dachte sie, nur weil er ein Kleinstadtarzt war, verstehe er ihren Fall nicht? Er hatte Medizinerfreunde in Reading und in Philadelphia. Er las die neuesten medizinischen Zeitschriften. Tatsächlich riefen zwei Kollegen aus Philadelphia keine zwei Wochen nach ihrem Besuch bei ihm an und fragten ihn nach seiner Meinung in Bezug auf ihre verwirrenden Ohnmachten. Was hatte er herausgefunden?, fragten sie. Sie respektierten ihn mehr, als es Chona tat.

Er verfolgte ihren Fall, als sie beinahe starb, und fühlte sich seltsam erleichtert, als sie sich wieder erholte, war dann außer sich, als sie die Stirn hatte, der Zeitung zu schreiben, weil er bei der jährlichen Parade der Weißen Ritter mitmarschierte. Was fiel ihr ein! Die Paraden fügten niemandem ein Leid zu. Sie waren eine Feier des wahren Amerika.

Das alles ärgerte ihn. Aber als Carl in seiner Praxis auftauchte, um mit ihm über den zwölfjährigen schwarzen Jungen zu sprechen, den sie versteckte, achtete der Doc sorgsam darauf, seine professionelle Distanz zu wahren, denn er mochte seinen Cousin nicht. Damals in der Highschool war Carl ein eitler Gockel gewesen, und heute hing ihm sein fester Footballspieler-Bauch über den Gürtel. Seine ehedem muskulösen Schultern waren nach unten weggesackt, und in seinem schlecht rasierten Gesicht wucherten hier und da längere Barthaare. Der Fedora war abgetragen, die billige Krawatte fleckig. Trotzdem, Carl lieferte ihm eine Vorlage, der er unmöglich widerstehen konnte.

»Der Staat wird dich dafür bezahlen, dass du das schwarze Kind untersuchst«, sagte Carl. Er setzte sich auf den Rand von Docs Schreibtisch, als er das sagte, und zog eine Schachtel Zigaretten hervor. Der Doc saß hinter dem Tisch.

»Warum muss er untersucht werden?«, fragte der Doc. »Ist er krank?«

»Taub und vielleicht auch gestört«, sagte Carl, zog eine Zigarette hervor und steckte sie an. »Der Staat will ihn in eine spezielle Schule schicken, und sie brauchen einen Doktor, der das unterschreibt. Ganz einfach.«

»Was für eine Schule?«

»Pennhurst. Die haben da eine.«

Der Doc hatte die Pennhurst State School und das Krankenhaus schon gesehen. Ein Stück die Straße hinunter in Spring City. Es war ein schrecklicher, überfüllter Albtraum, aber er biss sich auf die Zunge. »Die nehmen Schwarze?«, fragte er.

»Die nehmen alle Geistesgestörten.«

»Taub heißt nicht gleich, dass er geistesgestört ist, Carl.«

»Sehe ich aus wie ein Ouija-Brett, Earl?«, sagte Carl und benutzte Docs eigentlichen Namen, ein Zeichen der Vertrautheit, aber auch eines der Respektlosigkeit, dachte der Doc grimmig. »Der Junge ist zwölf. War lange nicht in einer Schule. Sie haben da spezielle Sachen für Kinder wie ihn. Es ist besser als das, was er im Moment auf dem Hill hat, wo er sich für die Juden die Hacken rundläuft. Der Staat will ihn. Sie verbrennen wertvolle Dollar dafür, dass ich nach ihm suche. Ich hab auch schon einen Farbigen hochgeschickt, der nicht an ihn rangekommen ist. Die Nigger verstecken ihn, und sie steckt mit ihnen unter einer Decke.«

»Ist es ihr Kind?«, fragte der Doc.

Carl sah den Doc einen Moment lang verständnislos an und meinte dann: »Ihr was? Sie ist verheiratet, Doc.«

»Und?«

»Was immer du da gerade denkst, Doc, ich will das nicht hören.« Carl zog nachdenklich an seiner Zigarette und sagte: »Wobei, wo du es so sagst, da geht schon einiges vor in dieser Stadt, vor allem auf dem Hill. Könnte sein.«

Der Doc wurde rot. Diese Art Gespräch war ihm unangenehm. Er kam sich wie ein Narr vor. Er wusste nicht, warum er überhaupt gefragt hatte.

»Ich habe den Jungen nie gesehen, um ehrlich zu sein«, sagte Carl. »Aber nach allem, was ich höre, ist er ein reiner farbiger Nigger. Einen Vater gibt es nicht. Seine Mutter ist vor nicht zu langer Zeit gestorben.«

»Woran?«

»Du bist der Doc«, sagte Carl. »Alles, was ich weiß, ist, dass sich der Junge irgendwo in dem Laden hinter der Jüdin und ihrem Mann versteckt, dem das All-American Dance Hall & Theater gehört. Der Bursche finanziert das alles. Ich kann dir Cops zur Begleitung mitschicken, wenn du willst.«

»Lass die das machen und halte mich da heraus.«

Carl zog die Brauen zusammen. »Es ist nicht klug, die Chicken-Hill-Nigger gegen sich aufzubringen. Sie kommt bestens mit denen zurecht. Um diese Zeit vor einem Jahr war sie so gut wie tot, wegen irgendeiner Krankheit, und die Farbigen waren echt betroffen deswegen. Sie ist die, die den Brief über unsere Parade geschrieben hat, erinnerst du dich?«

Der Doc zuckte mit den Schultern. »Wer liest hier schon die bescheuerte Zeitung? Was war mit dem Schwarzen, den du hochgeschickt hast? Hat der Staat jetzt schwarze Inspektoren?«

»Nein. Es ist ein Fahrer. Kutschiert den Superintendent

herum. Wir haben den Hinweis gekriegt, dass die jüdische Lady den Jungen im Nachbargarten versteckt, also haben wir ihm ein paar extra Dollar in die Hand gedrückt, damit er hochfährt und sich mal umhört. Wollte aber keiner mit ihm reden. Er hat sich ums Haus geschlichen, um selbst nachzusehen, und sagte, da müssen um die zwanzig Kinder in dem Garten gewesen sein. Er konnte sie nicht auseinanderhalten und musste schnell wieder weg. Er meinte, die Farbigen hätten Lunte gerochen. Die sind alle miteinander verwandt da auf dem Hill, du weißt schon, Cousins, Cousinen und was auch immer. Komm schon, Doc, mein Chef will was sehen. Kannst du das nicht machen? Du untersuchst ihn, unterschreibst, und sie bringen ihn nach Pennhurst, und du wirst für deinen kleinen Bericht bezahlt. Damit ist der Fall erledigt. Ganz einfach.«

»Okay, ich schreibe dir einen Bericht.«

»Musst du ihn dafür nicht erst untersuchen?«

Der Doc überlegte einen Moment. Er hatte Chona seit Jahren nicht gesehen. Er würde niemals vergessen, wie die jüdische Göttin damals in der Highschool vor ihrem Spind gestanden hatte, ihre leuchtenden Augen, die vollen Brüste. So jung waren sie da noch gewesen, so unschuldig, und die vor ihnen liegenden Jahre voller Verheißung. Sie waren verstrichen, diese Jahre, und er und Chona waren älter geworden. Aber sie hatten immer noch etwas gemeinsam, ihre besonderen Schuhe. Das war eine Sache. Vielleicht war sie am Ende wie er. *Vielleicht ist ihr Mann wie meine Frau*, dachte er. *Ein Loser. Ein Fiasko. Warum nicht? Was blieb noch?*

Er nickte. »Also gut, Carl. Ich kümmere mich um den Jungen. Lass die Polizei da erst noch einmal heraus.«

11
WEG

Es war fast zwei Uhr nachmittags, als die Glühbirne im Heaven & Earth Grocery Store flackerte und Dodo signalisierte, dass jemand hereinkam. Die Birne hatte ihre Tücken. Manchmal flackerte sie von alleine, oder eine Erschütterung im Boden war der Grund. Und so achtete er nicht weiter darauf, als sie zum ersten Mal flackerte, weil es früher Nachmittag war und es im Laden normalerweise kaum etwas zu tun gab. Tante Addie war Eis holen gegangen, Mr Moshe im Theater. Kunden kamen um diese Zeit nur wenige.

Er stand auf der Leiter, die hinunter in den Keller führte, den Kopf etwa auf Bodenniveau in der Öffnung der Falltür, versteckt hinter der Fleischtheke. Das war gut, denn als das Licht ein zweites Mal flackerte, sah er Miss Chona, die auf einem Barhocker hinter der Theke saß, nach ihrem Stock greifen. Mit dem Rücken zu ihm ging sie die paar Schritte zum Ende der Theke, und als sie vor in den Laden trat, um den hereingekommenen Besucher zu begrüßen, konnte er ihr Gesicht sehen. Ihr beunruhigter Blick ließ ihn bewegungslos bleiben, wo er war.

Miss Chona war keine Frau, die schnell die Fassung verlor. Trotz des Zitterns, das sie manchmal überfiel, und der furchterregenden Anfälle durch ihre Krankheit bewegte sie sich frei durch den Laden und erledigte alle möglichen

Aufgaben. Wenn ein Karton anzuheben war, versuchte sie es zunächst einmal selbst. Waren Dinge in die Regale einzuordnen, war Gemüse zu sortieren, tat sie es, so weit sie konnte. Sie ließ sich nicht gerne helfen, und er hatte gelernt, es nur zu tun, wenn sie ihn darum bat. Nur wenn sie gerade las, ließ sie ihn frei schalten und walten, und er hasste es, still zu sitzen. Dodo hatte noch nie jemanden gesehen, der so gerne so viel las. Den ganzen Tag tat sie es, womit sie ihn an seine Mutter erinnerte. Aber seine Mutter hatte nur die Bibel gelesen. Miss Chona las alles, Bücher, Zeitschriften, Zeitungen, und drängte ihn, es auch zu tun. So hatte er denn in den letzten fünf Monaten angefangen, mehr zu lesen, und er mochte es, aber nicht so sehr, wie er vorgab. Er tat meist nur so, für sie. Er nahm an, eines Tages, wenn er erwachsen war, würde er sich hinsetzen und wirklich in eines der vielen Bücher vertiefen, die sie ihm gab. Aber so bald noch nicht. Er arbeitete lieber im Laden oder spielte im Garten nebenan mit den Kindern von Miss Bernice. Es war der einzige Bereich neben der Wohnung und dem Laden, in dem er sich frei bewegen durfte. Er mochte diese Einschränkung nicht sehr. Es war nicht fair. Er sollte auf dem Hill herumstreifen können wie früher. Aber Miss Chona und Tante Addie hatten es ihm eingetrichtert: *Bleib hier. Vorsicht vor dem Mann vom Staat. Er will dich in eine spezielle Schule stecken, und da willst du nicht hin.*

Dodo hatte keine Vorstellung, wie der Mann vom Staat aussah, doch die Angst, die er in Miss Chonas Augen aufflammen sah, als der Kunde auf der anderen Seite der Fleischtheke näher trat, gab ihm zu denken, und er senkte den Kopf instinktiv ein Stück tiefer in den Keller.

Dodo war vom Laden her nicht zu sehen, es sei denn

jemand beugte sich über die Theke und blickte direkt hinunter in die Kelleröffnung. Und so konnte auch er seinerseits nicht sehen, wer da auf der andere Seite der Theke stand, aber er konnte es fühlen, und das reichte. Fühlen und riechen. Schwingungen, die fast so gut waren wie Bilder und Geräusche. Und er spürte gleich, dass da was nicht stimmte.

Immer noch auf der Leiter stehend, drückte er den Handrücken unter die Bodendielen zu seiner Rechten und erkannte Miss Chonas ungleichen Schritt, als sie weiter vortrat. Darauf folgten unbekannte, auf eine unheimliche Weise ähnliche Schritte vom Ladeneingang her. Vor der Fleischtheke blieben die beiden stehen, gerade mal gut zwei Meter von seinem Kopf entfernt.

Miss Chonas Gesicht konnte er gerade so über die Theke hinweg ausmachen, wenn er sich etwas reckte. Der Schrecken in ihren Augen, als sie mit dem Besucher sprach, der einen Fedora und einen schwarzen Mantel trug, war beunruhigend.

Dann drehte der Mann den Kopf, und Dodo konnte für einen kurzen Moment von der Seite einen Blick auf ihn werfen. Panik stieg in ihm auf, als er sah, wer es war.

Doc Roberts.

Für die Weißen in Pottstown zählte Doc Roberts zu der Art Mensch, deren fleckige Gesichter auf die Packungen von Frühstücksflocken gehörten. Der gütige, freundliche Landarzt. Der Freund von allen, der Babys zur Welt brachte, ein wundervoller Mann, ein Presbyterianer. Für die Schwarzen vom Chicken Hill war der Doc bestenfalls ein bitter geäußerter Witz: »Geh doch zu Doc Roberts und zahl dafür, dass du stirbst.« Für die schwarzen Kinder des Viertels war er ein Buhmann und Grund für tausend

Albträume. Erschöpfte Mütter, die ihren Schlaf brauchten und deren Kinder auch nach dem Zubettgehen keine Ruhe geben wollten, stürmten in die dunklen Zimmer und warnten die kleinen Aufrührer: »Wenn ihr nicht sofort die Augen zumacht, bringe ich euch zu Doc Roberts«, worauf das Kichern und Glucksen verstummte. Kinder, die ihren schrecklich schmeckenden Lebertran oder irgendwelche fürchterlichen Hausmittel gegen Erkältungen, Fieber und andere unbekannte Krankheiten nicht nehmen wollten, bekamen zu hören: »Schluck das runter, oder ich hole Doc Roberts. Der wird's dir schon eintrichtern – im Gefängnis«, und schon verschwand das furchtbare Gebräu im Kinderhals. Dodo hatte Angst vor Ärzten. Nachdem der Ofen explodiert war, hatte seine Mutter drei lange, schmerzhafte Tage Geld gesammelt, bevor sie ihn zu einem farbigen Arzt in Reading brachte. Der hatte dann ohne große Vorsicht und Vorrede sein verletztes, geschwollenes Gesicht mit einem klebrigen Zeug eingerieben und Augen und Ohren verbunden, was ihn völlig hilflos gemacht hatte. Als der Verband wieder entfernt wurde, hatte das Problem mit seinen Augen nachgelassen, und er sah, wie seine Mutter bitterlich weinte und was von »Infektion« und »Arzt« zu Onkel Nate und Tante Addie sagte. Aber weder sie noch einer von den beiden dachten daran, ihn zu Doc Roberts zu bringen. Doc Roberts bedeutete Ärger.

Und jetzt stand er einen guten Meter entfernt und redete mit Miss Chona.

Miss Chona legte den linken Arm auf die Theke und trommelte nervös mit den Fingern darauf. Der Doc hielt Dodo den Rücken zugewandt, sodass der nicht sehen konnte, was er sagte. Aber Miss Chonas Mund konnte er sehen, und von seinem Platz auf der Leiter aus war zu erkennen, wie sich das Gespräch schnell von vorsichtig höflich zu aufgeheizt wandelte.

»*Wunderbares Wetter ... nach dem Regen letzte Woche ... Ist es so lange her? ... die Highschool ... Abschluss ... fühle mich gut*«, sagte sie.

Sie sah jedoch alles andere als gut aus. Sie war blass, und ihre linke Hand zitterte leicht. Panik stieg in Dodo auf, weil das ein Zeichen dafür war, dass sie in Ohnmacht fallen oder, schlimmer noch, einen ihrer Anfälle haben würde. Die hatte er schon erlebt, und sie erfüllten ihn mit großer Angst. Bereits die ganze letzte Woche über war sie zittrig und schwach gewesen, und Tante Addie hatte ihm erklärt, dass das ein Zeichen war. Tatsächlich hatte Tante Addie ihm vor zwanzig Minuten, als sie Eis holen gegangen war, noch einmal ausdrücklich gesagt, er solle ein Auge auf Miss Chona haben, sie nichts tragen lassen und aufpassen, dass sie nicht stürze. Bleib in ihrer Nähe, hatte sie gesagt, und nur, weil Miss Chona darauf bestanden hatte, war er in den Keller gestiegen, um Kartons mit Konserven zu holen. Er hatte versucht, schnell zu sein, war aber offensichtlich nicht schnell genug gewesen, denn jetzt steckte er hier in der Luke fest und war nicht sicher, ob er sich zeigen sollte. Miss Chona durfte keinesfalls stürzen, während er da unten war. Wenn das passierte, würde Tante Addies Zorn nicht angenehm sein.

Gerade, als er seinen Kopf weiter hervorrecken wollte, hob Miss Chona die linke Hand von der Theke und zeigte vor in den Laden, woraufhin der Doc den Kopf zur Tür wandte. In dem Moment warf sie einen schnellen Blick zu ihm hinunter, streckte die linke Hand aus, flach, die Finger ausgebreitet, als wolle sie ihm wie ein Verkehrspolizist signalisieren: »*Bleib da!*«, und so kam er nicht herauf.

Er verspürte den Drang, sich die Leiter hinunter in die relative Sicherheit des Kellers zu flüchten, aber der Doc hatte sich ihr wieder zugewandt, und der Junge verfolgte entsetzt, wie das Gespräch schnell aus dem Ruder lief. Wieder sah er dabei nur Miss Chonas Lippen und ihr Gesicht, das sich vor Wut rot verfärbte: »*Marschieren in Ihrer Parade ... Ihr Problem ... eine Schande ... Steuern ... Ich bin auch eine Amerikanerin.*« Bei den letzten Worten hob sie wütend die Hand und zeigte zitternd auf den Doc. Dodo sah, wie sich der Nacken des Docs rötete und sich seine Schultern hoben, als er antwortete. Sie stritten jetzt lautstark, kein Zweifel, und Miss Chonas Miene, die zunächst, als sich die Tür geöffnet hatte, überrascht gewesen war, verspannte sich zunehmend, und ihre Brauen bogen sich nach oben. »*Farbige Menschen ... Schwarze ... weiß nicht, wovon Sie reden ... Polizei.*« Dodo sah den Doc antworten, sah, wie sich sein Kopf bewegte, als er ihr das Wort abschnitt.

Sie wollte reagieren, aber als sie den Mund öffnete, um etwas zu sagen, wich alle Farbe aus ihrem Gesicht, sie schnappte nach Luft und verdrehte die Augen. Eine Sekunde lang zitterte sie heftig und fiel dann aus seinem Blick, ihr Gesicht verschwand auf der anderen Seite der Fleischtheke. Es war, als hätte sie jemand aus einem Loch im Boden heraus gepackt.

Dodo musste nichts hören, um zu wissen, was passiert war. Das Erzittern des Bodens sagte ihm, dass sie wie ein Sack Kartoffeln umgefallen war.

Instinktiv schlug er die Hand vor den Mund und wusste aus Erfahrung, dass selbst seine kleinsten Äußerungen Geräusche verursachten – das hatte er von Onkel Nate beim Jagen gelernt. *Kein Geräusch. Bedeck deinen Mund, oder du verscheuchst das Wild.* Aber das hier war kein Jagdausflug mit seinem Onkel, dessen altes Gewehr ihn von den Füßen holte, wenn es Feuer aus dem Lauf auf ein Reh oder ein Eichhörnchen spuckte. Diese Explosion kam aus ihm selbst, blanke Angst detonierte in ihm, und einen Moment lang hätte er nicht sagen können, wo er war. Viele Monate später noch spürte er den unheilvollen, lebensverändernden Schlag auf den Boden, der in seine linke, von unten gegen die Bodendielen gedrückte Hand drang, und wie die Hand dann vor den Mund schlug, so fest, dass er sich auf die Lippe biss. Hätte er den rechten Arm nicht um die Sprossen der Leiter geschlungen gehabt, wäre er nach unten gestürzt, da seine Beine nachgaben und er von dem gleichen Gefühl überwältigt wurde, das er vor drei Jahren im Haus seiner Mutter gehabt hatte, als der Ofen explodiert war und ihm heiße Eisensplitter in Brust, Arme und Kopf getrieben hatte, die sich wie tausend Messer anfühlten, so heiß, dass ihm noch über Wochen danach kalt war. Der Schmerz in seinem Kopf war so groß gewesen, dass er zu etwas Lebendigem wurde, das Brennen in seinen Augen so unerträglich, dass sich seine Ohren, so hatte er überlegt, aus reiner Selbstverteidigung verschlossen. Und als die Verbände entfernt wurden, hatte er über Monate eine Sonnenbrille tragen müssen, was er hasste. Dass alle Geräusche aus seiner Welt verschwunden waren, fühlte sich im Vergleich zu dem wirklichen Problem damals fast zweitrangig an, der plötzlichen Krankheit seiner Mutter und dass das Leben aus ihr wich, während sich seine Ohren nach und nach völlig schlossen. Dann kamen Onkel Nate und Tante Addie und dann was? Nichts, nur Miss Chona und seine Ohren. Ganz leise konnte er manchmal etwas hören. Die Fehlzündungen eines Autos.

Das Hufgetrappel der Pferde des Gemüsemanns, wenn er am Haus vorbeikam. Sicht und Geräusche wurden durch Sicht und Vibrationen ersetzt, und die Geräusche kamen aus ihm selbst. Aus seinem Herzen. So glaubte er, als Miss Chona fiel, zu hören, wie sein eigenes Herz zerbrach, als wäre da tatsächlich ein Geräusch, tief in ihm, und ein Teil von ihm wusste, dass er sie nie wieder wie zuvor sehen würde, wenn überhaupt. Eins, zwei ... und drei. Wie seine Mutter. Wie alles.

Dieser Gedanke brachte die Kraft zurück in seine bebenden Beine, und er schoss in die Höhe, fasste sich kurz und zog sich aus der Luke. Katzengleich hockte er hinter der Fleischtheke, die nach vorn hin aus Glas war. Dodo spähte hindurch und atmete schwer. Was er über die ordentlich angeordneten Schweinefüße sah, über das zerlegte Fleisch, die Haxen und das Rindergehackte in der Theke, sollte sein Leben für immer verändern: Doc Roberts, mit dem Rücken zu Dodo, hockte über der daliegenden Gestalt von Miss Chona.

Jeder einzelne Weg, den Dodo bis jetzt genommen hatte, jede Abzweigung, jeden Spalt, den er überschritten, jede Bewegung, die er gemacht hatte, war den Regeln der Erwachsenen dieser Welt gefolgt, denen er traute – seiner verstorbenen Mutter, seinem Onkel Nate und Tante Addie, seinem Cousin Rusty, Miss Paper und sogar der grimmigen Miss Bernice nebenan. Für die Welt da draußen, für die, die es nicht besser wussten, war er ein farbiger Junge, der etwas »langsam« oder »geistesschwach« war. Nur, weil besagte Leute, einschließlich Miss Chona, während der letzten Monate so eindringlich darauf bestanden hatten, blieb er auch in diesem Moment noch, wo er war: *Bleib in der Nähe. Stell dich dumm. Verlass den Laden nicht. Geh nicht weiter als bis in Miss Bernices Garten nebenan. Lauf nicht herum. Tu so, als verstündest du nichts.* Dem nicht zu folgen, das begriff er, würde eine Katastrophe für ihn bedeuten. Gerade eben noch, bevor sie zusammengebrochen war, hatte Miss Chona genau das mit ihrer ausgestreckten Hand wiederholt: »*Bleib da*«, hatte sie gesagt. *Bleib da. Verhalte dich ruhig. Das Problem löst sich.*

Aber jetzt ...

Es war der Gedanke an Tante Addie, an ihre Wut, schlimmer noch, ihre Enttäuschung, die ihn dazu brachte, einen Fuß auf die Theke zu stellen und auf die andere Seite zu springen.

Er war erst zwölf, und Sex hatte mehr mit komischen Bildern in seinem Kopf und einer gelegentlichen Neugier in Bezug auf eine von Miss Bernices Töchtern zu tun, die er, ohne sagen zu können, warum, am liebsten mochte. Mädchen waren seinem Verständnis nach nötig, würden einmal Frauen sein und in seinem Leben irgendwie eine Rolle spielen, wie auch umgekehrt, aber bis dahin waren sie noch Hindernisse bei seiner täglichen Suche nach Murmeln, Steinen und Kieseln, die er über den Fluss hinter den Gärten des Heaven & Earth Grocery Store und dem von Miss Bernice tanzen lassen konnte. Mädchen waren nicht wichtig. Offensichtlich sah der Doc das jedoch anders, so wie er mit den Händen durch Miss Chonas Haar und auf eine Weise unter ihre Kleider fuhr, dass der Junge nach Luft schnappte und außer Atem geriet.

Miss Chona war bewusstlos und hatte offenbar einen ihrer Anfälle – sie dauerten nur Sekunden –, nach denen sie von Tante Addie normalerweise auf die Seite gelegt wurde, bevor sie ihr über das Gesicht wischte. Nach ein paar Minuten dann ging es ihr für gewöhnlich wieder besser, und sie setzte sich auf. Aber der Doc wartete nicht darauf, dass sie sich aufsetzte. Er drehte sie um, und als der Anfall abklang, stieß er sie flach auf den Rücken, fuhr ihr mit der rechten Hand über die Brust und drückte sie. Mit der linken Hand hielt er Miss Chona fest, mit der rechten knetete er ihre Brust. Schob die Hand in ihre Bluse, hielt sie dort und ließ die andere über ihren Bauch wandern, zwischen ihre Beine und zog ihr das Kleid hoch – die Beine bis zu den Hüften entblößt, der Stiefel ungut den Blicken dargeboten, die Bluse zerknittert, wo der Doc seiner Hand so freien Lauf gelassen hatte. Es war ein Bild, das dem Jungen weit länger im Kopf bleiben sollte, als er es sich gewünscht hätte.

Dodo erinnerte sich nicht, geschrien zu haben. Und später, als er danach gefragt wurde, bestand er darauf, nein, das habe er nicht, weil wenn, würde er es wissen. »Ich weiß, wie man ruhig bleibt«, erklärte er seiner Tante Addie. Aber das war später, viel später. Ohne weiter nachzudenken, sprang er von der Theke, war mit ein paar Schritten beim Doc und stieß ihn gegen das Regal mit Konserven und Keksen.

Er hatte noch nie einen weißen Mann angerührt, in seinem ganzen Leben nicht, und war überrascht, wie weich und fett der Doc sich anfühlte und wie leicht er zurückflog, als er sich auf ihn stürzte, von Miss Chona holte und gegen das Regal rammte, von dem es auf sie alle drei herunterregnete.

Der Doc rappelte sich hoch und stieß ihn weg, aber bevor er aufstehen konnte, war Dodo wieder auf den Beinen und rammte ihn ein weiteres Mal wie ein Footballspieler. Dodo war dünn, aber stark, und sein Gewicht und seine Kraft hielten den Doc am Platz. Ob er mit den Fäusten auf ihn einschlug, wie sie später sagten, wusste der Junge nicht zu sagen, denn Miss Chona bekam gleich noch einen zweiten Anfall, und wenn die Anfälle normalerweise auch nur Sekunden dauerten, war dieser noch weit schlimmer als der erste und dauerte umso länger.

Der Anblick, wie sie zu kämpfen hatte, schien im Doc Kräfte zu wecken, und der Junge konnte fühlen, wie er vibrierte, und er wusste, er schrie. Aber Dodo ignorierte sein Schreien, drückte ihn mit Kopf und Schultern gegen das Regal und sah, wie Miss Chona hinter ihm wild zuckte und sich ihr Körper in heftigen Krämpfen wand. Er spürte Hände an seinem Hals. Der Doc würgte ihn, und Dodos Kampf wurde zu einem Kampf ums Leben. Er spürte Docs Wut, entwand sich seinem Griff und drückte ihn umso fester gegen das Regal, aber der Doc war in Fahrt, und der Junge hob den Kopf gerade rechtzeitig, um zu fühlen, wie der Doc ihn schlug. Instinktiv schlug er zweimal zurück, mit aller Kraft ins Gesicht seines Gegners, und der Mund des Docs hörte kurz auf, sich zu bewegen, Blut schoss zwischen seinen Lippen hervor. Da begriff der Junge, dass er in großen Schwierigkeiten war.

Aus dem Augenwinkel sah Dodo das Licht über sich flackern, was darauf hinwies, dass die Tür geöffnet worden war, und dann eilte Tante Addie zu Miss Chona. Sein Blick zu ihr hinüber ließ ihn den Druck auf den Doc verringern, der ihn zu Boden stieß und zu Miss Chona kroch, die immer noch heftig zuckte und zitterte und mit dem Kopf auf den Boden schlug. Tante Addie schob ihr eine Hand unter den Kopf. Miss Chonas Mund war weit offen. Er sah Tante Addie hoch zur Theke blicken, und ohne, dass sie etwas gesagt hätte, sprang Dodo auf die andere Seite, packte einen Löffel und gab ihn ihr. »Ich wollte helfen«, rief er.

Tante Addie schenkte ihm keinerlei Beachtung, schob

Miss Chona den Löffel in den Mund, und der Doc hockte sich neben sie. Beide waren jetzt über Miss Chona gebeugt und versuchten, ihr Zittern zu lindern. Der Doc legte ihr eine Hand unter den Rücken. Es schien nicht aufhören zu wollen.

Tante Addie hielt Miss Chona immer noch, wandte sich Dodo zu, und er sah, wie ihre Lippen leise sagten: »Bring etwas Wasser, schnell.« Er gehorchte.

Einige lange Sekunden später beruhigte sich Miss Chona und lag mit geschlossenen Augen da, wie tot, umgeben von Addie und einigen Nachbarn, die hereingekommen waren und ihr das Gesicht mit Tüchern abtupften. Dodo sah ängstlich zur Tür. Der Doc war weg. Ein paar Nachbarn räumten auf und sahen dabei nervös zu ihm herüber. Sie rückten die Regale zurecht und legten die herausgefallenen Sachen wieder hinein. Auch durch die Fenster spähten Leute.

Tante Addie betupfte Miss Chonas Gesicht, strich ihr durchs Haar und zupfte ihre Kleider zurecht. Ein schneller Blick von ihr sagte Dodo, dass sie wütend auf ihn war. Er ging zu ihr und berührte ihre Schulter. Er wollte erklären, was geschehen war, aber sie ignorierte ihn und sprach mit einer Nachbarin. Er konnte ihre Lippen sehen. Was sagte sie?

Dann klopfte ihm jemand auf die Schulter und deutete zur Tür.

Er drehte sich um.

Der Doc war zurück, mit zwei Polizisten hinter sich. Über ihre Schultern konnte er mehrere Nachbarn sehen, die das Ganze mit verbissener Miene verfolgten.

Der Doc zeigte auf ihn. Dodo las klar von seinen Lippen ab, was er sagte: »Das ist er.«

Er konnte nur davonlaufen, sprang auf und rannte ins Hinterzimmer des Ladens, aus der Hintertür hinaus, mit einem Polizisten knapp hinter sich. Er sprintete durch den Garten und wich der einzelnen Kuh aus, die Miss Chona für koschere Milch hielt, doch am Ufer des Creeks ging es nicht mehr weiter. Aber er war schnell und wendig, duckte sich, als er sich umdrehte, und wich der Hand des Polizisten aus, wusste sich auch vor dem zweiten wegzuducken und rannte zurück zum Haus.

Er wusste, er durfte da nicht wieder hinein, und so lief er zur Feuerleiter, die zu einem der Fenster im ersten Stock führte. Sie fing erst knapp zwei Meter über dem Boden an, aber aus dem Grund hatte er gleich daneben eine Kiste gestellt. Mit einem gekonnten Sprung schwang er sich auf sie, packte eine Sprosse, dann die darüber und zog sich in die Höhe. Kletterte hoch aufs Dach.

Das Dach war flach. Er wollte nach vorn rennen, dann da vielleicht wieder irgendwie nach unten klettern – was er gelegentlich schon überlegt, aber nie probiert hatte – und weiter zur Bahnlinie. Er kannte jede Ecke und jeden Spalt des Betriebshofes, wusste, welche Züge wann und wohin fuhren. Da würden die Polizisten ihn niemals erwischen.

Als er jedoch oben ankam, kam ein dritter Polizist aus der Tür, die auf den Dachboden des Hauses führte und lief auf ihn zu, war noch etwa zehn Meter entfernt. Dodo stoppte, rannte zurück zur Leiter und spähte nach unten. Die beiden anderen Polizisten kletterten bereits herauf, und das nicht langsam. Er war in heller Panik. Er musste hier weg.

Er sah zu den heraufkletternden Polizisten hinunter, sah den dritten hinter sich näher kommen und blickte in den

Garten. Er war nicht weit, drei Stockwerke waren nicht zu hoch. Er konnte springen und sich dann durch den Fluss in Sicherheit bringen. Er war auch schon von Zügen gesprungen, und die waren auch ziemlich hoch.

Er sprang – genau in dem Moment, als ihn der dritte Polizist von hinten am Kragen packte. Aber der konnte ihn nicht halten, er bremste nur den Absprung. Dodo spürte, wie er sich auf den Kopf drehte, und weiter und weiter. Die Stille in seinem Kopf explodierte mit einem krachenden Schlag, süße Schwärze breitete sich aus, und erneut trat Stille ein. Und diese Stille war echt.

TEIL II

GEKRIEGT

12
MONKEY PANTS

Monkey Pants war der Erste, den Dodo auf der Station C-1 sah. Er lag im einzigen anderen Gitterbett des Raums. Ein Junge in seinem Alter, gerade mal fünfzehn Zentimeter entfernt. Es war ein stählernes Gitterbett, genau wie das, in dem Dodo in seinem Streckverband lag, auf einer überfüllten Station mit insgesamt neunzig Betten. Es war das erste Mal seit einer Weile, dass Dodo Glück hatte.

Sein Nachbar war ein kleiner, schmerzlich dünner weißer Junge mit dunklem Haar, etwa elf oder zwölf Jahre alt, nahm Dodo an. Er trug kein Krankenhaushemd, sondern eine Windel und ein Unterhemd und lag auf eine Weise verdreht da, wie es nicht möglich zu sein schien. Eingerollt zu einer Kugel, die Schultern hochgezogen, Hände und Füße merkwürdig verschlungen, ein Bein irgendwie am Gesicht, das Fußgelenk fast am Kinn, das andere Bein in einer Disharmonie aus verdrehten Armen, Ellbogen, Knien und Fingern verloren, mit einer Hand, die daraus hervorragte und seine Augen bedeckte. Der Junge sah aus, als hätte er sich selbst verknotet und versteckte sich vor sich.

Dodo hatte so etwas noch nicht gesehen, und weil der Junge so unmöglich verdreht und eingerollt dalag wie ein Primat, nannte Dodo ihn Monkey Pants, sah er doch aus wie ein Affe ohne Hose. Tatsächlich sollte Dodo seinen wirklichen Namen nie erfahren.

Es war der unmögliche Anblick von Monkey Pants, der Dodo zurück in die Bewusstheit und Wirklichkeit holte, nachdem ihn während der ersten Tage im Pennhurst State Hospital für die Geisteskranken und Geistesschwachen die Schmerzen und der Schock noch voll im Griff hatten. Der Sturz von Miss Chonas Dach hatte ihn in einen Zustand der Bewegungslosigkeit versetzt. Er hatte sich beide Fußgelenke gebrochen, das rechte Wadenbein und eine Hüfte. Eine Woche lang hatte er in einem Streckverband und mit Handschellen ans Bett gefesselt im Pottstowner Krankenhaus gelegen. Trotz des Streckverbands nahmen sie ihm die Handschellen nicht ab. Die Cops waren ganz offensichtlich verrückt.

Er wurde erst von ihnen befreit, als er auf einer Bahre in der Aufnahme von Pennhurst ankam, wo ihn ein anderer Arzt untersuchte.

Dodo war verwirrt, wurde er doch in den Krankenhausteil der Anstalt gebracht und nicht nach Hause, wo er mit der Schelte für die Katastrophe bei Miss Chona zu rechnen hatte. Die Tatsache, dass Tante Addie und Onkel Nate nicht auf ihn warteten, sagte ihm nichts, weil er noch nie in einem Krankenhaus gewesen war, selbst nachdem er sein Gehör verloren hatte. Er nahm einfach an, die weißen Krankenhausmitarbeiter machten ihn für die Ankunft von Tante und Onkel fertig, die ihn mit nach Hause nehmen würden.

Aber nach einer Weile auf der Bahre, ohne seine Tante und seinen Onkel irgendwo zu sehen, wurde er ungeduldig und wollte aufstehen. Zwei Pfleger hielten ihn fest, während der Arzt eine Spritze voll mit irgendwas hervorholte, das ihn benommen machte, und schon Augenblicke später befand er sich in einem dichten Nebel.

Der Arzt maß seine Größe, schätzte sein Gewicht, bewegte seine Arme, untersuchte seine Augen, sprach kurz zu ihm, ohne dass Dodo verstand, was er sagte, da er nuschelte und einen fremden Akzent hatte, aber auch sonst wäre der Nebel zu dicht gewesen. So brauchte der Arzt kaum eine halbe Stunde, um ihn für schwachsinnig zu erklären.

Die Pfleger steckten ihn in ein Krankenhaushemd und nahmen seine Sachen, die jemand, wahrscheinlich Tante Addie, sorgsam zusammengepackt hatte, darunter ein Hemd, eine Schleife, ein paar kleinere Dinge, Schuhe, Strümpfe und mehrere Murmeln von Miss Chona, die er als Glücksbringer immer bei sich trug, und packten alles in eine Tasche. Er sah nichts davon wieder.

Er wurde durch zwei Türen geschoben und mehrere lange Korridore hinunter, und etwas Schreckliches begann, in den Nebel zu sickern, der sein Denken umfing. Sein immer schon guter Geruchssinn war durch den Verlust seines Gehörs umso besser geworden, und wenn er beim Aufwachen auch bereits etwas Neues, Schreckliches gerochen hatte, ganz kurz, wie eine Fussel, die auf dem Hemd hängen bleibt, ein Kobold, der plötzlich den Kopf aus dem Boden streckt und gleich wieder verschwindet, war es doch nur ein kurzes Aufflackern gewesen.

Aber jetzt, als die Bahre aus dem freundlichen, polierten, schimmernden Bereich der Aufnahme geschoben wurde, durch verschiedene Türen und Korridore, einen unterirdischen Tunnel und eine Rampe hinauf, wich die freundliche Atmosphäre, sie kamen über einen düsteren Flur, und da war dieser Geruch wieder, wurde stärker, verwandelte sich und nahm ein eigenes Leben an. Er schien aus den Granitwänden zu dringen, während die Bahre immer weiterfuhr, schien moos- und rankengleich Boden und Wände zu bedecken, wurde zu etwas Lebendigem, Atmendem, Fresswütigem, das die Mauern, die Fenster und am Ende auch ihn verschlingen wollte und sich von etwas Schrecklichem zu etwas Überwältigendem verwandelte. Er hatte das Gefühl, darin zu ertrinken. Die Bahre fuhr durch die Korridore, um eine Ecke, die nächste, und fast wäre er ohnmächtig geworden, aber die Bewegung hielt ihn wach, und der Geruch drang immer weiter auf ihn ein, stärker und immer stärker, und so schrecklich er war, musste Dodo doch an die Sonnenblumen hinten in Miss Chonas Garten denken. Er liebte es, sie wachsen zu sehen und ihren Duft einzuatmen. Sie rochen wundervoll, und er stellte sich oft vor, dass es der Geruch war, der die Pflanzen machte, nicht umgekehrt. Er sandte wundervolle Nachrichten aus. Von Schönheit, Glück und Freude. Dieser Geruch hier sprach von etwas ganz anderem. Von Grausamkeit, Wut, mächtiger Einsamkeit und Tod. Und als er tiefer in die Korridore fuhr, spürte er ein Würgen in seiner Kehle, und der Inhalt seines Magens stieg in ihm auf.

Er hob den Kopf und erbrach sich über die Seite der Bahre. Das Erbrochene landete auf der Hose eines der Pfleger, die ihn schoben, woraufhin die beiden Männer anhielten, kurz verschwanden und mit einer Zwangsjacke zurückkamen. Sie setzten ihn auf, die Beine immer noch im Streckverband, zogen sie ihm an, zurrten sie fest und fuhren weiter. Er wurde ganz hinten in einen Raum voller Betten gebracht, die Station C-1, und dort zurückgelassen.

Er versuchte, sich aufzusetzen, konnte sich aber nicht bewegen, lag auf dem Rücken, erschöpft. Er schluchzte ein wenig und schlief ein.

Als er aufwachte und den Kopf drehte, um sich umzusehen, war Monkey Pants das Erste, was er sah.

Sie waren nur Zentimeter voneinander entfernt, und der Anblick des Jungen, der so schrecklich verknotet war, ließ Dodo erneut in Tränen ausbrechen.

Monkey Pants schien das alles nicht zu rühren. Offenbar unbewegt spähte ein Auge durch das Gewirr aus Armen und Beinen und sah zu, wie Dodo weinte. Dodo bemerkte die Unbewegtheit des Jungen, fand ihn grausam und beschloss, jemandem von Monkey Pants zu berichten und den Kerl nicht länger zu beachten.

Dodo lag in einem Streckverband und konnte sich nicht auf die Seite legen, aber er konnte den Kopf wegdrehen.

Auf der anderen Seite lag niemand, doch der Anblick, der sich ihm dort bot, hatte nichts Tröstendes. Eng an eng standen Betten in einem überfüllten Raum, alle gnädigerweise leer, denn es war Tag, und die Leute waren offensichtlich anderswo.

Also wandte er sich zurück zu Monkey Pants, der immer noch mit einem Auge durch Arme und Beine zu ihm herüberspähte.

Die beiden Jungen sahen sich lange an, und Dodo hatte zum zweiten Mal an diesem Tag Glück. Zunächst, weil er mitten am Tag auf die Station gekommen war, als die Pfleger die unglücklichen Patienten bereits in den Tagesraum gebracht hatten. Dann, weil Monkey Pants, dessen Verfassung dreißig Jahre später im gierenden Labyrinth medizinischer Terminologie als »Zerebralparese« beschrieben worden wäre, einem plumpen, nutzlosen Begriff, fast so nutzlos wie die Idee, ein Kind mit körperlichen Herausforderungen in eine Irrenanstalt zu stecken, wo es allmorgendlich sediert wurde und an diesem Tag von der Schwester, die die K.-o.-Tropfen austeilte, vergessen worden war. Und so konnte Dodo, als er Monkey Pants ins Auge sah, klar erkennen, dass sich da drinnen ein Junge befand.

»Monkey Pants«, sagte er.

Der Junge konnte ihn nur mit einem Auge sehen, das andere war von seiner Hand bedeckt. Aber das Auge, das zu Dodo hinspähte, bewegte sich etwas. Die Braue hob sich ein klein wenig. Dann bewegte Monkey Pants die Finger und ließ auch ein zweites Auge erkennen.

Und Dodo sah, oder glaubte zu sehen, dass Monkey Pants gluckste.

Er konnte es nicht hören, doch das Gliedergewirr ihm gegenüber erbebte leicht. Er wusste, wie ein angenehmes Glucksen aussah.

Dass Monkey Pants ihn offenbar auslachte, ärgerte ihn, und so sagte er es noch einmal: »Monkey Pants.«

Und jetzt sah er es. Sicher. Monkey Pants zog seine Hand herunter, und sein Mund verzog sich zu einem Grinsen. Dann sprach er.

Sein Gesicht verzog sich vor Anstrengung, doch Dodo konnte nichts verstehen, weil er von den Lippen nichts abzulesen vermochte. Monkey Pants Lippen bewegten sich auf eine seltsame Weise. Aber Dodo war glücklich, mit einem lebenden Menschen sprechen zu können. Es war, als hätte jemand das Fenster geöffnet und pumpte frische Luft herein. Im Krankenhaus hatten sie keinen Besuch erlaubt. Er hatte einen der Polizisten, die ihn bewachten, zu einer Schwester sagen sehen, dass er Leute angegriffen habe. Und während er keine Möglichkeit hatte, jemandem zu erklären, was geschehen war, nicht einmal Tante Addie, wusste er, dass die Misere, in der er steckte, mit den Weißen zu tun hatte, und das war das Problem. Wenn nur Miss

Chona da wäre, sie würde das alles in Ordnung bringen. Sie würde ihm helfen, alles zu erklären. Tante Addie und Onkel Nate mochten ihm ja böse sein, aber auch sie würden helfen. Wo waren sie nur? Dann überwältigte ihn der Gedanke an Miss Chona und wie sie mit dem hochgezogenen Kleid auf dem Boden gelegen und so wahnsinnig gezittert hatte und an den Kampf mit Doc Roberts und Tante Addies wütendes Gesicht, als er vor der Polizei davongelaufen war, und wieder brach er in Tränen aus.

Unter den Gipsverbänden an seinen Beinen juckte es. Er hatte Kopfschmerzen. Er musste aufs Klo und hatte Angst, in die Hose zu machen, hatte einen wahnsinnigen Durst, hob den Kopf und sah sich noch einmal im Raum um. Keine Menschenseele. Überall nur leere Betten, und in der Mitte der gegenüberliegenden Wand ein Glaskasten, in dem Pfleger sitzen sollten, um die Patienten zu beobachten. Es war niemand drin.

Er wandte sich zurück an Monkey Pants und schluchzte: »Ich will nach Hause.«

Monkey Pants rührte sich, und das verkrampfte Bündel aus Armen und Beinen verdrehte sich noch mehr, als er qualvoll langsam einen Arm vom Kopf löste, dunkles Haar und ein kantiges, hübsches Gesicht sehen ließ. Sein Mund bewegte sich wieder, aber so wie sich sein Gesicht und seine Lippen verschoben, konnte Dodo nichts verstehen. Er schüttelte den Kopf.

Monkey Pants machte eine kurze Pause, schien zu überlegen und bewegte dann seine Augen.

Er sah nach links. Dann nach rechts. Nach oben. Nach unten.

Dodo starrte ihn an und rief ungeduldig: »Was machst du da, Monkey Pants?«

Viel später erst begriff er sein Glück. Die beiden waren an diesem ersten Tag allein auf der Station, was tatsächlich ein unglaubliches Glück war, denn seine Verletzungen und die Fehldiagnose seiner geistigen Fähigkeiten hatten ihn auf eine Station für sogenannte Schwachsinnige gebracht. Die Pfleger hatten die gesamte Station, eine bemitleidenswerte, mit Medikamenten sedierte Gruppe Menschen, neunzig Männer insgesamt, wie täglich in den Tagesraum gebracht, in dem es außer zwei Bänken keine Möbel gab und wo sie stundenlang aus dem Fenster starren, sich mit Fäkalien bewerfen und mit den Köpfen gegen die Wände schlagen konnten, wenn es ihnen gefiel. Und die zwei Patienten, die währenddessen die Station von Urin und Fäkalien befreien und den Boden wischen sollten, bevor sie sich um die beiden »Babys«, Dodo und Monkey Pants, kümmerten, zwei Jungen unter lauter erwachsenen Männern, und auch deren Betten säuberten und ihre körperlichen Ausscheidungen beseitigten und sie dabei wie zwei Fleischklumpen von einer Seite auf die andere beförderten, waren noch nicht da. Sie waren allein. Und in diesen ersten vier Stunden gab Monkey Pants Dodo eine fesselnde, außergewöhnlich vorgetragene Erläuterung der Überlebenskunst in einem der ältesten, schlimmsten Irrenhäuser in der Geschichte der Vereinigten Staaten.

Aber das war nicht einfach. Monkey Pants Vortrag zu verfolgen, war fast so, als sähe man einem Tintenfisch zu, der einem Flammenwerfer die Hand zu schütteln versuchte. Nichts funktionierte richtig. Der Junge kämpfte darum, sich verständlich zu machen. Seine Brust zog sich zusammen. Seine Lippen waren verzerrt. Seine Gliedmaßen zuckten in wilden spasmischen Ausbrüchen. Sie schienen ihren eigenen Willen zu haben, wenn es darum ging, in welche Richtung sie sich zu bewegen hatten. Monkey Pants arbeitete wie ein Irrer, schlug um sich, der Mund zuckte in unverständlichen Ausbrüchen, verstummte, als er nicht mehr konnte, aber nur um gleich fortzufahren, als er wieder zu Atem gekommen war, und sich neu zu verausgaben. Das alles wiederholte sich mehrfach, bis Dodo begriff, dass Monkey Pants ihm etwas Wichtiges mitzuteilen versuchte.

»Was willst du?«

Und Monkey Pants begann von Neuem, doch die um sich schlagenden Gliedmaßen und spasmischen Zuckungen ergaben keinen Sinn, und nach großen Mühen des Verstehenwollens brach Dodo ein weiteres Mal verzweifelt in Tränen aus.

»Was ist mit dir?«

Sein Ausbruch und die Tränen zeitigten kein Mitgefühl. Stattdessen waren Monkey Pants erste Anzeichen von Frustration und Ungeduld anzumerken. Erneut zog sich seine Brust zusammen, und seine Glieder schlugen mit noch größerer Unruhe und Ungeduld um seinen Körper, was Dodo staunend verfolgte, denn in alldem lag eindeutiger Ärger.

Doch dann ganz plötzlich hörte Monkey Pants auf. Seine um sich schlagenden, auf die Eisenstäbe seines Betts treffenden Arme und Beine hielten inne. Er lag auf dem Rücken, Beine und Arme kamen langsam zusammen, hoben sich wie Spinnenbeine und verschränkten sich auf eine unmögliche Weise vor seinem Kopf. Und aus dieser Position, seine Gliedmaßen wie Bretzeln vor Brust und Kopf gedrückt, starrte er Dodo an, der Blick stetig wie ein Paar Scheinwerfer.

Dodo sah, wie Monkey Pants Augen nach oben wanderten. Nach unten. Nach oben. Nach unten. Nach links. Nach rechts. Und noch mal. Oben, unten, links, rechts. Er wollte ihm etwas sagen. Aber was?

Unfähig, etwas zu verstehen, verlor Dodo das Interesse, und mit einem Mal war da ein Lied in seinem Kopf. Warum das so war, konnte er nicht sagen. Aber der Verlust seines Gehörs hatte an seiner Liebe zur Musik nichts geändert. Tatsächlich hatte er sie noch vergrößert. Oft zog er seinen Onkel Nate in eine Garderobe hinter der Bühne von Mr Moshes Dance Hall, wo Nate dann auf einem alten Grammofon der Musik von Schallplatten lauschte. Dodo gefiel es, seine Hände auf den Lautsprecher zu legen, um die Musik zu spüren, während sich die Schallplatte drehte. Es machte nichts, dass er nur ein winziges bisschen hören konnte. Allein der Akt des Zuhörens rief die Musik in ihm wach. Und wenn Onkel Nate manchmal mit einer Gruppe Arbeiter beim Aufräumen des Theaters seinen liebsten alten Gospelsong »Ich gehe, wohin Du willst, dass ich gehe« anstimmte, fiel Dodo, ohne der Melodie zu folgen, mit ein, sehr zur Belustigung der Männer.

»Ich kenne ein Lied, Monkey Pants«, sagte er. »Willst du es hören?«

Und ohne auf eine Antwort zu warten, begann er.

»Ich gehe, wohin Du willst, dass ich gehe.
Ich sage, was Du willst, dass ich es sage.
Oh Herr, ich werde so sein, wie Du es willst.«

Monkey Pants starrte zu ihm herüber, unverwandt, mit großen Augen und hochgezogenen Brauen. Sein Gesicht wirkte gelöst und verzog sich zu so etwas wie einem Lächeln, und in dem Moment fühlte sich Dodo getröstet und etwas weniger einsam.

Und plötzlich wurde Monkey Pants wieder unruhig. Auf dem Rücken liegend, begann er, sich zu wiegen, nach links und rechts zu drehen, seine dünnen linkischen Arme und Beine mühten sich auf verrückte Weise, sein Gesicht von ihnen zu befreien. Es schien unmöglich. Sie verwickelten sich immer wieder wie Spaghetti, zogen sich auseinander, verwickelten sich neu. Schließlich aber lösten sie sich unter großen Mühen allmählich voneinander, und seine Arme streckten sich in Richtung Decke. Sein rechter Arm, der mehr als alles andere seinem eigenen Willen zu folgen schien, befreite sich als Erster, schwang hoch in die Luft und hielt sich schließlich an der rechten Bettseite fest, als würde er der Kraft eines Wasserstrahls widerstehen wollen, der sich auf Monkey Pants richtete. Der linke Arm folgte, packte einen Fuß, der sich in die falsche Richtung zu bewegen schien, und drückte das zugehörige verkrampfte Bein von seiner Brust, sodass der Oberkörper frei von Füßen und Beinen war. Dann schwang der linke Arm in einer weit ausholenden Bewegung durch das Gitter des stählernen Bettes auf Dodo zu.

Dodo konnte jetzt das ganze Gesicht des Jungen sehen, als er den Kopf zu ihm hindrehte.

Die beiden Jungen starrten einander an, und es kam zu einem bemerkenswerten Verständnis.

Es war, als füllte der Zauber des Liedes, das Dodo gesungen hatte, den Raum. Beide Jungen wurden sich der Not des anderen voll bewusst. Ein Wissen, eine Weisheit verband sie, die niemand außer ihnen kennen konnte – das Wissen, dass sie zwei Jungen unter Männern waren, zwei bemerkenswerte Geister, in Körpern gefangen, die nicht mal ein Tausendstel der Gedanken und Gefühle, die sie hatten, nach außen dringen ließen. Monkey Pants ließ

Dodo wissen, dass er, wenn er unter diesen Männern überleben wollte, weise zu sein und darauf zu hören hatte, was er, Monkey Pants, ihm sagen würde.

Dodo starrte ihm direkt in die Augen, und jetzt tat Monkey Pants etwas Erstaunliches.

Er hob eine zitternde Hand an den Mund und legte sich einen Finger auf die Lippen. Als wollte er »Pssst!« sagen.

Und Dodo verstand: Spiel den Dummen. Sei der Dumme. Sag kein Wort. Das ist die einzige Möglichkeit.

Dodo spürte eine Bewegung und drehte den Kopf, um zu sehen, was da hinter ihm war. Entsetzt sah er, wie sich die Türöffnung der Station mit einem dunklen Umriss füllte, dann noch einem, und mehrere Männer kamen herein, ungeschlachte Gestalten mit allen möglichen Behinderungen die sich betatschten, manche halb nackt, zitternd, nickend, nicht ein Junge unter ihnen. Er wandte sich zurück zu Monkey Pants, doch der hatte sich wieder in einer Weise zusammengerollt, die, wie Dodo später verstehen sollte, seine Schutzposition war, das linke Knie an der Brust, die Arme über dem Kopf verschränkt, das andere Bein bis hoch über die Brust gereckt, sodass sein Fuß fast sein Gesicht erreichte. Dodo roch den Gestank frischen Kots, der direkt aus Monkey Pants Bett herüberkam, und nahm an, dass er seine Windel gefüllt hatte. Als die Patienten kamen und sich um den Neuankömmling versammelten, ihn berührten, betatschten, mit dem Finger in ihn stießen, begriff Dodo, dass sein neuer Freund sich eingesudelt hatte, um die Gefahr von ihm zu wenden, um ihre Aufmerksamkeit von Dodo abzulenken und ihm ein Licht im Land der Finsternis zu sein. Trotz des Gestanks von Fäkalien und Urin verstand Dodo, mit was er es zu tun hatte: Es war ein Akt der Liebe und Solidarität. Und dafür war er dankbar.

13
COWBOY

Moshe lehnte auf dem Geländer des Pavillons hoch über der Eislaufbahn der Ringing Rocks und starrte gedankenverloren auf die Eisläufer unter sich, eine Hand gegen die beißende Kälte in der Tasche vergraben. Hinter ihm nippten einige Teenager an Bechern mit heißer Schokolade, lachten, bückten sich und warfen leichte Schneebälle, die an dem kleinen, gedrungenen Mann mit dem Filzfedora und dem Mantel vorbeischossen, der eine nicht entzündete, halb gerauchte Zigarre in der Hand hielt. Moshe ignorierte sie.

Er liebte es, hier heraus zur Eislaufbahn der Ringing Rocks zu kommen. Die Felsen waren eine Touristenattraktion, eine geografische Kuriosität aus der Steinzeit. Wenn man mit einem Hammer auf sie schlug, gaben sie unterschiedliche Töne von sich. Die Eislaufbahn und der Turm mit seinem Pavillon waren neben sie gebaut worden, um Besuchern eine Zuflucht zu bieten. Oben auf den Pavillon zu klettern und die Berge um den Wald von Bergs County zu betrachten hatte etwas Befreiendes für Moshe. Er sprach ein Birchot ha-Schachar, ein Morgengebet, das half, den Kopf freizubekommen und eine vorübergehende Erholung vom Chaos seines Theaters zu genießen. Auf Rat seines alten Freundes Malachi hatte er angefangen, Abstecher dieser Art zu unternehmen – seines alten Freundes, der einmal sein Theater in Staunen versetzt hatte, so wild hatte er zur wunderbaren Musik des großen Mickey Katz getanzt. Malachi schrieb ihm heute immer wieder aus einer kleinen jüdischen Siedlung im polnischen Janów Lubelski, wo er am Ende ausgerechnet eine Hühnerfarm aufgebaut hatte und Eier und koschere Hühner verkaufte. Malachis Briefe waren voll mit seiner gewohnten grenzenlosen Begeisterung, mit der er die Tugenden des Landlebens und die Existenzen seiner Kunden auf humorvolle Weise besang. Moshe bewunderte Malachi für seine Fähigkeit, sämtliche Misserfolge trotz seines Festhaltens an den alten Weisen zu verarbeiten. Malachis Briefe waren voller Scherze und Humor, was Moshe stets ähnlich zu beantworten suchte.

So war er denn auch an diesem Morgen hergekommen, um seinem alten Freund zu schreiben und seine Zeilen so leicht und luftig zu halten, wie er nur konnte, denn das war eine ungeschriebene Regel zwischen den beiden, ihre Neuigkeiten aufgeräumt und heiter zu gestalten. Nur, dass es im Moment nichts gab, von dem er hätte locker und leicht berichten können. Seine Frau lag in einem Readinger Krankenhaus im Koma, und die Ärzte wussten nicht, wie es weitergehen würde. Der Junge war in den Händen des Staates. Daran wollte er gar nicht denken. Es war eine schreckliche Spirale. Wie hatte das alles passieren können?

Er sah zu den Eisläufern hinunter und seufzte. Chona hatte darauf bestanden, mit ihm zur Eisbahn zu fliehen, als der Junge zu ihnen gekommen war. Sie waren eine seltsame Familie, der jüdische Händler, seine behinderte Frau und ihr zwölfjähriges schwarzes Mündel, die da in Moshes altem Packard auf den Parkplatz getuckert kamen und keine zehn Meter vom Eingang zur Eislaufbahn parkten, an dem vor nicht allzu vielen Jahren noch ein Schild gestanden hatte: »Keine Juden, keine Hunde, keine Nigger.« Das Schild war entfernt worden, aber Chona ging bei keinem ihrer Besuche mit aufs Eis. Nicht ein einziges Mal. Und erlaubte es auch dem Jungen nicht. Sie beklagte, dass ihr Fuß ihr das Eislaufen versagte, aber Moshe wusste es besser. Chona vermochte zu tun, was immer sie sich in den Kopf setzte, und hätte sich einen speziellen Schlittschuh anpassen lassen können. Marv Skrupskelis tat alles für sie, in kürzester Zeit hätte er ihr einen hergestellt. Und der Junge – der brauchte keine Schlittschuhe. Er hätte in seinen Schuhen über das Eis fliegen können, so athletisch, wie er war. Moshe versuchte, Chona zu überreden, dass sie den Jungen Schlittschuh laufen ließ, aber sie weigerte sich. »Steig auf den Turm und rauch deine Zigarre«, befahl sie stattdessen, und er folgte dem nur zu gerne. Er kletterte bis ganz nach oben, paffte friedlich vor sich hin und sah zu, wie die beiden durch die Felsen stiegen. Er beobachtete, wie Chona mit einem Hammer gegen sie schlug und der Junge seine Hände auf sie legte, um die Vibrationen zu spüren. Er hielt das Ganze für töricht und sagte es irgendwann auch, aber Chona widersprach: »Die Felsen sind so alt wie die Erde. Er kann sie ein wenig hören. Sie helfen ihm.«

Helfen, dachte Moshe bitter. *So dachte sie. Hier helfen und dort helfen. Und jetzt sieh. Wer half ihnen jetzt?* »Das ist alles vorbei«, sagte er laut, ohne auf die Teenager zu achten, die hinter ihm kicherten und sich um ihn herum balgten, den komischen Mann am Geländer, der auf seiner Zigarre kaute und so tat, als gäbe es sie nicht. Ein verirrter Schneeball landete neben ihm, und Moshe ging zu einer

Bank. Er fegte den dünnen Schnee herunter, setzte sich, holte seinen Stift und ein Blatt Papier hervor und machte sich an seinen Brief an Malachi.

Er schrieb schnell, die unangezündete Zigarre fest zwischen den Zähnen, und achtete nicht weiter darauf, wie kalt seine Hände waren. Es war nicht nur, dass Chona im Krankenhaus lag, schrieb er. Oder dass der schwarze Junge in eine Irrenanstalt gebracht worden war, so schlimm das auch war. Es ist das Theatergeschäft, erklärte er. *Die Zeiten ändern sich. Du hattest recht*, schrieb er. *Die Juden hier wollen kein jiddisches Theater, keine jiddische Musik und auch die guten, alten Späße und Scherze nicht mehr. Sie wollen amerikanische Sachen. Sie wollen Cowboys. Selbst mit den schwarzen Jazzmusikern wird es schwierig. Und das gestern Abend hat das Fass zum Überlaufen gebracht.*

Er hielt inne. Er wollte Malachi erzählen, was genau am Abend zuvor geschehen war, setzte dreimal an, strich durch, was er geschrieben hatte, gab dann erst einmal auf und überlegte, wie er es erklären konnte. So saß er einen Moment da, überdachte die Sache, unsicher, wie er vorgehen sollte, und die Kälte kroch in seinen Nacken, denn er hatte vergessen, einen Schal mitzunehmen. Er griff in die Tasche, suchte Streichhölzer, um die Zigarre anzustecken, fand keine, dachte noch etwas weiter nach und schrieb dann einfach: *Nur, damit du es weißt, ich denke daran auszusteigen.*

Es war der Vorfall vom Abend zuvor, der ihn das schreiben ließ. Er war aus dem Krankenhaus zum Theater geeilt, um halb acht dort angekommen – schrecklich spät für den Veranstaltungsbeginn um acht –, und es herrschte das reine Chaos.

Lionel Hamptons Band und Machito und seine Afro-Cubans waren für einen gemeinsamen Auftritt gebucht. Die Afro-Cubans waren ein Ersatz in letzter Minute für den ursprünglichen Star des Abends, Louis Armstrong, der wegen schlechten Wetters in Denver festsaß. Das war sowieso schon keine gute Situation. Armstrongs Manager, der mächtige Joe Glaser in New York, hatte angeboten, einen Ersatz zu schicken, aber Moshe, verstört durch Chonas Zustand und nicht gewillt, Glasers riesige Provision zu zahlen, lehnte ab und beschloss, selbst jemanden zu suchen. Er rief seinen alten Freund Chick Webb an. Aber ach, sein alter Kumpel, der erste Schwarze, den er je engagiert hatte, ein wundervolles, buckliges Musikergenie, war sehr krank. »Nimm Mario Bauzá und seine Afro-Cubans«, krächzte Webb durchs Telefon. »Die sind fantastisch.«

Nur dem kranken Webb zu Ehren hatte er die Afro-Cubans gebucht, denn er war sicher, sein Chicken-Hill-Publikum hatte keine Ahnung, wer Mario Bauzá, Machito und die Afro-Cubans waren. Mario war ein wundervoller Musiker, und Moshe war sicher, dass auch die Afro-Cubans fantastisch waren. Aber er hatte angenommen, sie würden das Warm-up übernehmen und Hamptons Band würde anschließend den Hauptteil bestreiten. Er hätte das klären müssen, bevor die Bands ankamen. Stattdessen rannten alle wie wild hinter der Bühne herum, und Lionel Hamptons Frau Gladys, die die Band ihres Mannes managte, und Mario Bauzá, der Chef der Afro-Cubans, gingen sich an die Gurgel.

»Wir spielen nach euch«, sagte Gladys. »Wir sind die Hauptband.«

»Ihr kommt zuerst«, sagte Mario.

»Benimm dich altersgemäß, nicht nach deiner Hautfarbe, Mario. Geh da raus.«

»Ladies first, Gladys.«

Als Moshe erschien, wandten sich ihm die beiden Kampfhähne zu. »Moshe«, fuhr Gladys ihn an. »Du hast hier was zu erklären.«

Moshe stand in der Tür des Bühneneingangs und hatte Angst, etwas zu sagen. Er hasste Auseinandersetzungen. Die Bands, in Anzug und Krawatte, drückten sich nervös herum, hielten ihre Instrumente in den Armen, rauchten und taten so, als hörten sie nicht zu.

Moshe sah auf die Uhr. »Es ist fast acht«, sagte er kleinlaut. »Könnt ihr euch nicht einigen?«

Er sprach beide an, richtete sich im Grunde aber an Mario, der sicher der Lockerere war. Mario wirkte ruhig und professionell, Gladys dagegen war ein Orkan. Sie war eine gut aussehende schwarze Frau, immer aufs Feinste herausgeputzt, und sie legte sich mit allen in der Branche an.

Statt zu antworten, trat Mario, ein feiner Latino in einem blauen Anzug, mit Fliege und Nickelbrille, an das Plakat an der Wand, eines der wenigen, die Moshe noch in letzter Minute hatte drucken lassen können, um den Abend anzukündigen. Er legte den Finger auf »Featuring Mario Bauzá, Machito und die Afro-Cubans«. Er tat das ganz ruhig wie ein Wirtschaftsprofessor, der seinen Studenten eine Formel erklärte, und sagte: »Gladys, was bedeutet das?«

»Es bedeutet, dass du Englisch lesen kannst.«

»Es bedeutet, dass wir die Hauptband des Abends sind.«

»Nein, tut es nicht. Das war Pops«, sagte Gladys und benutzte den Musiker-Kosenamen für Louis Armstrong.

»Richtig«, sagte Mario, »und wir ersetzen ihn.«

»Mario, auch wenn du zehnmal in den Spiegel guckst und dir die Haare kämmst, wirst du immer noch nicht Pops sehen, der dich daraus anblickt.«

Marios professionelle Ruhe verging, und er brummte auf Spanisch: »Tienes razón. Te pareces mucho más a Pops que a mí. Y eso es un hecho (*Da hast du recht. Du siehst Pops verdammt viel ähnlicher als ich. Ohne Frage.*)«

Einige der Afro-Cubans in der Nähe kicherten.

Gladys wandte sich an einen von ihnen: »Pedro, was hat er da gerade gesagt?«

Der Mann sah weg und murmelte: »Ich weiß es nicht, Gladys.«

Gladys drehte sich wieder zu Mario hin und zeigte zur Bühne. »Also gut, du fetter Scheißer! Geh an die Arbeit!«

»Ich bin bei der Arbeit!«

»Auf der Bühne!«

»Im Vertrag steht, wir sind die Hauptband!«

»In welchem Vertrag?«, sagte sie.

»Hast du ihn nicht gelesen, Gladys?«

»Im letzten Monat haben wir in DC zusammen mit Pops gespielt, und zwar *nach* ihm, Mario!«

»Das war in DC!«, spuckte Mario. »Das hier ist Potthead ... Pottsville ...«

»Potts*town*«, warf Moshe höflich ein.

Mario kochte. Er sah Moshe an und murmelte auf Spanisch: »Todo el mundo alrededor de este maldito lugar está en la niebla (*Alle hier in diesem verwünschten Kaff sind völlig durchgeknallt*)!«

Gladys fuhr ihn an: »Hör auf zu quasseln, du zweitklassiger Gockel! Die Leute warten! Raus auf die Bühne, damit wir unser Geld verdienen und verschwinden können!«

Die Beleidigung traf den gesitteten Mario ins Mark,

und er lief rot an. Aber bevor er etwas sagen konnte, ging Moshe dazwischen.

»Bitte!«, sagte er.

Die beiden blitzten ihn an. Moshe war wie gelähmt, starrte auf den Boden vor sich und wünschte, er könnte darin versinken. Er hasste solche Situationen und hatte keine Ahnung, was er tun sollte. Wenn nur Chona da wäre. Wie oft hatte sie ihm geholfen, derartige Dinge rechtzeitig zu klären, Probleme mit ihm besprochen, ihn dazu gebracht, auf seinem Standpunkt zu bestehen, und ihn in die richtige Richtung gewiesen? Er warf einen Blick zu Gladys' Mann hinüber, aber der große Bandleader stand ganz hinten in der Ecke, mit seinem Vibrafon, das Räder hatte, bereit, es auf die Bühne zu schieben. Hampton schien mit seinen Schlägeln beschäftigt, die plötzlich genau inspiziert werden mussten.

»Vielleicht kann Mario heute Abend zuletzt auftreten«, sagte Moshe mit schwacher Stimme, »und ihr morgen ...«

Gladys drehte sich auf dem Absatz um und stampfte in Richtung des Münzfernsprechers, der hier hinten hing, bevor er seinen Satz beendet hatte. »Ich rufe Joe Glaser an«, sagte sie.

Das war es für Moshe. Wenn Glaser herausfand, dass er hinter seinem Rücken eine andere Band engagiert hatte, war er weg vom Fenster. Glaser war die bestimmende Macht im Geschäft. Leg dich mit ihm an, und mit den lukrativen Zwischenstopps von Leuten wie Louis Armstrong, Duke Ellington oder Lionel Hampton, von denen kleine Theater wie seines abhingen, war es vorbei.

Er rief: »Warte, Gladys, bitte! Gib mir eine Minute!«

Sie blieb stehen, sah sich um und nickte befriedigt, als Moshe sanft Marios Ellbogen nahm und den großen Musiker durch eine Seitentür so weit wie möglich von den anderen wegführte, in den Durchgang zur Bühne.

Moshe stand mit dem Rücken zur Tür in die Dance Hall, die laute Menge hinter sich, und sah Mario an, dessen Gesicht wutverzerrt war.

»Ich spiele nie wieder in dieser bescheuerten Stadt«, sagte Mario.

»Ich habe einen Fehler gemacht, Mario. Es tut mir leid.«

»Du hättest das vorher klären sollen. Du weißt, wie Gladys ist.«

»Ich konnte sie nicht erreichen.«

»Die Irre lebt mit dem Telefon.«

»Sie waren unterwegs, Mario. Ich war … Meine Frau ist krank.«

Mario nickte und kühlte etwas ab. »Das habe ich gehört. Was hat sie sich geholt?«

Moshe seufzte. »Geholt« schien nicht das richtige Wort. Die Leute »holten« sich einen Schnupfen. »Es ist ein Hirntumor … oder so etwas. Die Ärzte … Es gab einen Streit in ihrem Laden … Sie hatte einen schweren Anfall und ist noch nicht wieder zu sich gekommen.«

Der große Musiker hielt seine Trompete mit beiden Händen vor der Brust, sah Moshe einen langen Moment an, und die Farbe kehrte zurück in sein Gesicht. Die gewohnte geduldige Güte, für die der wunderbare Trompeter so bekannt war, gewann erneut die Oberhand. Er blickte auf sein Instrument und befingerte die Ventile. »Das ist schlimm, Mijo. Es zieht Kreise. Chick ist auch krank.«

»Ich weiß. Hast du ihn gesehen?«

Mario nickte und sah düster zu Boden. »Ist nicht gut, Mijo. Ihm geht's nicht gut.«

Die beiden Männer schwiegen einen Moment. Moshe

dachte an den großen Chick Webb, so voller Herz und Talent, wie er sein Schlagzeug bearbeitete, vor Freude lachte, seine Band anfeuerte, und alle tanzten; seine Musik erfüllte das große All-American Dance Hall & Theater, brachte Licht in Moshes Leben, sein Theater, die Stadt und seine Frau. Es war zu viel, und Moshe musste sich Tränen aus den Augen wischen.

»Ich verliere alles«, sagte er.

Mario seufzte und sagte dann: »Wir eröffnen den Abend.«

Moshe räusperte sich erleichtert. »Mein Cousin Isaac leitet die Seymour Theater unten in Philly. Ich sorge dafür, dass er dich bucht. Wir machen das nächstes Jahr, wenn du im Westen warst. Danach kommst du her.«

»Buchst du mich durch Joe Glaser oder direkt?«, fragte Mario.

»Wie immer du willst.«

»Ich will nichts mit Glaser zu tun haben. Ich will mit meinen Leuten arbeiten«, sagte Mario. »Pass mal auf.«

Moshe lehnte an der Tür. Mario schob ihn sanft zur Seite und öffnete die Tür einen Spaltbreit. Angeregte spanische Wortfetzen drangen zu ihnen herein. Mario machte die Tür wieder zu.

»Hörst du das?«

»Was?«

»Das ist Spanisch, Mijo. Das ist der Klang der Zukunft. Diese Leute wollen keine Swingmusik. Sie wollen Descargas, Ponchandos, Tangas, Klavier-Guajeos, Mambos, Afrokubanisches. Swing reicht ihnen nicht.«

Moshe konnte nicht anders. Der Veranstalter in ihm kam durch, und er dachte: *Wo kommen all diese Leute her? Aus Reading? Phoenixville? Wo hat Nate die Plakate aufgehängt?* Und schon schämte er sich, dass er ans Geschäft dachte, während seine Frau im Krankenhaus um ihr Leben kämpfte. Aber es war nun mal eine Gelegenheit. »Ich wusste nicht, dass es hier so viele Spanier gibt«, sagte er.

Mario lächelte. »Für dich sind es Spanier. Für mich sind es Puerto Ricaner, Dominikaner, Panamaer, Kubaner, Ecuadorianer, Mexikaner, Afrikaner und Afrokubaner. Ganz verschiedene Leute mit ganz unterschiedlichen Sounds. Das ist Amerika, Mijo. Du musst deine Leute kennen, Moshe.«

Mario ging zurück hinter die Bühne, rief seine Band, und kurz darauf erlebte Moshe ehrfürchtig, wie die Afro-Cubans sein All-American Dance Hall & Theater mit den wildesten, heißesten Latin-Beats, die er je gehört hatte, in Ekstase versetzten. Die Leute gerieten außer Rand und Band und tanzten wie Dämonen. Und als Marios Band fertig war, kam die alterfahrene Lionel Hampton Band völlig demoralisiert auf die Bühne, und ihre Swingmusik traf auf gleichgültige Ohren. Selbst die gewohnten schwarzen Gäste blieben auf ihren Stühlen sitzen, griffen nach ihren Gläsern, unterhielten sich, scherzten und lachten und nutzten die Zeit, um zu trinken und die müden Füße auszuruhen, die sie die ganze Woche hatten Böden fegen, Kaffee ausschenken, Mülleimer leeren und Eisblöcke schleppen lassen. Es war ein Lehrstück. Das Moshe voll erwischte.

Oben auf der Plattform über der Ringing-Rocks-Eislaufbahn, fing es an zu schneien, und Moshe holte seinen Brief wieder hervor. *Du hast recht*, schrieb er. *So wie früher wird es hier nicht weitergehen. Es gibt zu viele unterschiedliche Leute. Zu viele Möglichkeiten. Vielleicht sollte ich Cowboy werden.*

Er verschloss den Brief und schickte ihn ab.

Drei Wochen später brachte die Post ein Päckchen, das sorgfältig in drei Kartons eingepackt war, jeder einzelne mit Zeitungen ausgepolstert, mit einer Schnur zugebunden und einem Schild versehen, auf dem »Vorsicht, zerbrechlich!« stand. Moshe brauchte zwanzig Minuten, alles zu öffnen, und als er es schließlich geschafft hatte, brach er in lautes Lachen aus, denn darin war eine winzige Cowboyhose aus etwas, das ein Maulwurffell sein mochte, zu klein, um getragen zu werden, eine Babygröße, mit Rüschen an den Seiten und einem hinten aufgenähten Davidstern. Dabei lag eine Notiz von Malachi, auf Jiddisch: *Probier die mal, Cowboy.*

Moshe antwortete, indem er die schreckliche Hose in einem Päckchen zurückschickte, das noch schwerer zu öffnen war. Er rollte sie fest zusammen, stopfte sie in eine metallene Tabakdose, füllte die Dose mit Zeitungspapier und Getreidespelzen auf und legte sie in eine etwas größere Kaffeedose, die er mit Wachs versiegelte. Die wiederum kam in eine noch größere Bretzeldose voll mit Papier und Zellophan. Zu guter Letzt ging er ins Theater und sagte Nate, der oben auf einer Leiter stand und den Zug des Vorhangs reparierte, dass er sie zugelötet haben wolle.

Nate starrte einen Moment schweigend zu ihm herunter und sagte dann: »Sie wollen was?«

»Sie soll zugelötet werden. Ich schicke sie nach Übersee, an meinen Freund Malachi. Es ist ein Scherz.«

»Ich weiß nicht, wie man lötet.«

»Kennst du jemanden, der es kann?«

»Fatty hat in der Fabrik bei Flagg löten gelernt. Der kann das. Er lötet den ganzen Tag irgendwelche Sachen.«

»Kannst du ihn fragen?«

Es entstand ein langes Schweigen. Moshe sah von unten,

wie Nate den Kopf hob und in die dunklen Schatten des Laufstegs über sich starrte, die Flaschenzüge, Seile und Metallstangen, die über der Bühne ihr Eigenleben führten.

»Ich mache das.«

Moshe stellte die Dose auf den Boden. Die Freude an diesem verrückten Austausch erleichterte ihm das Herz, und er begann, die Dinge wieder klarer zu sehen – wie es um seine Frau stand, ihre Situation überhaupt und um Dodo, den Chona so mochte. Zum ersten Mal fand er wieder zu dieser Klarheit, und er rief hinauf zu Nate: »Und kannst du Addie bitten, ins Theater zu kommen? Ich würde gern mit ihr über Dodo reden.«

»Warum?«

»Du weißt, wohin sie ihn geschickt haben, oder?«

Schweigen. Von unten konnte Moshe nur die Sohlen von Nates ausgetretenen Schuhen sehen, der Blick des Mannes war hoch in die Flaschenzüge der Bühnensparren gerichtet.

Nate sprach langsam und emotionslos, und etwas an der Ausdruckslosigkeit seiner Stimme klang nicht richtig. »Ich denke, Sie können mit Addie reden, wenn Sie heute drüben bei Miss Chona sind«, sagte er.

»Okay. Ich bringe sie mit her. Ich möchte das besprechen. Mit dir. Mit ihr. Und meinem Cousin Isaac.«

»Ist schon gut, Mr Moshe. Sie haben genug getan«, sagte Nate. »Es liegt alles in Gottes Hand.«

»Pennhurst ist kein Ort für ein Kind.«

Wieder kam nur Schweigen oben von der Leiter, dann: »Wie ich sagte, Mr Moshe, es liegt in Gottes Hand.«

Moshe drehte sich um und ging verwirrt in sein Büro. *Es gibt immer noch so viel an Amerika und den Schwarzen*, dachte er, *das ich nicht verstehe.*

Aber hätte er oben auf dem Laufsteg über der Bühne gestanden und Nate ins Gesicht gesehen, aus nächster Nähe, er hätte sich umgedreht, wäre nach unten geflüchtet, hinunter von der Bühne und aus dem Theater, denn Nate, oben auf der Leiter, mit einem Hammer in der einen und einem Schraubenschlüssel in der anderen Hand, starrte wie abwesend ins Nichts, die Augen voller brennender, finsterer, mörderischer Wut.

14
ZWEIERLEI GEWICHT UND ZWEIERLEI MASS

Am Ende der Pigs Alley auf dem Chicken Hill, draußen vor einem mitgenommenen alten Schuppen, an dessen Tür ein Schild mit der Aufschrift »Fattys Kneipe. Vorsicht. Spaßgefahr« hing, stand der Besitzer auf der Eingangsveranda, und ihm schien so gar nicht spaßig zumute zu sein. Sein Blick fiel auf einen Haufen Feuerholz neben der Verandatreppe. Der Haufen war fast einen Meter hoch, ein Gewirr aus zerbrochenen Stühlen, weggeworfenen Holzresten und Ästen, mit dem der Ofen der Kneipe versorgt wurde. Fatty trug ein Flanellhemd und eine graue Weste, eine zerschlissene Hose und einen Porkpie-Hut, ging zu dem Haufen und setzte sich mit verschränkten Armen darauf, tief in Gedanken versunken.

Es war zwei Uhr morgens, und in der Kneipe ging es immer noch hoch her. Normalerweise war es ein gutes Zeichen, wenn die krächzende Jukebox das Gegackere und Gelache der Gäste noch mit dem Gejaule von Erskine Hawkins übertönte. In diesem Moment für Fatty aber nicht. Ganz und gar nicht. Da drinnen saß ein Problem. Ein großes.

Nate Timblin hockte allein an einem seiner wackligen Tische und trank.

Fatty lehnte sich auf dem Holzhaufen vor und fluchte still vor sich hin.

Die Tür der Kneipe öffnete sich. Rusty kam mit einer Flasche Bier heraus, setzte sich neben Fatty und nahm einen Schluck.

»Macht er weiter?«, fragte Fatty.

Rusty nickte.

»Was trinkt er?«

»Den Schwarzgebrannten. Ein Glas nach dem andern. Der Teufel zählt mit.«

Fatty seufzte wieder, starrte die Pigs Alley hinunter und überlegte.

»Was macht dir solche Sorgen?«, fragte Rusty.

»Dass sich Nate Timblin in meiner Kneipe so volllaufen lässt, das macht mir Sorgen.«

»Das hättest du dir überlegen sollen, bevor du den Schnaps hier raufgekarrt hast.«

Fatty stimmte ihm wortlos zu. Er lehnte sich zurück, sah auf die Straße und überdachte das Ganze ruhig wie ein Anwalt. Es war kompliziert.

»Soll ich ihn bitten aufzuhören?«, fragte Rusty.

»Können Esel fliegen?«, sagte Fatty.

»Nate würde niemandem was tun«, sagte Rusty. »Ich hab ihn noch nie wütend erlebt. Kein einziges Mal.«

»Und das willst du auch nicht.«

»Hast du es schon mal?«

Fatty, normalerweise bester Laune, schien plötzlich verärgert. »Wer sagt das?«

Rusty zuckte mit den Schultern und erhob sich, stieg die Stufen hinauf und ging wieder rein.

Fatty sah ihm hinterher und leckte sich über die geschwollene Oberlippe, aus der kürzlich die Fäden gezogen worden waren. Zwölf Stiche hatte er gebraucht. Es war wegen der kaputten Lippe und dem verlorenen Zahn –

der Dank gebührte seinem Kumpel Big Soap –, dass er den gottverdammten Fusel besorgt hatte. Hätte Big Soap die Feuerwehrschläuche gereinigt, wie er es ihm aufgetragen hatte, hätte der Inspektor seine Erdnuss da nicht rausschütteln können, und hätte er das nicht getan, wären sie beide nicht gefeuert worden. Und wären sie nicht gefeuert worden, hätte er sich von Big Soap nicht schlagen lassen, und wenn Big Soap nicht so ein Schwachkopf wäre, wenn er seine Aufforderung nicht ernst genommen, ihm die Lippe nicht gleich an zwei Stellen zermatscht und auch noch einen Zahn ausgeschlagen hätte, wäre er nie nach Philly gefahren, über den Schwarzgebrannten gestolpert und in dieses Chaos geraten.

»Gottverdammt«, sagte er. »Ich brauch ein paar neue Freunde.«

Er rieb sich das Kinn und versuchte, Klarheit in seine Gedanken zu bringen. Die Lippe kaputt, der Zahn weg, und beides hatte in Ordnung gebracht werden müssen, wofür es in Pottstown aber keinen sicheren Ort gegeben hatte. Kein Farbiger, der ganz bei Trost war, ging zu Doc Roberts, was auch schon so gewesen war, bevor dieser Teufel Nates Neffen Dodo eingesperrt hatte. Die Notaufnahme im Krankenhaus von Pottstown zog die Cops an, womit auch die raus war. Damit blieb nur noch der farbige Doc Hinson in Reading übrig, aber der war einer von diesen korrekten Schwarzen à la Booker T. Washington. Er mochte keine Leute, die Kneipen führten, in denen man es sich gut gehen lassen konnte. Philly war sicherer. Also war Fatty in sein Auto gesprungen und zu seinem Cousin Gene gefahren, wo er gleich in die nächste Katastrophe hineingeriet.

Gene, vier Jahre älter und der, von dem Fatty als Junge alles gelernt hatte, war eine der größten schwarzen Erfolgsgeschichten Pottstowns – von Chulo Davis mal abgesehen, dem fantastischen Schlagzeuger, der wegen einer Schüssel Limabohnen erschossen worden war, als er mit den Harlem Hamfats in Chicago spielte. Im Unterschied zu Chulo hatte Gene Philadelphia in den Blick genommen, wo er in ein schwarzes High-Society-Girl reinlief, deren Vater ein blühendes Reinigungsgeschäft im Stadtteil Nicetown gehörte. Schon bald, nachdem sich die beiden kennengelernt hatten, erlag der Vater einem Herzinfarkt, und Gene, eine intelligente, unternehmerische Seele, war plötzlich völlig liebeskrank, das Herz voller Verlangen, überwältigt von einer tiefen, alles verschlingenden Sehnsucht nach einem Mädchen, das, wie er Fatty erklärte, »eine ziemliche Zuckerpuppe« war. Fatty hielt ihr Gesicht für mürrisch genug, um eine Kuh sauer werden zu lassen, aber dann war Gene auch selbst wieder hässlich genug, um einem Dornendickicht Konkurrenz zu machen, und so waren sie ein ziemlich gutes Paar. Die beiden heirateten, und Gene übernahm das Geschäft. Er genoss es, wenn Fatty ihn besuchen kam. Es verschaffte ihm eine Atempause vom ständigen Drängen seiner Frau, ihre Tochter auf ihren kommenden Jack-and-Jill-Cotillon vorzubereiten, wo sich die für was Besseres haltenden Schwarzen trafen und mokierten und spöttelten und schicke Gläser mit billigem Champagner in den knotigen Händen hielten, denen man die Jahre des Tabakpflückens und Schweineschlachtens unten im Süden ansah. Denn da kamen die meisten von ihnen her, was sie jedoch vergessen hatten, jetzt, da sie das Leben in Philadelphia genossen und sich so mühten, weiß zu sein. Es machte Gene verrückt, und mehrmals schon hatte er Fatty, der nicht verheiratet war, gefragt, ob er nicht zu ihm ziehen wolle, Frauen gebe es in Philadelphia reichlich.

Fatty ging darauf nicht ein, aber jetzt mit der kaputten Lippe war Gene die perfekte Lösung. Fattys Plan war, ihm auf die Bude zu rücken, jemanden zu finden, der seinen Mund in Ordnung brachte, sich ein paar Tage zu erholen und dann so schnell wie möglich zurück nach Pottstown zu fahren. Stattdessen kam er zwei Tage, nachdem sein Cousin eine Katastrophe erlebt hatte.

Gene hatte einen pferdegezogenen Pumpenwagen von der örtlichen Feuerwache gekauft, ein Stück die Straße runter von seinem Haus. Der Wagen war ein Relikt, ein übrig gebliebenes Stück Schrott, das die Feuerwehr loswerden wollte, nachdem sie ihren Fuhrpark ein paar Jahre zuvor auf benzinbetriebene Fahrzeuge umgestellt hatte. Gene bezahlte das Ding, zog es mit seinem alten Transporter hinter sein Haus, füllte den Tank mit hundertfünfzig Litern Wasser und fuhr zu einem schicken Gestüt in Chestnut Hill. Und mit einer guten Prise Pottstowner Freundlichkeit und südlicher Vorliebe für weiße Leute, in der sich die Farbigen Pottstowns reichlich üben konnten, verbrachten die meisten den Großteil ihres Arbeitslebens doch als Hausmeister oder Hausmädchen, überredete er den weißen Besitzer, ihn eines seiner Reitpferde mieten zu lassen. Die Rösser der Chestnut Hill Riding Company waren großartige Kreaturen, ehemalige Rennpferde, prächtige, gut ausgebildete Tiere, denen durch die wohlhabenden Pferdeliebhaber der Stadt die Kugel erspart blieb. Die stolzen Tiere genossen den Rest ihres Lebens in besten Verhältnissen und trotteten auf einem zwanzig Kilometer langen Reitweg durch den Fairmount Park, einen der größten Stadtparks Amerikas. Die Chestnut Hill Riding Company war ein exklusiver Club – Schwarze und Juden hatten natürlich keinen Zugang, und allein der Gedanke, dass sich ein Schwarzer in den Eingang verirren, um Aufnahme in den Club bitten und eines der stolzen Pferde reiten könnte, schien absurd. Aber es war so, dass an jenem Sonntagnachmittag, als Gene sein Anliegen vorbrachte, der stolze Besitzer der Institution, ein alter Quäker namens Thomas Sturgis, der sich der abolitionistischen Geschichte und Verbundenheit seiner Gruppe mit den Schwarzen voll bewusst war, gerade einen Brief von einem im Sterben liegenden Mit-Quäker bekommen hatte. Der erinnerte ihn an eine glorreiche Predigt zur Eigenständigkeit des schwarzen Mannes, die Booker T. Washington, einer der größten Schwarzenführer, vor Jahren bei einem ihrer Treffen gehalten und die sie sehr genossen hatten. Die Erinnerung an die Worte jenes großen Mannes und der Gedanke an seinen sterbenden Freund, der ihn daran erinnerte, bewegte Sturgis sehr, und so beschloss der alte Quäker, dass es im Jahre 1936, einundsiebzig Jahre nach dem Ende des Bürgerkrieges, mit dem die Sklaverei ein Ende genommen hatte, höchste Zeit war, einen guten Schwarzen in die Reihen der Chestnut Hill Riding Company aufzunehmen.

Sturgis war gerade an dem Morgen zu diesem Schluss gekommen, als Gene in einem feinen Anzug, mit Krawatte, Bowler und Reitstiefeln (er hatte es sich zur Gewohnheit gemacht, sich verschiedene »verloren gegangene« Dinge seiner Reinigungskunden unter den Nagel zu reißen) an die Tür klopfte, sich als Besitzer eines eigenen Geschäfts vorstellte und erklärte, dass er gerne ein Pferd mieten würde. In Sturgis' Augen war dieser höfliche junge Mann mit dem ansteckenden Lächeln, der ein Reinigungsgeschäft besaß, das perfekte Beispiel eines Schwarzen, mit dem sich das Eis brechen ließ, und so stimmte er freudig zu und glaubte, Gott habe ein Zeichen geschickt. Er führte Gene in den Stall und deutete auf ein großes weißes Pferd. »Wäre der da in Ordnung?«, fragte er. »Es ist ein Palomino.«

»Ein Palomino ist mir so lieb wie jedes andere Pferd«, tönte Gene, doch da ihn der Anblick des mächtigen Hengstes mit einer Schulterhöhe von fast einhundertachtzig Zentimetern nervös machte, sagte er: »Ich brauche kein so junges Pferd. Ich nehme ein älteres. Oder auch ein Maultier. Haben Sie ein Maultier?«

Der alte Quäker kicherte und dachte, der elegant gekleidete Schwarze mache einen Scherz. »Die vierbeinigen Kreaturen Gottes erkennen Deine innere Seele besser als Deine Menschenkreaturen«, sagte Sturgis. »Die Größe ist da nicht wesentlich.«

»Da liegen Sie natürlich richtig, Sir«, sagte Gene.

»Dein Pferd erkennet Deinen Charakter oft besser als Deine Frauen oder sogar Deine Kinder, die weit versierter darin sind, als man annehmen sollte«, sagte Sturgis. »Wenn auch nicht so ausgeprägt wie Dein Pferd. Dein Pferd erspüret sofort Deine innere Natur.«

Die Tatsache, dass Sturgis' Sprache und seine Verwendung des Du und Dein, für die die Quäker bekannt waren, Gene, den cleveren Burschen, der nicht mal die sechste Klasse beendet hatte, weder beleidigte noch aus der Bahn warf, sondern ihn dazu anregte, ähnlich zu antworten, half dem Ganzen, wobei Fattys Cousin im Grunde keine Ahnung hatte, wovon dieser Mann redete. Doch er witterte einen Sieg und antwortete: »Und ich spüre Eure Güte in persönlichen Geschäften«, und erst als er es sagte, wurde ihm klar, dass seine Worte wahrscheinlich unpassend waren, er nahm aber richtigerweise an, dass der alte Mann nicht gut hörte oder einfach nicht verstand, was er meinte, wusste er es doch selbst nicht recht. Um das Ganze wieder auf sicheren Boden zu bringen, wechselte er kurzerhand das Thema und schwatzte über seine Herkunft, pries sein Aufwachsen im hübschen Pottstown im Montgomery County in den leuchtendsten Farben, das er als »ein Land voller Pferde, Kühe und Meerjungfrauen« beschrieb, ließ dabei jedoch unerwähnt, dass er auf dem Chicken Hill geboren war und das einzige Pferd, das er tatsächlich je berührt hatte, ein alter Klepper namens Stacy war, den er für einen halb blinden jüdischen Lumpensammler namens Adolph herumgeführt hatte, welchen er wiederum um eine Wocheneinnahme betrogen hatte, bevor er vor vier Jahren nach Philly geflüchtet war.

Der Handel war perfekt. Gene zahlte, stieg aufs Pferd, nahm den Reitweg und genoss den Blick von hoch oben auf dem stolzen Tier, das den Weg auswendig kannte, und so ging es ohne Zwischenfall voran. Als sich der Weg dem Nicetowner Eingang zum Park näherte, der nur zwei Straßen von Genes Haus entfernt lag, leitete Gene das Tier in einem Anfall von Begeisterung vom Pfad aus dem Park auf die gepflasterte Straße und in seinen Garten. Er spannte das Pferd vor seinen neu erstandenen Feuerwehr-Pumpenwagen aus dem Jahr 1865, in dem immer noch die hundertfünfzig Liter Wasser waren, und wollte eine schnelle Runde um den Block drehen, um seinen Nachbarn dort in Nord-Philadelphia sein neues Spielzeug vorzuführen. Das arme Pferd war das Wagengeschirr jedoch nicht gewohnt, nahm Reißaus und galoppierte wild die Kopfsteinpflasterstraße hinunter. Der Pumpenwagen kippte um, Gene krachte auf die Erde, brach sich drei Rippen und erlitt einen Lungenriss. Das Pferd schleppte den umgestürzten Pumpenwagen noch eine halbe Straße weiter, bevor Passanten es aufzuhalten vermochten. Als Fatty zwei Tage später kam, lag Gene im Krankenhaus, der wütende Chestnut-Hill-Quäker hatte Anzeige erstattet, und es war niemand da, der Genes Reinigungsgeschäft führen konnte, nur seine Frau, die aber zu sehr mit Cotillon-Gesprächen beschäftigt war, um sich hinter die Ladentheke zu stellen. Sie flehte Fatty an, ein paar Wochen zu bleiben und das Geschäft zu führen, bis ihr Bruder aus North Carolina kommen konnte.

»Ich kann keine Reinigung leiten«, sagte Fatty. »Sieh doch nur.« Er zeigte auf seinen Mund und den fehlenden Zahn. »Ich muss mein Gebiss in Ordnung bringen lassen. Wer überlässt einem Mann ohne Schneidezahn seine Kleider?«

Genes Frau tat das mit einer Handbewegung ab, und zu Fattys Überraschung schwand ihre eingebildete Überheblichkeit, und sie wurde praktisch. »Du musst die Kleider nicht essen, Fatty. Nimm sie nur an und gib sie wieder raus. Ich besorge dir einen Zahnarzt. Ich kenne einen guten.«

»Kannst du keinen anderen finden, um das zu machen?«, flehte Fatty.

»Keiner kann das Geschäft besser führen als du«, entgegnete Genes Frau. »Gene sagt, du kommst mit jedem Laden klar.«

Da hatte sie durchaus recht. Fatty war nicht nur der Besitzer der einzigen Kneipe auf dem Chicken Hill, er fuhr auch Taxi mit seinem 1928er-Ford, lieferte mit seinem Maultierkarren zweimal in der Woche Eis aus, schnitt Bäume in der Nachbarschaft zurück, holte auf Anfrage Altwaren und Schrott ab, betrieb tagsüber einen Hamburger- und Limo-Stand vor seiner Kneipe und buchte in Reading farbige Fotografen für Hochzeiten von farbigen Paaren.

Zudem hatte er mit seinem italienischen Kumpel Big Soap von drei bis elf bei Flagg gearbeitet, bis Soap dafür gesorgt hatte, dass sie beide rausgeflogen waren. Fatty war ein vielbeschäftigter Mann.

Er erklärte Genes Frau, dass zu Hause etliche Dinge auf ihn warteten, aber ein garantierter Wochengewinn der blendend florierenden Reinigung überzeugte ihn. Das und das Versprechen, dass ihm ihr Bruder mehrere Gallonen Schwarzgebrannten für seine Kneipe auf dem Chicken Hill mitbringen würde – »Den guten«, sagte sie, »nicht das wässrige Zeugs, das sie hier produzieren.« Damit war es abgemacht, gar nicht davon zu reden, wie gut sie sich mit Schwarzgebranntem auskannte, was ihn überzeugte, dass sie am Ende doch nicht so hochnäsig war.

So stand Fatty also zwei Wochen hinter der Theke von Gene's Dry Cleaners & Laundry, bevor er zurück nach Pottstown fuhr.

Zunächst schien es ein guter Deal. Seine Lippe wurde genäht, und die Frau seines Cousins löste ihr Versprechen ein, nun ja. Sie fand einen Dentisten, der den fehlenden Goldzahn durch einen hölzernen ersetzte. Und als alles getan war, steuerte er seinen keuchenden 1928er-Ford zurück auf den Chicken Hill, beladen mit gut fünfzig Litern Schwarzgebranntem, dem besten, den er je probiert hatte – genug, um damit bis in den Frühling zu kommen.

Es hatte sich alles bestens gefügt, bis heute Abend Nate Timblin hereingekommen war und sich einen Drink bestellte.

Fatty saß immer noch draußen auf dem Holzhaufen, Erskine Hawkins jammerte aus der Jukebox, und Fatty warf einen Blick zur Tür und wägte seine Optionen ab. Tatsächlich überlegte er, ob er runter zu Miss Chonas Laden laufen sollte, um durch die Hintertür reinzugehen, die unverschlossen war – sie verschloss sie nie, warum was stehlen, wenn sie dir das, was du wolltest, auch so auf Kredit gab und nie nach der Bezahlung fragte? Von dort könnte er mit dem Münzfernsprecher die Cops anrufen, damit sie seine Kneipe hochnahmen. Er spielte es im Kopf einmal durch: Mach den Anruf, lauf zurück, warne Nate und die anderen, bevor die Cops kommen, versteck den Schnaps im Wald hinter der Kneipe und lass die Cops den Laden filzen, wo sie aber nichts finden und wieder gehen würden. Der Plan hatte nur eine große Schwachstelle. Er kannte die vier Cops der Stadt. Zwei waren Säufer, die sich leicht mit Schnaps schmieren ließen, der dritte, David Hynes, ein frommer Christ mit einem guten Herzen, der wegsah, solange man ihm nicht pampig kam. Aber der vierte, Billy O'Connell, war ein Lump und gleichzeitig ein Lieutenant der Empire Fire Company. Fatty hatte getan, was er konnte, um sich mit O'Connell gut zu stellen, hatte der Feuerwehr billiges Bier organisiert – das geklaut war, doch das war den gutherzigen Feuerwehrleuten egal. Mit Gratishähnchen von Reverend Spriggs jährlichem Dinner-Flohmarkt hatte er sie versorgt. Sogar Big Soap hatte er hingeschleppt und den Kerlen überlassen, war Soap doch als Einziger stark genug, die nassen Dreißig-Meter-Schläuche zum Trocknen hoch in den Turm zu ziehen. Die Leute von der Big Empire waren verrückt nach Soap. Alle mochten ihn.

Nur Billy O'Connell nicht.

Billy O'Connell mochte weder Big Soap noch Fatty noch irgendwen von den eigenen Feuerwehrleuten. Billy O'Connell mochte niemanden. Fatty hatte noch keinen Iren wie ihn erlebt. Und das machte O'Connell gefährlich.

Fatty lehnte sich auf den Holzhaufen und überlegte. Es war Donnerstag. O'Connell hatte heute keinen Dienst – es sei denn doch. Wenn sich einer der anderen drei krank gemeldet hatte, war O'Connell gerufen worden, da die Stadt immer drei Cops in Bereitschaft hielt.

Was hieß das? Wer würde wissen, ob O'Connell Dienst hatte?

Paper wird es wissen, dachte er. Die Frau wusste alles. Aber sie schlief oder war damit beschäftigt, irgendeinem Pullman-Schaffner schöne Augen zu machen. Er unterdrückte die in ihm aufkommende Eifersucht. Was für ein Mädchen sie war. Wenn sie nur wüsste, wie es um sein Herz stand. Aber er schob das Gefühl schnell beiseite und dachte noch einmal nach. Eine Razzia würde bedeuten, dass alle drei Cops kamen, denn was immer auf dem Chicken Hill geschah, brachte die gesamte Streitmacht her. War O'Connell nun da oder nicht? War es das wert, nur um Nate da rauszuholen, bevor er irgendwas anrichtete? Er überlegte. Ja! Aber dann erinnerte er sich, dass ihm jemand gesagt hatte, O'Connell sei der gewesen, der Dodo erwischt und nach Pennhurst verfrachtet hatte. Angenommen, Nate wusste, dass es O'Connell gewesen war, der Doc Roberts geholfen hatte, Dodo da hinzuschicken? Das ging nicht, Nate betrunken, und O'Connell tauchte auf.

Diese Stadt, dachte Fatty düster, *ist so verdammt klein.*

Er verwarf seine Idee, erwog kurz die Möglichkeit, die Kneipe zu leeren, indem er hineinmarschierte und verkündete, dass mehrere Schwarze aus Hemlock Row, einer winzigen schwarzen Nachbarschaft am Rande von Pottstown, im Anmarsch wären, außer sich vor Wut und mit Kanonen und Baseballschlägern bewaffnet. Er hatte gehört, dass da irgendein armer Irrer namens »Menschensohn« den Leuten eine Heidenangst machte, verwarf die Idee dann aber. Die Schwarzen des Viertels könnten Gefallen daran finden, sich mit den Hemlock-Leuten eine kleine Schlacht zu liefern. Das war nichts.

Am Ende entschied er sich für den direkten Weg. Er stand auf, atmete tief durch, stieg die Stufen hinauf, ging zurück in seine Kneipe, drehte die plärrende Jukebox leiser und verkündete: »Wir schließen heute früher, Leute. Ich muss morgen arbeiten.«

»Komm schon, Fatty«, sagte einer der Männer, »lass Erskine Hawkins noch fertig spielen.«

»Erskine ist auch morgen noch in der Box. Geht jetzt nach Hause.«

Es waren noch sieben Seelen in der Kneipe, und sie zögerten und hüteten ihre Drinks, bis sie sahen, dass Fatty zum hinteren Ecktisch ging, an dem Nate saß, schweigend, einen Vier-Liter-Krug North Carolina Blood of Christ und ein halb leeres Glas vor sich auf dem Tisch. Das brachte sie in Bewegung. Sie tranken aus und stolperten in Richtung Tür, bis auf Rusty, der hinter der Theke stehen blieb, ein provisorisches Ding aus Schindelholz und Kiefernbalken.

Fatty ließ sich an Nates Tisch nieder und bedeutete Rusty, mit dazuzukommen. Rusty gehorchte und setzte sich.

»n'Abend, Nate«, sagte Fatty.

Nate starrte in sein Glas. Nach einer langen Weile hoben sich seine glasigen Augen langsam, um den Blick auf Fatty zu richten, und senkten sich wieder in Richtung Glas.

Nates Blick hatte nur einen Augenblick lang auf ihm gelegen, doch das reichte. Fatty starrte auf den Boden, und die Haare in seinem Nacken stellten sich auf. *Gottverdammt*, dachte er, *was hab ich getan?* Mit neunzehn hatte

Fatty zwei Jahre im Gefängnis Graterford gesessen, wegen eines Missgeschicks, das er lieber vergaß, und nachdem er sich besseres Essen und eine bessere Behandlung erkämpft hatte, hatte er versehentlich einen alten Gefangenen namens Dirt beleidigt, einen der Wortführer in seinem Block, der für drei Morde lebenslänglich bekommen hatte. Auf den ersten Blick war Dirt ein Hänfling, ein dünner, zerbrechlich wirkender älterer Mann mit einer dicken Brille und schmalen Schultern. Fatty dagegen war damals schon ein stämmiger, beherzter junger Mann mit eher breiten Schultern, und er dachte nicht viel über seine Beleidigung nach. Das kam erst ein paar Tage später. Da saß er in der Cafeteria, als Dirt, der an einem anderen Tisch saß, aufstand, sich gemächlich streckte, mit einer Gabel zu Fattys Tisch kam und dem Mann direkt gegenüber von ihm ein Auge ausstach. Er tat es mit der Seelenruhe einer Frau, die ihr Baby stillte.

Fatty saß nahe genug, um zu hören, wie sich die Gabel in das Auge des armen Kerls bohrte, und nie würde er die Ruhe in Dirts Blick vergessen, als er zu Werke ging. Der Augapfel des Mannes ploppte heraus und rollte wie eine Murmel über den Boden. Es war eine saubere, klare Operation, deren Zielstrebigkeit ihn erschütterte. Als Dirt anschließend aus seiner Einzelhaft zurück in den Block kam – es war nur ein kurzer Aufenthalt gewesen, in Anerkennung des Einflusses und der Macht des schmächtigen Mannes –, konnte er nicht schnell genug zu Dirts Zelle eilen und sich für seine Verfehlung entschuldigen. Der ältere Mann war überraschend gnädig.

Er fragte: »Du kommst aus Pottstown?«
»Ja.«
»Dann kennst du Nate?«

»Es gibt nur einen Nate in Pottstown. Alle kennen ihn. Er ist mit einer meiner Cousinen verheiratet. Wir sind da alle irgendwie miteinander verwandt.«

»Vor ein paar Jahren war er hier«, sagte Dirt.

Fatty war überrascht. »Er hat das nie erwähnt«, sagte er. »Er ist viel älter. Hör zu, Dirt, ich möchte sagen, dass es mir leid ...«

Dirt hob eine Hand, was Fatty verstummen ließ. »Ich hab dem Jungen das Auge rausgeholt, weil er was genommen hat, was mir gehört. Wenn Nate mir was abnehmen würde, würde ich allerdings keinen Muskel rühren. Ich würde mich Nate für allen Käse und alle Cracker dieser Welt nicht entgegenstellen.«

»Dem alten Nate? Meinen wir denselben Mann? Nate Timblin?«

»Den Namen hatte er hier nicht, Junge. Frag herum.«

Und das tat Fatty. Von den anderen älteren Gefangenen erfuhr er, dass der Nate, den er kannte – der vertrauenswürdige, ruhige Nate, der alte Mann, der aus dem Süden nach Pottstown gekommen war und für Mr Moshe im All-American Dance Hall & Theater arbeitete, der seiner Frau Addie wie ein Welpe folgte und seinen tauben Neffen Dodo mit auf die Jagd nahm –, kaum der Nate sein konnte, der im Gefängnis Graterford gesessen hatte. Er war eine Legende, eine Macht, ein Schrecken. Warum er gesessen hatte, schien niemand zu wissen, aber es gab Gerüchte, und die klangen nicht gut. Niemand schien sich für das Wo und Wie zu interessieren, nur für eines: dass sein Name sicher nicht Nate Timblin war. Die Gefangenen nannten ihn Love. »Nate Love«, sagten sie, »nicht Timblin. Love heißt er. Nate Love. Einen Timblin kennen wir nicht. Wir haben seine Papiere gesehen. Love. Das ist sein Familienname, Junge. Nate Love, der aus South Carolina gekommen sein soll. Lowcountry nennen sie es. Ein Mann so vortrefflich, wie du nur je einen getroffen hast. Eine Seele so gut, wie es sie innerhalb dieser Gefängnismauern nie gegeben hat. Aber Gott helfe dir, wenn Nate Love dich bei deinem Familiennamen nennt, Junge. Wenn er das anfängt, bist du geliefert.«

Als Fatty das alles gehört hatte, ging er zurück zu Dirts Zelle und fragte: »Kanntest du Nate gut?«

»Ich kannte ihn sehr gut«, sagte der alte Mann.

»Was hatte er getan, um herzukommen?«

Dirt zuckte mit den Schultern. »Es geht nicht darum, weshalb er hier gelandet ist, Junge. Es geht um das, was er in sich trägt. Nenne es einen Fluch oder einen Teufel. Was immer es ist, es gibt nicht viele Leute auf dieser Welt wie ihn. Er trägt diese Sache in sich, Junge, tief in sich. Es ist zu schade, ist er doch ein guter Mann, so wie ich sie mag. Aber wenn das, was da in ihm sitzt, erst mal losgetreten ist, kann er es nicht kontrollieren, genauso wenig, wie du oder ich eine Einkaufstüte festhalten können, wenn uns ein Bus erfasst. Manche Dinge sind einfach da und warten darauf, ihre Kraft zu entfalten. So ist das. Halt dich von dieser Seite von ihm fern, Junge, sonst gerätst du in tiefe Gewässer.«

Fatty saß Nate an dem wackligen Tisch gegenüber und spürte, wie ihm der Mund austrocknete. Er schluckte und sah zu, wie Nate in sein halb volles Glas Schwarzgebrannten starrte. Seine Augen leuchteten unheimlich, und Fatty sah es. Sah, was die Männer in Graterford gesehen hatten, Nate Love, der sich in einer anderen Welt befand, sah seinen ruhigen, intensiven Blick voller versteinerter weiß glühender Wut. Nate kam Fatty vor wie ein von einem klaren See bedeckter Vulkan. Er widerstand dem Drang, aufzuspringen und hinaus in die Nacht zu laufen, verfluchte sich stumm, verfluchte Big Soap, dass er es bei Flagg versaut hatte, verfluchte seinen Cousin Gene und Genes Frau samt ihrem Bruder, der ihm den schwarzgebrannten North Carolina Blood of Christ gegeben hatte, und zuletzt verfluchte er sich selbst.

»Ich hätte diesen Schwarzgebrannten niemals herbringen sollen«, sagte er laut.

Nate schenkte ihm keine Beachtung. Seine langen Finger hielten nach wie vor das Glas umschlossen. Fatty sah zu Rusty, der ebenfalls völlig aufgewühlt schien. Rusty war ein großer Kerl, stark, breit und jung, und Fatty selbst war auch kein Zwerg. Aber er wusste, auch wenn sie sich zu zweit auf Nate stürzten, würde es sein, als versuchten sie, ein brennendes Haus mit einem Glas Wasser zu löschen.

Fatty beschloss, nichts anderes mehr zu sagen. Es war Rusty, der das Wort ergriff. Er zeigte auf Nates halb volles Glas. »Wie ist der, Nate?«

Schweigen.

»Bist du okay?«

Nate antwortete nicht, seinen Augen blickten starr in sein Glas.

Endlich fand Fatty seine Stimme wieder. »Nate … Ich muss bald zumachen.«

Nates Augen bewegten sich langsam vom Glas zu Fatty. *Himmel*, dachte der. *Ich hab's verpatzt.*

Er warf Rusty einen Blick zu, der, Gott sei Dank, auf die merkwürdigste Weise das Eis brach. Rusty war müde, lehnte sich auf den Tisch, legte die Hände vors Gesicht und rieb sich die Augen. Rusty verbreitete eine Unschuld um sich, die frische Luft in jeden Raum brachte, den er betrat. Alle auf dem Chicken Hill liebten ihn, ihren Rusty, der alles für seine Leute tat. Sein einfaches Gähnen, seine Müdigkeit, schien ein wenig von der Spannung aus dem Raum zu holen. Sie dünnte sie aus, und Fatty beschloss, eine Weile still zu bleiben. Er war froh, dass er es tat, denn jetzt nahm Rusty die Hände wieder herunter und fuhr fort.

»Ich mag auch nicht, was passiert ist, Nate. Es ist nicht richtig. Dodo hat nichts getan. Doc Roberts ... der ist einfach ein übler Kerl.«

Nates Blick wanderte zu ihm. Die ruhige Wut, die so hell in seinen Augen brannte, dass es war, als blickte man in die Sonne, legte sich auf Rustys unschuldiges Gesicht, und das wilde Glühen ging etwas zurück. Rusty wollte noch etwas Weiteres sagen, ließ es dann jedoch und brachte schließlich nur heraus: »Vielleicht gibt es ja eine Lösung.«

»Genau«, zirpte Fatty. »Ich kenn ein paar Leute drüben in Pennhurst.«

Nate sah ihn an, und Fatty hatte das Gefühl, das elektrische Summen, das die Luft zu erfüllen schien, ginge zurück. Die Wut des Mannes verlor an Schärfe, der Hass in dem Körper, der da vor ihm saß, ließ nach, und Nate befingerte sein Glas, bewegte die Hände zum ersten Mal wieder. Dann sah Fatty, wie sich seine Lippen bewegten, und hörte wie in einem Traum, dass Nate etwas murmelte.

Es war still im Raum. Fatty hatte die Jukebox heruntergedreht, und allein das Knarzen der wackligen Stühle und das Knistern des ausbrennenden Holzofens drang in die Ohren, trotzdem konnte er Nate nicht verstehen.

»Sag das bitte noch mal, Nate?«

Sowohl er als auch Rusty beugten sich vor, reckten die Ohren nahe an Nates Lippen, als der große Mann erneut sprach, so ruhig und so leise, dass die beiden sich anstrengen mussten, um ihn zu verstehen. Doch dann nickte Fatty und sagte: »Okay, Nate. Wir bringen dich jetzt nach Hause.«

Die beiden standen auf, traten links und rechts neben Nate und fassten ihn sanft unter den Armen, stellten ihn auf und führten ihn zur Tür. Zehn Minuten später legten sie ihn, ohne das etwas vorgefallen wäre, ins Bett. Er hatte kein weiteres Wort mehr gesagt. Voll angezogen legten sie ihn hin, verließen schnell das Haus und dankten Gott, dass Addie nicht da war, die die meisten Nächte im Krankenhaus in Reading verbrachte, um nach Miss Chona zu sehen, die im Sterben lag, wie die Leute sagten, dieses Mal ganz bestimmt.

Und es war erst, als sie das dunkle Haus hinter sich gelassen hatten und den verschlammten Hang zur Pigs Alley hinaufgingen, um Fattys Kneipe zu schließen, dass Rusty fragte: »Hast du verstanden, was er gesagt hat?«

»Ja«, sagte Fatty.

»Was sollte das bedeuten?«

»Das, was er gesagt hat.«

»Und das war?«

»Zweierlei Gewicht und zweierlei Maß. Der Herr kennt beide.«

»Ist das nicht aus der Bibel? Soll ich Reverend Spriggs fragen?«

»Scheiße, nein«, fuhr Fatty auf. »Halt den da raus.«

»Was bedeutete es dann?«

»Es bedeutet, dass wir den Jungen aus Pennhurst rausholen müssen, oder es gibt Ärger.«

15
DER WURM

Mrs Fioria Carissimi, die Mutter des jungen Enzo Carissimi, den alle im Viertel liebevoll Big Soap nannten, hörte von der Unruhe um die jüdische Ladenbesitzerin und den tauben schwarzen Jungen von zwei Personen. Die eine war Vivana Agnello von der Frauenvereinigung der katholischen Kirche St. Aloysius in der Innenstadt von Pottstown, wo Fioria jeden Sonntag zur Messe ging. Die Frauen trafen sich zweimal im Monat im Keller der Kirche, tranken Kaffee, unterhielten sich und besprachen, wer in der Stadt was an Kleidung brauchte. Vivana verkündete, die Juden hätten das taube Kind vor dem Staat versteckt, um von den Schwarzen, die den Jungen versteckt haben wollten, Geld zu erpressen, hätten das Geld dann behalten und trotzdem die Cops gerufen. Sie wisse das sicher, sagte sie, weil ihr Mann Vorarbeiter in der Ofenfabrik Enlevra sei, die den Ofen gebaut habe, mit dem die ganze Sache vor drei Jahren losgegangen sei. Die Firma habe der Familie tausendzweihundert Dollar gezahlt, nachdem ihr Ofen explodiert sei und die Mutter des Jungen getötet habe, was den kleinen Schwachkopf reich gemacht habe. Aber ohne Mutter hätten ihn die Schwarzen im Viertel ausgenutzt, ihm den Großteil des Geldes gestohlen und es für Angelmaterial und Whiskey ausgegeben, bis einer von ihnen, was noch übrig gewesen sei, den Juden gegeben habe, um den Jungen vor dem Staat zu schützen, der ihn wollte – die ihn aber dann doch ausgeliefert hätten.

Das klang so dumm, dass es wahr sein konnte, allerdings verlor Vivanas Geschichte an Gewicht, als sie Eugenio Fabicelli verteufelte, weil er seine Bäckerei einem Juden namens Malachi verkauft hatte anstatt ihrem Cousin Guido, der sie auch gewollt habe. »Der Jude hat den Laden ruiniert und sich dünn gemacht«, sagte sie. »So dumm, dieser Eugenio.«

Die letzte Bemerkung, auf Englisch, rief einigen Streit unter den eigentlich eher gesetzten Frauen von St. Aloysius hervor, nicht zuletzt, weil Eugenios jüngere Schwester Pia zufällig mit im Raum war. Pia sprach kaum Englisch und verstand erst nicht, was Vivana gesagt hatte, eine spätere Übersetzung tat jedoch ihre Wirkung. Pia trat auf der Stelle aus der Vereinigung aus. Und da sie als Putzfrau im Rathaus arbeitete, in dem gleichzeitig die Polizei untergebracht war, die Abteilungen für die Stromversorgung und die Abwässer und das den Mittelpunkt der gewohnten Bereicherungs- und Betrugsaktivitäten der Stadtväter bildete – von denen ein Drittel behauptete, direkt von den Passagieren der *Mayflower* abzustammen –, dort also die Hälfte der nutzbringenden Neuigkeiten der Stadt zusammenkamen, einschließlich früher Informationen dazu, welche wertvollen Immobilien versteigert werden sollten, zu Landvergaben, Paradenbewilligungen, Ausverkäufen nützlicher landwirtschaftlicher Geräte und allen möglichen anderen Dingen, wovon vieles auf zerknüllten Notizzetteln stand, die Pia aus den Papierkörben in den Büros fischte und in ihre Schürzentasche stopfte, um sie mit zum Frauentreffen zu bringen und die anderen daran teilhaben zu lassen, gar nicht zu reden von ihrem geheimen Rezept für einen Kürbiskuchen, das sie nach langer Gegenwehr endlich preisgegeben hatte – das alles war damit verloren. Wegen einer dummen Bemerkung.

Fioria nahm die Geschichte gelassen auf. Neuigkeiten aus der Stadt und Pias Kürbiskuchenrezept interessierten sie nicht wirklich – tatsächlich war sie die eine Person, die schon vorher gewusst hatte, dass Pias Kuchen mehr aus Squash-Kürbis als aus richtigem Kürbis bestand. Und sie erwartete sowieso nicht zu viel von Vivanas Frauenvereinigung, wussten doch alle, dass Vivana den Vorsitz allein deshalb bekommen hatte, weil ihr Mann Enrico behauptete, Vorarbeiter bei Enlevra zu sein, und jeden Morgen, wenn er das Haus verließ, sogar Hemd und Kragen trug, nur um seine schicken Sachen in der Fabrik gegen einen Overall einzutauschen und wie alle anderen Einwanderer am Hochofen zu schwitzen. Fioria fand Vivanas Beharren darauf, Englisch zu sprechen und sich in jeder Hinsicht amerikanisch zu verhalten, leicht geschmacklos, vor allem, dass sie andere Frauen ermutigte, ihren Kindern Hamburger und Coca Cola vorzusetzen, anstatt Arancini und Ribollita. Aber Vivana kam auch aus Genua, wo niemand glücklich war, was konnte man da also erwarten? Im Gegensatz dazu war Pia wie Fioria aus Sizilien und wohnte in derselben Straße auf dem Chicken Hill wie sie. Und so ging Fioria zwar auch weiter still und leise zu den Frauentreffen, hielt aber die Verbindung zu ihrer guten Freundin aufrecht, und eines Nachmittags weniger als eine Woche, nachdem Dodo nach Pennhurst geschickt worden war, fand sie sich in Pias Küche wieder und sah der jüngeren Frau zu, wie sie ihre geheime Zutat – Squash-Kürbis – zerdrückte, um ihren Kürbiskuchen zu backen.

Als Pia einen ihrer Kuchen in den Ofen geschoben hatte

und sich die beiden Frauen setzten, um ihren Kaffee mit Dosenmilch zu trinken, kamen sie auf Italienisch auf den Vorfall im Heaven & Earth Grocery Store zu sprechen, und Pia ließ, was Doc Roberts anging, die Bombe platzen.

»Die Frau hat nichts Falsches getan, als sie den Jungen versteckt hat«, sagte sie. »Lebt sie noch?«

Fioria zuckte mit den Schultern. »Sie liegt im Krankenhaus in Reading, im Koma, heißt es. Gebe Gott, dass sie wieder aufwacht«, sagte sie und bekreuzigte sich.

»Hat sie Kinder?«, fragte Pia.

Fioria mühte sich, vorsichtig zu sein. Es war ein heikler Punkt, denn Pia, die neun Jahre jünger war, hatte noch keins und konsultierte seit einer Weile schon amerikanische Ärzte, von denen sie sich Hilfe erhoffte, wovon Fioria ihr abriet. »Nein«, sagte sie, »aber das ist nur eine Möglichkeit, länger zu leben, wenn du mich fragst. Kinder verursachen eine Menge Kopfschmerzen.«

Pia schien plötzlich gereizt und schimpfte: »Wo kannst du hier einen Jungen verstecken? Hier gibt's nichts als Karnickeldraht und Pferdeäpfel.«

Fioria zuckte mit den Schultern. Sie erzählte nicht gern, was Gerüchte besagten. »Ich weiß nur, dass die Polizei ihn holen wollte, und die Farbigen sind ausgerastet, und die arme Frau ist zwischen die Fronten geraten. So hat's Doc Roberts dem Padre nach der Messe erzählt.«

Als sie Doc Roberts erwähnte, lief Pia rot an und stand vom Tisch auf. Mit dem Rücken zu Fioria nahm sie ihren Holzlöffel und beförderte wütend etwas von dem Squash-Kürbis in ihre Rührschüssel.

»Was hast du?«, fragte Fioria.

»Nichts«, sagte Pia und rührte die Zutaten wütend zusammen.

»Kennst du sie?«

»Wen?«

»Chona. Die jüdische Frau.«

»Ich würde sie nicht erkennen, selbst wenn sie hier jetzt, als Rentier verkleidet und Salz und Oliven um sich werfend, hereinmarschiert käme«, sagte Pia. Sie starrte zur Tür, obwohl das Haus leer war, und verfiel in lautes Sizilianisch: »*Mi farei controllare in manicomio prima di lasciare che il dottor Roberts mi mettesse ancora le mani addosso. È un verme cattivo.* (Ich würde mich eher selbst in die Irrenanstalt einliefern, als mich noch mal von Doc Roberts anfassen zu lassen. Der Kerl ist eine elender Wurm.)«

Fioria hörte das mit Schrecken. Da lauerte Ungemach. Pias Mann Matteo war Stuckateur, ein netter, geselliger Mann, außer wenn es um seine Frau ging, denn Pia war ein schlankes, hübsches junges Ding.

Fioria wechselte das Thema. »Ich bin zu alt für amerikanische Ärzte«, sagte sie schnell. »Gott sei Dank habe ich meine Kinder noch in Italien bekommen. Ich geh hier nie zum Arzt. So stirbt man schneller.«

Pia knallte die Kuchenfüllung in die mit Teig ausgelegte Form, schob sie in den Ofen und setzte sich schnaubend zurück an den Tisch. Dann sagte sie leise zu Fioria: »Sag nichts. Wenn Matteo ins Gefängnis kommt, was wird dann aus mir?«

Fioria griff über den Tisch und legte Pia eine Hand auf die Schulter. Das beruhigte ihre Freundin, denn das Herz einer guten Frau bewahrt ein Geheimnis besser als jeder Tresor, und Fioria war eine gute Frau. Aber als sie später am Nachmittag am eigenen Herd stand und das Abendessen für ihren Mann und Enzo machte, wurde sie derart heftig von einer plötzlichen Panik erfasst, dass sie sich an den Tisch setzen, ihre Finger ins Salz tunken und daran lecken musste, was sie immer bei übergroßer Sorge tat. *Diese Stadt ist zu klein*, dachte sie, *und die Art Ärger, die Pia erwähnt hat, zu weit verbreitet.* Sie hatte ein, zwei Gerüchte über Doc Roberts gehört, aber es war besser, sich aus diesen Dingen herauszuhalten. Trotzdem, wenn Pias Mann herausfand, was der Doc ... Sie spürte, wie sich ihr die Haare im Nacken aufstellten, bekreuzigte sich und dachte an ihren Sohn. Enzo kannte Matteo sehr gut. Tatsächlich kannte er alle gut. Er hatte ein so weiches Herz. Er würde für alle alles tun. Das war sein Problem.

Sie debattierte mit sich. Wenn Matteo Probleme bekam, würde Enzo mit hineingeraten, genau wie sein Freund Fatty, dachte sie mit plötzlicher Klarheit, und damit die Polizia, denn die war nie weit weg von Fatty. Dass ihr Sohn so eng mit Chicken Hills berüchtigtstem Schwarzen war, bereitete ihr zunehmend Sorge. Von klein auf schon waren die beiden beste Freunde. Als sie und ihr Mann vor zwölf Jahren aus Sizilien nach Pottstown gekommen waren, war Enzo zwölf und sprach kein Wort Englisch. Aber Fatty wohnte um die Ecke, und sein Englisch reichte für beide. Die italienischen Einwanderer im Viertel blieben weitgehend unter sich, doch die Kinder kannten keine Grenzen, und während sich die meisten von ihnen mit zunehmendem Alter zurück zu ihren Leuten bewegten, waren Enzo und Fatty dickste Freunde geblieben. Sie spielten zusammen in der Footballmannschaft der Highschool und nahmen nach dem Abschluss sogar Jobs in derselben Fabrik an. Und während ihr Mann Fatty nicht mochte, fand Fioria ihn charmant und witzig und seine verrückten Ideen amüsant, wie das eine Mal, als er jedes Stück Schrott, das er finden konnte, an einen alten Eiswagen geschweißt hatte –

Löffel, Suppenkellen, Dosen, Stahlstäbe – und, gezogen von einem Maultier, als Taxi damit über den Hill gefahren war. Selbst ihr Mann hatte lachen müssen, als er es sah. Und Fatty war praktisch veranlagt. Er konnte Autos reparieren, war ein guter Schreiner und ausgezeichneter Schweißer und brachte Enzo all diese Dinge bei. Und hatte ihm Enzo kürzlich auch bei irgendeinem Disput einen Zahn ausgeschlagen, stritten sie doch kaum einmal. Fatty hatte Enzo zur Feuerwehr gebracht, als ersten Italiener überhaupt. Das war schon was.

Aber das jetzt war was anderes. Enzo hatte sich gerade eine neue Stelle bei Dohler beschafft, nachdem er wegen irgendwas mit Fatty die letzte verloren hatte. Er konnte keinen Ärger brauchen. Fioria beschloss, mit ihm später darüber zu reden und die Nase nicht in anderer Leute Angelegenheiten zu stecken.

Es war schon vier Uhr und die Schicht bei Dohler vorbei, was bedeutete, dass Enzo anderswo war, aber sie wusste, wo sie ihn finden konnte.

Sie legte die Schürze ab, schaltete den Herd aus und verließ das Haus durch die Vordertür. Fioria ging an den schmalen Reihenhäusern ihrer Straße vorbei, bog an der Kreuzung nach Westen, nahm die Abkürzung über ein leeres, von Unkraut überwuchertes Grundstück zum morastigen Weg hoch zu Fattys Kneipe, wo ihr Sohn jeden Tag nach der Arbeit kurz ein Bier trank und mit den übrigen Stammgästen, meist jungen Schwarzen, Jazz hörte, oder sie lauschten der Radioübertragung eines Baseballspiels.

Mehrere junge Männer saßen auf Kisten bei einem provisorischen Tisch und einem Grill mit einem Schild, auf dem »Hamburgas 10 Cents« stand, und sie sahen Fioria schon, als sie noch zweihundert Meter entfernt war, eine winzige Gestalt in einem Hauskleid, die zielstrebig auf sie zustrebte, die Hände hinter dem Rücken verschränkt, schnell und leicht vorgebeugt, auf die italienische Art. Als sie näher kam, kaum noch hundert Meter entfernt war, erkannte sie ihren alle anderen überragenden, breitschultrigen Sohn. Mit seinen vierundzwanzig Jahren maß Enzo fast zwei Meter und war gebaut wie ein Kachelofen. Als einer der größten Männer Pottstowns war er nur schwer zu übersehen. Er saß vorn auf der Veranda über ein Schachbrett gebeugt auf einer Kiste. Etwas daran, ihren massigen Sohn so gegenüber dem viel kleineren, gedrungenen Fatty zu sehen, ließ ihr das Blut ins Gesicht schießen, und sie wurde wütend.

Weder Fatty noch Big Soap sahen sie kommen, aber die anderen schwarzen jungen Männer auf der Veranda taten es, sprangen hastig von ihren Kisten auf, schoben ihre Bierflaschen unter die Veranda, drückten ihre Zigaretten aus, zogen sich die Kragen zurecht und zischten: »Soap! Soap! Deine Ma kommt.«

Zu spät. Als Soap sie hörte und sich umdrehte, sah er den Finger seiner Mutter direkt auf seine Nase gerichtet. Soap war so groß, dass er sie selbst im Sitzen überragte und ihr Finger ihm ins Nasenloch deutete.

Fioria zischte ihn auf Italienisch an. »Du kriegst Ärger«, sagte sie.

»Was?«

»Was war da im Laden?«, wollte sie wissen.

»In welchem Laden?«

»Halt dich da raus«, sagte sie.

»Wo raus?«

»Aus dem, was im Laden war.«

Big Soap warf einen Blick zu Fatty hinüber, der stumm dasaß und gutmütig die Augen verdrehte. Big Soap war verlegen. Aber da er und seine Mutter die Einzigen waren, die Italienisch sprachen, beschloss er, das zu nutzen, und fragte ganz ruhig auf Italienisch: »Was habe ich angestellt, Mama?«

»Werd jetzt nicht frech! Die Polizei war da! Warst du auch da?«

»Wo?«

»Seh ich so blöd aus? Was ist da passiert?«

»Wovon redest du?«

»Der Irrenanstalt! Willst du dahin?«

»Was für eine Irrenanstalt? Ich komme gerade von der Arbeit!«

An diesem Punkt verlor Fioria die Fassung und konnte sich am nächsten Tag und dem danach nicht mehr an das erinnern, was gesagt wurde. Aber für die jungen Männer, die zusahen und Zeugen des italienischen Ausbruchs der Mutter wurden, gefolgt von Big Soaps stammelnder Erwiderung, war es reine Unterhaltung, und sie füllten die Luft mit Prusten und unterdrückten Lachern, alle bis auf Fatty, der von der Veranda trat und sich zu Rusty stellte. Die beiden sahen fasziniert zu, was sich da zwischen Mutter und Sohn tat.

»Du hältst dich von der Polizei fern, sonst landest du auch noch in der Irrenanstalt!«, sagte Fioria.

»Sie können mich nicht in die Irrenanstalt bringen, wenn ich bei der Arbeit bin«, sagte Big Soap.

»Wer sagt, dass du bei der Arbeit warst? Wusste die Polizei, dass du bei der Arbeit warst? Wer will der Polizei was von Arbeit erzählen? Du hast gerade erst eine Stelle verloren, und jetzt verlierst du die nächste. Warum? Weil du mit der Polizei geredet hast! Rede nie mit der Polizei. Niemals!«

»Wer hat gesagt, dass ich mit der Polizei geredet hab?«

»Mach dich nicht lustig über mich!« Fioria deutete auf Fatty, wandte sich wieder ihrem Sohn zu, und weiter ging es auf Italienisch: »Fatty hat fünfzehn Jobs. Du hast einen. Denkst du, die Jobs wachsen auf Bäumen? Halt dich raus, oder du hast bald keinen mehr! Die Polizei hat den farbigen Jungen ins Irrenhaus geschickt! Du kommst als Nächster, so wie du redest! Und halt dich von dem Doktor fern. *Medici americani! Ciarlatani con mani veloci. Una pillola per tutti.* (Amerikanische Ärzte! Quacksalber mit schnellen Händen. Eine Pille für alles.) Du kannst ihnen nicht trauen. Ich sollte es deinem Vater sagen.« Und weiter ging es.

Rusty lehnte sich zu Fatty hin. »Fatty, was hat Soap gemacht?«

»Was immer es ist«, sagte Fatty mit düsterem Blick, »er macht's nie wieder.«

Er seufzte und sah zu, wie Miss Fioria Big Soap abkanzelte. Fatty mochte Miss Fioria. Sie war eine Gute – sogar so etwas wie eine zweite Mutter. Sie hatte ihm als Kind ein paarmal mit ihrem Gürtel eins draufgegeben, wenn sie Big Soap versohlte – und sie hatten es beide verdient. Aber sie war weiß. Und Weiße vor seiner Kneipe in der Pigs Alley zogen die Polizei an. Und die Polizei war schlecht fürs Geschäft. Jetzt, in diesem Moment, konnten sie kommen und ihn drankriegen, weil er tagsüber Hamburger und Cola verkaufte, falls es ihnen gefiel. Und wenn es Billy O'Connell war, was konnte den davon abhalten, herumzubuddeln und seinen Schwarzgebrannten zu finden, den er im Wald vergraben hatte, gar nicht zu reden von ein paar anderen handfesten Dingen, die er hinten versteckt hielt, einschließlich einer achthundert PS starken Schleifmaschine, die er im Jahr zuvor bei Dohler abgezweigt hatte, und ein paar anderen Dingen, die er in verschiedenen nahen Fabriken »gefunden« hatte, um sie später zu verkaufen.

Er wollte dazwischengehen, wusste aber, dass er es besser nicht tat. Er überdachte mögliche Lösungen. Wie bekam er alles zurück in den Normalzustand? Nate erholte sich von seinem Rausch und war wahrscheinlich in ein, zwei Tagen wieder im Lot. Okay. Nates Frau Addie war außen vor, die blieb im Krankenhaus in Reading bei Miss Chona. Okay. Der arme Dodo war weg. In der Klapse in Pennhurst. Seit zwei Wochen jetzt. Vielleicht gaben Nate und Addie ihn auf und überließen es ihrem Alleslöser-Gott, sich um ihn zu kümmern. Okay. Doc Roberts wollte den Weißen gegenüber sowieso alles ruhig halten. Okay. Kein Problem. Es wird sich alles geben. Lass Miss Fioria schreien, und dann legt sich die Sache. War es nicht realistisch, zu erwarten, dass sich alles schon wieder einrenken würde?

Zu Fattys Erleichterung beendete Miss Fioria ihre Predigt, wandte sich ab und marschierte die Pigs Alley runter. Doch dann, zu seinem Entsetzen, drehte sie plötzlich um, kam zu ihm zurück, zeigte mit einem winzigen Finger auf ihn und sagte mit ihrem schweren italienischen Akzent: »Du solltest dich schämen, Fatty.«

Fatty schenkte ihr ein »Wer, ich?«-Lächeln und breitete die Arme aus. »Miss Fioria, wir waren nicht ...«

»Ärger, Ärger, Ärger!«, sagte Miss Fioria. »Der armen Frau geht es schlecht, weil ...« Sie hielt inne, sah ihn fragend an und sagte: »Was ist mit deinem Mund?«

»Meinem Mund?«

»Deinem Zahn da. Was ist das?«

»Oh, ich hab einen neuen?«

»Zeig mal.«

Fatty öffnete den Mund. Die kleine Frau trat näher und spähte hinein, betrachtete den hölzernen Zahn, fasste sein Kinn und bewegte seinen Kopf hin und her, ließ die Hände sinken und sagte: »Du solltest dein Geld zurückkriegen.«

Fatty hörte einige Männer hinter sich lachen, aber Miss Fioria fand es nicht komisch. Sie sah ihn mit in die Seiten gestemmten Händen an.

»Was ist da im Laden passiert?«, fragte sie.

»Ich weiß es nicht. Ich hab gehört, Miss Chona ist gestür...«

Und es ging wieder los, sie schimpfte auf Italienisch: »*Ti porterò a casa e ti laverò la bocca con sapone di liscivia se hai intenzione di darmi un sachetto di gomiti, okay? Cucinavo il cibo e vivevo prima che i tuoi primi denti crescessero.* (Ich bring dich nach Hause und wasch dir den Mund mit Laugenseife aus, wenn du vorhast, mir einen vom Pferd zu erzählen, okay? Ich hab schon gekocht und gelebt, bevor du die ersten Zähne gekriegt hast.)« Dann wechselte sie zurück ins Englische und endete mit: »Red nicht um den Brei herum! Miss Chona dies und Miss Chona das ... Was ist passiert?«

Zum ersten Mal wurde Fatty bewusst, dass er nicht wirklich wusste, was da im Laden geschehen war. Er war nicht dort gewesen. Er war in Philadelphia, bekam einen neuen Zahn und hatte sich um die blöde Reinigung seines Cousins gekümmert. Aber als ihn Miss Fioria jetzt so anstarrte, begriff er, dass er es sich dennoch zusammengereimt hatte. Und Miss Fioria kannte Bernice, die neben dem Heaven & Earth Grocery Store wohnte. Wenn sie jetzt zum Haus seiner Schwester marschierte und Bernice fragte, was passiert war, würde das Ärger bedeuten, denn Bernice war ihm heilig, dem Herrn vorbehalten, was bedeutete, dass sie unberechenbar war. Bernice hasste seine Kneipe. Und mehr noch, sie hatte Miss Chona dabei geholfen, Dodo vor dem Staat zu verstecken, hatte ihn in ihrem Garten mir ihren Kindern spielen lassen, als sie den Schwarzen geschickt hatten, um nach ihm zu suchen. Das machte sie zu einer Komplizin. Und der Mann vom Staat war auch ein Schwarzer. So war ihm das gesteckt worden. Wer hatte da geredet? Wie auch immer, aber Miss Fioria bei Bernice, das war Öl ins Feuer gießen. Und das alles hatte damit angefangen, dass Nate die Juden da mit reingezogen hatte.

Miss Fioria starrte ihn an, und Fatty erzählte, was er wusste: »Dodos Mutter ist gestorben.«

»Wer ist Dodo?«

»Das ist der Junge. Er heißt Dodo ...«

»Moment mal«, sagte Fioria. Sie nickte zu ihrem Sohn hin, und Big Soap seufzte und kam herüber. Sie brauchte einen Übersetzer.

Sie nickte Fatty zu. »Weiter«, sagte sie. Fatty redete, und Big Soap übersetzte.

»Dodo ist Thelmas Junge ...«

Und so erzählte Fatty Davis, der Letzte, der sich um irgendjemand anders als sich selbst sorgte, was er wusste. Dass eine farbige Lady namens Thelma Herring, Addies Schwester, die hier im Viertel lebte, einen Enlevra-Ofen gehabt hatte, der in einer der Pottstowner Fabriken hergestellt worden war. Und der war explodiert. Warum, wusste niemand zu sagen. Aber der Tag, an dem er in die Luft geflogen war, war einer, an den sich alle Farbigen Chicken Hills erinnerten. Thelmas Junge Dodo, der eigentlich Holly Herring hieß, stand in der Nähe, als das Ding explodierte.

Und irgendwie trugen seine Augen und Ohren was davon »Für eine Weile war er blind und taub«, sagte Fatty. »Die Augen haben sich erholt, die Ohren nicht.«

»Und die Explosion hat seine Mutter nicht getötet?«

»Das hab ich doch schon gesagt, Miss Fioria. Nein.«

»Hat ihr die Ofenfabrik was für den Unfall gezahlt?«

Fatty sah sie ungläubig an. »Weiß ein Hund, wann Weihnachten ist?«

Big Soap übersetzte, und Miss Fioria gluckste. »Es war also nicht der Ofen?«

»Nein«, sagte Fatty. »Aber sie war nicht mehr dieselbe und ist im selben Jahr noch krank geworden und dann gestorben, das ist alles. Niemand hat da was gezahlt. Dodos Tante und Onkel haben ihn aufgenommen. In die Schule wollte er nicht, weil er nichts hören konnte. Der Staat wollte ihn in eine spezielle Schule schicken, also haben seine Tante und sein Onkel Miss Chona gebeten, ihn zu sich zu nehmen, bis sie genug Geld gespart hatten, um ihn in den Süden zu schicken. Sie haben da Familie, die sich um ihn gekümmert hätte.«

»Bist du sicher?«

»Miss Fioria, würde ich Sie belügen?«

»Das tust du besser nicht«, sagte sie und schüttelte eine Faust, die Oberseite nach unten.

Fatty kicherte, denn er sah, dass Miss Fioria sich entspannte.

»Warum ist der Doktor gekommen?«, fragte sie. »War der Junge krank?«

»Ich weiß es nicht. Doc Roberts behandelt eigentlich keine Farbigen.«

»Woher wusste der Doktor, dass der Junge da war? Ich wohne hier, und ich wusste nichts davon.«

»Die haben nicht drüber geredet.«

»Wie hat der Doktor es rausgefunden?«

»Einer hat's ihm gesagt, nehme ich an.«

»Ist so der Streit im Laden losgegangen?«, fragte sie.

Fatty schien zum ersten Mal verwirrt. »Es gab keinen Streit.«

Fioria war entschieden. »Doch, den gab es, und dabei wurde die jüdische Frau verletzt.«

»Das war nicht wegen einem Streit. Ehrlich.«

»Was war denn dann mit ihr?«

»Nun ... sie ist gestürzt ... so etwa ... Ich weiß es nicht. Sie haben sie gefunden, und ihre Kleider ... waren so runtergerissen.«

»Sie ist gefallen und hat sich dabei ihre Kleider runtergerissen?«

»Ich weiß es nicht so genau, Miss Fioria.«

Fioria sah zu den jungen Männern hinüber, die auf der Veranda herumstanden. Die meisten von ihnen kannte sie von klein auf, mehrere seit mehr als zehn Jahren. Einige waren in ihrem Wohnzimmer gewesen und hatten verschiedene Jobs erledigt, andere hatten ihre Pasta gegessen, denn wenn sie ein hungriges Kind vorbeigehen sah – nachdem ihr Mann und ihr Sohn versorgt waren –, konnte sie nicht anders. Ein hungerndes Kind rührte Fioria Carissimi zutiefst. Sie war in einem kleinen Dorf in der Nähe von Palermo aufgewachsen, wo es eine Mahlzeit mit Reis und Olivenöl und richtigem Fleisch nur einmal im Jahr, zu Weihnachten, gab. Sie ertrug es einfach nicht. Ein düsterer Blick fiel auf Rusty, der nervös an seiner Zigarette zog. Sie deutete auf ihn.

»Warst *du* da?«

»Ich ... hab ein bisschen was gesehen, Miss Fioria.«

»Und?«

»Nun, Miss Addie war vor mir da.«

Fioria schoss eine Salve Italienisch ab, und Big Soap verdrehte die Augen. »Rusty, würdest du dich klar ausdrücken, bevor sie hier einen umbringt.«

Rusty breitete erklärend die Arme aus. »Was ich gesehn hab, als ich reingekommen bin, war, dass Miss Chona auf dem Boden lag, und ihr Kleid … nun. Addie hat ihr die Sachen und so in Ordnung gebracht. Als wärn sie zerwühlt worden. So als hätte einer versucht, sie ihr runterzuziehen.«

»War der Doktor da?«

Rusty schluckte und schwieg einen Moment. »Sie meinen Doc Roberts?«

»War er oder war er nicht?«

»Er kam rausgerannt, als ich hinkam. Und fünf Minuten später war er mit den Cops wieder da.«

»Was war mit dem Jungen?«

»Dodo war da«, sagte Rusty. »Sicher doch. Es war völlig daneben und hat Sachen über Doc Roberts geschrien, als die Cops ihn gejagt haben.« Und jetzt wurde Rusty blass und sagte: »Miss Fioria, ich hab wirklich nichts gesehen, ich schwör's bei Gott. Die einzige Person, die wirklich was weiß, ist Addie, und die ist oben in Reading im Krankenhaus bei Miss Chona. Sie können sie fragen, was sie gesehn hat. Ich glaub, die Einzigen, die gesehn haben, was zwischen dem Doc und Miss Chona war, warn der Doc und Miss Chona.«

»Der Junge war da«, sagte Fioria. »Hat ihn jemand gefragt?«

»Er ist taub und stumm«, sagte Fatty.

Fioria runzelte die Stirn, als die Übersetzung kam, und

sagte auf Englisch zu Fatty: »Taub«, sie deutete auf die eigenen Ohren. »Aber stumm ...?« Sie zeigte auf Rusty, Big Soap und Fatty und zählte dabei auf Englisch: »Eins, zwei, drei«, und hob den Finger in Richtung der anderen jungen Männer, als wollte sie sagen: »Vorsicht, ich hab euch im Blick.« Dann wandte sie sich wieder an Fatty, sagte ein paar Worte auf Italienisch und marschierte die Alley hinunter.

Sie sahen ihr hinterher. Fatty fragte Big Soap: »Was hat sie zuletzt noch gesagt?«

»Nichts. Nur, dass wir in Schwierigkeiten sind.«

»Erzähl keinen Scheiß, Soap. Ich weiß, das heißt auf Italienisch *guiao*. Daran erinnere mich noch von damals, wenn sie uns den Hintern poliert hat. Das hat sie gerade nicht gesagt. Hat sie mir was anderes an den Kopf geworfen?«

»Nein.«

»Was hat sie dann gesagt?«

»Sie hat gesagt, dass Gott beobachtet, was wir tun.«

Fatty seufzte. »Von dem lass ich mir lieber was vorwerfen als von ihr.«

16
DER BESUCH

Chona lag in einem Einzelzimmer im obersten Stock des Readinger Krankenhauses auf einer Station speziell für in Lebensgefahr schwebende und sterbende Patienten. Darauf hatte der Gentleman aus Philadelphia, ein reicher Theaterbesitzer, bestanden und bar bezahlt. »Ich möchte, dass sie es ruhig hat«, hatte er den Schwestern erklärt. Er war es offenbar gewohnt, Anweisungen zu geben, was eine gewisse Missstimmung unter den Frauen hervorrief. Es ging das Gerücht, dass die Jüdin in Zimmer 401 aus dem nahen Pottstown kam und in eine Art gesetzlosen Aufruhr verwickelt gewesen war. Sie hatten auf der Station noch nicht viele jüdische Patienten gehabt und auch noch nicht viele Schwarze wie die Kinderfrau gesehen, die den ganzen Tag an ihrem Bett saß, das Gesicht oft hinter einer Bibel versteckt. Sie lächelte kaum einmal und war dem Personal gegenüber kurz angebunden. Arrogant und respektlos war sie, entschieden die Schwestern, und um das Ganze noch schlimmer zu machen, kam und ging der jüdische Ehemann zu ungewöhnlichen Zeiten. Und all die Schwarzen, die den ganzen Tag über im Zimmer ein- und auszugehen schienen. Das war etwas viel – reiche Juden, die für ein Einzelzimmer zahlten und die Station mit Farbigen fluteten. Dieses Land, murmelten sie unter sich, geht völlig den Bach runter.

Addie war sich dieser Kommentare nicht bewusst, genauso wenig wie Chona, die vier Tage im Koma gelegen hatte und in ein zweites gefallen war, aus dem sie, sagten die Ärzte, erwartbar nicht wieder aufwachen würde. Addie war da nicht so sicher. Morgens regte Chona sich, murmelte etwas und versank erneut in ihrer Bewusstlosigkeit. Zuerst hatte sich Addie nicht zu viel dabei gedacht, aber als es wieder und wieder passierte, nahm sie an, dass die Frau in dem Körper tatsächlich noch lebte.

Addie sagte das Moshe, als er am dritten Tag mit Nate kam, mit dem sie seit dem Vorfall nicht mehr gesprochen hatte. Die beiden Männer kamen herein und wirkten erschöpft. Drei Tage mit *Hamlet* von einer Theatergruppe aus Pittsburgh habe viel Aufbau- und Abbauzeit gekostet, erklärten sie.

»Solange die Leute es gemocht haben«, sagte Addie und versuchte, beruhigend zu klingen.

Moshe reagierte nicht und setzte sich ohne ein Wort ans Bett seiner Frau. Er war in keinem guten Zustand. Das Hemd verschmutzt, das Jackett ausgebeult, und die Tränensäcke unter seinen Augen schienen groß genug, um Eier drin aufbewahren zu können. Er starrte Chona eine Weile an und fragte: »Gibt es Neues?«

»Sie versucht, es herauszubringen.«

»Was herauszubringen?«

»Was sie sonst immer morgens tut. Jeden Tag.«

Es gab ein jüdisches Wort dafür, wusste Addie, konnte sich aber nicht daran erinnern. »Es ist ein einfaches ... eine Art Gebet. Sie versucht es jeden Morgen. Seit drei Tagen jetzt.«

Moshe sah seine im Koma liegende Frau an, sah Addie an und hob eine Hand. »Lasst uns einen Moment allein«, sagte er.

Addie und Nate traten auf den Flur hinaus, sahen die unheilvollen Blicke der Schwestern, gingen zur Treppe, nach unten und weiter in die Eingangshalle, aus der man auf das Gras vorm Krankenhaus hinausblickte, weg von weißen Ohren und Augen. Seit dem Vorfall vor vier Tagen waren sie das erste Mal allein miteinander.

»Es ist nicht nötig, ihm falsche Hoffnung zu machen«, sagte Nate.

»Das war ernst«, sagte Addie. »Sie lebt noch.«

»Überlass das dem Doktor.«

»Ich würde hier auch für hundert Weihnachtstruthähne zu keinem Doktor gehen«, sagte Addie. »Und schon gar nicht zu Doc Roberts.«

»Du kannst nicht alles Falsche in der Welt zurechtrücken«, sagte Nate.

»Was hat das jetzt damit zu tun?«

Nate nickte zum Krankenhausgelände hinaus, zu den weißen Ärzten und ordentlich gekleideten Schwestern, die vorübergingen. »Wenn dich jemand fragt, was im Laden war, dann sag, dass du nicht da warst.«

»Aber ich *war* da. Und ich hab was gesehen. Ich bin von hinten rein und hab gesehen, was ich gesehen hab.«

»Und was?«

»Doc Roberts, wie er ihr an den Kleidern gerissen und sie überall betatscht hat, als wär sie ein Stück Fleisch.«

Nate sah zum Krankenhauspersonal hinüber, den Ärzten und Schwestern, die auf dem Weg durch die Eingangshalle und hinaus zu der langen gewundenen Zufahrt voller wartender Autos zu ihnen herübersahen. Zwei schwarze Besucher, wie Bedienstete gekleidet, im sauber glänzenden Eingang des Readinger Krankenhauses, das war offenbar kein willkommener Anblick.

»Nenn seinen Namen hier nicht«, sagte Nate. »Sie könnten ihn kennen.«

»Sie sollten ihn kennen, den üblen Burschen, der er ist.«

»Das ist Sache der Weißen. Halt dich da raus.«

»Ohne Dodo hätte der Doc sich an ihr vergangen.«

»Der Doc behält die Oberhand«, sagte Nate. »Es ist sein Wort gegen das eines tauben, stummen farbigen Jungen. Das ist Wasser auf seine Mühlen.«

»Was sagt er?«

»Nach dem, was er sagt, wollte er Dodo holen, und der Junge wurde wütend und hat ihn angegriffen. Deswegen das mit Miss Chona. Es war zu viel für sie, und sie ist in Ohnmacht gefallen.«

»Mit dem Kleid über dem Kopf?«, sagte Addie.

Nate sah sich hastig um und zischte: »Gottverdammt, du kriegst ernsthaft Ärger, wenn du mit den Lügen der Weißen rumtust. Halt dich da raus. Wir können nichts machen!« Er sagte das sehr eindringlich, aber mit gelassener Miene, da eine große Gruppe weiß gekleideter Ärzte an ihnen vorbeikam und über irgendeinen Witz lachte.

»Warst du deshalb vorgestern bei Fatty und hast dich betrunken?«

Nate runzelte die Stirn. »Das passiert nicht wieder.«

»Was hat Dodo gesagt?«, fragte Addie.

Nate schwieg. Addie starrte ihn an, und ihre Miene verhärtete sich. Jetzt war es an ihr, wütend zu werden. »Du warst nicht bei ihm?«

»Nein.«

»Warum nicht?«

»Ich weiß nicht, ob sie mich da reinlassen«, sagte er.

»Sie lassen 'ne krummbeinige Kuh da rein. Es ist eine

Irrenanstalt, kein Gefängnis. Sie werden dich nicht dabehalten, sie haben Besuchszeiten.«

»Ich geh nicht gern in so was rein«, sagte Nate.

Addie zog die Brauen zusammen. Das war es also. Ein Mann mit einer Geschichte, über die er nicht redet, will nirgends hin, wo's Gitter gibt. Nicht mal zu Besuch. Nicht, wenn er selbst schon mal eingesperrt war.

»South Carolina ist weit weg«, sagte sie und fügte noch hinzu: »Was immer da war, ist egal. Was vor dir liegt, ist wichtig. Hier kennt dich keiner.«

»Sollte keiner«, sagte Nate, »ich hab auch meinen Namen gewechselt.«

Addie nahm das schweigend hin. Es war ihr neu.

Sie sah, wie er in sich zusammensackte. Sein großer Körper wurde ein Stück kleiner, und er schlug die Augen nieder. Sie liebte die sanfte Neigung seiner Nase, die Rundung seines Kinns, die Art, wie er den Kopf bewegte und den Blick senkte, liebte den Bogen seiner Schultern. Sie legte ihm eine Hand ans Gesicht und rieb es sanft.

»Du kannst dich dein Leben lang an alles erinnern, was sie dir angetan haben«, sagte sie. »Aber wenn du es vergisst und dein Leben weiterlebst, ist das fast so gut wie Vergebung. Mir ist es egal, wer du warst oder was du getan hast, und sogar, wie du dich nennst. Ich kenne dein Herz. Du siehst so müde aus.«

Sie griff nach seiner Hand und legte sie sich aufs Herz. Nate spürte das alte Gefühl in sich aufsteigen, den Glanz, das Licht, das sie in ihm entfachte, und der Amboss, der auf sein Herz drückte, hob sich.

»Ich wollte hin. Mir freinehmen und alles. Aber ich hab's nicht geschafft«, gestand er. »Also bin ich zu Fattys und hab mich zum Narren gemacht.«

»Du bist nicht der Erste auf dieser Welt, der sich in den Schnaps geflüchtet hat.«

»Schlimmer. Es war dieser Hausgebrannte. Von unten, von zu Hause.«

Addie kicherte. »Kein Wunder, dass du so schlecht aussiehst.«

Nate lächelte bitter. »Als ich am Morgen aufgewacht bin, hatte ich das Gefühl, die Marschkapelle von South Carolina spielt in meinem Kopf. Ich hab die mal gesehen, weißt du. Da hab ich im Straßenbau gearbeitet, einen Highway teeren. Du konntest sie mehr als einen Kilometer weg schon trommeln hören. Gott, als sie um die Ecke bogen, es müssen zweihundert von der Farbigenschule gewesen sein, mit Trommeln und Hörnern, bunt angezogen wie Pfauen. Das war schon was.«

Er seufzte, rieb sich die Stirn und sah durch die Glastür aufs ruhige Krankenhausgelände hinaus. »Ich dachte, Dodo könnte eines Tages mal aufs College gehen, was aus sich machen. Er ist schlau, weißt du. Er kann reden, kann immer noch was hören, kleine Sachen. Er hatte eine Chance.«

»Was meinst du mit *hatte*?«

»Da, wo er ist, lassen sie ihn nie wieder raus.«

»Wer sagt das? Wir müssen jemanden deswegen fragen.«

»Da können wir auch'm toten Schwein was vorsingen«, sagte Nate.

»Was ist mit Mr Moshe?«, fragte sie. »Der hat Einfluss.«

Nate schüttelte den Kopf. »Mr Moshe ist nicht mehr er selbst. Kann kaum noch sein Theater führen.« Nate überlegte einen Moment und sagte dann: »Vielleicht Reverend Spriggs. Er kennt 'ne Menge weiße Leute.«

»Der kennt keinen«, sagte Addie schnell.

»Kann nicht schaden zu fragen«, sagte Nate. »Das kann ich machen.«

»Lass ihn«, sagte Addie. »Der ist zu sehr damit beschäftigt, großzutun, die Bibel zu schwenken und in der Kirche zu schreien.«

»Was hat dir der Reverend getan?«

Addie wandte den Blick ab und traute sich nicht, was zu sagen, denn wenn sie's tat, fürchtete sie, die Wahrheit könnte Nate als relativen Neuzugang in Pottstown, er war erst vor neun Jahren gekommen, mit einem Messer zu Earl Spriggs laufen lassen, kannte sie Ed Spriggs doch schon seit ihrer Kindheit. Ed Spriggs war eine Mischung aus Abschaum und Schisser. Leicht zu verschrecken, leicht zu kaufen, leicht zu beirren, besonders von Weißen. *Seine Berufung zu Gott*, dachte sie, *war entweder ein Wunder oder eine Ausrede, aber es macht nichts.* Es war Ed Spriggs, da war sie sicher, der Dodo dem farbigen Mann verraten hatte. Ed Spriggs war einer der wenigen im Viertel, die gewusst hatten, dass Miss Chona Dodo in Bernices Garten versteckte, weil Bernice in seine Kirche ging. Bernice war eine unnachgiebige, schwierige Frau, die sich weder durch Drohungen noch irgendwelchen Unsinn zu was bewegen ließ. Sie hatte Spriggs sicher nichts gesagt, aber ihre Kinder, die kamen mit in die Kirche, und Ed Spriggs, die Schlange, die er war, musste Bernice nicht fragen, wer in ihrem Garten spielte. Er hatte es sicher bei den Kindern versucht, und eins von ihnen würde es ihm schon verraten haben.

»Ed Spriggs hat mir nichts getan«, sagte Addie.

»Er und Bernice sind sich gestern in der Kirche an den Kragen gegangen.«

»Wegen was?«

Nate zuckte mit den Schultern und fragte: »War Bernice hier?«

»Gestern. Noch in ihren Sonntagssachen. Muss gleich nach der Kirche gekommen sein.«

»Was hat sie gesagt?«

»Ich hab Bernice keine zehn Worte sagen hören, seit ihr Daddy gestorben ist, und das ist Jahre her. Sie hat 'ne Weile bei Miss Chona gesessen und ist dann wieder gegangen.«

»Mir scheint …«, sagte Nate, hielt inne und fragte: »Woher wusste Doc Roberts, wo Dodo war?«

»Der farbige Mann vom Staat muss es ihm gesagt haben.«

»Und wer hat es dem Mann vom Staat gesagt?«

»Ich weiß es nicht. Miss Chona hat Dodo nebenan im Garten versteckt, bei Bernices Kindern, wenn der Mann vom Staat kam. Da war ich meist im Laden. Er hat kein einziges Mal da rübergesehen.«

»Vielleicht hat Bernice es ihm gesteckt.«

Addie sah Nate finster an. »Bernice würde niemandem was verraten.«

Nate sagte nachdenklich: »Gestern hat Paper mir erzählt, dass Bernice in ihrem Haus laut geschimpft und einem ihrer Kinder heftig den Hintern versohlt hat. Einem von den jüngeren.«

»Es geht niemanden was an, wie sie ihre Kinder erzieht«, sagte Addie, sah aber nervös, wie Nate eins und eins zusammenzählte. Sie sah, wie sich der Gedanke in ihm formte, sah ihn bedächtig mit dem Kopf nicken. Bei seiner Ankunft hatte er erschöpft und müde gewirkt, war den Blicken der Ärzte und Schwestern ausgewichen. Aber jetzt, als sich für ihn die Möglichkeit abzeichnete, dass Reverend Spriggs Dodo dem Staat ausgeliefert und das eine gute Geheimnis Nates für ein Stück Kuchen verraten hatte, eine Anzahlung auf ein Auto oder sonst eine Anerkennung der Weißen, war es, als befreite sich eine Raupe aus ihrer Puppe und ein böser Schmetterling drängte ans Licht.

Er stützte sich mit einer langsamen, ruhigen Bewegung am Fenster ab, was normalerweise den Eindruck eines entspannten, bedächtigen, zielstrebigen Mannes erweckt hätte, doch im harten Glanz seiner Augen leuchtete eine im Zaum gehaltene Wut auf, die daraus das Lauern eines Tiers werden ließ, das sich auf einen Angriff vorbereitete.

Er fragte leise: »War Reverend Spriggs hier und hat Miss Chona besucht?«, und bevor Addie etwas sagen konnte, beantwortete er seine Frage selbst: »Natürlich nicht.«

Nate blickte starr vor sich hin, während er sprach, und sah die vorbeikommenden Weißen nicht mehr. Da wütete ein kleines, wildes Ding in ihm, das sich zu befreien versuchte, hinter seinen Augen herumtrat und darauf wartete, aus ihm hervorbrechen zu können. Addie konnte sehen, wie es wuchs, und es machte ihr Angst. Der Teufel, dachte sie. Sie sah, wie er seinen muskulösen Arm gegen die Fensterscheibe drückte, und dachte kurz, sie müsse den Verstand verlieren, weil der Schlafmangel sie so erschöpft hatte. Nate hatte in ihren gemeinsamen Jahren nie auch nur einen Finger gegen jemanden erhoben, nicht mal gegen Dodo, auch wenn der Junge es verdient gehabt hätte. Sie konnte es sich nicht vorstellen. Aber sie war gewarnt worden. Paper war tags zuvor ins Krankenhaus gekommen und hatte eine Warnung von Fatty mitgebracht.

»Fatty sagt, du sollst genau auf Nate aufpassen.«

Addie hatte die Nervosität in Papers Stimme gespürt, und jetzt, da sie ihren Mann so in der Eingangshalle des

Krankenhauses stehen sah, das Gesicht voller unterdrückter Wut, machte er ihr Angst. Also sagte sie: »Reverend Spriggs hat keinen Grund herzukommen, um Miss Chona zu besuchen.«

»Er ist ein Reverend, oder? Besuchen die keine Kranken?«

»Sie hat ihren eigenen jüdischen Reverend. Sie braucht Spriggs nicht.«

»Er hat den Bäcker besucht, Mr Eugenio, als er krank war. Ich glaube, der war katholisch.«

»Ein Reverend hat nicht die Zeit, alle zu besuchen«, sagte Addie, um ihn von der Sache abzubringen. »Der kümmert sich hauptsächlich um die Leute aus der eigenen Kirche.«

Nate schwieg für einen Moment, dann sagte er: »Spriggs ist mit Doc Roberts gut bekannt. Selbst ich weiß das.«

»Lass uns tun, was du gesagt hast«, warf Addie schnell ein. »Mischen wir uns nicht in weiße Angelegenheiten, Schatz.«

Nate schwieg. Es war nicht zu ihm durchzudringen.

Addie versuchte es noch mal. »Würdest du mir einen Gefallen tun, Liebster?«, sagte sie.

Nat sah sie aus dem Augenwinkel an. »Was ist, Frau?«

»Nenn mich nicht so! Wir sind verheiratet.«

Sie sah, wie die Wut in seinen Augen Schmollen und Schmerz Platz machte – ja, sie besaß sein Herz noch, und so versuchte sie es.

»Geh und sieh nach Dodo. Ich hab zu Hause ein paar Dinge für ihn zusammengepackt. Was zum Anziehen und ein paar Süßigkeiten. Hol die Sachen und geh zum Laden, Paper ist dort. Sie soll die Leute in Pennhurst anrufen. Sie kann gut mit Weißen. Lass sie dafür sorgen, dass du ihn besuchen kannst. Es wird dir guttun.«

Nate sah seiner Frau in die fragenden, flehenden Augen, dann hinunter auf ihre Hand auf seiner Brust, die schönen Finger, die ihm nach der Arbeit den Schweiß von der Stirn wischten, die seine Hosen strickten, über sein Ohr strichen und sich auf eine Weise um ihn kümmerten, wie sich, als er ein Kind war, nie jemand um ihn gekümmert hatte. Und die Wut, die ihn erfasst hatte, wich.

»Ich bin an so Stellen nicht gut«, sagte er. »Aber ich denk drüber nach.«

17
DER OCHSENFROSCH

Die Nachricht von Chonas Einlieferung ins Krankenhaus und den Umständen, die dazu geführt hatten, konnten zu keiner schlechteren Zeit für die Ahavat-Achim-Gemeinde Pottstowns kommen. Der winzige Tempel, vor fünfzehn Jahren von Chonas Vater auf dem Chicken Hill erbaut, wurde durch mehrere neue ungarische Gemeindemitglieder infrage gestellt – und einen Vierbeiner, einen enormen Ochsenfrosch. Eine der neuen Frauen hatte das riesige Viech in der Mikwe, dem Frauenbad, entdeckt. Ihr Mann, ein erfolgreicher Budapester Hutmacher namens Junow Farnok, kürzlich erst aus Buffalo, New York, zugezogen – er bestand darauf, mit seinem angenommenen amerikanischen Namen angesprochen zu werden, Mr Hudson –, war außer sich. Er bot an, der Schul hundertfünfundvierzig Dollar für den Bau einer neuen Mikwe zu spenden, was er allerdings mit der Forderung verband, dass die neue doppelt so groß sein und mit feinstem italienischem Carrara-Marmor ausgestattet werden sollte.

Das war ein ungewöhnliches Ansinnen für eine so kleine Schul, deren Kapital sich auf ganze 59,14 Dollar belief, nicht mitgerechnet die neunzehn Paar nagelneue John-Kessler-Schuhe und einen Haufen Eisenschrott, Hufeisen und Lumpen, alles von einem ehemaligen Gemeindemitglied gespendet, einem Hausierer, der im Vorjahr mit der Frau eines Mennoniten, eines Farmers aus dem nahen Pennsburg, durchgebrannt war. Die beiden hatten sich auf der normalen Verkaufsroute des Hausierers kennengelernt und über die Jahre heftig um Morgenmilch und frisch gebackenes Brot gefeilscht und verhandelt, wobei offenbar eins zum anderen geführt hatte. Sie war eine große Frau, fast ein Meter achtzig groß und gebaut wie ein Traktor, während er so dünn war, dass er aussah wie ein Mopp mit Haaren. Beide sprachen kein Englisch, sie Deutsch und er Jiddisch. Aber die Liebe ist die Sprache aller Menschen, und bevor sie verschwanden, hatte er noch seine gesamten Ersparnisse, siebenundzwanzig Dollar, und seinen Hausiererkarren samt Inhalt seinem geliebten Tempel vermacht, zusammen mit einem Brief an seinen besten Freund, in dem unter anderem stand: »Sei vorsichtig in Amerika. Eine gute Vögelei kann dir den Hals brechen.« Und weg war er, zuletzt wurde er unterwegs in Richtung Indiana gesichtet.

Es schmerzte die Schul nicht zu sehr, da ihre Mitgliederzahl von den ursprünglich siebzehn Familien bis 1936 geradezu explosionshaft auf fünfundvierzig angewachsen war, wobei es nach wie vor den nervösen, aber engagierten Rabbi Feldman gab, eine gute Seele, die von den Gemeindemitgliedern, die Jiddisch bevorzugten, immer noch Fertzel genannt wurde, Frabbi von denen, die lieber Englisch sprachen. Feldman war dankbar für den Job, und es waren seine schmalen Schultern, auf denen die Frage lastete, was in Sachen der neuen Mikwe zu tun war. Denn einerseits lief ihm bei der Aussicht auf eine übergroße Bargeldzuwendung des reichen neuen ungarischen Gemeindemitglieds, das frische weiße Hemden mit eingesticktem Monogramm auf der Brusttasche trug, das Wasser im Mund zusammen, andererseits hatte er dem Gentleman gegenüber zu erwähnen vergessen, dass es das Problem mit dem Wasser für die neue Mikwe gab.

Das kam beim monatlichen Treffen der Chewra zur Sprache, der Männer, die gemeinsam die wichtigen Entscheidungen des Tempels fällten. Neben Rabbi Feldman gehörten Irv Skrupskelis, die bessere Hälfte der üblen litauischen Zwillinge, und fünf weitere Männer dazu, die als Stimmvieh galten, weil sie sich immer auf die jeweils nötige Seite schlugen, aber auch der neue Spender, Mr Hudson, der einen feinen Ledermantel trug, Handschuhe, Hosenträger, eine Fliege, einen Zylinder, kniehohe Stiefel und ein gestärktes weißes Hemd, sowie die gewohnten Minjan-Geiseln, die genommen wurden, weil man zehn Leute für einen Minjan brauchte und sie oft nur zu acht waren. In diesem Fall waren das zwei frische junge Immigranten aus Österreich, die Brüder Hirshel und Yigel Koffler, die nach Feierabend auf dem Nachhauseweg gewesen – sie hatten bei der Pennsylvania Railroad Arbeit als Bremser gefunden – und von der Straße geholt worden waren. Die Brüder schleppten sich erschöpft und voller Ruß und Dreck ins Treffen. Sie schluckten große Mengen Kaffee, schlangen Riesenstücke ungarischen Kuchen in sich hinein und schliefen prompt ein, als das gewohnte einführende Geplauder über Kartenspiele und Baseball begann, auf Englisch, das sie nicht verstanden. Rabbi Feldman, der weder Kartenspiele noch Baseball mochte, wechselte schnell ins Jiddische, woraufhin das Gespräch auf die wachsenden politischen Turbulenzen in Deutschland kam, wo Präsident Paul von Hindenburg einen jungen Österreicher namens Adolf Hitler zum Reichskanzler ernannt hatte, um dessen Nazipartei im Zaum zu halten. Die Koffler-Brüder wachten sofort auf und schimpften und fluchten gehörig, doch dann wandte sich die Gruppe dem Thema der Mikwe-Spende Hudsons zu.

Mr Hudson war ein gründlicher, stets ins Detail gehender Mann, der Rabbi Feldman eingehend befragte.

»Können wir die Größe der Mikwe problemlos verdoppeln?«

»Natürlich«, sagte Rabbi Feldman.

»Sie schienen da zögerlich, als ich Sie das erste Mal darauf angesprochen habe«, sagte Mr Hudson.

»Oh, nein«, sagte Feldman. »Das können wir.«

»Und was ist mit dem Frosch?«

»Was soll damit sein? Er ist weg, oder?«

»Bleibt die Frage, woher er gekommen ist. Wie konnte er in die Mikwe gelangen?«

»Wahrscheinlich hat ihn einer der Jungen da reingesetzt«, sagte Rabbi Feldman.

»Meine Frau meinte, er sei von unten gekommen«, sagte Hudson. »Durch einen Abfluss.«

Rabbi Feldman warf einen Blick auf Irv Skrupskelis und wurde bleich. »Das sehen wir uns an«, sagte er.

»Sie sagte auch etwas zum Wasser«, fuhr Mr Hudson fort. »Eine der Frauen habe da etwas erwähnt.«

»Zum Wasser?«

»Ja. Dass es nicht genug gebe, oder die Frage, woher es kommen soll. Woher kommt es?«

»Woher kommt *alles* Wasser?«, sagte Feldman und gluckste nervös. Sein Blick wandte sich amüsiert zur Decke, aber Mr Hudson folgte ihm da nicht.

»Nun, was ist damit?«, fragte Hudson.

»Was ist womit?«

»Mit dem Wasser. Wo kommt es her?«

»Nun, auf dieser Seite der Stadt gab es Probleme, genug fließend Wasser zu bekommen«, sagte Feldman. »Aber die Stadt hat gerade vor einem Jahr ein Reservoir oben auf der Anhöhe über uns gebaut. In der Vergangenheit mussten wir uns anpassen.«

»Inwiefern?«

Feldman zuckte mit den Schultern. »Es ist nichts Großes. Es ist nur gelegentlich ein Problem«, sagte er, »Wasser in die Mikwe zu bekommen. Es gibt hier einfach nicht genug.«

Mr Hudson, ein schlanker Mann mit Brille, befühlte seinen gewachsten Schnauzbart und runzelte die Stirn. »Wir sind hier nicht in Nevada. Wie kann man eine Mikwe mit nicht genug Wasser haben?«

»Wir haben Wasser, aber nicht wirklich *genug*.«

»Wie das?«

»Manchmal ... gelegentlich haben wir ein Wasserversorgungsproblem«, sagte Rabbi Feldman.

Das war selbst Irv Skrupskelis neu, der von Beginn an zur Gemeinde gehörte und schon beim Bau der bestehenden Mikwe da gewesen war. »Karl, wie können wir nicht genug Wasser haben? Entweder haben wir genug oder nicht.«

»Wir haben genug ... außer, wenn wir nicht genug haben«, sagte Rabbi Feldman.

»Ist der Hahn kaputt?«

»Nein.«

»Was soll das bedeuten? Wir bekommen Wasser von der Stadt, oder?«, fragte Irv.

Rabbi Feldman schüttelte den Kopf. »Tatsächlich gibt es da eine kleine Schwierigkeit.«

Irv lief rot an. »Es gibt vierzehn Kirchen in dieser Stadt, und du sagst mir, unsere Schul ist das einzige Gebetshaus, das kein Wasser von der Stadt bekommt? Und nennst das eine kleine Schwierigkeit?«

Feldman seufzte. »Als die Schul gebaut wurde, wollte die Stadt kein Wasser auf den Chicken Hill hochleiten. Unser Wasser kam aus öffentlichen Hähnen und wurde in Fässern hergebracht.«

»Haben wir keinen Brunnen?«

»Nein«, sagte Feldman. »Es gibt eine Farm oben auf der Anhöhe, die Farm von den Plitzkas, die hatten einen Brunnen, und wir haben ihnen angeboten, für die Nutzung zu bezahlen, aber sie haben es abgelehnt. Also hat die letzte Verwaltung«, er nannte Chonas Vater nicht beim Namen, doch das musste er auch nicht, alle wussten, dass es im Tempel vor Feldman nur einen anderen Rabbi gegeben hatte, »eine Vereinbarung getroffen.«

»Das ist mir neu«, sagte Irv.

»Neun Jahre lang hat es funktioniert«, sagte Feldman, »nur, dass es jetzt ein Problem mit der Vereinbarung gibt. Warum? Weil der, äh ... vormalige Verwalter ... der die Vereinbarung getroffen hat, vor vier Jahren gestorben ist.«

»Du meinst Yakov, Chonas Vater, hat das nicht vertraglich festgelegt?«

»Nein, hat er nicht.«

»Wo kommt das Wasser denn her?«

»Nun ...«, Feldman wurde wieder blasser, »es ist nicht wirklich klar. Ich habe allerdings so meine Vermutungen«, sagte er.

»Sorg dich da nicht«, sagte Irv. »Das bringen wir in Ordnung. Wir gehen zur Stadt und vereinbaren, dass wir von ihr Wasser bekommen. Die legen doch Leitungen hier rauf, oder? Dafür haben sie doch das neue Reservoir oben auf dem Hill gebaut.«

»Es ist nicht so einfach«, sagte Rabbi Feldman.

»Warum nicht?«

»Wir sind noch an die letzte Vereinbarung gebunden.«

»Was zum Teufel soll das heißen?«

Feldman seufzte. »Du erinnerst dich, Irv«, sagte er, »dass der ursprüngliche Erbauer unseres Tempels, nun ... sich mit den Geldern abgesetzt hat und unser Gründer gezwungen war, mit einem anderen Mann Vereinbarungen zu treffen, einem örtlichen Baumeister, der wunderbare Arbeit geleistet hat. Unglücklicherweise jedoch hatte der Architekt, der mit unserem Geld durchgebrannt ist, nicht getestet, ob es unter der Schul Wasser gab. Und als sie fertig war, war da keins, auch nicht in der Nähe.«

»Und?«

»Da die Stadt den Bereich nicht mit Wasser versorgte, wurden unsere Probleme bei längerer Trockenheit immer größer. Wir haben dem alten Mr Plitzka etliche Angebote für sein Brunnenwasser gemacht, aber er hat es uns verweigert, und in einem Jahr, während einer langen Trockenperiode, hat ein bestimmtes junges Mitglied unserer Schul – möge sie mit einem Wunder gesegnet werden, denn sie ist heute krank – die Polizei auf ihn gehetzt, was die Sache nur noch auswegloser machte. Am Ende hat sie Wasser in Fässern von öffentlichen Hähnen hergeschafft, so sagt man mir.«

Das brachte ein gequältes Lächeln auf Irvs für gewöhnlich düstere Miene, denn er und sein Bruder liebten Chona. »Hast du Chona im Krankenhaus besucht?«, fragte er Feldman.

»Noch nicht.«

»Worauf wartest du?«

»Ich ... Sie ist erst seit vier Tagen da. Unten in Reading.«

»Ich weiß, wo sie ist.«

»Nun, mein Auto ...«

Da ging Mr Hudson dazwischen. »Können wir bei der Sache bleiben? Was ist mit dem Wasser geschehen?«

Irv schickte einen wütenden Blick in Hudsons Richtung und nickte Feldman zu, der sich unter Beschuss fühlte. »Erzähl uns, was jetzt mit dem Wasser ist, Karl.«

»Wie ich schon erklärt habe«, sagte Feldman, »nachdem Chona den alten Plitzka aufgebracht hatte, holte sie das Wasser für die Mikwe mit Karren herauf. Das brachte einige Schwierigkeiten mit sich.«

»Also lassen Sie uns vereinbaren, dass die Stadt uns von jetzt an mit Wasser versorgt«, sagte Mr Hudson.

»Genau da liegt das Problem«, sagte Feldman. Er erklärte, dass der älteste der Plitzka-Söhne die Beleidigung seines Vaters nie vergessen habe. Chona hatte einen detaillierten Brief an den Pottstowner *Mercury* geschrieben, über den alten Plitzka, die Polizei und die Wasserwerke der Stadt. Der Sohn hatte Chonas Brief über Jahre aufbewahrt und bei seiner Kampagne für einen Sitz im Stadtrat damit herumgewedelt und gezwitschert, Pottstowns Juden wollten »die Stadt übernehmen«. So war er dreimal wiedergewählt worden.

»Jedes Mal, wenn wir fragen, sagt die Stadt, sie hat nicht das Geld, um eine Leitung in unseren Teil des Chicken Hill zu legen. Sie sagen, sie werden es schon noch und dass es bald so weit ist. Oder dass das Reservoir Probleme hat. Es ist eine Verzögerung nach der anderen.«

»Das ist ja lächerlich«, schnaubte Mr Hudson. »Wir können uns einen Anwalt nehmen und sie zwingen, uns mit Wasser zu versorgen. Sie verlegen hier ständig überall Leitungen.«

Rabbi Feldman schien skeptisch. »Der alte Plitzka war beliebt.«

»Wie hieß er mit Vornamen?«

»Gustowskis.«

»Der Stadtratsvorsitzende?«

»Nein«, sagte Feldman. »Das ist sein Sohn. Gus Plitzka ist der Junior.«

Irv verdrehte die Augen. »Ich erinnere mich an den Vater. Ein gemeiner alter Gaul mit drei Schneidezähnen. Sein Gesicht sah aus, als wär's sein Hobby, auf Rechen zu treten. Hat auf dem alten Bauernmarkt unreine Wurst und Buchweizen verkauft. Wegen dem verlieren wir unser Wasser?«

»Nicht wegen ihm. Es ist sein *Sohn*. Der Vorsitzende des Stadtrats. Gus Plitzka ist der Junior, sagte ich.«

»Wie lange ist es her, dass Chona den Brief geschrieben hat?«, fragte Irv.

»Jahre. Da war sie noch ein Kind. Bevor sie Moshe geheiratet hat.«

»Nur, damit wir das klären: Was hat das mit dem Ochsenfrosch in der Mikwe zu tun?«, fragte Mr Hudson.

Irv wandte sich an Hudson und sagte: »Können wir den Frosch für eine Minute vergessen«, und an Feldman gerichtet: »Die Mikwe ist in Ordnung. Entweder das oder meine Frau ersäuft die letzten sechs Monate in Spucke. Wir haben immer wieder Wasser. Also wo kommt es her?«

Rabbi Feldman seufzte. »Die Schul wollte kein großes Theater machen, und ich hab das so verstanden, dass wir einfach den Brunnen angezapft haben, der den öffentlichen Hahn bei der Molkerei versorgt, der Clover Dairy. Wobei wir der Stadt für das bisschen, was wir da abzweigen, nichts zahlen.«

»Nun, dann tun wir's jetzt«, sagte Mr Hudson. »Wir können das in Ordnung bringen. Wir treffen eine Vereinbarung.«

Feldman seufzte. »Das wird nur schwer zu erreichen sein.«

»Geld bewegt die Welt«, sagte Mr Hudson.

»Nicht diese Welt«, sagte Feldman. Er räusperte sich. »Ähm ... da die ursprüngliche Vereinbarung vor meiner Zeit geschlossen wurde, haben wir nie eine Erlaubnis für das Anzapfen des öffentlichen Hahns beantragt. Es wurde einfach so gemacht.«

»Wer hat es gemacht?«, fragte Mr Hudson.

Feldman sah ihn nervös an. »Sie machen Spaß, oder?«

»Nein.«

»Nun, meinem Verständnis nach hat der letzte Rabbi einen Mann bezahlt, damit er Leute beschaffte, die ein Loch gruben, die Leitung angezapft und alles wieder schön zugeschaufelt haben. Die Abzweigung liegt anderthalb Meter unter der Erde, auf der anderen Straßenseite vom Molkereigebäude bei Hayes & Franklin. Da kommt unser Wasser her.«

»Und ganz offensichtlich reicht es nicht«, sagte Mr Hudson.

»Die Stadt wächst, Mr Hudson. Die Molkerei, die sich aus derselben Quelle bedient, hat ihre Kapazität erhöht. Und der Wasserspiegel fällt, und so trocknet der Brunnen gelegentlich aus. Deswegen dauert es manchmal lange, die Mikwe zu füllen. Und deshalb haben sie auch das neue Reservoir gebaut.«

»Ist so der Ochsenfrosch da reingekommen?«, fragte Mr Hudson.

Irv war der sanftere der Skrupskelis-Zwillinge, aber dann doch nicht *so* sanft. Er drehte sich zu Hudson hin und bellte: »Könnten Sie für eine Minute aufhören, sich das Maul wegen dieses Frosches zu zerreißen, bis wir das hier geklärt haben?«

Mr Hudson lief rot an. »So etwas wäre in Buffalo unmöglich gewesen!«

»Ich bin sicher, da halten alle Händchen«, sagte Irv, und zu Feldman: »Karl, wir reden mit der Molkerei und bringen sie dazu, dass sie uns direkt an den Brunnen lassen, bauen unsere Abzweigung ab und verbinden die Leitung mit der, die auch die Molkerei versorgt, von der Hauptleitung der Stadt direkt zu uns. Wir nehmen uns einen Anwalt und setzen das durch.«

Feldman räusperte sich. »So einfach ist das nicht.«

»Warum zum Teufel nicht?«

»Die Molkerei wurde vor einem Monat verkauft. Rate, wer der neue Besitzer ist.«

»Plitzka?«

Feldman nickte.

Irv überlegte einen Moment. »Diese Stadt wird von Dieben und Strolchen betrieben. Zwischen ihm und Doc Roberts ...« Er schüttelte den Kopf. »Ist es wahr, was sie über den Doc in Chonas Laden sagen? Was die Schwarzen sagen?«

Feldman schob die Lippen vor. »Ich kenne nicht viele von den Schwarzen.«

»Hast du mit Moshe geredet?«

»Noch nicht.«

»Worauf wartest du?«

Hudson ging dazwischen. »Wovon reden Sie da?«

Feldman wandte sich ihm zu. »Es gab da einen Vorfall ... Eines unserer Gemeindemitglieder, die Tochter unseres Gründers, ist sehr krank. Es ging ihr schon seit Jahren nicht gut. Der Doc aus der Stadt war bei ihr, und es gibt Fragen, was sein Verhalten angeht.«

Mr Hudson verdrehte die Augen. »Wie kommen wir von dem Ochsenfrosch in der Mikwe jetzt darauf?«

Irv drehte sich erneut zu Mr Hudson hin, und diesmal war das Untier genannt Skrupskelis von der Leine. »Hör zu, du Pisser, wenn du noch ein Mal von diesem Frosch redest, kriegst du was aufs Maul.«

»Zügeln Sie sich«, fuhrt Hudson auf. »Meine Frau nutzt die Mikwe!«

»Nun, die alte Hexe kann ihre Grübchen auch zu Hause schrubben.«

»Reg dich nicht auf, Irv«, sagte Rabbi Feldman.

»Ich soll mich nicht aufregen? Chona liegt im Krankenhaus, und du warst noch nicht ein Mal bei ihr. Hast du dir mal überlegt, wie sie da hingekommen ist? Ich hab da einiges gehört.«

»Sie war immer schon krank.«

»Nicht so krank. Du solltest Fragen stellen.«

»Wem?«

»Allen. Vielleicht auch der Polizei. Wie wäre das?«

»Was soll ich sie fragen?«

Mr Hudson schien zunehmend gereizt. »Machen Sie das unter sich aus. In der Zwischenzeit gehe ich zur Stadt und bezahle dafür, dass sie eine neue Leitung legen.«

»Nehmen Sie am besten gleich eine Druckerpresse mit, für Zwanziger und Fünfziger«, sagte Irv. »Plitzka und der Doc haben da alles in der Hand. Die Polizei. Die Wasserwerke. Seit Jahren stecken die unter einer Decke. Denken Sie, Gojim wie die lassen ein paar Juden die Straße vor Plitzkas Geschäft aufbuddeln? Erst belegen sie uns mit einer Strafe, und dann wollen sie Wucherpreise – wenn sie uns überhaupt graben lassen.« Das ließ Stille im Raum einkehren. Selbst die Österreicher, die kaum Englisch verstanden, wirkten eingeschüchtert.

Mr Hudson erhob sich und lief auf und ab, die Hände hinter dem Rücken verschränkt. »Das ist ein ernstes rechtliches Problem«, sagte er. »Wir stehlen einer Stadt Wasser, die von einem Goi geführt wird, der Juden hasst. Wir könnten vor Gericht landen.«

»*Wir* haben die Leitung nicht angezapft«, sagte Feldman. »Die Person, die es arrangiert hat, ist tot. Nicht eine Seele aus unserer Schul hatte etwas damit zu tun. Da bin ich sicher. Das hat mir Chonas verstorbener Vater selbst noch erklärt.«

»Wer war es dann?«

Feldman wurde rot und sah Irv an. »Da hatte ein örtlicher Schwarzer mit zu tun.«

Mr Hudson blieb stehen. »Ein Nigger?«, fragte er.

Die Koffler-Brüder waren jetzt wach. »Was ist ein Nigger?«, fragte einer auf Jiddisch.

»Ein Schwarzer«, sagte Feldman auf Englisch. »Wir sagen hier Schwarzer.«

»Welcher?«, fragte Irv Skrupskelis.

»Ich kenne ihn nicht«, sagte Feldman. »Aber er ... äh ... Chonas Mann arbeitet mit vielen Schwarzen. Vielleicht kennt er ihn.«

»Kennst du seinen Namen?«, fragte Irv.

»Von Chonas Mann? Natürlich.«

»Nicht Moshe, Karl. Ich meine den Farbigen, der in der Erde gegraben und die Verbindung zum städtischen Brunnen hergestellt hat«, sagte Irv knapp. »Wer war das?«

»Einer von hier. Aber er ist tot. Er hat vor Jahren viele Dinge gemacht. Er war eine Art Baumeister. Talentiert, wie du an unserer Schul sehen kannst. Er hieß Shad, glaube ich. Shad Davis, und es gibt einen Sohn. Der ist Schrotthändler und macht für die Farbigen im Viertel alle möglichen Sachen. Ich glaube, sie nennen ihn Fatty«, sagte Rabbi Feldman.

Wieder sahen sich die beiden österreichischen Brüder an. Hirshel sagte auf Englisch: »Fatty?«

»Dein erstes englisches Wort«, murmelte Yigel mürrisch.

»Wurde auch Zeit. Was bedeutet es?«

»Wir müssen die Schul vom Hill herunterholen«, verkündete Mr Hudson. »Die Tage schlechter Vereinbarungen mit Unkoscheren und Niggern und das Schwimmen mit Ochsenfröschen sind vorbei. Wir haben 1936. Herzlich willkommen in der modernen Zeit, Gentlemen.« Er wandte sich an Feldman. »Ich überlasse es Ihnen, das zu klären.« Und zu Irv sagte er: »Ich werde so tun, als hätten Sie mich nicht beleidigt.« Er ging in Richtung Tür, blieb aber noch einmal stehen. »Das Gemeindemitglied im Krankenhaus, stirbt sie?«

Der arme Rabbi wurde blass, weil Skrupskelis' Gesicht vor Wut tiefrot anlief. »Das werde ich herausfinden«, sagte Feldman.

Mr Hudson nickte und ging hinaus.

Irv sagte zu Feldman: »Hast du uns hergeholt, damit wir uns die Beschwerden dieses Schmocks anhören?«

»Sollte ich stattdessen ein Willkommensessen geben?«, fragte Feldman.

»Mach genau das, und ich werf es ihm ins Gesicht«, sagte Irv. Er starrte zur Tür hinüber, durch die Hudson verschwunden war. »Was für ein Schwachkopf. Der und sein verdammter Frosch.«

18
DER HOTDOG

Eine Woche nach dem Angriff auf sie lag Chona in ihrem Krankenhausbett, hörte die Worte des gesungenen Gebets Baruch sche-amar wie Schmetterlinge durch ihren Kopf fliegen und war wach. Sie spürte das Gebet eher, als dass sie es hörte. Es begann irgendwo tief in ihr und flatterte kleinen Lichtfetzen gleich, winzigen, sich wie ein Schwarm Fische bewegenden Leuchtfeuern, die von einer sie verschlingen wollenden Dunkelheit wegschwammen, hoch in ihren Kopf. Sie wurde Zeugin eines Tanzes, stellte sie fest, fern von ihr, weit außerhalb ihres Blicks, an einem Ort, an dem sie nie gewesen war. Ihre Lippen fühlten sich wie ausgedörrt an, ein schrecklicher Durst erfüllte sie, und sie musste dem Ausdruck gegeben haben, denn da kam Wasser. Sie spürte es in ihrer Kehle und hörte die Worte des Gebets »Gesegnet, der gesprochen, und es ward die Welt«. Sie war dankbar. Als Kind hatte sie dieses Gebet geliebt. Mit ihrem Vater hatte sie es am Sabbat-Morgen gesungen, wenn sie an seiner Hand mit ihm zur Schul ging. Und es führte zur immer gleichen Reaktion. Er gluckste und sagte: »Du kannst nie etwas falsch machen, wenn du dem Herrn dieser Welt deine Liebe erklärst.« Damit schob er ihr eine Murmel, eine Münze oder ein anderes kleines Geschenk in die Hand. Wundervoll. Wie konnte es sein, dass sie sich nie daran erinnert hatte? Dann spürte sie, mehr als dass sie es fühlte, wie sich eine Hand in ihre schob, und sie wusste, sie lebte noch und er war ihr nahe, irgendwo, ihr Moshe, und tief in den Höhlungen ihres Geistes, weit von dem bewussten Ort, an dem es hätte sein sollen und wo es vielleicht nie wieder sein würde, hörte sie die liebliche Trompete, das entzückende Kornett, jene wunderschöne Sehnsucht, die Nachricht ewig währender Liebe, für immer ausgedrückt, für immer eingeprägt, für immer da, das eine große Empfinden in den Leben derer, die glücklich genug waren, sie gewährt zu bekommen. Und sie wusste in diesem Moment auch, dass sie nicht mehr lange in dieser Welt sein würde, dass sie starb und es ihm sagen und ihn freigeben musste.

Zu diesem Wissen gesellte sich der Geruch von etwas Seltsamem. Etwas Unreinem, Verbotenem. Unverwechselbar in seinem Geruch. Und köstlich.

Ein Hotdog.

Da war irgendwo ein Hotdog. In ihrem Traum. Im Zimmer. Ganz nahe. Der Duft war unverwechselbar. So stark und so gegenwärtig, dass sie sich unwohl und unrein fühlte, denn die beiden Dinge gehörten nicht zusammen – der frühe Ruf des Universums und dieses schmutzige, glückliche, unkoschere Ding, das ihre Freundin Bernice, als sie in der Schule waren, für die größte Leckerei des Lebens hielt. Einmal hatte sie es probiert. So köstlich. Sie und Bernice waren hoch zu Fattys schäbigem Hamburger-Stand in der Pigs Alley gegangen, als ... War sie da fünfzehn gewesen? War es nach Mrs Pattersons Kochunterricht gewesen? Dann, als die Erinnerung ihr Bewusstsein erreichte, spürte sie, wie Schmerz in sie hineinschnitt und sie in tausend Stücke zerspringen ließ, sie kalt werden ließ, Schmerz, echter Schmerz, in ihrem Leib, irgendwo tief in ihm, und Erinnerung und Geruch vergingen, und langsam, nach und nach öffnete sie die Augen und sah sich im Zimmer um.

Sie fand ihre Hand in Moshes, der auf dem Stuhl neben ihr schlief. Er saß parallel zu ihr, sah wie sie zum Fußende des Bettes, sodass sein Kopf nahe bei ihrem sein konnte, nur Zentimeter entfernt, doch er schlief, das Kinn auf der Brust, seine Hand um ihre gelegt. Er sah fürchterlich aus, blass und erschöpft, und ihr Schuldgefühl war so groß, dass sie rufen wollte: »Was habe ich getan?« Aber sie konnte nicht. Der junge Mann, der an jenem Novembernachmittag vor zwölf Jahren in den Keller ihres Vaters gekommen war, so witzig und unschuldig, mit einer Tasche voller Flugblätter und ohne einen Penny in der Tasche, so reizend und immer so positiv, er war nicht mehr da. An seiner Stelle saß ein verängstigter, geknechteter mittelalter Mann. Sie wollte sich züchtigen für all die Male, die sie ihn gescholten hatte, weil er so naiv war und den Musikern unter die Arme griff, die ihn ausplünderten, zu viel tranken, sich Geld von ihm liehen und ständig etwas zu meckern hatten, wie sie, seine Frau, ihm in den Ohren gelegen und gesagt hatte: »Wie kannst du so dumm sein?« Sie fühlte sich von Schuld zerrissen, denn nicht ein einziges Mal in all den Jahren hatte er ein Wort der Klage oder des Protestes wegen ihres Ladens geäußert, der nie einen Gewinn machte, wegen ihres Unwillens, den Chicken Hill zu verlassen, oder weil sie ihm keinen Sohn oder eine Tochter hatte schenken können. Er war ein wahrer Jude, ein Mann mit Ideen und Witz, der die Bedeutung von Feiern und Musik verstand und dass ihre Verbindung das Leben selbst war. Und wie sie es bedauerte, als sie ihn da schlafen sah, sein Gesicht von Trauer gezeichnet, die Lippe zitternd, dass sie Stunden um Stunden damit vergeudet hatte, Bücher und Pamphlete über Sozialisten und Gewerkschaften zu lesen, progressive Politik und Großunternehmen, sich wegen einer bedeutungslosen Flagge zu streiten, auf der »Ich bin stolz, ein Amerikaner zu sein« stand, wo es doch hätte heißen sollen: »Ich bin froh zu leben« – und was der Unterschied war und dass ein Volk nicht besser als ein anderes sein konnte, weil sie alle *ein* Volk waren. Eine außergewöhnliche, weise Klarheit überkam sie, eine, die sie nicht für möglich gehalten hätte, und sie wollte sie in diesen ersten oder vielleicht letzten bewussten Momenten ihres Lebens mit ihm teilen. Aber als sie aufs Neue in sein so schönes Gesicht sah, durchfuhr sie ein enormer Schmerz aus dem Magen und dem Kopf. Er war so groß, dass es sich anfühlte, als würden ihr die Arterien hinten aus dem Schädel gerissen, und die kleinen weißen, von der Finsternis verfolgten Zauberfunken des Baruch sche-amar ihres Traumes zischten, verpufften, flatterten davon und wurden vom Dunkel und dem wundervoll schrecklichen Geruch des Hotdogs geschluckt, der gegen ihre Nase zu drücken schien. Sie fuhr mit einer Hand in die Luft und sagte: »Wirf das Ding raus.«

Aus dem Augenwinkel sah sie, wie sich Gestalten durchs Zimmer bewegten. Füße scharrten, und Moshe war wach.

Er sah, dass sie ihn anschaute, und seine Miene hellte sich auf. »Was soll ich rauswerfen?«

»Den Hotdog«, sagte sie.

Moshe sah sich im Zimmer um. Ihr Blick folgte seinem. Um ihr Bett standen Moshes Cousin Isaac, Rabbi Feldman, die Zwillinge Irv und Marv Skrupskelis und hinter ihnen Addie, Nate und Bernice. Einer fehlte.

»Wo ist Dodo?«, fragte sie.

»Wir holen ihn zurück«, sagte Moshe.

Mehr hörte sie nicht, denn sie litt in diesem Moment zu sehr, um bei den Geschehnissen im Laden zu bleiben. Dodo hatte versucht, sie zu verteidigen, der arme Kerl, und es war ihm versagt geblieben. Sie sah, wie Moshe von seinem Stuhl aufstand, immer weiter ihre Hand haltend, und wie er die andere auf ihr Gesicht legte und sich neben ihr Bett kniete. Er sagte einige Worte zu ihr, aber sie konnte weder hören noch sprechen. Sie spürte eine Bewegung auf der anderen Seite ihres Bettes und sah Addie, die ein Handtuch nahm und ihr über das Gesicht wischte. Bernice war hinter ihr, aschfahl, was Chona rührte, denn Bernice war äußerst scheu, und sie hatte sie seit ihrer Kindheit nicht außerhalb ihres Hauses gesehen.

»Isst du einen Hotdog, Bernice? Das ist geschummelt.«

Es war ein Scherz, der Chona sofort leid tat, nicht weil sie wusste, dass Bernice nicht koscher lebte, sondern weil das Sprechen tausend Dolche in ihr Inneres trieb. Bernice schien verwirrt, und erst als Moshe sich ihr zuwandte und übersetzte, begriff Chona, dass sie Jiddisch gesprochen hatte. Bernice, deren wunderschönes dunkles Gesicht immer so hart war, die glatte schwarze Haut ein starrer Panzer über der prächtigen Nase und den vollen Lippen, lächelte traurig. Das war ein seltener Anblick. Es war, als erfüllte ein leichter Wüstenregen das Zimmer und wüsche alle rein.

Eine große, überwältigende Traurigkeit sprach aus Bernices schmalem, schönem Gesicht, als sie sagte: »Nein, Chona, ich hab keinen Hotdog gegessen.«

Das war das Letzte, was Chona von ihr sah, denn der Schmerz war zu groß, um die Augen offen zu halten, und so schloss sie sie. Chona hörte Füße über den Boden scharren und Rabbi Feldman singen. Er intonierte das Gebet Mi Sheberach, verstümmelte es mit seinem schrecklichen Gesang, und sie wollte ihm danken und sagen: »Nun, Sie werden besser«, auch wenn es nicht stimmte, aber sie wusste seine Anwesenheit zu schätzen. Und dann hörte sie Moshes feste, fast schon zornige Stimme, die sagte: »Geht raus. Bitte. Alle.« Sie hörte Schritte und spürte, wie Körper das Zimmer verließen. Sie waren allein. Moshe wusste wie immer, was zu tun war.

Die bunt zusammengewürfelte Gruppe Besucher versammelte sich vor dem Schwesternzimmer der Readinger Krankenhausstation. Drei weiße Schwestern sahen zu ihnen hinaus und wandten sich dann wieder ihren Tabellen zu. Niemand machte sich die Mühe zu fragen, ob es einen Ort gab, an den sie gehen könnten, und so blieben sie dort stehen. Es gab keine Sitzgelegenheiten, keinen Kaffee und keinen netten presbyterianischen Geistlichen, der ihnen Trost hätte zusprechen können. Unbehaglich standen sie zusammen, der seltsame Haufen Amerikaner, der sie waren: Juden und Schwarze, Marv Skrupskelis, der in seiner Arbeitskleidung an der Wand lehnte und seine großen Fäuste in den Taschen ballte, Irv, der direkt aus dem Schuhgeschäft gekommen war, mit Hosenträgern und weißem Hemd, Isaac, groß, stolz, beeindruckend und makellos in seinem Wollanzug und mit dem schwarzen Homburg, das ernste Gesicht von Trauer gezeichnet, dazu Rabbi Feldman, der nervös einen abgegriffenen Siddur in Händen hielt. Ein, zwei Schritte abseits standen Nate und Bernice, Welten voneinander getrennt, und starrten zu Addie hinüber, die nervös vor Chonas Zimmertür verharrte und, die Hände vor der Brust verschränkt, ins Innere spähte.

Es war nichts zu tun als zu reden, was in Situationen wie dieser alles war, was blieb.

Rabbi Feldman berührte vorsichtig Isaacs Arm und sagte auf Englisch: »Wie war Ihre Fahrt von Philly hierher?«

Isaac zuckte mit den Schultern.

»Ich nehme an, Sie haben meinen Brief bekommen?«

»Welchen Brief?«, fragte Isaac.

»Den ich geschickt habe, um Ihnen von der Schul und den Gerüchten dazu, was im Laden passiert ist, zu berichten. Wir wollten zur Pol...«

Isaac hob einen Finger in die Höhe, um Feldman zum Schweigen zu bringen, der von dem breitbrüstigen, gut angezogenen Fremden mit dem steinernen Gesicht eingeschüchtert war. Er hatte Moshes Cousin nie gesehen, nur von ihm gehört. Dass er ein harter Mann sei, mit dem man besser nicht zu spaßen versuche.

Isaac wandte sich den Skrupskelis-Zwillingen zu und sagte auf Jiddisch: »Wer von euch war da, als Chonas Vater die Schul gebaut hat?«

Marv schwieg und sah weg. Er war der grimmigere der beiden, und kein reicher rumänischer Theaterbesitzer aus Philadelphia würde mit ihm reden, als wäre er ein Nichts. Es war Irv, der antwortete. »Wir waren beide da.«

»Und?«

»Und was?«

»Hat er sie gebaut?«

»Natürlich hat er das.«

»Allein?«

Irv zuckte mit den Schultern. Er war auch nicht gerade in der Stimmung, fordernden rumänischen Theaterbesitzern zu antworten, die ihn verhören wollten.

Aber Marv antwortete. Der barsche Litauer sprach mit einer Gewichtigkeit und Direktheit, die Isaac zu schätzen wusste. »Er hat sie mit einem Farbigen namens Shad gebaut.«

»Dieser Farbige müsste also wissen, wo die Wasserzuleitung ans öffentliche Netz angeschlossen ist?«, fragte Isaac.

»Er würde es uns sagen, aber er ist tot.«

»Wer hat mit ihm gearbeitet?«

Marv nickte zu Bernice hin. »Das ist seine Tochter. Ihr Bruder könnte es wissen.«

Isaac sah Bernice an, dann Nate neben ihr. Er wollte etwas sagen, hielt inne und meinte stattdessen: »Ich sorge dafür, dass sie repariert wird.«

Marv zuckte mit den Schultern. »Probieren Sie's, wenn Sie wollen. Aber das mit Doc Roberts, das ist eine andere Sache.«

»Ich kenne den Namen nicht«, sagte Isaac.

Rabbi Feldman sagte: »Ich habe ihn in meinem Brief erwähnt.«

Isaac antwortete nicht. Er sah Feldman nicht mal an. Der Kerl war schwach. Sich mit schwachen Juden abzugeben war reine Zeitverschwendung. Schwache Juden würden in Amerika niemals überleben. Oder sonstwo. Er hielt den Blick auf Marv gerichtet. Die beiden Männer musterten sich einen Moment lang. Dann wandte sich Isaac an Feldman: »Ich habe doch gesagt, ich kenne den Namen nicht.«

»Er stand in meinem Brief.«

»Ich habe keinen Brief bekommen, und ich habe noch nie von diesem Doc gehört.«

Rabbi Feldman wollte gerade sagen, dass er das alles

in seinem Brief klar erläutert habe, der Brief aber wahrscheinlich verloren gegangen oder falsch zugestellt worden sei, doch Moshe kam dazwischen, dessen lang gezogener, durchdringender Schrei den Flur herunterklang. Alle drehten sich um und sahen Addie an der Tür zu Chonas Zimmer, wie sie eine Hand vor den Mund drückte und mit hochgezogenen Schultern im Zimmer verschwand.

Die Gruppe der Besucher bewegte sich langsam in ihre Richtung, während Moshes Schluchzen von den Wänden widerhallte, von einer Seite zur anderen, den Flur hinauf und hinunter. Doc Roberts war vergessen, die Gruppe trat voran, eine bunte Mischung demütiger Reisender, als mäße jeder Schritt tausend Kilometer, als kämen sie von fernen Kontinenten und durchquerten ein Land, das so groß zu sein behauptete, ein Land, das ihnen so viel gab, aber so viel mehr verlangte. Langsam bewegten sie sich voran wie Fusgeyer, Wanderer, die ein Zuhause in Europa suchten, westafrikanische Stammesangehörige, die an der Küste Virginias von einem Schiff getrieben wurden, um ein letztes Mal zurück über den Atlantik in Richtung ihrer Heimat zu blicken und sich auf ein gemeinsames Schicksal zuzubewegen – Isaac, Nate und der Rest –, hinein in eine Zukunft amerikanischen Nichts. Es war eine Zukunft, die sie nicht recht erkennen konnten, wo der Reichtum all dessen, was sie mitgebracht hatten in das Land großer Versprechen, eines Tages zu nichts verlosch, der glorreiche Bilderteppich ihrer Geschichte zu zehnsekündigen Fernsehwerbespots, leeren Urlauben und Sportveranstaltungen voll mit patriotischem Tand aus Rot, Weiß und Blau verkam und die Feiernden das rauschende Blendwerk bejubelten, ohne eine Vorstellung von den schrecklichen Mühen und der stolzen Vergangenheit ihrer Vorfahren zu haben, die ihnen das Leben so leicht gemacht hatten. Die kollektive Geschichte dieser traurigen Truppe, die sich da den Krankenhausflur hinunterbewegte, würde zu winzigen Flecken in einer amerikanischen Zukunft werden, die ihre stolzen Vergangenheiten wie Eier verrührte und verwarf und das Volk stattdessen über Geräte mit geistigem Müll fütterte, die so verbreitet und klein wie der Hotdog sein würden, den die Sterbende gerochen hatte – denn im Tod hatte Chona keinen Hotdog, sondern die Zukunft gerochen, eine Zukunft, in der in die Hosentasche passende, Nichtigkeiten verbreitende Geräte eine Gefahr darstellten und weit verführerischer und mächtiger waren als die Verlockung eines Hotdogs. Geräte, nach denen zukünftige Kinder schreien, von denen sie abhängig werden und die ihnen ihre Unterdrückung als Freiheit verkaufen würden.

Hätte die Gruppe der Versprengten, die da den Flur hinunterschritt, *diese* Zukunft gesehen, hätte sie sich auf dem Absatz umgedreht, wäre aus dem Krankenhaus ins Freie gestürmt, auf dem Rasen draußen zusammengebrochen und hätte geschluchzt wie eine Schar Kinder. Doch sie bewegten sich auch weiter wie Schildkröten auf Chonas Zimmer zu, während Moshes Klagen sie umfingen. Sie hatten keine Eile. Die Reise war lang und ohne ein Versprechen. Warum sich eilen?

TEIL III

DIE LETZTE LIEBE

19
DIE LOWGODS

Es war neun Uhr und regnete heftig, als der uralte Packard um die Ecke der matschigen Straße bog und in der Hemlock Row zum Stehen kam, einer verstreuten Gruppe von heruntergekommenen Behausungen fünf Kilometer westlich von Pottstown, PA. Fatty spähte durch die verschmierte Windschutzscheibe auf die erschöpft wirkenden Buden, von denen einige aus nicht mehr als ein paar mit Sperrholz und Blech zusammengenagelten Kanthölzern bestanden, und sah dann finster zu Paper hin, die neben ihm saß. Sie trug einen schweren Mantel und eine Hose und hatte sich das Haar unter einen wasserdichten Glockenhut gesteckt. Sie saß geduldig da, die Hände im Schoß und blickte aus dem regenüberströmten Fenster. Big Soap auf dem Rücksitz war fest eingeschlafen. Den Kopf in eine Ecke gelegt, blockierte sein massiger Körper einen Gutteil von Fattys Rückfenster.

»Ich hätte meine Pistole mitnehmen sollen«, murmelte Fatty.

»Eine Kanone hilft dir hier nicht viel«, sagte Paper.

»Woher soll ich wissen, ob hier nicht plötzlich einer von diesen Cowboys auftaucht und mir die Windschutzscheibe eintritt?«, sagte er.

»Wenn du mir hier ein Paar Cowboystiefel zeigst, zahl ich dir auf der Stelle hundert Dollar«, sagte Paper. »Das ist nicht der Typ Leute hier.«

»Was dann?«

Paper seufzte. »Ich geh da jetzt rein. Warte einfach auf mich, Fatty. Ich weiß, was ich tue.«

Fatty runzelte die Stirn und klopfte aufs Lenkrad. Er war nervös. Er war noch nie in Hemlock Row gewesen, einem winzigen Flecken schwarzen Lebens, den die meisten Schwarzen Chicken Hills mieden. Die Schwarzen Chicken Hills waren nach ihrer eigenen Definition »in Bewegung«, »auf dem Weg nach oben«, sie »kletterten die Leiter hoch« und wollten vor allem Amerikaner sein. Aber die Schwarzen hier in diesen auf zwei Morgen Land verteilten winzigen Häusern direkt neben der Straße Richtung Westen nach Berks County hatten keinerlei Verlangen nach der Welt des weißen Mannes. Sie waren Lowgods, wie es hieß, irgendwo aus South Carolina, alle auf die eine oder andere Weise miteinander verwandt. Wer der erste Lowgod war, der nach Hemlock Row kam, und warum sie sich hier anstatt auf dem Chicken Hill, in Pittsburgh, Reading oder Philly niedergelassen hatten, konnte niemand sagen. Fatty hatte Gerüchte gehört, dass die Lowgods tatsächlich Nates Leute waren, aber nie den Mut gehabt, ihn danach zu fragen. Warum hätte er es auch tun sollen? Die Lowgods waren argwöhnisch, unberechenbar und blieben für sich. Sie bauten ihr eigenes Gemüse an, hielten ihr eigenes Vieh und hatten ihren eigenen Rat. Sie gingen anders. Sie redeten anders. Ihre Sprache war komisch, voller Singsang-Ausdrücke, die wie Regentropfen niedergingen. »Gullah-Sprech«, nannten sie es, halb Englisch, halb Afrikanisch, mit vielen Hoodoo-Sprüchen und -Dingen, die nur sie verstanden. Und man sollte ihnen auch nicht querkommen. Vor ein paar Jahren hatte ein großer, massiger Typ vom Chicken Hill namens Bunny Hales in Fattys Kneipe einen

Streit mit einem winzigen, dürren Fremden angefangen, der behauptete, ein Lowgod aus Hemlock Row zu sein. Fatty hatte noch nie jemanden sich so schnell bewegen sehen. Der Hemlock-Row-Bursche kämpfte mit Händen und Füßen und bediente sich einer Art »Tretkunst«, die Bunnys Zähne wie Chiclets aus dessen Mund fliegen ließ.

»Wenn dein Mädchen zivilisiert sein wollte, würde sie bei uns leben«, sagte Fatty.

»Ihre Leute leben hier«, sagte Paper nur.

»Lebt sie gerne wie ein Affe?«

»Wirst du aufhören? Willst du Dodo aus der Klapse kriegen oder nicht?«

»Ich möchte etwas mehr in meiner Tasche behalten als ein Taschentuch. Deswegen bin ich hier.«

»Für jemanden mit großen Träumen denkst du fürchterlich klein«, sagte Paper. »So wirst du für den Rest deines Lebens in Pottstown bleiben.«

»Wer hat gesagt, dass ich weg will?«

Paper griff nach dem Türöffner und stieg aus, hinaus in den Regen, drehte sich um, der Regen tropfte bereits von der schmalen Krempe ihres Huts an ihren leuchtenden dunklen Augen vorbei, und sagte durch die noch offene Tür: »Ich rufe, wenn ich euch brauche.«

Fatty glaubte einen Angstschimmer in ihren schönen Augen zu erkennen und konnte nicht anders. »Oh, Himmel noch mal«, sagte er und wollte ebenfalls aussteigen. »Ich komme mit. Diese rostigen Hoodoo-Nigger machen mir keine Probleme.«

»Bleib einfach sitzen«, befahl Paper und nickte zum tief schlafenden Big Soap auf dem Rücksitz hin. »Und halte ihn in seinem Käfig. Kommt nur rein, wenn ich rufe. Und dann nehmt den Hut ab und lächelt. Sagt nichts. Dein vorlautes

Mundwerk verhilft dir sonst zu einer Lektion, die du nur schwer vergessen wirst.«

Sie knallte die Autotür zu, zog den Hut fest über den Kopf und platschte durch matschige Pfützen zu einem der Häuser. Sie klopfte an, die Tür öffnete sich von ungesehener Hand, sie trat ein, und die Tür schloss sich wieder.

Fatty sah nervös zum Haus hinüber. Ein Nebel senkte sich auf die Windschutzscheibe. Er schaltete den Wischer ein und sah zu, wie er sich einmal erschöpft hin- und herbewegte, dann nicht mehr. Noch mal. Nicht mehr. Es half nicht.

Er trommelt ein weiteres Mal ungeduldig aufs Lenkrad, biss sich auf die geschwollene Unterlippe und lag mit sich selbst im Clinch. Mit der Fast-Katastrophe mit Nate vorgestern Abend und Big Soaps Mutter, die gestern vor seiner Kneipe aufgetaucht war, hatte er genug von der Dodo-Geschichte. Wie sollte ein Mann vorankommen, wenn ständig irgendein Scheiß auf ihn niederging? Als Paper dann gestern auch noch gekommen war, war es schon ein Triple – drei Katastrophen nacheinander. Er wünschte, sie wäre nicht gekommen, weil er schon an ihrem Traueraufzug sehen konnte – einem frischen schwarzen Kleid und einem ebenfalls schwarzen Hut –, dass sie von Chonas Beerdigung kam, auf der ganz Chicken Hill gewesen war, nur er nicht.

In ihrem hübschen schwarzen Kleid hatte sie sich auf die Veranda gesetzt und einfach nur gesagt: »Wo warst du?«

Fatty zuckte mit den Schultern. Er wollte es nicht hören. Chonas Tod war eine Tragödie, aber er hielt diese Art Trauer von sich fern, seit er ein Junge gewesen war, seit sein Vater gestorben war. Das war seine letzte Beerdigung gewesen. Keine Todesspektakel mehr mit ihm.

»Du weißt, dass ich zu so was nicht gehe.«

»Du siehst niedergeschlagen aus, Fatty.«

»Dabei fühl ich mich bestens.«

»Hör auf, dir was vorzumachen«, sagte Paper. »Ich weiß, dass dich und Miss Chona was verbunden hat.« Sie hatte recht, aber wer war sie, dass sie das sagte? Woher wusste sie, dass Chonas Vater einer der wenigen gewesen war, die Fattys Familie nach dem Tod seines Vaters geholfen hatten? Paper war vier Jahre jünger als er. Sie war da noch ein Kind gewesen, das sechs Straßen weiter unten gewohnt hatte, was gut auch hundert Kilometer hätten sein können. Die Jungs hatten damals schon draußen vor ihrem Haus Schlange gestanden und Rad geschlagen, um ihre Aufmerksamkeit zu erlangen. Was machte das jetzt?

»Sie hat ihre eigenen Leute, die sich um sie kümmern«, sagte Fatty, schwieg eine Weile und fragte dann: »War Bernice da?«

Paper nickte. »Du weißt, wie Bernice ist. Sie ist gekommen, aber sie hat nichts gesagt. Hat nicht gesungen, was sie hätte tun sollen. Aber es war eine schöne Beerdigung. Eine Menge auf Jüdisch, und ich weiß nicht wirklich, was gesagt wurde. Aber *mir* hat es gefallen. Die Juden begraben ihre Toten schnell. Sie legen sie nichts aufs Kühlbrett und tun lange herum wie wir.«

Fatty nickte, die Stirn in Falten gelegt. »Was ist mit Nate und Addie?«

»Was soll mit ihnen sein?«

»Du weißt schon, was ich meine.«

»Es hat sie schwer getroffen, besonders Addie.«

Fatty schwieg und sah die Sorgen, die sich in Papers

schönes Gesicht gruben. Aber sie war okay. Etwas an ihr war so ehrlich und leicht, dazu die Art, wie sie ihren Schmerz unter Heiterkeit verbarg, all das rührte ihn immer, nur im Moment nicht, denn da war nichts Leichtes oder Heiteres. Er wollte ihr etwas Tröstendes sagen, doch was dann von ihr kam, machte ihm bewusst, wie verrückt es war, Mitleid mit ihr zu haben.

»Addie und Nate haben vor, den Jungen zu befreien. Und du wirst ihnen helfen.«

»Wer bin ich, Abraham Lincoln?«

»Stell dich nicht dumm. Sie wollen Dodo aus dem Irrenhaus rausholen.«

»Klar. Und ich hab letztes Jahr erst damit aufgehört, Ölquellen zu verkaufen.«

»Nate hat alles arrangiert, um ihn nach South Carolina zu schicken, wenn wir ihn draußen haben.«

»Wir?«

»Genau. Du musst mich heute Abend nach Hemlock Row fahren. Ich zahl dir das Benzin.«

»Nach Hemlock Row? Ich kenne Penner, die in Lagerhallen wohnen, die da nicht rübergehen würden.«

»Warum nicht?«

»Die rostfarbenen Nigger da machen Hoodoo und essen Limabohnen mit weißer Leber, während wir hier reden. Nein, danke.«

»Ich hab gesagt, ich zahl dir das Benzin.«

»Du kannst dir deine Kröten sparen.«

»Fatty, magst du kein Geld mehr?«

»Behalte deine Vierteldollarmünzen. Wer immer Nate und Addie erzählt hat, sie könnten Dodo aus Pennhurst rausholen, handelt mit Schweinefraß und Pisse. Pennhurst wird vom Staat betrieben, Paper. Wenn Nate und Addie nur einen Funken Verstand hätten, hätten sie Dodo in den Süden geschickt, bevor Miss Chona von Doc Roberts bei lebendigem Leib verschlungen wurde.«

»Du weißt also, was er gemacht hat?«

»Die Hexe ist mir scheißegal!«

»Wenn das so ist, warum regst du dich dann so auf?«

»Ich mag's nicht, was sie sagen, wenn es das ist, was du wissen willst. Dass sie dem Doc glauben und dem unschuldigen Dodo alle Schuld geben.«

»Deshalb bringst du mich da hin.«

Fatty lachte. »Bloß, weil ein Zug tuten kann, fährt er noch lange nicht das Gleis runter.«

»Du fährst trotzdem.«

»Tut mir leid, Paper.«

»Du fährst, weil ich einen Mann brauche, der mich da hinbringt.«

»Es gibt reichlich Leute hier, die das mit Freuden tun«, sagte Fatty. »Tolle, große, schicke Burschen mit elefantengroßen Taschen voller Dollars. Die bringen dich, wohin immer du willst.«

»Aber die sind nicht du«, sagte Paper. Und hier dachte Fatty, dass Paper, deren glorreiche Schönheit manchen Sturköpfen mindestens zweimal im Monat das Herz brach, über ihre eigene Bemerkung lachen würde. Doch das tat sie nicht. Stattdessen sah sie ihn mit ihren großen dunklen Augen, die jeden blauen Himmel und jeden Berghang zu enthalten schienen, die er je gesehen hatte, direkt an und sagte: »Ich brauche jemanden, dem ich trauen kann.«

Damit hatte sie ihn.

Da jetzt hinter seinem Lenkrad verfluchte Fatty sich. Er musste sich gestehen, dass er nicht anders als die anderen Männer war. Paper hatte etwas an sich, das in ihm den

Wunsch weckte, niederzuknien. Sie hatte eine besondere Art, hatte Macht. Schon als Kind hatte sie die besessen, und als er vor vier Jahren aus dem Gefängnis gekommen war und sie zum ersten Mal seit zwei Jahren wiedersah, hegte er die schwache Hoffnung, sie könne erkennen, dass er gewachsen war und ihn das Eingesperrtsein zum Besseren gewandelt hatte. Aber auch sie war gewachsen, aus dem süßen, kecken Mädchen war eine Frau geworden, eine Frau, die lachte und schwatzte und das Leben leichtnahm, die Licht noch in die dunkelsten Dinge brachte und die wundervollste Zeitung der Welt war. Und das ganz ohne Mann. Er hätte alles getan, um ihre Aufmerksamkeit zu erlangen, als er herauskam, was ihm natürlich nicht gelang. Sie schien ihn einfach nicht zu sehen, und warum sollte sie auch? Warum würde sich eine so besondere Person mit einem Ex-Häftling einlassen, dessen Ruf vom Gestank des Gefängnisses geprägt war, der Hamburger, Schnaps und Schrott verkaufte, wo doch jede Woche das Beste an ihrem Haus vorbeizog – Eisenbahnschaffner, Lehrer und so, selbst reiche Lotteriekönige aus Philly, Leute, die herumreisten und jeden Tag frische Hemden und schicke Krawatten trugen, keine Arbeitsklamotten wie er. Er wusste von einem Pullman-Schaffner aus Baltimore, der jeden Monat kam und Paper fragte, ob sie ihn heiraten wolle, der ihr versprach, sie in ein Land aus Marmorstufen, swingendem Jazz und mehr gedünsteten Krabben zu bringen, als eine Seele zu schlucken vermochte. Eines Abends war er sogar in Fattys Kneipe gekommen, hatte gelacht und gescherzt, war ein gut aussehender, schlanker Bursche mit einer reinen, hellen Haut und glänzenden Schuhen. Fatty hatte dem Drang widerstehen müssen, zu ihm hinzugehen und ihn mit den Fäusten hinauszubefördern. Aber der Junge trank und tanzte zum Blues, gab Geld aus und erwies sich als entspannter, witziger Typ. Am Ende des Abends schämte sich Fatty. Er begriff, dass er gefährlich in Paper verschossen war, und die Ergebnisse derartigen Verschossenseins hatte er in seiner eigenen Kneipe erlebt, und in Graterford: die Kämpfe, das Kratzen, das Geschrei, die Messerstechereien, Zellen voller Geschichten von armen liebeskranken Trotteln, deren Gefühle verletzt worden waren und die mit der einen Hand nach Whiskey und mit der anderen nach einer Pistole gegriffen hatten, nur um wenig später aufzuwachen und achtzehn Jahre absitzen zu müssen. Damit wollte er nichts zu tun haben.

Und so starrte er durch die Windschutzscheibe, wartete auf die Quelle seines Problems, tat sich selbst leid und fuhr sich mit der Zunge über seinen Holzzahn und die Unterlippe, die nach dem Wahnsinnsschlag von Big Soap immer noch geschwollen war. Überall auf der Welt hätte er sich von Big Soap verdreschen lassen, nachdem er dafür gesorgt hatte, dass sie beide rausgeflogen waren. Aber er hatte sich Papers Haus dafür ausgesucht. *Wen versuche ich hier eigentlich zum Narren zu halten?*, dachte er.

Er sah in den Rückspiegel. Big Soap schlief immer noch.

»Soap!«, rief er.

Soap wachte schlaftrunken auf und rieb sich das Gesicht. »Yeah?«

»Komm hoch und pass auf. Für den Fall, dass es da draußen brenzlig wird.«

»Warum sind wir noch mal hier?«

»Wegen Paper. Sie versucht rauszubringen, wie Dodo rauszuholen ist.«

»Wo raus?«

»Aus Pennhurst.«

»Was für 'ne Schande. Wie geht's dem alten Dodo?«

»Wenn er Kekse und Braten fräße, wären wir dann hier?«

»Was hat er noch mal gemacht?«

»Nichts, Soap. Er hat nichts Falsches gemacht.«

»Warum haben sie ihn dann ins Irrenhaus geschickt?«

»Er ist in einen Schlamassel geraten.«

»Ist meine Ma deswegen so wütend?«

»Ich weiß nicht, warum sie wütend ist, Soap. Sie ist *deine* Ma.«

»Rusty sagt, Doc Roberts hat Miss Chona die Kleider runtergerissen und Dodo hat's gesehn.«

»Ich weiß nicht, was er gesehen hat.«

»Sie ist davon irgendwie gestorben.«

»Soap, seh ich wie 'n Doktor aus? Sie war schon lange krank.«

»Da sagt Rusty was anderes.«

»Was weiß Rusty schon? Sie ist in ihrem Laden zusammengebrochen und grade gestorben. Fertig.« Aber in seinem Herzen empfand Fatty Trauer und darunter eine schwelende Wut. Er hatte Chona sein ganzes Leben gekannt. »Von allen Weißen, warum gerade sie?«, sagte er.

»Wie meinst du das?«

Fatty machte sich nicht die Mühe zu antworten. Chona war nicht eine *von denen* gewesen. Sie hatte seinen Hass auf die kaputtgemacht, und das nahm er ihr übel. *Miss Chona.* Sie war nicht Miss Chona gewesen, als sie Kinder waren. Sie war einfach nur Chona, die beste Freundin seiner Schwester, das komische Mädchen mit dem lahmen Fuß, das mit Bernice zur Schule ging. Sie liefen hinter ihm, ignorierten ihn, was ihm in jenen Tagen nur recht gewesen war. Doch dann kam das Leben. Nach der Highschool war er im Gefängnis gelandet, und als er zurück nach Hause kam, waren die Würfel gefallen. Chona heiratete, wurde wieder weiß, und Bernice kriegte all die Kinder, führte ein gottgefälliges Leben und erbte das Haus seines Vaters, das er als einziger Sohn hätte bekommen sollen. Und ebendieses Haus hatte sie Dodo geöffnet, um ihn zu verstecken – was etwas war, was niemand auf dem Chicken Hill tat. Am Ende waren sich die beiden treu geblieben. Und wem gegenüber hatte er Treue gezeigt? Es frustrierte ihn, an ihre Freundschaft zu denken. Er wollte von beiden nichts. Sie waren lahm. Stolperer. Verlierer. Er musste seinen eigenen Weg in dieser Welt gehen. Womit ließ sich Geld machen, wenn man in diesem komplizierten Durcheinander herumwurstelte? Er musste überleben. So war es nun mal.

Big Soap steckte sich eine Zigarette an, und Fatty sah im Rückspiegel zu ihm hin. Im aufscheinenden Licht war Big Soaps Gesicht eine Silhouette. »Alles wegen einem blöden Ofen«, sagte Fatty.

»Einem was?«

»Vor langer Zeit lebte Dodo mit seiner Mama in einem kleinen Haus bei der Lincoln Avenue. Sie hatte einen Ofen, der irgendwie explodiert ist. Da konnte er nichts mehr sehen, und auch seine Ohren wollten nicht mehr. Die Augen haben sich nach einer Weile erholt, die Ohren nicht. Danach wurde seine Ma krank und starb, und er ging nicht mehr in die Schule, weil er ja nichts mehr gehört hat.«

»Deswegen nennen ihn alle Dodo?«

»Ein Name bedeutet nichts.«

»Wenn er nichts bedeutet, warum nennen sie ihn dann nicht Pferd? Oder Auto? Oder Spaghetti?«

Fatty starrte voller Überdruss nach vorn durch die Windschutzscheibe. »Ich weiß nicht, wer blöder ist, Soap. Dodo oder wir. Du würdest ihn hier nicht sitzen und darauf warten sehen, dass diese Nigger mit Knochen in der Nase ihn zum Frühstück verspeisen.« Er starrte auf die Tür, durch die Paper verschwunden war.

»Was hält sie da?«

In dem kleinen Schindelhaus fand sich Paper in einem Raum mit Klappstühlen wieder, die auf einen Tisch an der gegenüberliegenden Wand ausgerichtet waren. Eine Schreibmaschine stand darauf, daneben lag ein Stapel leerer weißer Karten. Neun Leute, vier Männer und fünf Frauen, saßen schweigend da und sahen zum Tisch hin. Sie drehten sich kurz zu ihr um, als sie in der hinteren Reihe Platz nahm, nickten ihr zu und blickten wieder nach vorn.

Augenblicke später öffnete sich eine Seitentür, und eine stattliche schwarze Frau mit großen schwarzen Augen und einer schönen, reinen schokoladenfarbenen Haut kam herein. Sie war so gut angezogen, dass sie selbst in einer Stadt wie Philadelphia, die kaum mehr als fünfzig Kilometer entfernt lag und wo regelmäßig modisch gekleidete schwarze Geschäftsfrauen auf der Broad Street zu sehen waren, aufgefallen wäre. Sie trug ein Kleid mit tiefer Taille und einer Schärpe um die Hüften, das ihr bis auf die Füße reichte. Ein Glockenhut saß auf ihrem sorgfältig geglätteten Haar, um den Hals trug sie ein einfaches Amulett, die Füße steckten in Mary-Jane-Schuhen mit doppelten Riemen. Sie bewegte sich wie eine Königin, trat hinter den Tisch mit der Schreibmaschine und sah sich um.

Der Anblick dieser so hoheitsvoll gekleideten Frau hinter dem schmalen Tisch dort vorn, vor einer Zuhörerschaft auf Klappstühlen in diesem heruntergekommen Zwei-Zimmer-Schuppen nur ein paar Schritte von der Pennsylvania Route 23 entfernt, während der Regen aufs Blechdach trommelte und der Wind durch Risse in den Wänden pfiff, war so lächerlich, dass Paper den Drang, in Lachen auszubrechen, unterdrücken musste. Sie wusste es besser, denn das war Miggy Fludd. Und Miggy Fludd – Fludd war der Name ihres Mannes – war eine Lowgod. Und wenn es eine farbige Seele auf dieser Welt gab, eine Seele unter Jesus Christus selbst, die Dodo ohne die Hilfe eines weißen Mannes aus Pennhurst herausholen konnte, war es eine Lowgod.

Miggy sah ihre Zuhörer an.

»Seid ihr so weit?«, sagte sie.

Eine sanft aussehende engelsgleiche Frau in der ersten Reihe sagte mit weicher Stimme: »Das sind wir, Schatz. Wir sind bereit.«

Die schwarzen Frauen Chicken Hills formten eine enge Gemeinschaft. Die meisten arbeiteten als Hausbedienstete für weiße Männer und gingen morgens hinunter in die Stadt, um Wäsche zu waschen, Essen zu kochen, Kinder großzuziehen, sich um alte Eltern zu kümmern und den weißen Frauen ihre Privilegien zu ermöglichen. Die farbigen Frauen in Hemlock Row sangen ein anderes Lied. Sie waren Lowgods und im Gegensatz zu den schwarzen Frauen Chicken Hills, die zum großen Teil unterwürfig und gewillt waren, als Tagelöhnerin für die Weißen zu schuften, keine guten Dienerinnen. Sie waren kühl, reserviert und unglaublich schön, hatten feingliedrige Arme und schlanke Hälse. Sie lächelten nicht, biederten sich nicht an oder schwatzten sinnloses Zeug. Ihre unheilvollen Blicke, ihr sorgloses Schulterzucken und ihre merkwürdige Aussprache machten sie zu unmöglichen Hausmädchen, zudem schüchterte ihre dunkle Schönheit die weißen Hausfrauen ein und weckte deren Männer aus ihrem sexuellen Schlummer. Ihre schöne Haut glühte mit einer ebenhölzernen Arroganz, die das wunde Rosa ihrer weißen Herrinnen schwach erscheinen ließ. Und sie waren auch nicht sonderlich interessiert an Arbeit im Freien, im Garten, so tüchtig sich einige, wenn dazu gedrängt, dabei auch erweisen mochten. Stattdessen wuschen die Lowgod-Frauen hauptsächlich Wäsche, wozu sie jeden Morgen zu Fuß in die Stadt gingen, und es war nicht ungewöhnlich, fünf oder sechs von ihnen riesige Taschen Schmutzwäsche über die staubige Route 23 von Pottstown nach Hemlock Row schleppen zu sehen. Es waren gute fünf Kilometer, und meist ging es um die Wäsche der ersten Familien der Stadt, denn sie wuschen und bügelten Röcke mit solcher Sorgfalt und Genauigkeit, dass sich auch die unduldsamsten weißen Hausfrauen mit ihrem furchterregenden Schweigen und ihrer seltsamen Aussprache abfanden. Die Lowgod-Frauen waren bekannt für ihre Wäschereikünste. Sie rangierten meilenweit über den meisten Wäscherinnen der Gegend, ausgenommen Paper. Und so hat Paper Miggy kennengelernt.

Miggy war eine ehemalige Kollegin. Die beiden wuschen abwechselnd für dieselbe Kundin, eine wahnsinnig pingelige Frau, deren Mann der Vizepräsident der National Bank of Pottstown war. Wenn die eine nicht konnte, übernahm die andere den Job, und am Ende freundeten sich die beiden an, denn Papers unbefangenes Auftreten, ihr wundervolles Lachen und ihre Geringschätzung für die zitternden, testosterongetriebenen Schwächlinge, bekannt als Männer, erweichte auch die verhärtetsten, argwöhnischsten Frauen, und Miggy war eine neugierige Seele. Sie waren beide etwa gleich alt, und Miggys Wunsch, lesen zu lernen, und ihr Interesse an Papers anscheinend glamourösen Leben als

Gastgeberin einiger gut aussehender Pullman-Schaffner resultierte in Miggys Heirat mit einem Eisenbahner, was sich als kurze Affäre mit bösem Ende erwies, denn der Mann war jähzornig und ohne Erfahrung mit einer Lowgod, die sich von keinem Mann in den Hintergrund drängen ließ. Papers Eingreifen rettete dem Mann das Leben und Miggy wahrscheinlich vor einer längeren Gefängnisstrafe. So festigte sich die Freundschaft der beiden Frauen.

Paper hatte ihre Freundin seit einer Weile nicht gesehen, da Miggy sich vor drei Jahren aus nicht erklärten Gründen aus dem Wäschereigeschäft zurückgezogen hatte. Aber als Paper ihr schrieb, dass sie ein Problem mit etwas in Pennhurst habe, antwortete Miggy mit dem Satz: »Ich habe eine Antwort für dich«, beschrieb bis ins Detail, wann genau Paper wohin kommen solle, und beendete ihren Brief mit der klaren Aufforderung: »Komm nicht mit Vorurteilen her.« Paper argwöhnte, dass Miggy womöglich in die Prostitution abgerutscht war, und nahm sicherheitshalber Fatty und Big Soap mit, da sie wusste, dass man sich, wenn ein Schwarzer im Viertel ein gelegentliches Missverständnis zu weit trieb, auf die beiden verlassen konnte und sie sich diskret und, wenn nötig, mit Gewalt um die Sache kümmerten.

Von ihrem Platz in der hinteren Reihe aus sah Paper fasziniert zu, wie Miggy vor der kleinen Versammlung stand und den Blick über die Anwesenden gleiten ließ, ohne sich beim Anblick Papers etwas anmerken zu lassen. Stattdessen setzte sie sich an den Tisch, zog die Schreibmaschine und die Karten näher und sagte: »Wer ist der Erste?«

Ein Mann hob die Hand.

Miggy nickte zu ihm hin. »Nur zu.«

»Meine Tochter ist krank. Wird sie gesund?«

Miggy stand vom Tisch auf, nahm den Hut ab, hob ihr königliches Antlitz zur Decke, streckte die Arme aus und ließ zu Papers völliger Überraschung einen langen, schwermütigen Ruf hören, den Mund weit geöffnet, die weißen Zähne gut sichtbar, so als riefe sie die Götter an. Sie schloss die Augen und wiegte sich langsam hin und her, tanzte auf der Stelle, schwang locker, sinnlich die Hüften und bewegte die Arme auf eine ruhige, kreisende Weise über den Kopf, hinunter zur Taille und vor und zurück, als ruderte sie in einem Boot. Sie wurde schneller, ihr ganzer Körper war eine Bewegung, die breiten Hüften, die Augen geschlossen, noch schneller, die Armreifen und der Knochenschmuck, den sie trug, rasselten gemeinsam gegen das Trommeln des Regens auf das Blechdach an – es war eine Art fiebriges afrikanisches Schütteln, schneller, schneller, superschnell. Endlich begann die Vereinigung von Armreifen, Halskette, Rundungen und Brüsten langsamer zu werden, wie ein Zug der zum Halten kam, wurde langsamer, langsamer und stoppte, und vor ihnen stand aufs Neue, herrschaftlich wie eine Königin, tief atmend, die allen bekannte Miggy, die Augen geschlossen, den Kopf geneigt, und summte leise vor sich hin. Sie öffnete die Augen, hatte ihren tanzenden Anruf Gottes beendet, setzte sich zurück an den Tisch, wieder ganz bei sich, zog die Schreibmaschine zu sich heran, spannte eine Karte ein und begann zu schreiben.

Als sie fertig war, hielt sie die Karte in die Höhe. Der Mann stand auf und trat vor. Sie gab ihm die Karte, und er setzte sich wieder. Miggy spähte in den Raum und sagte: »Der Nächste.«

Weiter ging es, was Paper staunend verfolgte. Die gute, alte Miggy Fludd, die kaum lesen konnte, als sie sich kennengelernt hatten – eine Schreibmaschine schreibende Wahrsagerin. Wer hätte das gedacht?

Alle Versammelten hatten eine Frage, und sie variierten in Art und Umfang. *Ist Mama zu Hause krank und sagt mir nichts? Kommt mein Mann zu mir zurück? Geht meine Frau mit meinem besten Freund? Warum war mein Cousin so gemein zu mir?* Nach jeder dieser Fragen stand Miggy auf, zog sich in sich zurück, tanzte einen wunderbar kurzen Tanz, kam wieder hervor, tippte eine Antwort auf eine Karte und gab sie der oder dem Fragenden.

Als alle neun Leute im Raum ihre Antworten bekommen hatten, stand sie auf, stützte die Hände wie eine Lehrerin auf den Tisch und sagte: »Sind wir damit für heute durch?« Sie sah zu Paper hinüber.

Niemand drehte sich zu ihr um, dennoch hatte Paper das Gefühl, dass der Raum sie anstarrte. Sie senkte den Blick zu Boden. Himmel, nein, sagte sie sich. *Ich möchte nichts über morgen wissen.*

»Nichts mehr? Also gut. Auf Wiedersehen«, sagte Miggy. Sie setzte sich wieder hinter den Tisch, während alle anderen aufstanden, vortraten und ein paar Münzen in ein Spendenglas warfen, bevor sie hinausgingen.

Einen rief sie zurück, bevor er die Tür erreichte, einen schlanken grauhaarigen Mann mit einem abgegriffenen Fedora in der Hand und schwarzen Flecken im zerzausten grauen Bart. »Bullis, kannst du noch einen Moment bleiben?«

Er blieb stehen und drehte sich um, während die anderen hinaus in den Regen verschwanden. »Was hab ich jetzt wieder gemacht?«, fragte er mit angenehmer Stimme.

Miggy nahm das Glas voller Münzen, leerte sie auf den Tisch und sortierte sie langsam. »Wie geht's dir da, Bullis?«

»Wo?«

»Bei der Arbeit.«

»Alles bestens.«

Miggy schob alle Münzen zu ihm hin. »Du musst mir einen Gefallen tun«, sagte sie.

Der Mann betrachtete die Münzen und schob sie zurück zu Miggy. »Okay.«

Miggy nickte zu Paper hin. »Siehst du das hübsche Ding da? Sie wird's dir sagen, wenn sie so weit ist.«

»Wer ist sie?«

»Eine von Nates Seite der Stadt.«

Der alte Mann zögerte einen Moment und blinzelte nachdenklich. »Lebt Nate noch?«

»Kann sie dich ansprechen oder nicht?«

»'türlich.«

»Ich klär das dann.«

»In Ordnung. Ich bin da.«

Paper suchte nach Worten, als der Mann hinausging, und sagte dann zu Miggy: »Hast du dir all die tollen Kleider mit dieser Art Job verdient, Miggy?«

»Oh, nein, Schatz. Das ist meine Arbeit. Nicht mein Job.«

»Wahrsagen?«

Miggy runzelte die Stirn. »Ich bin ein Orakel. Eine Botschafterin. Gottes Wort erreicht mich, wenn ich tanze, und ich gebe Seine Antworten denen, die fragen.«

»Ich habe niemanden lesen sehen, was du auf die Karten geschrieben hast«, sagte Paper.

»Die meisten können nicht lesen«, sagte Miggy.

»Warum schreibst du die Antworten dann auf?«

»Sie suchen sich jemanden, der lesen kann. Oder ich lese sie ihnen vor. Die meisten von ihnen sehe ich jeden Tag.«

Paper wollte fragen: Was ist, wenn ihnen nicht gefällt,

was du schreibst?, aber sie erinnerte sich daran, wo sie war, und sagte stattdessen: »Was gibst du ihnen, Miggy?«

»Hoffnung, Süße.«

»Ist dafür nicht die Kirche da?«

Miggy lächelte. »Letztes Jahr kamen ein paar Gangster aus Reading her und suchten nach einem Jungen namens Sanko. Hab gehört, die hatten 'ne Prämie von vierhundert Dollar auf seinen Kopf ausgesetzt. Sanko war das, was du in unserer Sprache einen ›Twi‹ nennst, jemand, der nette Sachen über Leute sagt, ihnen Luftschlösser verkauft und ein gutes Gefühl gibt, selbst wenn, was sie tun, es nicht immer trifft. Er kann dem Teufel die Hörner vom Kopf reden und macht so ein paar Dollar. Tut aber keinem weh. Was er den Gangstern getan hatte, was wirklich dahintersteckte, weiß ich nicht, aber die beiden kamen hier an, in Anzügen, und nannten sich Prediger. Sagten, sie wollten Sanko das Evangelium bringen.«

Sie hielt inne, zählte auch die letzten Münzen und steckte sie sich in die Tasche.

»Das ist das Problem unserer Welt, Paper. Unter zehntausend Eltern findest du keinen, der sein Kind zum Mörder erziehen will und so tut, als hätte er Gottes Verständnis. Gottes heilige Hand hat die meisten hier in der Row erreicht, bevor sie überhaupt in dieses Land gekommen sind. Wir haben unsere eigene Kirche und unsere eigene Art, Dinge zu tun, so wie wir im Süden großgezogen wurden. Wir pflegen unsere Erinnerungen gegen ungerechte Sorgen in der Familie. Wir wissen, wenn einer mit Gottes Milch kommt und nicht mit Wasser vom Teufel. Und so sind die beiden Burschen, die nach Sanko suchten, auf der Totenbahre hier wieder raus. Und keiner hier weiß was davon. Sanko läuft bis heute durch die Row, baut Luftschlösser und erzählt Lügen. Und ich orakle, wie's mir gefällt.«

Sie machte eine Pause und richtete die Karten und die Schreibmaschine gerade vor sich aus. »Du bist eine gute Frau, Paper. Ich schulde dir was für deine Güte, als der Pullman-Schaffner mein Herz attackiert hat. Ich bin nicht mehr dieselbe Person, die ich die ersten siebenundzwanzig Jahre meines Lebens war.«

»Ich hab dir noch gar nicht gesagt, weshalb ich hier bin«, sagte Paper.

»Das weiß ich längst. Es müssen an die dreihundert Leute draußen in Pennhurst arbeiten. Und die meisten Farbigen da kommen aus der Row. Weißt du, warum? Der normale Chicken-Hill-Farbige will sein Essen auf feinem Geschirr. Er will die Nase hoch tragen wie die Weißen. Aber so tun, als wüsstest du alles und wärst besser, als du weißt, wie du bist, setzt deinen Körper unter fürchterlichen Druck. Es macht dich zum Stolperstein deiner eigenen Gerechtigkeit. Der normale Lowgod ist nicht so. Wir Lowgods kapieren, wenn einer von den Patienten in Pennhurst Kacke nach uns wirft, auf den Boden pisst oder uns anspuckt, fehlt ihm der Friede. Wir kapieren, was die meisten Leute in diesem Land nicht kapieren: dass du nicht wiederkriegen kannst, was du nie hattest. In einem Land zu leben, das nicht deins ist, so zu tun, als wüsstest du alles, wenn du's nicht tust, Regeln für dies oder das zu erfinden, um dich toll erscheinen zu lassen, das macht dich kaputt. Dieses Land gehört nicht den Leuten, die es regieren, verstehst du. Und das macht einige von ihnen, die Besten, die Ehrlichsten von ihnen, es macht sie verrückt. Uns geht's gleich, dir und mir, als Farbige. Wir sind hier Besucher. Die Sache ist, wir Lowgods, wo immer wir herkommen, dem alten Afrikaland, denk ich, wir waren *Hüter* unserer Mitmenschen. Das war unsere Bestimmung. Und so sind wir immer noch. Das ist alles, was wir von unserer Geschichte wissen, der, die uns genommen wurde, noch bevor wir hergebracht wurden. Weißt du, was Lowgod in unserer Sprache bedeutet? ›Kleine Eltern‹. Wir wissen, die meisten Leute sind schwach, und weise zu sein ist nicht leicht. Deshalb ist es nicht schwer für uns, mit den armen Seelen in Pennhurst umzugehen. Ich arbeite da auch. Mit den Patienten ist es nicht schwer, aber mit den Angestellten. Den Ärzten, dem medizinischen Personal und so weiter. Das sind die harten Nüsse.«

»Um die geht's mir nicht«, sagte Paper. »Mir geht's nur um ...«

»Ich weiß schon«, sagte Miggy. »Und ich weiß, wie wir ihn da rausholen.«

Sie schob ihren Stuhl näher zur Schreibmaschine, nahm eine Karteikarte, sah Paper an und hielt die leere Karte in ihren schmalen, schlanken Händen.

»Sie haben euern Jungen auf Station C-1 gepackt. Es ist nicht einfach da. Sie ist für die mit, wie sie sagen, ›niedrigen Funktionen‹. Die, von denen sie annehmen, sie können nicht selbst essen und so. Wir haben da einen Lowgod. Nun, er *stammt* aus der Row, lass es mich so sagen. Er war mal einer von uns, aber er ist uns verloren gegangen. Er ist hier nicht mehr klargekommen, also bleibt er weg, denn wir wollen ihn nicht. Er ist ungerecht. Verdreht. Deshalb wohnt er da, in Pennhurst. Bleibt zu hundert Prozent da, die ganze Zeit. Kümmert sich um die schlimmsten Patienten. Ich hab gehört ... nun, es gibt wenige wie ihn in dieser Welt. Für Leute wie ihn haben sie Platz oben in Pennhurst, weil, auch wenn er hier und da mal ausrastet, hält er Ordnung. Er geht da nie weg, und wenn er jemals wieder herkommt, schicken wir ihn nach Hause zu seiner Mutter.«

»Wird er helfen?«

»Vielleicht. Vielleicht auch nicht. Er ist verdreht. Aber ich kann deine Leute mit ihm zusammenbringen.«

»Wenn er verdreht ist, wie kommen wir dann mit ihm zurecht?«

»Ich hab nicht gesagt, *wie* ihr mit ihm umgehen sollt, nur dass ihr es müsst.«

»Wir wissen nichts über diese Art Sachen, Miggy.«

»Ihr habt einen Farbigen aus South Carolina bei euch auf dem Chicken Hill. Fragt ihn.«

»Wen?«

»Ich bin nicht so dumm zu glauben, dass du's nicht weißt«, sagte sie. »Bullis, den du grade gesehn hast, er bringt eure Leute rein. Dann müsst ihr wissen, was ihr machen wollt.«

Damit zog Miggy die Schreibmaschine heran, spannte die Karte ein, tippte ein paar Buchstaben, gab sie Paper und schob die verbliebenen Karten zu einem ordentlichen Stapel zusammen. »Komm wieder her und besuch mich. Und bring den Straßenjungen mit, den du vielleicht heiraten möchtest. Den, der draußen wartet. Er taugt übrigens als Ehemann, hat ein gutes Herz.«

Damit drehte sie sich vom Tisch weg, ging zur Seitentür, trat hinaus in den Regen und verschwand.

Sie war so schnell weg, dass Paper vergaß, nach dem Namen des Lowgod-Mannes auf der Station zu fragen. Sie sah auf die Karte in ihren Händen. Ein einzelnes Wort stand darauf: »Menschensohn.«

20
DAS ANTES-HAUS

Gus Plitzka, der Vorsitzende des Pottstowner Stadtrats, hasste den Memorial Day. Jedes Jahr, solange sich irgendwer erinnern konnte, wurde das jährliche Treffen der Cornet Marching Band der John Antes Historical Society zusammen mit dem Treffen des Pottstowner Stadtrates abgehalten, mit fünfminütigem Abstand, eins nach dem anderen. Erst kam der Stadtrat, dann versammelte sich die gesamte historische Gesellschaft vor dem Gebäude. Erklärungen und Proklamationen wurden abgegeben, und anschließend spielte die Cornet Marching Band der John Antes Historical Society. Schließlich legten alle die Instrumente zur Seite, und es gab Frühstück, mit deutschem Bier und Würstchen, denn die Deutschen mussten irgendwie eine Rolle spielen, schließlich gehörte ihnen praktisch alles in der Stadt. Dann spielte die Band wieder, und die Feuerwehrwagen der Empire Fire Company kamen und läuteten ihre Glocken, und endlich am Nachmittag begann der Memorial-Day-Marsch mit viel Geschnaube und Juhu, mit Tuten und Tröten, Hott und Hü und weiteren Proklamationen, und die Stadtratsmitglieder trugen Kostüme aus der Zeit der Revolution und fungierten als Festordner.

Es war eine Verneigung vor der Geschichte, eine sentimentale Geste in Richtung des großen John Antes, Pottstowns bedeutendstem Komponisten. Natürlich hatte keiner außerhalb von Pottstown je von Antes gehört, zum Teil, weil er Trompetensonaten geschrieben hatte, die niemand spielte, zum Teil, weil die Cornet Marching Band der John Antes Historical Society aus fünfundvierzig Seelen bestand – Hohlköpfen, Schweinezüchtern, Kettenrauchern, Faulenzern, Trinkern, Cheerleadern, Wildfängen, gelangweilten Studenten und irgendwelchen anderen Weißen aus dem Montgomery County, die ihre Lippen fest genug vorschieben konnten, um einer Trompete ein Geräusch zu entlocken – und wie die Mischung aus einem Motor, der an einem kalten Oktobermorgen nicht anspringen wollte, und einem sterbenden afrikanischen Silberrücken-Gorilla klang, der seinen letzten Schrei tat. Es war alles, wie gesagt, eine Verneigung vor Antes, dem großen Komponisten, Vater, Revolutionär, Staatsmann, Beutemacher, Eisenproduzenten, seine Frau prügelnden Ehemann, Kornettisten, Plünderer indianischer Gräber und vielseitigsten großen Amerikaner, der als Präsident der Gemeinde Pottstown *und* als Colonel unter dem großen George Washington gedient und dennoch die Zeit gefunden hatte, Marching-Band-Sonaten für Trompeten zu schreiben, stellt euch vor. Nach einem Tag Party und Parade zur Feier seines Lebens ging es zurück zum Antes-Haus, und es gab weitere Reden, gefolgt von einem riesigen Spanferkelessen im Freien und später einem die Nacht erhellenden Feuerwerk – spätestens da waren alle betrunken und vergaßen den alten John.

Die Feier begann und endete jedes Jahr beim Haus des großen Komponisten aus der Zeit der Revolution, einem erschöpften, zerfallenden Stein-und-Stuck-Bau, der an der Ecke High Street und Union hockte und wie eine alte Hexe den Chicken Hill bewachte, das ramponierte Viertel, das hinter ihm aufstieg wie der betrunkene Cousin, der zu

Weihnachten über der kleinen Mary schwebte, die gerade achtzehn geworden und von einem Wildfang mit Zahnlücke zu einem Flammenwerfer mutiert war. Das geliebte Antes-Haus war ein gehegter Schatz, bewundert und verehrt und am Memorial Day für die weißen Pottstowner das Zentrum des Universums. An den übrigen dreihundertvierundsechzig Tagen im Jahr diente es den schwarzen Bürgern der Stadt als prachtvolles Scheißhaus, Biertrinker-Hauptquartier und Unterschlupf vor den Cops. Es war ein Spielplatz für davongelaufene Kinder, Anbindeplatz für verirrte Maultiere und letztmöglicher Sex-Spot für lust- und liebestrunkene Chicken-Hill-Teenager – was alles gnädigerweise eine Woche vor dem Memorial Day aufhörte, wenn ein Lastwagen mit der Aufschrift »Pottstown. Geschichte aus EISENG« mit durchgestrichenem G – ein Fehler des Malers – davor parkte. Ein Trupp Männer stolperte heraus, und die jährliche Verwandlung begann. Amerikanische Flaggen wurden gehisst, Sperrholzbretter von den Fenstern entfernt, Rahmen gestrichen und repariert, der Bürgersteig und der Ziegelzugang gesäubert, das Haus vom Dach bis zum Keller geschrubbt, und wenn das alles geschafft war, taten die erschöpften Arbeiter das, was sie jedes Jahr taten: Sie traten zurück, betrachteten das alte Haus mit in die Hüften gestemmten Händen und schüttelten die Köpfe wie eine Mutter, die ihrem Sohn gerade zehnmal das Gesicht gewaschen hat, nur um zu sehen, dass er einfach potthässlich war. Aber die amerikanische Geschichte soll nicht schön sein. Sie ist schlicht und einfach. Sie ist stark und wahrhaftig. Voller Blut. Und Mut. Und Krieg. »Das Eisen«, verkündete der Bürgermeister in seinem gewohnt aufgeräumten Gepolter zu Ende der jährlichen Treffen des Stadtrats und der Antes Society im Jahr 1936, »ist das, was diese

Stadt groß gemacht hat. Die Kanonen, die wir bauen. Die Gewehre. Der Stahl. Das Blut! Der Mut! Der Ruhm! Gott ist auf unserer Seite! Erinnert euch: George Washingtons Sieg hier in Pottstown war der Vorgänger der großen Schlacht von Valley Forge! Vergesst das nie!«

Plitzka, der zwischen den Stadtratsmitgliedern an einem Tisch im Antes-Haus saß, hörte die Rede mit einem Knurren und zuckte zusammen. Sein großer Zeh brachte ihn um. Er war zur Größe eines Fleischkloßes angeschwollen. Und Plitzka hatte Kopfschmerzen, sein Schädel brummte, und das aus einem Grund, bei dem kein Aspirin half.

Plitzka war der neue Besitzer der Molkerei Clover, Arbeitgeber von neunundzwanzig Leuten – der Erste in seiner Familie, der so was machte, und wenn das nicht der amerikanische Traum war, sagte er seinen Freunden, was dann? Stellt euch das vor. Natürlich stellten sich die Freunde, die ihn gut kannten, gerne vor, dass er unterging, aber das war nicht der Punkt. Er war der Boss! Der King. Ihm gehörte der Laden.

Das Problem war, die Sache wendete sich gegen ihn. Vor kaum einem Monat, der Handel war gerade geschlossen, hatte er festgestellt, dass er seine Barschaft nicht richtig berechnet hatte. Ihm fehlten tausendvierhundert Dollar. Verzweifelt rief er seinen Cousin Ferdie an, der sich wunderbar mit Schwindlern, Schwachköpfen und Gewinnerpferden auf der nahen Sanatoga-Rennbahn auskannte. Ferdie erklärte, er sei gerade selbst knapp bei Kasse, und empfahl Plitzka einen »guten Freund« in Philadelphia, der ihm das Geld sicher gerne leihen würde. Der Freund entpuppte sich als ein furchterregender Mobster namens Nig Rosen.

Jedes Mal, wenn Plitzka an Rosen dachte, fühlten sich seine Innereien wie sich verflüssigende Götterspeise an.

Er stand bei einem echten Gangster mit tausendvierhundert Dollar plus Zinsen in der Kreide und wusste nicht, wie er an das Geld kommen sollte. Und jetzt, anstatt den Tag damit zu verbringen, sich Wege zu überlegen, wie er aus dem Loch herauskommen konnte, musste er seine Zeit damit verschwenden, als Ordner bei dieser Parade herumzuhumpeln und darauf zu hoffen, dass Rosens Trampel hier nicht in aller Öffentlichkeit auftauchten. In seinem Büro waren sie schon zweimal gewesen. Es war furchtbar. Plitzka wäre am liebsten in Tränen ausgebrochen, während er mit pochendem Zeh an diesem Tisch saß.

Als die Sitzung endete und die übrigen Stadtratsmitglieder zur Tür strebten, trommelte er mit den Fingern auf den Tisch und sah zu, wie Bandmitglieder mit allen möglichen Hörnern in den Raum drängten. Plitzka blieb sitzen und suchte unter den Neuankömmlingen nach Doc Roberts. Er hoffte darauf, dass der Doc, der in so gut wie jeder historischen Gesellschaft der Stadt Mitglied war und in jeder Parade mitmarschierte, auch in der John Antes Historical Society war. Er seufzte erleichtert auf, als er Roberts mit seinem charakteristischen Humpelgang am anderen Ende des Raums sah. Der Doc hielt, ausgerechnet, eine Tuba im Arm.

Plitzka erhob sich und schob sich mit schmerzendem Zeh durch die Bandmitglieder zu Roberts durch, der mit seinem Instrument herumtat. »Hey, Doc, mein Zeh bringt mich um«, sagte er.

Der Doc sah Plitzka an und wandte sich wieder seinem Instrument zu, irgendwas schien mit den Ventilen zu sein. »Komm morgen in meine Praxis«, sagte er.

»Es ist schlimm. Kannst du nicht schnell einen Blick darauf werfen?«

Der Doc sah sich im ziemlich vollen Vorraum um. »Hier?«
»Draußen.«
»Ich muss spielen.«
»Das kann warten«, sagte Plitzka.
Der Doc wandte sich wieder seiner Tuba zu und ließ Plitzka hilflos hinter sich stehen. Plitzka hasste ihn. Altes Geld, Klumpfuß-Snob. Eins von den *Mayflower*-Kindern. Stellvertretender Paradenleiter, weil seine Familie schon zur Zeit der Indianer und so hier gewesen war. Blies die Tuba in einer Trompeten-Band. Sie waren vor Jahren im Stadtrat aneinandergeraten, als der Doc auch noch dabei gewesen war. Plitzka hatte siebzig Dollar für eine bronzene Gedenktafel ausgeben wollen, um an die Gründung des ersten polnischen Geschäfts der Stadt zu erinnern. Der Doc hatte widersprochen: »Wir können nicht für jede Familie eine Tafel aufhängen, die hier mal Brot gebacken hat. Die Polen sind erst seit 1885 hier, und das ist *nach* dem Bürgerkrieg.« Plitzka hatte die Beleidigung nie vergessen und war froh gewesen, ein paar politische Strippen ziehen und Doc Roberts dazu bringen zu können, seinen Sitz im Rat zur Verfügung zu stellen.

Der Doc seinerseits hegte eine ähnliche Abneigung gegen Plitzka, der ein Emporkömmling, ein wüster politischer Schläger für ihn war, einer von der neuen Art Pottstowner, das hieß, ein Mann ohne Ehre. Plitzka verteilte kistenweise Bourbon, um Wählerstimmen zu kaufen. Er brachte örtliche Banker auf Linie, indem er ihnen drohte, Kohlelieferungen in die Straßen zu stoppen, in denen sie ihre Geschäfte machten. Selbst die Chefs von McClinton Iron und Bethlehem Steel waren für ihn jederzeit erreichbar. Sein Haus auf der Westside hatte ein Wohnzimmer so groß wie ein Rugbyfeld, und vor der Haustür lag eine Fußmatte mit einer Aufschrift in altem Englisch. Wie konnte ein Pole, dessen Familie eine verschissene Farm oben auf dem Chicken Hill betrieb, die nicht mal zur Flohzucht taugte, an so viel Geld kommen? Aber angesichts dessen, was in dem Judenladen auf dem Chicken Hill passiert war, brauchte der Doc nicht noch weitere Feinde. Nicht jetzt, nicht Plitzka, der gefährlich war.

»Also gut, Gus«, sagte er.

Die beiden Männer bewegten sich zur Tür. Weder der eine noch der andere bemerkte die beiden italienischen Frauen, die Papier aufsammelten und den Boden fegten und sich dabei unauffällig wie Geister bewegten. Pia Fabicelli, die offizielle Hausmeisterin des Stadtrats, war zu ihrem Unwillen von ihren gewohnten Pflichten im Rathaus abgezogen und herzitiert worden, um hinter den Herren im Antes-Haus herzufegen. Sie hatte Fioria als Hilfe mitgebracht, und während die beiden Kaffeetassen wegräumten, Kuchenkrümel zusammenfegten und die Papiere einsammelten, die wie immer liegen geblieben waren, sahen sie den Doc und Plitzka zur Tür humpeln. Plitzka, dann kam der Doc.

Pia stieß Fioria an und witzelte: »Guck mal, Zwillinge.«

Fioria gluckste. »Wenn du einem den Finger in den Mund steckst, beißt der andere zu.«

Die beiden lachten, und der Doc folgte Plitzka nach draußen.

Plitzka setzte sich auf die rissigen Ziegelstufen des Antes-Hauses, zog seinen Schuh aus, schob den Strumpf herunter und zeigte dem Doc seinen Zeh. Er sah fürchterlich aus: geschwollen, rot, formlos. »Was sagst du?«, fragte er.

Der Doc starrte den formlosen Zeh an. »Was immer es ist«, sagte er. »Der muss dringend behandelt werden.«

»Willst du ihn nicht untersuchen. Das macht mich fertig.«

»Dazu brauche ich meine Instrumente. Wie ist er so geworden?«

»Das frage ich dich.«

»Ich kann keine Gedanken lesen, Gus. Bist du damit gegen was gestoßen? Einen Tisch? Einen Stuhl? Ist etwas auf ihn gefallen?«

»Nein.«

»Was hast du in letzter Zeit gemacht?«

»Was soll das heißen?«

»Vielleicht bist du ja irgendwo gewesen und auf etwas getreten. Oder es ist doch was draufgefallen, vielleicht in der Molkerei, bei der Arbeit?«

»Das hier ist meine Arbeit«, sagte Plitzka trocken. »Ich bin der Stadtratsvorsitzende, Doc.«

»Ganz ruhig, Gus. Ich versuche, mir nur einen Reim darauf zu machen.«

»Ich habe Schmerzen!«

Der Doc setzte sich auf die Stufe unter Plitzka und fasste den Fuß sanft bei der Ferse, vermied es aber, den ekligen Zeh zu berühren. Er hoffte, dass er nicht nach Senfgas roch. Er stellte den Fuß vorsichtig wieder ab. »Wann hat es angefangen? Mit den Schmerzen?«

»Ich bin nicht sicher«, sagte Gus. »Im letzten Monat waren die Missus und ich im Kaufhaus von John Wanamaker in Philly. Sie wollte unbedingt mit dem Aufzug fahren, und das Ding blieb im fünften Stock für zwanzig Minuten stecken. Ich glaube, da ist es losgegangen.«

Das war nicht ganz falsch. Da waren sie gewesen, aber sein Fuß hatte erst später am Nachmittag angefangen zu schmerzen, als er seine Frau bei Wanamaker's zurückgelassen und die vier Straßen zur Kneipe von diesem Gangster Nig Rosen in der Broad Street gegangen war. Es war alles so arglos gewesen. Sein Cousin Ferdie hatte gesagt, Rosen sei ein reeller Bursche. Sauber. Ein guter Mann. Und zuerst war er Plitzka auch so vorgekommen, wie sein Cousin ihn beschrieben hatte, sachlich, ruhig, während Plitzka ihm die Situation erklärte. »Ich bin ein Bauernsohn«, sagte Plitzka. »Habe mich hochgearbeitet. Straßenfeger. Büroarbeiter. Stadtrat. Jetzt stehe ich an der Tür. Bin *so nahe* dran, die Molkerei zu kaufen, der die Hälfte der Milch der Stadt gehört. Ich muss nur noch über diese letzte Schwelle.« Rosen hatte etwas Beruhigendes gehabt. »Ich bin Gastwirt«, sagte er. »Ich weiß wenig über Angebot und Nachfrage. Gott sei Dank hat uns die Prohibition nicht kaputtgemacht.« Er gab Plitzka die tausendvierhundert Dollar mit einem Lächeln für fünf Prozent Zinsen monatlich, und die beiden besiegelten den Handel mit einem Handschlag. In der Woche drauf tauchte Rosen mit zwei mächtigen Schlägertypen in Plitzkas Büro auf und verlangte fünfunddreißig Prozent ab sofort, womit am Ende insgesamt zweitausendneunhundert Dollar zurückzuzahlen waren. Plitzka weigerte sich. »Seh ich so blöd aus? Das ist mehr als das Doppelte«, sagte er. »Das bezahle ich nicht.« Rosens freundliche Miene schwand, und er öffnete sein Jackett und ließ eine Pistole sehen. »Wie wäre es, wenn ich damit bei dir zu Hause auftauche und sie dir ins Gesicht ramme?«

Und so hatte sich der Deal, der Plitzka in die höchsten Ränge der Pottstowner Gesellschaft hätte katapultieren sollen, wie ein Strick um seinen Hals gelegt und strangulierte ihn. Das waren zusätzliche vierhundertzwanzig Dollar pro Monat, zu seinen normalen Ausgaben, inklusive der

Löhne, die auf den Penny berechnet waren. Woher sollte er das Geld nehmen?

Plitzka saß auf den Stufen, sein Zeh pochte vor Schmerz, und der Gedanke, Rosen könnte mit seinen Gorillas vor der Tür seines Hauses stehen, mit seiner Frau und den Kindern drinnen, verursachte ihm eine Gänsehaut.

»Es sind also die Nerven«, sagte Doc Roberts.

»Wenn es die sind, kommt es von den Überstunden, Doc. Ich komm mir vor wie in einer Mausfalle.«

»Wenn die Probe vorüber ist, bevor wir losmarschieren, laufe ich schnell in die Praxis und bring dir was«, sagte der Doc.

Plitzka schien erleichtert. Er griff nach seinem Strumpf und zog ihn vorsichtig wieder an. »Danke, Doc. Vielleicht solltest du auch was nehmen. Du siehst ein bisschen geschafft aus.«

»Mir geht's gut.« Der Doc zuckte mit den Schultern und versuchte, locker zu wirken. Tatsächlich war er seit Chonas Tod letzte Woche mit den Nerven am Ende. Niemand stellte seine Version der Ereignisse infrage. Niemand verdächtigte ihn. Die Sache würde nach und nach in Vergessenheit geraten. Aber im Eifer des Gefechts hatte er irgendwie – ohne dass er hätte sagen können, wie – den Anhänger von Chonas Hals gerissen, eine Mesusa mit einer Gravierung in einer fremden Sprache. Er hatte keine Ahnung, was sie besagte und wie die Mesusa in seiner Hand gelandet war. Mit Absicht konnte er das verdammte Ding nicht an sich gebracht haben, aber die Wahrheit war, dass er sich einfach nicht erinnern konnte. Es war ein Moment der Leidenschaft gewesen, nichts anderes. Er hatte die Kontrolle verloren. Frauen machten das manchmal mit Männern. Es passierte jeden Tag. Er wollte das verfluchte Ding zurückgeben, aber wem? Er hätte es wegwerfen können, doch dann würde sich das Ganze wie ein Mord anfühlen, was es nicht war. Er war ein anständiger Mann. Er beschloss, die Mesusa per Post zu schicken, hatte aber Angst, dass sie jemand zu ihm zurückverfolgen könnte. Also hatte er sie auf dem Weg zur Parade in die Tasche gesteckt, um sie irgendwo in der Nähe vom Chicken Hill zurückzulassen, wo sie gefunden werden mochte. Vom Antes-Haus war es nicht weit zum Chicken Hill. Einfach hinlegen und weitergehen. Aber jetzt war Plitzka aufgetaucht, und Docs Magen drohte zu revoltieren. Es war die Anspannung. Es lief einfach nicht gut seit dem ... Unfall. Es gab Gerüchte. Er hatte einiges gehört. Wusste Plitzka davon? Ausgerechnet Plitzka, dieser zwielichtige Strolch, Einwanderer in zweiter Generation, der seine Großmutter für einen Vierteldollar verkaufen würde. Hatte ihm jemand was gesagt? Und jetzt die Parade, direkt vom Fuß des Chicken Hills aus, gleichsam dem Hinterhof der Schwarzen. *Ich hätte heute nicht herkommen sollen*, dachte er.

Während er sich das sagte, sah der Doc eine eilig vorbeilaufende schwarze Frau, die einen Blick in seine Richtung warf und in die unbefestigte Straße den Hill hinauf einbog. Zwei weitere Schwarze folgten ihr, Männer in Arbeitskleidung, die ebenfalls argwöhnisch zu ihm herübersahen.

»Eine Menge neuer Dunkelhäutiger in der Stadt«, sagte Plitzka.

»Ja.« Der Doc zuckte mit den Schultern. *Hatte ihm jemand was gesagt?*

»Es werden jedes Jahr mehr Nigger«, sagte Gus. »Wie die Kakerlaken.«

Der Doc richtete sich auf, sein Rücken schmerzte. »Wir

proben ein paar Stücke«, sagte er, »dann gehen wir schnell rüber in die Praxis.«

Er wollte sich gerade erheben, als er Plitzka sagen hörte: »Was für ein Jammer mit der Jüdin.«

Der Doc spürte, wie sein Herz zu rasen begann, und er fühlte sich plötzlich zu schwach, um aufzustehen. Immer noch sitzend, sah er zur Straße und schaffte gerade ein »Eine Schande«, erhob sich endlich und wollte weg.

In dem Moment kam ein schwarzes Paar vorbei, und der Doc, der jetzt stand, erstarrte, den Rücken Plitzka zugewandt. Der schwarze Mann sah ihn nicht an, aber die Frau blieb stehen und starrte ihm ins Gesicht. Und hörte nicht wieder auf. Dem Doc wurde schwindelig. Er hatte plötzlich Durst, er brauchte ein Glas Wasser.

»Kennst du die?«, fragte Plitzka.

»Wie?«

»Ich hab dich gefragt, ob du sie kennst.«

»Wen? Die?«, sagte der Doc und zeigte auf die schwarze Frau, die sich abrupt abwandte und in Richtung Chicken Hill ging.

»Nicht die. Die Frau, die gestorben ist.«

Der Doc nickte und sah immer noch zur Straße, mit dem Rücken zu Plitzka. Er steckte die Hände in die Taschen und versuchte, sich locker zu geben. »Sie war schon lange krank.«

Plitzka sagte noch etwas, doch ein lauter Trompetenstoß aus dem Antes-Haus schluckte seine Worte. Es war irgendwas mit »Briefen«.

»Was?«, fragte der Doc.

»Die Briefe. Sie war die mit den Briefen an den *Mercury*, in denen sie sich über unseren White-Knights-Marsch beklagt hat. Man soll nichts Schlechtes über die Toten sagen und so, aber das hier ist Amerika, Doc. Da müssen sich alle an die Regeln halten.«

Der Doc, der sich innerlich wie Gelee fühlte, nickte kaum merklich.

»Was ist eigentlich mit dem Jungen?«, fragte Plitzka.

Der Doc war nicht sicher, ob er gehen sollte. Er wollte es. *Aber ... liefen nicht Schuldige davon*, überlegte er. *Nein, ich habe mir nichts zuschulden kommen lassen.*

Er beschloss, sich wieder zu setzen, um Gleichgültigkeit vorzutäuschen, ließ sich neben Plitzka nieder und räusperte sich. »Der Junge?« Er versuchte, ungezwungen zu klingen. »Oh, für den haben wir Hilfe gefunden. Er ist oben in Pennhurst.«

»Das ist gut. Da lernt er wenigstens was.«

Der Doc ertappte sich dabei, dass er die Straße mit den Blicken absuchte. Noch ein Schwarzer kam vorbei, diesmal ein Mann. Er wurde langsamer, blieb stehen, starrte offen zu ihnen herüber, aus etwa sieben, acht Metern Entfernung. Es schien, als wolle er etwas rufen. Winkte dann aber zu Docs Erleichterung. Und der Doc tat etwas, was er selten tat. Er winkte zurück.

Plitzka zog die Brauen zusammen. »Ein paar von denen sind okay«, sagte er. »Wenn sie sich nur waschen würden. Warst du in letzter Zeit mal auf dem Hill? Der Dreck da überall, die offenen Abwasserrinnen, Mann ...«

Der Doc spürte, wie seine Kehle eng wurde. Er hatte Angst, sich wegzubewegen, und Angst zu bleiben. Wie war er in diese Situation geraten? Hier mit Plitzka zu sitzen und zu reden, diesem niederen, zwielichtigen Bauerntölpel, der sich zu einem politischen Strolch entwickelt hatte? Er selbst hatte sein ganzes Leben der Stadt gewidmet. Seine Familie wohnte seit mehr als hundert Jahren in Pottstown. Und jetzt hockte er hier und hörte sich die Reden dieses Trottels an. Er spürte Wut in sich aufsteigen. Er konnte nichts dagegen tun.

»Wo wir von Sauberkeit reden«, sagte er. »Kennst du die Toilette unten im Antes-Haus? Ihr habt vor drei Jahren dafür gestimmt, dass sie öffentlich wurde? Ich hab da heute den Wasserhahn aufgedreht, und es kam matschiges Wasser raus.«

»Ach ja?«

»Direkt aus dem Hahn. Ich habe es ein paar Minuten laufen lassen, aber es wurde nicht klar. Leitet die Stadt Wasser aus dem Reservoir auf den Chicken Hill?«

Jetzt war es an Plitzka, nervös zu werden. »Ich weiß nicht, wo das Wasser herkommt.«

»Versorgt das Reservoir bei eurer alten Farm nicht den Chicken Hill?«

»Ich lese nicht jeden Vertrag, den die Stadt abschließt, Doc.«

»Ihr müsst euch das mal ansehen. Matschwasser, das da oben aus den Hähnen läuft, füllt mir die Praxis mit diesen Leuten, Gus. Und sie zahlen nicht.«

»Wir können nicht jedem Farbigen auf dem Chicken Hill hinterherspüren, Doc. Das sind eine ziemliche Menge. Wie viele, wer weiß das? Wir haben da offene Abwasserkanäle die Main Street runter, und wenn wir die dichtmachen, graben sie neue. *Das* müssen wir erst mal klären, bevor wir neue Wasserrohre verlegen. Sonst scheißen die uns überall in die offenen Kanäle und werfen ihren Mist rein.«

»Wasser und Abwasser sind zwei verschiedene Dinge, Gus.«

»Der Hill ist ein Zoo, Doc. Glaub's mir. Meine alte Farm liegt da oben.«

Der Doc nickte. Er hatte Geschichten über die Plitzka-Farm gehört. Dass die Plitzkas vor Jahren, bevor das neue Reservoir gebaut worden war, einen Handel mit der Stadt geschlossen hatten, dass sie Pottstown mit Wasser versorgen würden. Die Stadt zahlte auch heute noch für das Brunnenwasser der Farm, und Plitzka, dem die Molkerei und auch die Farm gehörten, profitierte doppelt – als Wasserlieferant *und* indem er, um sein Geschäft anzuschieben, seinerseits von der Stadt gratis mit Wasser beliefert wurde. Ein wirklicher Gewinner und typischer Einwanderer-Gangster. Keine Ehre. Kein Gespür für Geschichte.

Der Doc konnte nicht anders. »Warst du mal oben am Reservoir?«, fragte er.

»Viele Male«, sagte Plitzka. »Es war ein Teich, als ich noch ein Kind war.«

»Hat sich schon mal jemand von der Stadt die alten Leitungen drumrum angesehen? Vielleicht ist eine kaputt, und so kommt der Dreck ins Wasser.«

»Wenn da eine kaputt wäre, hätte ich Beschwerden aus dem Viertel bekommen«, sagte Plitzka.

»Warum sollten sich die Schwarzen beschweren?«, sagte der Doc. »Viele von denen haben doch noch Brunnen, oder?«

»Wenn du eine Karte mit den Häusern anlegen willst, die einen Brunnen haben, nur zu. Das ist ein Labyrinth da oben.«

Docs Wut kochte über. Warum musste Plitzka in allem so ein Arsch sein? Er hörte sich sagen: »Du könntest die Schwarzen fragen, Gus. Du bist ihr Vertreter. Du solltest mit deinen Wählern reden.«

Plitzka lief rot an. »Wenn ich das täte, würden sie mir womöglich erzählen, was sie über dich gehört haben.«

»Was über mich?«

»Über dich und die Jüdin. Ich hab da Gerüchte gehört.«

»Was für Gerüchte? Der Junge hat mich angegriffen.«

»Das ist nicht das, was ich gehört habe.«

»Gerüchte beweisen nicht viel.«

»Sie beweisen zumindest, dass die Leute reden können«, sagte Gus kühl. »Schon mal dran gedacht, mit Chief Markus darüber zu reden?«

»Das habe ich längst. Sie hatte einen Anfall. Ich habe versucht, ihr zu helfen. Der Junge bekam Angst und hat mich angegriffen. Er ist taub und wahrscheinlich beschränkt. Ich bin rausgelaufen und habe die Cops geholt. Die haben einen Bericht geschrieben.«

»Das haben sie«, sagte Plitzka.

»Sie ist an einem Herzinfarkt gestorben, Gus. Genau das sagt übrigens auch das Krankenhaus in Reading.«

»Zu dumm, dass kein Weißer im Laden war, als es losging. Das würde dem Ganzen ein Ende setzen.«

»Was, dem Ganzen?«

»Den Gerüchten.«

Der Doc stand voller Wut auf. »Kümmer dich selbst um deinen Fuß«, sagte er.

»Jetzt mal ganz ruhig, Doc«, sagte Gus. »Ich will hier nichts andeuten. Wir haben uns Luft gemacht. Die Wahrheit beim Namen genannt und so weiter. Komm schon, Doc. Lass uns das Kriegsbeil begraben, okay? Vergiss, was gestern war. Wir müssen in der Parade mitmarschieren. Wir sind beide Ordner, richtig?« Er streckte die Hand aus.

Der Doc seufzte, ergriff Plitzkas Hand und spürte, wie seine Wut etwas nachließ. Es war nicht klug, sich Plitzka zum Feind zu machen. »Komm in einer halben Stunde in die Praxis, und wir machen das noch vor der Parade. Und ich schicke dich zu einem Mann, der deinen Schuh so umbauen kann, dass er dir eine Weile keine Probleme macht. Der Zeh ist in einer Woche wieder in Ordnung.«

»Wer ist das?«

»Ein alter Schuhmacher auf dem Chicken Hill. Skrup nennen sie ihn. Der kann alles mit Schuhen. Der macht dir sogar einen Spezialschuh, wenn du willst. Er liefert gute Arbeit.«

»Du bist in Ordnung, Doc.«

Der Doc ging wieder rein. Er beschloss, Plitzka nicht zu sagen, dass Marv Skrupskelis Jude war. Und nicht irgendein alter Jude. Marv Skrupskelis war ein rauer Bursche. Sollte Plitzka das doch selbst herausfinden.

21
DIE MURMEL

Die Betreuer von Station C-1 arbeiteten in drei Schichten, und sie schienen ständig zu wechseln, sodass es volle fünf Wochen dauerte, bis Dodo den Menschensohn zum ersten Mal sah. Er sah ihn erst, als er ihn sah, wie man so sagt, denn die ersten Tage in Pennhurst waren ein einziger Schock voller Trauer und Leiden. Sein Denken versank über lange Strecken in alles vernebelnder Medizin, die jede Konzentration unmöglich machte. Der überwältigende Gestank, die Angst, die Umrisse von Körpern, die sich über sein Bett beugten, um hineinzustarren, von seinem Tablett zu essen, ihn an den Ohren zu ziehen, ihn gelegentlich für dies oder das aus dem Raum hinauszufahren und knurrend und fluchend sein Bettzeug zu wechseln, das alles verschwamm in einer einzigen trüben Suppe. Manches kam von neugierigen Patienten, dann wieder waren es Betreuer. In seinem betäubten Zustand vermochte Dodo nicht zu sagen, wer da wer war.

Zudem war der Übergang vom Leben in seinem eigenen Zimmer hinten in Miss Chonas Grocery Store mit eigenem Bett, einer Lampe, Comics und einem Pappflugzeug, das an einer Schnur an der Lampe hing, auf eine Station mit zweihundert Mann in einer Institution, die insgesamt dreitausend Seelen behauste, ein solcher Schock, dass Dodo womöglich gestorben wäre, hätten sie ihn nicht in einen

Streckverband gepackt. Die erzwungene Bewegungslosigkeit rettete ihn, denn er war von Natur aus ein aktives, athletisches Kind mit Armen und Beinen, die ständig in Bewegung waren. Aber jetzt hatte er Schmerzen, stand unter Medikamenten und war zur Ruhe verdammt, was seinem Körper zu heilen erlaubte. Und währenddessen lernte er mit Monkey Pants zu kommunizieren.

Ihr Austausch wurde durch seine nahezu vollständige Taubheit erleichtert. Er konnte nur sehr wenig hören, und so wurden die markerschütternden Geräusche der Station, die das Schlafen für normal hörende Neuzugänge so gut wie unmöglich machten, aus seiner Wirklichkeit ausgeblendet. Das Stöhnen, Ächzen, Gurren, Rülpsen, Seufzen, Knurren, Schreien, Jaulen, Glucksen, Gackern, Furzen, Schwatzen und Heulen seiner Mitpatienten ging an ihm vorbei. Sie plünderten sein Essenstablett, wenn es neben sein Bett gestellt wurde, bis er lernte, alles sofort herunterzuschlingen, und ihn die meisten fortan ignorierten. Wie Geister wanderten sie über die Station, Männer in Krankenhaushemden, ein paar in Unterwäsche, und ein oder zwei rissen sich die Sachen herunter und liefen nackt umher. Jene ersten paar Tage waren die härtesten, weil die Nettigkeiten der überarbeiteten Betreuer nicht an die sogenannten Irren verschwendet wurden. Seine Bettzeugwechsler waren ruppige, grobe Männer, die seine verbundenen Glieder ungeduldig zur Seite stießen, seine Schmerzensschreie ignorierten und dabei stumme Flüche ausstießen. Erst nach ein paar Tagen begriff er, dass einige von denen, die sein Bettzeug wechselten und ihn herumstießen, während er erbärmlich schluchzte, gar keine Betreuer, sondern Mitpatienten waren. Seine Unfähigkeit, auch nur die einfachsten Dinge zu tun, wie sich auf die

Seite zu drehen oder sich den Rücken zu kratzen, während er in seinem Streckverband in dieser Welt lag, in der es so fürchterlich stank, hielt ihn ein Gutteil der Zeit in einer entsetzten Trance. Aber sein Körper war erst zwölf Jahre alt. Er wollte leben. Er wollte gesund werden. Und Monkey Pants erwies sich als eine eigentümliche Seele, im Besitz von etwas, das Dodos Denken aus dem Nebel seiner Depression holte, ihn aus der Furcht riss, die ihn jede Sekunde durchdrang.

Eine Murmel. Eine blaue.

Monkey Pants holte sie kurz nach Dodos Ankunft unter seinem Kissen hervor und hielt sie in der linken Hand, über die er im Gegensatz zu seiner rechten, die völlig nutzlos schien, eine gewisse Kontrolle hatte.

»Woher hast du die?«, fragte Dodo.

Monkey Pants antwortete mit dem Vorschieben einer Lippe.

»Woher?«

So fing es an.

Erst schien es unmöglich, denn beide Jungen konnten keine Zeichensprache. Aber Dodo konnte sprechen, und Monkey Pants konnte hören, und allein schon der Versuch, mit jemandem zu kommunizieren, irgendwem, brachte Dodo ein wenig Licht. Vor Pennhurst hatte er, abgesehen von gelegentlichen Abstechern in Miss Bernices Garten neben dem Laden, in einer Erwachsenenwelt gelebt, in der er von fast allen, abgesehen von Onkel Nate, Tante Addie und Miss Chona, ignoriert wurde. Bei Monkey Pants fand er sich im Zentrum des Interesses eines fast Gleichaltrigen. Und wenn ihre Kommunikation erst auch primitiv war, schuf das unausgesprochene Wissen, dass im Kopf des anderen tausend Gedanken lebten, eine gemeinsame Basis.

Zu Anfang redete vor allem Monkey Pants, weil er voller Neugierde und endloser Fragen war, während sich Dodo deprimiert in sich zurückzog. Aber am Ende siegte Dodos Neugier, und nach ein paar Tagen mit Monkey Pants sich windenden, grunzenden Bemühungen, sich mitzuteilen, nahm Dodo die Sache in die Hand und unterbrach ihn immer wieder mit Fragen. Monkey Pants Antworten, Gesten und Grimassen schienen zunächst bedeutungslos, und mehrfach wurden sie mitten in ihren Anstrengungen unterbrochen, weil Dodo plötzlich in Tränen ausbrach, worauf Monkey Pants geduldig wartete, bis das Schluchzen ein Ende fand und er mit Gesten und Verrenkungen weitermachte. Die Gesten waren ernst und nachdrücklich und zwangen Dodo zu antworten, auch wenn er oft unsicher war, was sein neuer Freund meinte. Aber sie verbrachten Stunden miteinander in jenen ersten Tagen, und am Ende der ersten Woche hatten die beiden ein paar grobe Verständigungsmöglichkeiten gefunden.

Hochgezogene Brauen bei Monkey Pants hießen »Ja«, zog er sie zusammen, war das ein »Nein«. »Vielleicht«, sagte er, indem er den linken Unterarm leicht anhob. Eine geballte Faust und der Unterarm vor der Brust hießen »Vorsicht«, »schlecht«, oder es war ein Fluch. Zusammen mit einer vorgeschobenen Lippe wurde ein »Pass wirklich auf«, »Schmerz« oder »Ärger« daraus. Verschränkte Unterarme mit der linken Hand, die die rechte herunterdrückte, signalisierten »Gefahr«. Die Zähne zu zeigen bedeutete »gut«, »schmeckt gut« oder »okay«. Monkey Pants konnte seine Krämpfe nicht kontrollieren, was seinen Kopf und alle seine Glieder in einer Art Zitterzustand hielt. Seine rechte Hand war unveränderlich zu einer nutzlosen Faust geballt, und seine Beine zuckten gelegentlich unkontrollierbar.

Aber mit einiger Anstrengung konnte er die linke Hand, das Handgelenk und den Unterarm kontrollieren und bis auf Schulterhöhe anheben, was ihm die Benutzung aller fünf Finger ermöglichte – die ein nützliches Instrument waren, denn so vermochte er die Hand durchs Gitter seines Betts zu Dodo hin zu strecken und an dessen Bett zu rütteln, wenn er das Bedürfnis verspürte, ihn aufzuwecken.

Es war diese linke Hand, mit der das Wunder ihrer Kommunikation begann.

Es fing mit der Murmel an. Nachdem er sie hervorgeholt und es Dodo mehrmals erlaubt hatte, sie zu halten, um sie dann durch Gesten zurückzufordern, versuchte Monkey Pants, etwas damit auszudrücken. Jedes Mal ohne Erfolg. Dodo seinerseits antwortete mit eigenen Fragen, was weitere frustrierte Gesten von Monkey Pants hervorrief, bis beide aufgaben. Wäre es um etwas anderes gegangen, hätte Dodo sich wohl keine Mühe mehr gegeben, aber er liebte Murmeln. Sie erinnerten ihn an Miss Chona – die ihm so viele geschenkt hatte, dass er sie in einem Glas aufbewahren musste – und auch an seine Tante und seinen Onkel, die er so vermisste. Er nahm an, dass alle wegen dem, was im Laden passiert war, wütend auf ihn waren, denn keiner war gekommen, um ihn zu holen oder auch nur zu besuchen. Er redete sich ein, dass die drei vielleicht zu beschäftigt waren, alle möglichen Murmeln zu sammeln, als besonderes Geschenk, damit er schneller gesund wurde und entlassen werden konnte. Aber sein Truggebilde verblich mit jedem Tag mehr, und meist schlief er abends mit Tränen in den Augen ein.

Nur die Murmel hielt seine Hoffnung aufrecht, denn trotz aller Schuldgefühle glaubte ein kleiner Teil von ihm, dass ihm die nette Frau vergeben würde, die ihm so viele wertvolle Murmeln geschenkt hatte. Und so bat Dodo Monkey Pants jeden Tag, die Murmel unter seinem Kissen hervorzuholen, und versuchte, in Erfahrung zu bringen, woher er sie hatte. Nach mehreren hundert Gesten und Grimassen seines Freundes mutmaßte Dodo, dass Monkey Pants die Murmel von jemandem als eine Art Geschenk bekommen hatte. Wer das gewesen war, vermochte er nicht herauszufinden. Aber er gab nicht auf, und eines Nachmittags, als Dodo weiter nach Antworten suchte, drehte Monkey Pants frustriert und verärgert den Kopf von ihm weg.

Dodo konnte seine eigene Stimme nicht hören, wusste aber, wie er sie verstärken konnte, die Vibrationen in seinem Kopf verrieten es ihm, und so sagte er laut: »Sei nicht so blöd!«

Monkey Pants wandte sich ihm wieder zu, sah ihn durch die Gitterstäbe seines Betts an, sein spastischer Kopf zuckte vor und zurück, und seine Miene besagte: »Was soll ich denn tun? Ich kann es dir nicht verständlich machen.«

»Wir sind noch nicht fertig«, sagte Dodo.

Und so fingen sie wieder an, angetrieben nur von der schmerzenden Einsamkeit ihrer Existenz, zwei intelligente Jungen, in Körpern gefangen, die nicht kooperieren wollten, wie Kleinkinder in Gitterbetten eingepfercht, in einer Irrenanstalt, deren Irrsinn sein eigenes Leben führte und sie anzustacheln schien, denn so fürchterlich ihre Situation auch war, ließen sie sich von den winzigsten Dingen aufmuntern, dem Kräuseln eines Augenlids, einem verirrten Husten, einem gelegentlichen befriedigten Grunzen oder einem lauten Lachen, während sich der eine oder der andere in verwirrter Ungeduld wegen des anderen weiter durchwurstelte und herauszufinden versuchte, wie sich die Herkunft von Monkey Pants wertvoller Murmel verständlich machen ließ. Es war unfassbar.

Glücklicherweise war die Zeit etwas, von dem sie viel besaßen, und sie nutzten sie gut. Während jener ersten Wochen hatten sie den ganzen Tag nichts zu tun, denn die Abläufe blieben die gleichen. Um sieben wurden die Patienten geweckt. Bettzeug, Windeln und Krankenhaushemden wurden gewechselt – manchmal auch nicht. Die Patienten, die gewaschen werden konnten, wurden gewaschen. Einige manchmal auch nicht. Die, die mobil waren, wurden von einem Betreuer zur Toilette geführt. Nach der Toilette wurden die sogenannten Irren von zwei Betreuern der Tagesschicht in die Cafeteria gebracht und von dort direkt in den Tagesraum am Ende des Ganges, wo sie bis kurz vor dem Mittagessen blieben. Dann ging es für ein paar Minuten zurück auf die Station und anschließend zum Essen in die Cafeteria. Dann wieder in den Tagesraum bis zum Abendessen. Nach dem Essen war Zeit für eine seltene Aktivität, was für gewöhnlich nur die Rückkehr in den Tagesraum bedeutete, und um acht gingen alle ins Bett. Die beiden Jungen wurden in ihren Gitterbetten gefüttert, zusammen mit einem dritten Patienten, einem jungen Mann, der völlig reglos und stöhnend in einem Gitterbett am anderen Ende der Station beim Tisch der Tagesaufsicht lag. Für gewöhnlich wechselten die beiden diensthabenden Betreuer am Morgen, einer besetzte den Tisch, während der andere die Patienten in die Cafeteria und den Tagesraum brachte. Nachmittags gab es einen erneuten Wechsel, und der Betreuer am Tisch schlief oder las, während der andere die Patienten herumführte. Der Tisch war ständig mit jemandem besetzt, und wer immer es war, schien zufrieden damit, dass die beiden Jungen sich den Tag über gegenseitig bespaßten. Sie machten keine Arbeit. Das war eine Sorge weniger.

Aber die Jungen lösten ein Rätsel. Und nach der dritten Woche kam der Durchbruch, als Monkey Pants mit dem Finger auf Dodos Gips deutete und mehrere Gesten dazu machte. Dodo schloss fälschlicherweise, dass Monkey Pants ihn danach fragen wollte, was geschehen war und warum er den Gips trug, was ihm alles, was in Miss Chonas Laden passiert war, neu vor Augen rief, und er brach in Tränen aus.

»Ich will nach Hause«, heulte er.

Monkey Pants starrte ihn mit unbewegtem Blick an und schien gleichgültig. Was Dodo wütend machte. »Vergiss deine dumme Murmel, Monkey Pants.« Er machte die Augen zu und schloss den anderen aus seiner Welt aus.

Monkey Pants griff herüber und rüttelte an Dodos Bett.

Dodo öffnete die Augen. »Was?!«

Monkey Pants klopfte fünfmal gegen das Gitter seines eigenen Betts.

»Ja, und? Du kannst bis fünf zählen.«

Monkey Pants schüttelte eindringlich den Kopf. Und er klopfte noch einmal gegen das Gitter. Fünfmal. Dann hielt er die Murmel in die Höhe. Dann den Daumen.

Damit gewann er Dodos Aufmerksamkeit. »Klopf sechsmal, wenn du so schlau bist.«

Monkey Pants zog die Brauen zu einem »Nein« zusammen und klopfte wieder fünfmal.

»Was willst du, Monkey Pants?«

Monkey Pants klopfte wieder und wieder, zeigte auf die Murmel, seinen Mund, reckte die Hand bis in Dodos Bett und zwickte ihn mit Zeigefinger und Daumen.

Dodo fuhr ihn verärgert an: »Hey!«

Monkey Pants schien ganz wild vor Aufregung. Sein Kopf hüpfte auf dem Kissen auf und ab.

»Hey, was?«

Mehrmals: »Nein.«

»Was?«

Monkey Pants Kopf schüttelte ein »Nein«. Er bewegte seinen Mund, und Dodo, der das sah und wusste, Vokale sahen alle ähnlich aus, vermutete wild ins Blaue, dass er »Hey« gesagt hatte, und antwortete: »Selber hey.«

Es folgten noch aufgeregtere Gesten von Monkey Pants.

»Hey?«, sagte Dodo.

Ja. Monkey Pants nickte.

»Hey was?«

Nein. Monkey Pants schüttelte den Kopf.

»Einfach nur hey?«

Ja. Ein Nicken.

Es kostete den ganzen Tag, während Monkey Pants gestikulierte, knurrte, knirschte und mit dem Finger deutete, bis Dodo begriff, dass er nicht auf das »Hey« mit »Ja« antwortete, sondern auf das »A«, den ersten Buchstaben des Alphabets, was er endgültig klarmachte, indem er auf einen der Betreuer deutete, der einen Apfel aß.

»Dein Daumen ist ein A?«

Monkey Pants zeigte auf den Mann, hob die Brauen: »Ja!« und wackelte wild mit dem Kopf. Es war ein Durchbruch. Der erste Buchstabe das Alphabets!

Es dauerte zwei weitere Tage, bis Dodo begriff, dass der Daumen auch der Buchstabe B war. Genau wie C, D und E.

Von da ab erklärte sich Monkey Pants Ein-Hand-Formel schnell.

Der Daumen stand für die Buchstaben A bis E.

Der Zeigefinger für F bis J.

Der Mittelfinger für K bis O.

Der Ringfinger für P bis T.

Und der kleine Finger übernahm die letzten sechs Buchstaben: U bis Z.

Sechsundzwanzig Buchstaben des Alphabets. Fünf Finger. Fünf Buchstaben pro Finger. Sechs für den kleinen. Dodo war erschöpft, hatte es zusammengenommen doch mehrere Tage gedauert, das alles zu klären, meist mit zwei Schritten vor und einem zurück. »Apfel« war das Wort, mit dem sie angefangen hatten, aber innerhalb von Tagen lernte er den Code. Sie testeten ihn wieder und wieder mit verschiedenen Worten aus: »Mann«, »Essen«, »Kuchen«, »Eiscreme« und natürlich »Murmel«, ein Wort von größtem Interesse für Dodo. Als sie es dreimal korrekt buchstabiert hatten und beiden klar war, dass sie sich eine neue Sprache erobert hatten, erklärte Dodo: »Monkey Pants, du bist so klug!«

Monkey Pants winkte ungeduldig ab, denn er konnte es nicht abwarten zu reden. Er begann, mit der Hand zu wedeln, die Finger, eins bis fünf, zu recken und Dodo zu drängen, er solle sich beeilen und die Buchstaben dekodieren, die er signalisierte. Er fragte Dodo nach seinem Namen in der Zeichensprache, aber Dodo antwortete nicht, denn auch er war ganz aufgeregt, und da war diese Frage, die ihn seit Beginn ihrer Freundschaft beschäftigte. Und so ignorierte er Monkey Pants' ausgestreckte Finger und fragte ungeduldig: »Woher hast du die Murmel?«

Monkey Pants verdrehte die Augen und buchstabierte geduldig, während Dodo die Buchstaben nannte. Er hielt den Mittelfinger in die Höhe.

»K? ... L? ... *M*?«

Eine Anheben der Brauen. Ja. Dann reckte er den Daumen hoch.

»A? B? C? D? *E*?«

Die Brauen hoben sich. Ja.

»E.«

Es ging weiter mit einem I, einem N und wieder einem E. Dann schloss Monkey Pants die Augen.

»Ein neues Wort?«

Ja.

Monkey buchstabierte weiter. Dodos Augen verfolgten sorgsam die Finger, und seine Lippen bewegten sich mit den Buchstaben. Am Ende hieß es: M.E.I.N.E.M.U.T.T.E.R.

Es war anstrengend, doch das Rätsel war gelöst. Dodo seufzte glücklich und fragte dann: »Wo ist sie?«

Aber Monkey Pants antwortete nicht. Stattdessen richteten sich seine Augen auf etwas hinter Dodo und weiteten sich vor Angst. Er ballte seine Faust und verschränkte die Unterarme vor der Brust, das Zeichen für »Gefahr«.

Dodo sah hinter sich einen Schatten am Fenster vorbeiziehen, der das karge Licht für einen Moment blockierte und ans Fußende seines Gitterbetts trat. Dodo warf einen Blick zu Monkey Pants hinüber, doch der hatte sich abgewandt und die Knie bis hoch zum Kinn gezogen. Dodo wusste, diese Haltung bedeutete Angst.

Am Fuß seine Betts stand eine schlanke, dunkle Gestalt, die auf ihn herabstarrte.

Es war ein großer schwarzer Mann, gut aussehend, mit einer langen Narbe auf der Stirn von irgendeiner alten Wunde. Seine glatte Haut schimmerte dunkelbraun, die Hände waren schlank und knochig. Kräftige Arme und Schultern füllten seine weiße Betreueruniform, unter der sich eine breite Brust wölbte. Er war stark, ohne Frage, und auf seinem Gesicht lag ein leicht sardonisches Grinsen, als wolle er sagen: »Ich bin jetzt da, und alles wird gut.« Seine tief liegenden Augen strahlten Ruhe aus, aber hinter ihnen lauerte etwas, eine verhaltene Wildheit und ein Durst, der Dodo eine fürchterliche Angst machte, denn er war ein Kind, das nach Bildern und Schwingungen lebte.

»Bist du der neue Junge?«

Dodo blieb stumm und tat so, als verstünde er nichts.

»Du kannst Lippen lesen? Das sagen sie. Sie sagen, du kannst mir die Worte von den Lippen ablesen.«

Dodo blieb stumm.

Der Mann streckte eine mächtige Hand aus und strich Dodo über die Stirn. Es war die erste nette Geste seit Wochen, und normalerweise wäre er in Tränen ausgebrochen, weil er nicht einfach nur hierhin und dorthin gedreht und mit Unmut überschüttet wurde, während irgendwer seine ranzige Wäsche wechselte. Ein Bein war mittlerweile vom Streckverband befreit und heilte weiter, während das andere noch in Gips steckte. Die weißen Betreuer schienen Angst zu haben, ihn anzufassen, und das schmerzte, denn er war ein Kind, das von Berührungen und Gefühlen lebte und sich nach etwas Zuwendung sehnte. Aber etwas an der Hand dieses Mannes, die ihm über die Stirn, die Wange und die Brust bis hinunter zum Nabel und zum Becken fuhr und sich dann langsam wieder hob, hatte etwas absolut Furchterregendes.

»Wie heißt du?«

Dodo zuckte mit den Schultern.

Der Mann lächelte.

»Ist egal«, sagte er und strich Dodo mit einem Finger über den Kopf. »Dahin kommen wir schon noch.« Dann, mit einem schnellen Blick über die Schulter, packte er plötzlich Dodos Schenkel des guten Beins, hob ihn mit einer Hand von der Matratze, schob mit der anderen das Krankenhaushemd hoch und betrachtete seinen weichen, glatten Hintern: »Bist hübsch wie ein Pfau, Junge«, und legte ihn sanft wieder zurück.

»Hübsch wie ein Pfau.«

Dann ging er.

Kaum hatte sich der Mann abgewandt, rüttelte Monkey Pants mit seiner starken linken Hand an Dodos Bett und gestikulierte wild mit den Fingern, die Augen schreckensweit.

»Wer ist das?«, fragte Dodo.

Monkey Pants buchstabierte es langsam.

M.E.N.S.C.H.E.N. ... S.O.H.N.

B.O.E.S.E.B.O.E.S.E.

S.E.H.R.

22
OHNE EIN LIED

Das Schließen des Heaven & Earth Grocery Store war nichts, woran Moshe je gedacht hatte. Es war schwerer, als Chonas Sachen in ihrem Schlafzimmer durchzugehen, denn zum Schließen des Ladens gehörte es, den Keller auszuräumen, und dort fand er ein kleines Holzfass samt einem Holzlöffel, an das er sich erinnerte. In diesem Fass hatte sie das gelbe Färbemittel in die Butter gerührt, als er vor zwölf Jahren mit dem Kopf voller Probleme in einer Welt voller Schulden in diesen Keller gekommen war. Chona wäre die Einzige auf dieser Erde, die sich an diesen ersten Augenblick erinnern würde. Als er in das Fass blickte, das voller winziger Spielzeuge, Murmeln und Kleinigkeiten war, die sie gesammelt hatte, um sie als Geschenke an Dodo und die Kinder der Nachbarschaft zu verteilen, musste er sich auf einen nahen Kasten setzen und brach in Tränen aus.

Nate und Addie waren da, um ihm beim Ausräumen des Kellers zu helfen. Sein Plan war, das Erdgeschoss des Hauses zu vermieten und selbst weiter im ersten Stock zu wohnen. Er schluchzte leise vor sich hin, während Nate und Addie schweigend auf der anderen Seite des Kellers arbeiteten. Sie sagten nichts, sie hatten an ihrer eigenen Last zu tragen. Beide hatten Dodo und sein Verschwinden in Pennhurst noch kein einziges Mal erwähnt. Moshe nahm an, dass sie eine Mitschuld an Chonas Tod verspürten, weil es Nates Idee gewesen war, dass sie sich um Dodo kümmerten. Moshe empfand keinerlei Zorn auf sie, hatte der Junge seiner Frau doch Freude gemacht, und er hätte es ihnen gesagt, wäre sein Herz in diesem Moment stark genug gewesen, über solche Dinge zu sprechen, doch das war es nicht. Aber es war eine Erleichterung, dass sie bei ihm waren. Sie waren die Einzigen, die er in seiner Nähe wollte. Die neuen Gesichter in der Schul waren ihm allesamt fremd. Die Welt hatte sich verändert.

Addie hatte ihm erklärt, was sie an jenem Nachmittag im Laden gesehen hatte. Die im Gegensatz dazu stehende Version der Geschehnisse von Doc Roberts, der behauptete, der schwarze Junge habe Chona angegriffen, worauf sie zusammengebrochen sei, machte die ganze Sache besonders ungut, denn Moshe war sicher, dass der Junge so etwas niemals getan hätte. Aber Doc Roberts' Darstellung infrage zu stellen hieße, gegen den Strom zu schwimmen, und würde die Aufmerksamkeit auf Chonas Proteste gegen die Verstrickung des Docs in die Umtriebe des Klans lenken, worüber weder die Stadtväter noch die Polizei würden diskutieren wollen. Sie alle mochten Moshe und seine Geschäfte nicht besonders. Zu protestieren würde ihn zu sehr ins Licht rücken und womöglich mehr Polizei anziehen. Auf seiner Seite waren allein die Schul, klein und machtlos, wie sie war, und die Farbigen, die große Angst vor der Polizei hatten, vor allem Nate. Moshe war über die Jahre aufgefallen, dass er jedes Mal zu verschwinden schien, wenn die Polizei gerufen wurde, um einen Streit im Theater zu schlichten, was gelegentlich vorkam. Er nahm an, dass Nate in der Vergangenheit irgendwelche Probleme gehabt hatte. Es machte ihm jedoch nichts, denn unter Nates ruhiger Oberfläche spürte Moshe eine eisenharte Festigkeit, ganz ähnlich wie bei seinem Cousin Isaac, was auf ein bekümmertes Herz hindeutete, wie er wusste, eines, das schwere Zeiten und Ungerechtigkeiten durchgestanden hatte. Es plagte Moshe, dass Nate, der sein bester Freund in dieser Stadt war, mit solchen Dingen zu kämpfen hatte. Er dachte, dass er womöglich der Grund dafür war, irgendwie, was ihn umso mehr plagte.

Auf seinem Kasten sitzend, wartete Moshe, bis sich seine Schluchzer beruhigten, und spürte plötzlich einen Schmerz in der Brust, der ihn sich vorbeugen, husten und nach Luft schnappen ließ. Dann war es wieder vorbei. Er hob den Kopf und sah, wie Addie besorgt von der anderen Seite des Kellers zu ihm herüberblickte. Nate, der in der hinteren Ecke ein Regal abbaute, hielt ebenfalls in seiner Arbeit inne. Aber weder sie noch er kam, um ihn zu trösten, und ihm wurde bewusst, dass er beide kaum einmal körperlich berührt hatte. Das war Sache seiner Frau gewesen. Seine Frau war nicht davor zurückgescheut, Addie in den Arm oder einen widerstrebenden Nate bei der Hand zu nehmen, um ihm etwas zu zeigen. Sie hatte Dodo an sich gedrückt, die eine oder andere Kundin spielerisch geknufft, ihr einen Arm um die Schultern gelegt oder ein schwarzes Kind hoch genommen, das weinte. Solche Dinge waren in diesem Land eigentlich so gut wie verboten, begriff er, aber Chona war nie jemand gewesen, der sich nach den Regeln der amerikanischen Gesellschaft gerichtet hatte. Sie hatte die Welt nicht wie die meisten anderen Leute erlebt. Für sie war die Welt kein Porzellanschrank gewesen, in dem man Dinge bewundert, aber nicht anrührt. Stattdessen war sie für sie ein Ort, wo jede Lebensminute die Möglichkeit für Tikkun Olam bot, ihre Verbesserung. Die kleine Frau mit dem schlimmen Fuß hatte eine große Seele. Eine sehr große. Körperlich hatte Moshe sie um ein paar Handbreit überragt, aber sie war die Große gewesen. Er war nicht mehr als ein Mann, der Musikveranstaltungen organisierte. Ein Promoter. Jemand ohne eigenes Lied. Seine Brust schmerzte.

Er hörte Addie sagen: »Ist alles in Ordnung, Mr Moshe?«

»In bester«, sagte er und wischte sich über das Gesicht. Er stellte das Fass voller Spielzeug und Geschenke zur Seite und sortierte weiter Kisten, Kartons, Dekorationen und alte Dosen. Nach einer Weile wandte er sich an Nate, der gerade alte Papiere in einen Mülleimer warf, und sagte: »Hier gibt's nichts, was wir aufbewahren müssen, aber vielleicht mögt ihr das eine oder andere.«

Nate nickte stumm, warf auch den Rest der Papiere in den Eimer und griff nach einem Besen.

»Hast du Dodo besucht?«, fragte Moshe.

Nate schüttelte den Kopf und begann zu fegen. Addie meldete sich von der anderen Seite zu Wort. »Wir fahren in einer Woche oder so hin«, sagte sie.

»Seid ihr angemeldet?«

Sie sah zu Nate hin. »Wir sind dabei.«

»Ich mach das für euch.«

Wie zur Antwort ging Nate mit seinem Besen zurück in die hinterste Ecke des Kellers und ließ Moshe und Addie allein.

»Lassen Sie ihm die Zeit, die er dafür braucht«, sagte sie.

Moshe nickte. Nate hatte in den letzten Tagen nicht viel mit ihm geredet, selbst während der Schiwa nicht. Ihm wurde bewusst, dass das Letzte, was Nate gesagt hatte, sein Vorschlag gewesen war, ein paar der fabelhaften Musiker einzuladen, die schon im All-American Dance Hall &

Theater aufgetreten waren, um bei Chonas Beerdigung zu spielen. Aber da war Moshes Trauer noch zu groß gewesen, um über so etwas nachzudenken. Er überlegte, ob er später einen der großen Musiker, die zu ihm kamen, darum bitten sollte, einen Song für Chona zu schreiben, und vielleicht würde er ein paar ihrer Chicken-Hill-Kunden zu einem Abendessen ihr zu Ehren einladen, aber das wäre ein ziemlich großer Aufwand, würde es doch bedeuten, so gut wie alle Schwarzen des Viertels fragen zu müssen. Er kam nicht mal mit der Schiwa zurecht. Es war Feldman, der alles auf die Schnelle organisierte. Die Beerdigung und die sieben Tage Schiwa vergingen wie in einem Nebel. Er verbrachte sie weitgehend schlafend in seinem Wohnzimmersessel, während ein paar Seelen aus der Schul kamen und mit Isaac redeten und aßen. Nate und Addie kümmerten sich um alles Praktische. Und dann war es in Nullkommanichts vorbei, und sie war nicht mehr da. Einfach so. Und ihre Abwesenheit bedeutete tausend neue Tage ohne all die Versprechen, die sie sich einmal gegeben hatten.

Nach noch einer Weile mit Kistenherumschieben und Kartonsvollpacken setzte er sich und sagte: »Ich habe genug.« Er war außer Atem und spürte eine Enge in der Brust.

»Wir machen das hier fertig«, sagte Addie.

Er nahm Chonas Fass und wollte damit nach oben, als er draußen ein Auto vorfahren hörte. Durch das winzige Kellerfenster sah er den polierten Stahl einer schwarzen Limousine mit leuchtenden Weißwandreifen. Schwere Schritte betraten den Laden, bewegten sich in Richtung Hinterzimmer und zur Kellertreppe. Dann hörte er die vertraute Stimme seines Cousins Isaac nach ihm rufen.

»Moshe?«

»Was machst du denn hier, Isaac?«

»Komm und sieh dir das an.«

Moshe blickte die Treppe hinauf. Er war nicht in der Stimmung, sich *irgendwas* anzusehen. Isaacs vertrauter Bowler sperrte das Licht von oben aus. Hinter Isaac war ein Gesicht zu erkennen, aber er konnte keine Züge darin ausmachen.

»Was ist denn?«, fragte er ungeduldig auf Jiddisch.

Er hörte ein Kichern. Dann wurde oben von der Treppe etwas heruntergeworfen, ein Handtuch oder Lappen. Es landete auf seinem Gesicht, und er riss es verärgert herunter.

Es war aus Leder oder einer Art Baumwollstoff ... eine Hose. Eine winzige Leder-Baumwoll-Hose. Eine Kindergröße. Mit einem Davidstern auf der Rückseite. Moshe hörte Lachen und eine Stimme oben von der dunklen Treppe, eine vertraute, heitere Stimme, die Jiddisch sprach.

»Ich hatte nicht die Zeit, sie einzupacken«, sagte Malachi. »Also habe ich sie selbst gebracht.«

Nach ihren ersten Jubel- und Freudenschreien, worauf Moshe kurz in Tränen ausbrach, gingen die drei, Isaac, Moshe und Malachi, ins Hinterzimmer des Ladens und nippten an Gläsern mit heißem Tee, während Nate und Addie unten im Keller weitermachten. Moshe konnte kaum glauben, dass sein alter Freund da war und vor ihm saß.

»Wie bist du so schnell hergekommen?«, fragte er.

Malachi schien verblüfft. »Mit der *SS Normandie*. Fünf Tage. Es ist ein sehr schnelles Schiff.«

»Wie hast du von meiner Frau erfahren?«

Malachi warf Isaac einen Blick zu, der mit den Schultern zuckte. Moshe wischte sich über die Augen. »Mein lieber Cousin«, sagte er, »das war nicht nötig. Ich habe nicht das Geld, um für ein solches Geschenk zu zahlen.«

»Er hat meinen Fahrschein nicht bezahlt«, sagte Malachi. »Den habe ich mir selbst gekauft.«

Moshe setzte sich auf. »Was für Geschäfte machst du, dass du einfach so über den Atlantik hin- und herfahren kannst? Bist du ein Taschendieb?«

»Die sind alle hier in Amerika. Nicht in Europa.«

»Wie kommst du zurück nach Hause?«

»Ich bin zu Hause«, sagte Malachi.

»Aber dir gefällt es hier nicht. Das hast du so oft gesagt.«

Malachi schwieg einen Moment und sagte dann: »Ich möchte leben. Zu Hause gibt es Ungemach, mein Freund. Liest du die jüdischen Zeitungen nicht?«

Moshe spürte, wie sich seine Brust zusammenzog, als er sagte: »Meine Mutter ...«, und neben dem Druck auf seiner Brust empfand er eine so große Trauer, dass er nicht wusste, ob der Schmerz von seinem Herzen oder seinem sinkenden Mut kam. Er hustete und schluckte und nahm sich einen Moment, um zu Atem zu kommen. Er sah zu Isaac, dessen ernstes Gesicht, das sich durch das gerade miterlebte freudige Wiedersehen so aufgehellt hatte, wieder von Sorge verdunkelt wurde. Denn Isaac hatte keine Mutter. Moshes Mutter hatte sie beide großgezogen. »Sie will nicht kommen. Sie fühlt das Gleiche in Bezug auf Amerika wie du. Sie denkt, dieses Land ist schmutzig.«

»Da würde ich ihr nicht widersprechen«, sagte Malachi.

Isaac blickte so finster drein wie die Wende, die ihr Gespräch genommen hatte. Die drei sprachen Jiddisch, aber er sagte jetzt auf Englisch: »Ich muss mit deinen Helfern sprechen.«

»Worüber?«

»Über das, was hier passiert ist.«

»Isaac, rühr das nicht auf. Es ist vorbei.«

»Natürlich. Aber ich möchte trotzdem mit ihnen sprechen.«

»Das gibt nur Ärger für mich, wenn du wieder weg bist.«

»Nein, ich will keinen Ärger, Cousin. Ich möchte nur mit ihnen reden. Um ihnen zu danken. Sind sie da?«

»Sie kommen später«, log Moshe, aber Isaac kannte ihn zu gut, stand auf und ging zur Kellertreppe.

Moshe sprach zu seinem Rücken. »Es gibt nichts zu tun, Isaac. Wir sind nicht mehr in Europa. Wir sind hier frei.«

Aber Isaacs Bowler verschwand bereits die Treppe hinunter.

Nate sah zuerst die glänzenden Schuhe, dann die zerknitterte Anzughose, deren Träger sich mit dem Elan und der Kraft eines Mannes bewegten, der sich seiner selbst sicher war. Er lehnte seinen Besen an die Wand, als auch der Rest des in einen schönen grauen Anzug gekleideten Mannes in den Blick kam.

Isaac blieb unten an der Treppe stehen. Die glänzenden Schuhe auf dem Lehmboden, eine Hand auf dem Geländer, sah er zu Nate hin, der zu ihm kam. Addie ließ sich nicht stören. Sie schob auch weiter Kisten herum und füllte sie, als die beiden Männer, der mächtige Theaterbesitzer und der große, verschwitzte Schwarze mit der irischen Kappe einander gegenübertraten.

»Ich bin nicht dazu gekommen, im Krankenhaus mit Ihnen zu sprechen«, sagte Isaac. »Und bei der Schiwa sind Sie mir aus dem Weg gegangen.«

Nate zuckte mit den Schultern.

»Waren Sie hier im Laden, als es passiert ist?«

Nate sah zu Addie hin, dann wieder zu Isaac. »Nein.«

»Ich frage mich, ob, wer immer da war, sagen könnte, was er oder sie gesehen hat«, sagte Isaac und sah Nate dabei an, obwohl beide wussten, dass seine Worte an Addie gerichtet waren.

»Das bringt nur Ärger«, sagte Nate.

»Ich suche nach jemandem, der darüber spricht, wer immer es sein mag«, sagte Isaac.

»Wenn Sie nichts dagegen haben, halten wir uns da raus. Wir kommen so zurecht.«

Isaac griff in seine Tasche, holte eine dicke Rolle Geld heraus, hielt sie Nate hin und begriff sofort, dass es ein Fehler war, denn Nate lächelte bitter.

»Ich nehme an, es ist schwer, in einer Welt zu leben, in der das Wort eines Mannes nichts wert ist, wenn Geld ins Spiel kommt«, sagte Nate. »Behalten Sie Ihre Scheine, Mister. Wir werden nicht sagen, was wir gesehen haben. Sie haben mein Wort.«

»Das ist ein Danke«, sagte Isaac. »Weil Sie sich so um meine Familie kümmern.«

»Uns ist schon gedankt worden.«

»Alle brauchen Geld.«

»Als ich das letzte Mal Geld von einem Fremden genommen habe, hat mich das elf Jahre gekostet. Wenn Sie also nichts dagegen haben, können Sie es behalten.«

»Aber ich bin kein Fremder.«

»Das habe ich nicht gesagt. Sie sind ein Boss-Mann.«

»Nicht mehr als Sie.«

Nate lächelte finster. »Sie und ich, wir sind Fremde in diesem Land, Mister. Mr Moshe hat mir ein wenig was über Ihre Kindheit erzählt, wie Sie beide hochgekommen sind, wie Sie's sind, all die Schwierigkeiten, die Sie hatten, um in dieses Land zu kommen. Ich nehm an, die Kämpfe darum haben Sie auf eine Weise stark gemacht, und auf andere schwach, und Mr Moshe, denk ich, ist auf eine Weise stark, auf die Sie's nicht sind, und auf eine andere schwach. Es gleicht sich alles aus. Ich, ich bin einfach ein armer farbiger Mann, der weiß, wie er ist. Aber wenn ich's mir aussuchen könnte, wenn Gott es erlaubte, würde ich Mr Moshes Art Ihrer und meiner vorziehen, weil wie er es macht, ist richtig. Es gibt nicht viele Menschen wie ihn in diesem Teil der Welt, oder seine Frau, Gott segne ihre Seele. Sie waren gut zu unserm Dodo. Sie können Ihr Geld wieder mitnehmen.«

»Nicht *alles*«, sagt Addie, die quer durch den Keller auf das Bündel starrte.

Nate wandte sich zu ihr um und hob den Zeigefinger in ihre Richtung, sah dann wieder Isaac an. »Wie gesagt, wir kommen klar.«

»Ich lasse es hier auf dem Geländer liegen.«

»Und da wird's morgen früh noch liegen. Und übermorgen. Bis Sie kommen und es zurücknehmen«, sagte Nate.

In Isaac rumorte es. »Seien Sie kein Narr.«

»Wie immer Sie mich nennen, kann mich nicht treffen. Und all Ihr Geld kann unseren Jungen da nicht rausbringen, wo er jetzt ist.«

»Das könnte es. Mit etwas Zeit. Ich kann ein paar Anrufe machen. Ich kenne ein paar Leute. Ich kann Ihnen einen Anwalt besorgen.«

»Wenn Sie nichts dagegen haben, haben wir schon ein, zwei Ideen, wie wir ihn da rausbekommen.«

»Reden Sie keinen Unsinn. Ein Anwalt holt ihn da heraus. Dieses Land hat Gesetze.«

»Gesetze für weiße Leute«, sagte Nate leise. »Kaum verlassen Sie den Raum, kommt der nächste Weiße, und das Gesetz ist so, wie *er* es sagt. Und schon kommt der Nächste und es ist so, wie *der* es sagt. So viel Geld Sie auch verbrennen, um Dodo da rauszuholen, nach einer Zeit setzen Doc Roberts und seine Leute außer Kraft, was Ihr Mann geregelt hat, kommen mit neuen Regeln und sorgen dafür, dass Dodo wieder da landet und nie wieder rauskommt. Oder schlimmer noch, sie stecken ihn in eine Besserungsanstalt, und wir kommen zu Ihnen und halten die Hand auf, und so geht's immer weiter. Das Gesetz in diesem Land ist so, wie es der weiße Mann sagt, dass es ist, Mister. Schlicht und einfach. Sie verschwenden Ihre Dollars an uns, und wir stehen schon in Mr Moshes Schuld. Wir müssen ihm zurückzahlen, was er und seine Missus uns gegeben haben.«

»Und was ist das?«

»Wenn Sie mir einen anderen Mann in dieser Stadt nennen können, der für uns getan hat, was er und seine Missus für uns getan haben, bringe ich Ihnen eine Rolle so dick wie die, die Sie in der Hand halten, und geb sie Ihnen auf der Stelle. Wissen Sie einen?«

Isaac runzelte die Stirn. Er war es nicht gewohnt, mit jemandem zu reden, der so überheblich war, schon gar nicht mit einem Schwarzen. Andererseits traute Moshe diesem Mann mehr als jedem anderen. Er hatte mit eigenen Augen gesehen, wie dieser große, schlaksige Schwarze am Krankenhausfenster gestanden hatte, als sich Moshe und die anderen um Chonas Bett herum versammelt und geschluchzt hatten. Nate hatte ihnen den Rücken zugewandt und sich die Tränen von den Wangen gewischt. *Er ist wie ich*, dachte Isaac. *Er leidet und trauert für sich.*

Er warf einen Blick nach oben, wo man Moshe und Malachi sich unterhalten hören konnte, und er sprach leise, damit seine Worte nicht durch den Holzboden bis nach oben drangen, denn wenn er sie verstehen konnte, dann sie auch ihn.

»Ich bin ein Patriot«, sagte er. »Ich liebe dieses Land. Es ist gut zu mir.«

»Das ist schön für Sie.«

»Moshe ist ein ehrbarer Mann. Chona, sie war eine ... sie hatte Meinungen. Hat Briefe an die Zeitungen über Dinge geschrieben, die Sie nicht selbst betrafen. Sie war ein guter Mensch. Eine gütige Frau. Sie sollte nicht tot sein.«

»Da stimmen wir zu«, sagte Nate.

»Ich frage mich, wegen Doc Roberts.«

Nate sah zu Addie hinüber, die sich abwandte und wieder zu fegen begann.

»Was ist mit ihm?«

»Was er jetzt tun mag.«

»Nicht viel, nehm ich an. Solange er nicht herkommt, stört er uns nicht. Es gibt nur eine Person außer Dodo, die gesehn hat, was er getan hat. Und die Person hat keiner Seele außer Mr Moshe gesagt, was sie gesehn hat. Und ich weiß nicht, ob der Doc überhaupt weiß, dass er gesehn wurde. Es waren auch andere da, die schnell hergekommen sind, als es vorbei war. Ich war selbst ziemlich schnell da, jemand ist mich holen gekommen. Die Cops haben Dodo vom Dach gejagt, als ich kam. Dann sind alle ziemlich schnell wieder weg. Die Leute haben es wie ganz gewöhnlichen Ärger abgetan und schon vergessen. Dass es keinen Heaven & Earth Grocery Store mehr gibt, ist alles. Und sie haben eine Freundin verloren. Aber sie beten für Miss Chona, wie sie's sollten. Und das ist es.«

»Sie war noch am Leben, als Sie herkamen.«

»Ja, das war sie. Sie war ohnmächtig, aber am Leben. Sie hat etwas gelächelt, als sie sie hochgehoben haben. Sie hat nach ihrem Mann gefragt. Und Dodo.« Nate starrte auf den Boden, und auch wenn er ein Stück entfernt stand, spürte Isaac etwas in dem großen, langgliedrigen Mann, das er bisher noch nicht wahrgenommen hatte. Etwas, das auch sein eigenes Herz füllte. Eine stumme, brennende, fürchterliche Wut.

»Kann ich Sie was über Bernice fragen?«

Nate sagte einen Moment nichts, dann: »Was ist mit ihr?«

»Wohnt sie noch nebenan?«

»Ihr ganzes Leben ist sie da schon. Sie mit den Kindern.«

»Standen sie und Chona sich nahe?«

»Sehr nahe. Sie sind als Kinder gemeinsam zur Schule gegangen.«

»Wird sie mit mir reden?«

Nate zuckte mit den Schultern. »Sie redet mit niemandem. Aber sie hat Miss Chona geholfen, indem sie Dodo drüben hatte, wenn der Mann vom Staat kam, um ihn zu holen.«

»Das heißt, Sie schulden ihr auch was. Indem sie Chona geholfen hat, hat sie auch Ihnen geholfen.«

Nate nickte. »Sie müssen mir nicht erklären, wem ich was schulde. Deswegen schick ich Sie rüber zu ihr, wo Sie hier stehen und mit Ihren Scheinen wedeln. Sie hat einen ganzen Stall voller Kinder und kann wahrscheinlich mehr als eine kleine Hilfe brauchen. Sagen Sie ihr, Nate hat Sie geschickt. Ich hab ihr hin und wieder einen Gefallen getan, Sachen repariert und so. Ihr Vater war ein Baumeister. Er hat den Tempel oben auf dem Hill gebaut.«

»Ich gehe gleich zu ihr.«

»Nur, dass Sie's wissen, Bernice mag keine langen Reden.«

»Ich werde nicht reden«, sagte Isaac. »Ich werde zuhören.«

23
BERNICES BIBEL

Fatty und Big Soap waren im dichten Wald hinter der Kneipe. Fattys Kopf steckte unter der Haube eines uralt aussehenden offenen Wagens, als Rusty aus der Hintertür der Kneipe kam und rief: »Fatty, deine Schwester ist hier und will dich sehen.«

»Was macht die hier?«

»Frag mich nicht«, sagte Rusty und kam neugierig näher.

»Sag ihr, ich hab zu tun. Ich muss sehen, ob ich dieses Ding ans Laufen kriege. Ich glaube, es ist ein Great Chadwick Six.«

»Hat es irgendwas mit einem großen dicken Schwachkopf zu tun?«, fragte Rusty und nickte zu Big Soap hin, der unter dem Wagen lag und mit einer Drahtbürste am Rahmen herumschrubbte. Nur seine Füße waren zu sehen.

»Wenn es ein Chadwick Six ist, ist er ein paar große Scheine wert. Die Dinger wurden direkt hier in Pottstown gebaut«, sagte Fatty.

»Diese Schrottbeule?«, sagte Rusty, trat einen Schritt zurück und ließ den Blick über den aufgerissenen Sitz, die platten Reifen und die alte Gaslampe gleiten, die da saß, wo die Hupe sein sollte. »Woher hast du den Schlitten?«

»Drüben in der Bartelow Street haben sie ein altes Haus abgerissen, in dem mal einer der Chefs von Neapco gewohnt hat. Dahinter hab ich ihn gefunden.«

»Du hast ihn *gefunden*? Gehört er nicht zum Haus?«

»Ich habe ihn *befreit*, Rusty. Aus dem Wald. Ich zusammen mit Soap. Ich werde ihn verkaufen. Wer weiß, was so was einbringen kann. Was will Bernice?«

»Sie ist *deine* Schwester, Fatty«, sagte Rusty und ging zurück nach drinnen. Fatty entwand sich der Motorhaube und ließ die Werkzeuge im Dreck liegen. Er war nicht absolut sicher, dass es sich um einen Great Chadwick Six handelte. Er hatte nie einen gesehen, auch kein Foto von einem. Dafür aber hatte er gelesen, dass nur ein paar Tausend von ihnen gebaut worden waren, damals in den frühen Nullerjahren. Vor zwanzig Jahren dann war die Firma pleitegegangen, und wenn auch keine Modellbezeichnung oder was Ähnliches an dem Ding zu finden war, sollte es zufällig tatsächlich ein Great Chadwick Six sein, nun ... was für ein Glück! Das wäre das Geld, um sich davonzumachen. Das Kehr-der-Stadt-den-Rücken-Geld.

Er fand Bernice auf der Bank vorne auf der Veranda. Sie hielt die Hände im Schoß gefaltet und trug einen ihrer Hüte für die Kirche. Zu seiner Überraschung war sie allein, denn für gewöhnlich hatte sie ein oder zwei aus ihrer Kinderbrut dabei, wenn sie sich gelegentlich mal aus dem Haus wagte, meist, um in die Kirche zu gehen.

»Willst du zu einem Fisch-Barbecue?«, fragte er, trat auf die Veranda und setzte sich auf eine Kiste.

Bernice sah ihn finster an. Die beiden standen sich nicht nahe. Sie hatten seit Jahren nicht länger als fünf Minuten miteinander gesprochen. Der Streit um das Haus ihres Vaters hatte sich zu einem generellen Unmut zwischen ihnen entwickelt, der sich über die Jahre verfestigt hatte. Es ärgerte ihn, dass seine einstmals schöne Schwester ihr Leben ruiniert und sich von allen möglichen Kerlen Kinder hatte andrehen lassen. Drei Väter. Acht Kinder waren es letzten Zählungen nach, wie er gehört hatte. Sie lebten nur ein paar Straßen voneinander entfernt, aber es hätten auch Kilometer sein können.

»Ich habe dich nicht bei Chonas Beerdigung gesehen«, sagte sie.

»Für mich war sie Miss Chona.«

»Red keinen Unsinn«, sagte Bernice. Sie sah sich auf dem Grundstück der Kneipe um, sah das Gerümpel, das Unkraut, die Holzhaufen, die Autowracks und den wackligen Stand, an dem er nachmittags Hamburger machte und verkaufte. Das Schild auf der ramponierten Eingangstür, auf dem »Fattys Kneipe. Vorsicht. Spaßgefahr« stand.

Sie zeigte darauf. »Hast du Spaß?«

»Bernice, gib den Startschuss.«

»Was?«

»Komm zur Sache.«

»Du musst gerettet werden.«

»Bis später dann«, sagte Fatty grimmig. Er stand von der Kiste auf und ging zu den Verandastufen.

»Ich habe was für dich«, sagte sie. »Es wird dir gefallen.«

Das hielt ihn zurück. Er blieb oben an der Treppe stehen, die Hand bereits auf dem Geländer. »Verdienst du mittlerweile dein eigenes Geld, ohne Druckerpresse?«

»Das ist alles, woran du denkst.«

»Hat Daddy mir Geld hinterlassen?«, fragte er.

Sie runzelte die Stirn. Das war der wunde Punkt. Ihr Vater, Shad Davis, hatte gespart, um sie beide aufs College zu schicken, war aber früh gestorben und hatte ihnen nur das Haus zum Wohnen vererbt. »Du musst das endlich hinter dir lassen«, sagte sie.

»Ich häng da nicht dran«, sagte Fatty. »Das ist fünfzehn Jahre her.«

»Es hätte funktioniert, mit dir und dem College«, sagte sie. »Ein bisschen Geld war da, am Anfang.«

»Nun, ich hab einen besseren Plan. Ich zieh nach Hollywood und mache Filme.«

»Ist das besser, als dich am Etikett jeder Flasche Schnaps runterzuarbeiten, die du zu Gesicht kriegst?«

»Ich trinke keinen Alkohol. Ich verkaufe ihn.«

»Umso schlimmer.«

»Wenn du eine Wanderschule für Prediger eröffnest, ruf mich an, okay?«

»Du kannst mich nicht verurteilen, weil ich Gottes Weg folge.«

»Bin froh, dass du überhaupt wo langgehst. Weil, als ich in Graterford meine Zähne vom Boden aufgesammelt hab, habt ihr, du und dein Jesus, nicht ein einziges Mal den Weg dahin gefunden.«

»Momma lag im Sterben.«

»Haben sie in den Jahren auch aufgehört, Papier und Stifte zu produzieren?«

»Du selbst hast dich da hingebracht. Und ich habe dir eine Bibel geschickt.«

»Warum machst du nichts aus dir, Bernice? Und was kommst du her, um mich mit all dem Unsinn zu belämmern? Das ist alles vorbei. Vergangen und vorbei. Was willst du?«

»Ich habe gesagt, ich habe was für dich«, sagte sie.

»Wenn es kein Geld ist, bin ich nicht interessiert.«

»Es ist wertvoll.«

»Wo hast du's her, vom Schulabschluss?«

Bernice, deren Ruhe an ihre Grenzen geriet, schob die

Lippen vor. »Du bist genau wie die Weißen«, sagte sie. »Es muss eine fürchterliche Last sein, so tun zu müssen, als wüsste man alles.«

»Geh nach Hause, Bernice. Und lass dich zwischendurch nicht aufhalten.«

Er stieg die Treppe hinunter, ging davon und hörte nach ein paar Schritten – oder glaubte es zumindest –, wie sie eine Zahl murmelte. Das ließ ihn innehalten. Er kam zurück und stellte einen Fuß auf die unterste Stufe.

»Habe ich recht gehört?«, sagte er.

»Das hast du.«

»Wenn du vierhundert Dollar gesagt hast, muss es ein Trick sein.«

»Ich bin nicht hier, um dir irgendwelche Tricks zu zeigen. Jesus ist meine Erlösung.«

»Wenn du nicht meine Schwester wärst, würde ich dich jetzt von der Veranda werfen.«

»Ich bin nicht wegen mir hier. Nur, dass du es weißt. Ich leiste Missionsarbeit.«

»Dann leiste sie woanders. Du hast sowieso keine vierhundert Dollar. Wenn du so viel hättest, würdest du die Kinder einpacken und in die erste Bahn steigen, die da unten raucht.«

»Ich muss nirgends hin, um meinen Erlöser zu kennen.«

»Hör dich nur an, Bernice!«

Bernice seufzte. »Ich habe eine Frage. Wenn du sie beantwortest, lasse ich dir hier, was ich mitgebracht habe, und kümmer mich um meine eigenen Sachen. Ich will dich nicht mehr sehen und nichts mehr mit dir zu tun haben, ich bin zu alt, um mich mit deiner Gehässigkeit herumzuschlagen. Ich weiß, ich bin eine harte Frau. Ich hab in meinem Leben ein paar Fehler gemacht. Aber ich bin nicht schlimmer als die anderen Mütter da draußen, die beten: ›Herr, lass mein Kind weise und gut werden‹, obwohl sie wirklich meinen: ›Lass dieses Kind mehr Macht und Geld haben, als ich besitze.‹ Ich mache das nicht mit meinen Kindern. Unser Vater hat es mit uns so gemacht. Er hat Dinge gebaut. Die jüdische Kirche, eine Menge Häuser, Gebäude und sonst alles Mögliche. Uns hat er auch zu bauen versucht. Aber er ist nie damit fertig geworden. Vielleicht hat er uns nicht richtig gebaut, bevor er sein Leben verlassen hat. Vielleicht sind wir deshalb so, wie wir sind.«

»Was hat das mit dem Teepreis in China zu tun?«

»Wer hat uns geholfen, als Daddy gestorben ist?«

»Bloß, weil dir jemand von Zeit zu Zeit was zu essen gibt, dir Wasser holen hilft und dich zur Schule bringt, ist er noch lange kein Freund.«

»Woher hast du so ein schlechtes Herz?«

»Du musst reden. Du hast hier draußen über Jahre mit niemandem auch nur ein Wort gewechselt. Ich hab nichts gegen Chonas Leute, Bernice. Es sind gute Leute.«

»Und doch hattest du nicht den Anstand, dich bei der Beerdigung zu zeigen.«

Fatty verdrehte die Augen. »Wenn du eine Klagemauer willst, nimm den Holzhaufen da drüben. Ich weiß nichts drüber, wie die Juden ihre Toten begraben.«

»Ich auch nicht. Aber ich war da.«

»Wenn du vor den Juden hier auf die Knie fallen willst, weil sie uns damals ein paar Pennys hingeworfen haben, nur zu. Du hast es ihnen zurückgezahlt, indem du Dodo vor dem Staat versteckt hast. Das war übrigens Beihilfe zur Tat. Du hättest erwischt werden können wegen dem Klatschmaul, wer immer das war.«

»Mein eigener Prediger!«

»Snooks? Du lügst!«

»Ich sage dir, was Gott gefällt.«

»So dumm ist Snooks nicht.«

»Reverend Spriggs. Hör auf, ihn Snooks zu nennen«, sagte Bernice.

»Ich nenne die taube Nuss, wie immer ich will. Ich glaube es nicht.«

»Er hat es mir selbst gesagt. Am letzten Sonntag nach der Messe hat er es mir gestanden. Sagte, er hat dem farbigen Mann vom Staat von Dodo erzählt. Er wollte es nicht, aber es stellt sich raus, dass der Farbige Dodo sowieso nicht fangen wollte. Sein Job war es, die hohen Bosse vom Staat herumzufahren, und als sie ihn Dodo suchen schickten, war das nur zusätzliche Butter auf dem Brot für ihn. Er hatte genauso wenig vor, Dodo zu erwischen, wie du oder wie ich einen Floh fangen und schlucken wollen würden. Jedes Mal, wenn sie ihn losgeschickt haben, hat er erst Reverend Spriggs besucht, und Reverend Spriggs ist zu mir, und ich bin rüber zu Chona, um Dodo zu verstecken, wo sie ihn nicht finden konnten. Lange Zeit hat er so in meinem Garten gespielt, und der Staat hat ihn nicht bekommen. Der Doc hat ihn zufällig gefunden. Er hatte keinen vom Staat dabei, als er in den Laden kam. Es war eine Überraschung, dass er kam.«

Fatty spürte, wie ihm Hitze ins Gesicht stieg. Der Gedanke an Doc Roberts machte ihn wütend. Er saugte an seinen Zähnen. »Du kommst hier hoch, um mir von den Lumpen zu erzählen? Es ist mir so was von sch...« Aber in den Moment schaltete er um, denn Bernice war Bernice und immer noch seine Schwester, er zögerte. »Ich bin froh, dass sich der farbige Mann vom Reverend hat in die Karten sehen lassen. Aber wir schulden Reverend Spriggs nichts.

Was schulden wir uns hier im Viertel gegenseitig, Bernice? Wir haben nichts und werden nie was haben. Alles Gute in dieser Stadt ist *nicht* auf dem Chicken Hill. Miss Cho... Chona, ich habe von Zeit zu Zeit bei ihr reingesehen. Aber sie hatte ihre eigenen Leute, die sich um sie kümmerten. Wir schulden ihnen nichts. Und die uns auch nichts.«

»Es war nicht *sie* und *uns*. Es war *wir*. Wir waren gemeinsam auf diesem Hill«, sagte Bernice.

»Hör auf, dir was vorzumachen, Schwester. Die Tage sind vorbei. Die Juden hier heute, die wollen mit den Weißen in einem Raum sein. Alles, was sie dafür tun müssen, ist hineingehen in diesen Raum und ihren Hut an einen Haken hängen. Lass uns, dich und mich, das mal versuchen und sehen, was passiert.«

»Chona war nicht so.«

»Wäre sie kein Krüppel gewesen, wäre sie genau wie sie gewesen.«

»Mit dir stimmt was nicht, Fatty, dass du so gemeine Gedanken in dein Herz lässt.«

Fatty blickte düster drein. Er hasste diese Art Gespräche. »Ich habe gesagt, Miss Chona war ... sie war okay. Wir werden nie wieder eine wie sie sehen, das ist sicher.«

Bernice schwieg einen Moment lang. Sie schien zu versuchen, eine Entscheidung zu treffen. Dann nickte sie.

»Du hast nicht wirklich was für mich, oder?«, sagte Fatty.

Und jetzt lächelte Bernice zum ersten Mal, und für einen Moment fielen all die Jahre von ihr ab, und hinter dem Kirchenhut, der braven Haltung und der Festung des Schweigens, in der sie sich sonst verbarrikadiert hielt, schien plötzlich die alte Bernice auf, das große, prachtvolle Mädchen, das sang wie ein Vogel.

»Doch, ich hab was für dich dabei. Aber erst muss ich dir eine Frage stellen. Du hast damals, als ich noch klein war, eine Menge mit Daddy gearbeitet. Als das war, habt ihr da auch Wasserleitungen verlegt?«

»Eine ganze Menge. Brunnen haben wir gegraben. Gräben. Leitungen verlegt. Daddy hat alles gemacht.«

»Eine Wasserleitung?«

»Wenigstens zwei oder drei.«

»Auf dem Chicken Hill?«

»Ja, denke ich doch.«

»Auch eine bei Hayes & Franklin?«

»Erinnere mich nicht daran. Da gibt es einen Brunnen, etwa fünf Meter tief.«

»In der Nähe der öffentlichen Zapfstelle, wo alle ihr Wasser holen?«

»Jepp. Daddy hat das für die jüdische Kirche gemacht, glaube ich. Ich weiß nicht, warum der Brunnen so tief ist. Es wird das Grundwasser sein. Ganz unten drin ist eine Pumpe. Das war ein fieser Job, das hinzukriegen. Ist lange her, da war ich noch nicht alt.«

»Könntest du ihn finden?«

»Klar doch. Der ist auf dem Grundstück bei der Molkerei, nicht weit von der Zapfstelle. Der Brunnen hat einen Deckel drauf. Die Stadt hat oben ein Betonloch gegossen, ist wahrscheinlich mit Dreck und Gras bedeckt. Aber es ist da. Die Rohre werden zwei, drei Meter unter dem Deckel verlaufen, vielleicht auch ganz unten. Das wären fünf Meter, glaube ich, aber ich kann mich nicht mehr genau erinnern.«

Sie stand auf. »Also gut.«

Sie öffnete ihre Handtasche und zog einen großen braunen Umschlag heraus, in dem ein Buch zu sein schien, und legte ihn sorgsam auf die Bank, wo sie gesessen hatte. »Das ist für dich.«

»Was ist es?«

»Ein Geschenk.«

»Wenn es eine Bibel ist, bring sie wieder in den Laden und hol dir dein Geld zurück. Ich hab noch die letzte, die du mir gegeben hast.«

»Es ist nichts falsch an einer Bibel«, sagte sie. »Eine Bibel ist eine gute Botschaft.«

»Sind da vierhundert Dollar drin?«

»Sieh, was aus dir geworden ist, du betrügerisches, zwielichtiges Aas. Nein. Da sind *keine* vierhundert Dollar drin.«

»Also ist es eine Bibel.«

Aber da war sie schon weg, herunter von der Veranda, und eilte die verdreckte Straße hinunter.

Als er sie so gehen sah, war Fatty dermaßen genervt, dass er das Verlangen unterdrücken musste, ihr den Umschlag hinterherzuwerfen. Sie nahm die Abkürzung, lief mit auf und ab hüpfendem Hut durchs Unkraut den Hill hinunter und verschwand aus seinem Blick.

Der braune Umschlag lag den ganzen Nachmittag ungeöffnet auf der Veranda und das auch noch, als er die Kneipe am Abend aufmachte. Und nur, weil die Gäste wie gewohnt fluchend und schreiend über die Veranda schwankten, während Erskine-Hawkins-Platten aus der Jukebox dröhnten, nahm er ihn mit hinters Haus zur Hintertreppe, wo er ihn im schwachen Licht einer nackten Glühbirne und außer Sichtweite seiner Gäste aufriss.

Er hatte recht. Es war eine Bibel. Und es lagen keine vierhundert Dollar darin. Es waren fünfhundert. Und ein Umschlag mit einer zweiseitigen Nachricht.

Schnell las er die erste Seite, nahm die zweite und fand zusätzliche vierhundert Dollar darauf geklebt, die er schnell herunterriss, ohne zu merken, dass ein Teil der Seite daran hing.

»Gelobt sei Gott«, sagte er.

Er rannte lachend nach vorn, während der abgerissene Teil der zweiten Seite mit dem Ende der Nachricht in den Dreck fiel. Später tat es ihm leid, dass er eine solche Eile gehabt hatte.

24
DER ENTENJUNGE

Ihr Süßkartoffelauflauf war ein Köder. Alle auf dem Chicken Hill wussten, Paper kochte, als gäbe es kein Morgen, und so war es nicht schwer, zwei Tage, nachdem sie Miggy in Hemlock Row besucht hatte, Nate, Addie, Rusty und Fatty an ihren Küchentisch zu locken. Miggy dazuzubekommen, die zwölf Kilometer entfernt in Pennhurst arbeitete, war schwieriger.

Sie kam als Letzte. Mit dem Bus, und als sie durch die Tür trat, war von dem aufgedonnerten Orakel, das Paper in der Woche zuvor in Hemlock Row besucht hatte, nichts mehr zu sehen. Stattdessen stand da eine ordentlich ganz in Weiß gekleidete medizinische Betreuerin – weißes Kleid, weiße Schuhe, weiße Strümpfe. Sie bewegte sich mit der stillen Sicherheit einer Fachkraft, bis ihr Blick auf Nate fiel, der am Tisch saß und an einem Kaffee nippte.

Sie erstarrte.

»Du hast mir nicht gesagt, wer sonst noch kommt, Paper«, sagte sie.

»Miggy, wir sind hier eine große Familie.«

Miggy zögerte einen Moment und setzte sich schließlich neben Fatty ans hintere Ende des Tischs. »Ich hoffe, der Auflauf ist es wert«, sagte sie.

»Das ist er«, sagte Paper, holte ihn aus dem Ofen und mühte sich, die Dinge zu befrieden. »Miggy arbeitet in

Pennhurst«, erklärte sie den anderen. »Und sie sagt die Zukunft voraus.«

»Können Sie mir meine sagen?«, meldete sich Fatty zu Wort.

»Nein, aber ich könnte dich blind machen«, sagte Miggy.

Es war, als hätte sich plötzlich ein Fass Sardinen von der Decke über ihn ergossen, Fattys Lächeln verging. Paper glaubte zu sehen, dass sich dafür eines auf Nates Lippen bildete, als Fatty sich leicht eingeschüchtert zurücklehnte.

»Das würde mir nicht so gefallen, Miss«, sagte er.

Miggy lachte. »Ich mach das nicht mit einem Zauberspruch, Schatz. Ich trink mit abgespreiztem kleinen Finger, und jedes Mal, wenn ich einen Schluck nehme, stech ich meinem Nachbarn zur Rechten ein Auge aus. Gibt es Kaffee zum Auflauf, Paper?«

Paper grinste und holte Tassen aus dem Schrank, während Miggy tief einatmete, die Hände vor sich hin hielt, wie um ihre Nägel zu bewundern, sich räusperte und schließlich kühl sagte: »Ich werd versuchen, nicht so dumm zu sein, mir vorzustellen, dass Sie sich noch an mich erinnern, Mr Nate.«

»Sie warn noch ein Winzling damals, aber ja, ich erinnere mich. Auch an Ihren Daddy. Wie ich gehört habe, ist er verstorben«, sagte Nate.

»Er hat Sie immer gemocht. Sie haben uns geholfen drüben in der Row, so wie er es sah«, sagte Miggy.

»Hat keinen Sinn, sich da drin zu verbeißen«, sagte Nate. »Das ist vorbei, beendet und bezahlt.«

Fatty spürte, wie ihm ein Eiszapfen durch die Innereien fuhr, fühlte sich nach Graterford zurückversetzt und erinnerte sich, wie ihm Dirt, sein Zellenkumpan, gesagt hatte: »Ich würde dem alten Nate nicht für alles Geld der Welt in die Quere kommen.« Was hatte Nate in Hemlock Row gemacht? Was war bezahlt?

Er wäre weiter in den Gedankengang reingerutscht, hätte Paper nicht einen Teller mit Auflauf vor jeden von ihnen gestellt und gesagt: »Miggy, wir haben dich gebeten, herzukommen, weil ...«

Miggy schnitt ihr das Wort ab. »Die Wer-war's-Frage eures Problems ist nicht meine Sache«, sagte sie. »Ich will das nicht wissen. Wenn der weiße Mann sich auf seine Lügengesetze verlässt, kriegt er den fetten Lügenteil des Bratens, während du und ich auf unserer Wahrheitskruste rumkauen. Und wie immer das Essen endet, wenn der Tisch abgeräumt wird, bleiben einige von uns wahrscheinlich hungrig. Ich bin hier, um über mein Leben zu sprechen.

Ich red über das, was mir passiert von der Zeit, wenn die Sonne aufgeht, bis zu der, wenn sie untergeht. Es kommt alles zusammen in meinem Leben. Und wenn's was gibt, was ihr davon lernen könnt und euch helfen könnte bei was auch immer, gut, umso besser, weil ich leb in einem Land, das mich nicht will. Mein Job ist es zu versuchen, richtig zu leben, was für mich heißt, nach der Arbeit herzukommen und mit einer alten Freundin und ihren Leuten Süßkartoffelauflauf zu essen, den ich so mag.«

Sie schnitt sich einen Bissen ab. »Und wenn ich den Auflauf jetzt esse und dabei zufällig was über meinen Job erzähle, kann mir später keiner sagen, ich hätte irgend'n ungerechten Unsinn geplant, um dem oder diesem Teil des guten Staates Pennsylvania zu schaden. Und wenn ich wem erzähle, was sie an dem Ort vielleicht tun oder nicht tun, der mir zufällig jede Woche ein paar Münzen zuwirft für meine Dienste, gibt's meines Wissens kein Gesetz, das dagegenspricht. Das ist die Wahrheit, so wie ich zu leben versuche. Es ist, wie alle gottesfürchtigen Menschen zu leben versuchen sollten.«

»Also gut«, sagte Paper. »Was ist dein Job?«

»Ich bin eine Putzfrau«, sagte Miggy. »Ich mach Sachen sauber. Ich mach mein Haus sauber. Drinnen und draußen mach ich sauber, den Garten, die Küche und alle möglichen anderen Sachen. Bei der Arbeit mach ich Betten sauber, Bettpfannen und Leute. Meist Leute. Meist Männer. Ich mag in meinem Job nicht mit Frauen arbeiten. Einige von denen sind fieser als die Männer. Sie werfen Sachen nach dir, Dreck und alles. Die Männer sind nicht wirklich eine Plage.«

Vorsichtig hob sie den Bissen Auflauf an, bis an ihr Gesicht, und musterte ihn.

Fatty ertrug es nicht. »Schreiben Sie erst 'ne Predigt drüber, bevor Sie essen?«, fragte er.

Paper warf Fatty einen eisigen Blick zu. »Beachte ihn nicht weiter, Miggy. Manchmal schaffen es auch echte Gedanken aus seinem Mund.«

»Ist schon gut.« Sie wandte sich an Fatty. »Das ist mein Auflauf, Schatz. Hast du was dagegen, wenn ich ihn so esse, wie ich möchte?«

»Gar nicht. Aber ich werd verrückt, wenn ich hier sitzen und warten muss, bis Sie uns sagen, wie, äh ... das, was Paper will.«

»Ist es nur Paper, die es will?«

Fatty verstummte. Er spürte Nates Blick auf sich. Fatty räusperte sich. »Ich bin hier, weil Paper es mir gesagt hat«, sagte er.

»Und ich bin hier, um Auflauf zu essen«, sagte Miggy. »Und das mach ich so, wie es mir gefällt.« Sie schob sich den Bissen in den Mund, kaute langsam, schluckte und fuhr fort.

»Also es gibt Männerdenken, und es gibt Frauendenken. Es gibt Weißendenken und Schwarzendenken. Und eine ganz einfache Weisheit. Jedes Kind, das seinen ersten Atemzug tut, fährt mit der Faust durch die Luft und trifft nichts. Aber alle Kinder werden mit einem Willen geborn. Ich war kein besonders eigenwilliges oder kluges Kind. Ich bin in der Row aufgewachsen, ich bin eine Lowgod. Wir sind erzogen worden zu glauben, wenn ein Kind redlich werden soll, muss es eine Liebe für die Dinge haben, die Wissen bringen. Bevor ich nach Pennhurst gekommen bin, hab ich gewaschen, das ist, wie ich Paper kennengelernt habe. Als ich das Waschen leid war, hab ich für eine weiße Familie drüben in Pennsbury gearbeitet. Der Mann war Richter. Seine Frau war faul und willensschwach. Sie hatten beide gelernt nachzugeben und waren ungerecht. Und ungerechte Eltern ziehen ungerechte Kinder auf, die ein Fallstrick für alle Gerechtigkeit sind. Tatsächlich hab ich ihr Kind mehr großgezogen als sie, aber nicht lange. Denn wenn ich ein Kind erziehen würde, würde ich ihm beibringen zu lieben, was ich liebe, und zu hassen, was ich hasse. Deshalb sind wir Farbige aus Hemlock Row keine guten Hausangestellten. Wir sind der Erde zu nah. Wir rühren die Trommel des alten Landes zu sehr. Selbst unsere Kirche ist anders. Wir singen nicht zum Klavier. Wir singen alte Lieder und tanzen im Kreis und überkreuzen unsere Füße dabei nicht, denn das ist weltliches Tanzen. Warum wir das alles so machen, weiß ich nicht. Es gibt viele Dinge, die von den Alten so auf uns übergegangen sind. Aber es macht uns komisch und fremd, auch für einige von unsern eigenen Leuten, wie euch hier auf dem Hill.

Der einfache Lowgod, den ihr kennt, stammt von denselben Vorfahren ab. Derselbe Vater, dieselbe Mutter vor vielen Jahren, als wir in dieses Land gebracht wurden. Wie das ging und warum die Lowgods aus dem Süden nach Hemlock Row gekommen sind und wer sich gegenseitig geheiratet hat und so, kann ich nicht sagen, weil die Alten nicht gerne von gestern reden. Aber es gibt nur zwei Familien in der Row. Die Lowgods und die Loves. Hauptsächlich Lowgods. Die Loves«, und hier warf sie einen schnellen Blick zu Nate hinüber, »von denen sind nicht viele übrig.«

Und wieder wurde Fatty nach Graterford zurückversetzt. »Nate *Love*«, hatte Dirt gesagt. Nate war ein *Love*, aus der Love-Familie. Fatty konnte nicht anders. »Was ist mit den Loves passiert?«, fragte er. Er hatte Angst, Nate auch nur anzusehen.

Miggy schüttelte den Kopf. »Das ist eine Geschichte, die ich nicht ganz kenne. Die Lowgods und die Loves sind nicht verschieden. Sie haben die gleiche Natur, sind gradlinig, nehmen keine Seitenstraßen oder machen irgendwelche Umwege. Wenn ein Lowgod auf deiner Seite ist, ist er auf deiner Seite. Wenn nicht, dann nicht. Anders kann er nicht. Er bewegt sich wahrhaftig, denn er fürchtet Gott mehr als du. Es ist ihm eingepflanzt. Und so, wenn du auf der anderen Seite stehst, Schande über dich. Dann geht's nicht gut zwischen euch.«

Sie nahm noch etwas Auflauf auf die Gabel, hob sie an, betrachtete das Essen und warf einen Blick auf Fatty, ob er noch eine Frage hatte, und als sie befriedigt feststellte, dass dem nicht so war, fuhr sie fort.

»So bin ich nach Pennhurst gekommen: Eine Lady aus der Row namens Laverne war da, um den Müll rauszufegen und für Ordnung zu sorgen, und sie verbreitete in der

Row, dass sie nach Leuten suchten, die das Gleiche wie sie taten, also bin ich hin und sie haben mich genommen. Es warn schon ein paar Lowgods da. Die Weißen da sind nicht allergisch gegen Farbige, nicht bei dem, was sie von uns wollen. Hab ich gesagt, dass ich sauber mache? Vom ersten Tag an bis heute. Aber was ich sauber mache, das ist die Frage.«

Sie sah sich in der Küche um und fuhr fort.

»Pennhurst ist eine Stadt. Vierunddreißig Gebäude auf zweihundert Morgen Land. Sie haben ihr eigenes Kraftwerk. Ihre eigene Farm. Ihre eigene Polizei. Eine Eisenbahn, Häuser, einen Schlachthof, eine Kleiderfabrik, Vieh und andere Nutztiere, Traktoren, Lastwagen, Waggons, Bezirke, alles. Pennhurst ist größer als ganz Hemlock Row und Chicken Hill zusammen. Sieht ganz sauber und schön aus von außen. Aber drinnen, also ... Da tut der Teufel seine Arbeit.«

Miggy legte die Gabel zur Seite und nahm einen Schluck Kaffee.

»Ich kann nicht sagen, dass ich in den letzten Jahren auch nur einmal an einem Tag aus Pennhurst rausgegangen bin und mir nicht gewünscht hab, der Herrgott würde seinen Finger auf das alles legen, zu Staub zerdrücken und die armen Seelen da zu sich nehmen, denn viele von ihnen gehörn zu den feinsten Menschen, die ihr je treffen könnt. Die Krankheit liegt nicht in ihrem Kopf, sondern in der Farbe ihrer Haut oder der Verzweiflung ihres Herzens oder auch im Geld, das sie haben oder nicht haben. Ihre Krankheit ist ihre Ehrlichkeit, denn sie leben in einer Welt der Lügen, beherrscht von denen, die alles Gute, was Gott ihnen geschenkt hat, für Geld aufgegeben haben, die auf gestohlenem Land leben, das sie Menschen abgenommen haben, die wie Geister um uns rumtanzen. Manchmal hör ich den roten Mann in meinen Träumen schrein und singen. Das ist meine Strafe dafür, dass ich ein Orakel bin. Für die, die in Pennhurst eingesperrt sind, ist es zu viel. Die Wahrheit hat sie in den Irrsinn getrieben. Und dafür werden sie bestraft.

Was ich gesehn hab, sollte keiner sehn müssen. Es ist nicht der Dreck, und es sind auch nicht die splitternackten Leute, die rumrennen und mit den Köpfen vor die Wände schlagen, es ist nicht der Gestank, der dir dein Leben lang in der Nase hängen bleibt. Einem an der Kette liegenden Hofhund geht's besser als irgendeiner armen Seele in Pennhurst. Ihr wisst nicht, was Leiden ist, bis ihr vierzig erwachsene Menschen über Jahre den ganzen Tag in einem Raum sitzen seht und wie sie aneinander zerren, um einen kurzen Blick aus dem Fenster werfen zu können. Oder wie ein ausgewachsener, gebildeter Mann auf die Heizung pinkelt und dabei so tut, als wär er ein Radiomoderator, weil er Angst hat, einen Betreuer zu fragen, ob er aufs Klo darf, oder wie ein junges Mädchen einem Betreuer für 'ne Zigarette schöntut, indem sie ihm ihre Geschlechtsteile zeigt. Ich hab Frauen in Einzelhaft gesehen, die tagelang in Zwangsjacken steckten, die so eng waren, dass, wenn du sie ausziehst, dir die Striemen für den Rest des Lebens bleiben, das manchmal nicht mehr lang ist.

Auf den Stationen haben die Betreuer das Sagen, bei allem. Sie können einen Patienten so lange festbinden, wie sie wollen, sie müssen es nur genau im Stationsbuch verzeichnen. Eine arme Frau haben sie sechshunderteinundfünfzig Stunden und zwanzig Minuten gefesselt gehalten. Ich kenn die Frau zufällig, und wenn ich was zu sagen hätte, würde ich die, die ihr das angetan haben, in Zwangsjacken stecken und *ihr* den Schlüssel geben. Und wenn ich keine gottesfürchtige Frau wär, würde ich ihr auch noch ein wenig von meinem Schmutz geben, um die Kerle damit zu bewerfen, zusammen mit allem anderen, was ihr einfallen würde, denn einige von den Betreuern sind das Böse. Sie müssen auf sich aufpassen, manche von ihnen. Weil viele von den Patienten, sie vergessen nicht, was war.«

Damit machte Miggy eine Pause und sah sich um. »Hab ich euch was gegeben, worauf ihr rumkauen könnt?«

Paper nickte. »Das hast du. Aber … wir …«

»Ihr wollt mehr über mein Leben hören?«

»Ja. Erzähl uns mehr über … Kannst du uns was über die *Kinder* in deinem Leben sagen?«

»Ich hab keine.«

»Andere Kinder, die du vielleicht gesehen hast? Oder kennst?«

»Es sind nicht die Kinder, Schatz. Es sind die Ärzte. Das sind meist Ausländer. Du verstehst kein Wort von dem, was die sagen. Hin und wieder kommen sie auf die Station, empfehlen diese oder jene Medizin, kritzeln ein paar Dinge auf einen Block und gehn wieder. Einen Monat später sind sie nicht mehr da, und ein anderer kommt und weiß nicht, was der Erste getan hat. Keiner wird für was bestraft. Es gibt Maultiere in Hemlock Row, die ein besseres Leben haben als die Leute in Pennhurst.«

Und jetzt seufzte sie und sagte: »Aber du willst was über die Kinder hören?«

»Ja«, sagte Paper.

Miggy nickte. »Also gut. Ich erzähl euch was über ein Kind, das ich kenn. Aber erst gib mir noch was von dem Auflauf.«

Nachdem Miggy ihr zweites Stück bekommen hatte, zog sie es zu sich heran, aber anstatt es zu essen, verschränkte sie ihre Finger und fuhr fort. »Da war einmal ein kleiner Junge, ein netter kleiner Kerl, ein Weißer, etwa elf oder zwölf. Er quakte wie eine Ente. Konnte kein Wort sagen. Ich weiß nicht, was da drinnen in ihm falsch war, aber er war ein schlaues Kind, abgesehn von seinem Quaken. Er tat nichts Falsches auf Gottes grüner Erde, das ich sehen konnte, er zitterte und zuckte nur 'ne Menge, wenn er ging, und konnte nicht richtig sprechen. Seine Eltern haben gesehn, dass sie nichts für ihn tun konnten, denk ich, haben ihn da hingebracht und sind nicht wiedergekommen. Haben ihn nicht ein einziges Mal besucht, solange er da war.

Nun, er mochte das nicht, und nach einer Weile wehrte er sich dagegen, da zu sein, und ehe er sich versah, haben sie ihn von den höheren auf die, wie sie es nennen, unteren Stationen verlegt. V-1, 2 und 3. Und am Ende auf C-1. V ist schlimm, aber C-1, das ist das Schlimmste. Ihm ging's immer schlechter da unten, und am allerschlechtesten, als er auf die C-1 kam.

Er war ein kluger kleiner Kerl, schnell, ein witziges Kind. Lächelte gerne. Nun, ich mochte ihn und hab nach ihm gesehn, wenn ich unten auf der C-1 war und sauber gemacht hab. Erst war er noch okay. Aber nach ein paar Wochen hab ich gesehn, dass da was nicht stimmte mit ihm. Jemand hatte ihm was getan. Ich mache keine Nachtschicht, und sie haben mich nur einmal die Woche morgens auf die C-1 geschickt, aber ich hab immer gekuckt, wie es ihm ging, und ich konnte es sehen. Das ist jetzt am Morgen, weil ich nachts nicht arbeite – aber ich konnte sehn, dass er vor diesem einen Betreuer Angst hatte. Jedes Mal, wenn der Mann in seine Nähe kam, schrumpfte er zusammen.

Also ich kenne den Burschen, diesen Betreuer. Ich kenne ihn gut, und er ist ein Rohling. Also bin ich ihm aus dem Weg gegangen. Aber dem Jungen ging's so schlecht, dass ich es nach 'ner Weile nicht mehr ausgehalten habe, und ich habe zu dem Kerl gesagt: ›Pass auf. Ich beobachte dich. Denk dran, ich sag die Zukunft voraus, und deine, die ist nicht rosig.‹

Warum hab ich das getan? Der Kerl hat es mir da unten zur Hölle gemacht. Er ist ein Lowgod, versteht ihr. Einer von uns. Ich kenn ihn schon, da war er noch ein Junge. Jetzt ist er ausgewachsen. Ein großer, kräftiger junger Bursche. Nennt sich selbst den Menschensohn. Ich werde hier seinen richtigen Namen nicht sagen, denn er ist ein Schandfleck für seine Eltern, eine Schande. Er sieht gut aus, ist ein hübscher Kerl. Er könnte sich die Mädchen aussuchen, aber da ist was verdreht in seinem Kopf.

Er hat mir da unten die Hölle bereitet. Hat die Weißen gegen mich aufgehetzt, ihnen Lügen und so untergeschoben, denn er kann reden. Und eines Tages, als ich auf ihn los bin, weil er hinter dem Jungen her war, da hat er mir gedroht, hat mir aufgelauert, als ich in den Besenschrank bin, hat sich an mich rangepresst, mich gepackt und gesagt: ›Wenn du noch ein falsches Wort sagst, ramm ich dir ein Messer in die Kehle. Dann kannst du aus dem Nacken pfeifen.‹

Nun, da hab ich ihn gelassen. Da war was Böses in ihm, als er mich gepackt hat. So stark war es, und es hat mir Angst gemacht. Es hatte keinen Sinn, mich zu beschweren oder es den weißen Leuten zu sagen. Er hat die Macht da unten, und die weißen Bosse lieben ihn wegen seiner Größe und seiner schönen Worte, er ist ein doppelzüngiger Teufel. Aber wenn sie nicht hinsehen, führt er die

Patienten und die andern Betreuer wie ein Gangsterboss. Er macht Abend- und Nachtschichten, manchmal beides hintereinander, weil er der König da unten ist. Die Station ist fest in seiner Hand. Jeder Patient da tut, was immer er sagt, ob weiß oder farbig. Sie gehn auf ihre Mitpatienten für ihn los. Sie stehlen für ihn. Sie haben eine fürchterliche Angst vor ihm, und das sollten sie auch, denn er schickt sein Messer los, oder schlimmer, er wendet sie gegen sich selbst, sodass sie sich was antun, sich aufhängen oder so. Er ist das wandelnde Böse. Was für eine Anmaßung, sich den Menschensohn zu nennen. Der Sohn des Teufels, das ist er.«

An diesem Punkt wandte Miggy sich an Nate. »Ich frage mich, ob es Gottes Ziel ist, dass du dich von alldem betroffen fühlst. Vielleicht ist der Grund dahinter, dafür zu sorgen, dass du zurückkommst. Kommst du nach Hause?«

Nate sah Addie an.

»Ich bin zu Hause«, sagte er.

Nach einer Pause und nachdem sie einen Schluck Wasser getrunken hatte, war Miggys Stück Auflauf immer noch unberührt. Aber sie fuhr fort.

»Die Patienten in Pennhurst mögen mich, wenn sie mich sehn, weil ich sie verstehe. Sie sind wie alle andern. Sie wollen leben. Sie wollen glücklich sein. Sie wollen Freunde. Und wenn es um den Lauf der Natur geht, lieben und alles, sind sie krank, aber nicht so krank. Dieser üble, verkommene Mann hat dem Entenjungen auf die schlimmste Art zugesetzt. Sie mussten das Kind ins Krankenhaus bringen, nach dem, was dieser verdrehte Lump ihm angetan hatte. Hat ihn drinnen aufgerissen, und als der Junge wiederhergestellt war, hat er an ein paar Schrauben gedreht, damit die Weißen eine Entschuldigung dafür fanden, ihn zurück auf dieselbe Station zu schicken, damit er den kleinen Kerl noch weiter aufreißen konnte.

Ich hab's nicht ertragen, aber wenn ich zu den Ärzten und Schwestern drüber reden wollte, hätte ich mehr Glück, die Wand da drüben dazu zu bringen, mir zuzuhören. Also hab ich gebetet, und was soll ich sagen, ein paar Wochen später war der kleine Entenjunge verschwunden.«

Und hier sah sie wieder Nate an und begann, ihr zweites Stück Auflauf zu zerschneiden. Vorsichtig zerteilte sie es und sagte: »Wenn du eine Maus wärst und eine Katze wäre hinter dir her und du wolltest hier raus, würdest du dann den Weg hier nehmen?«

Sie deutete auf eine winzige Gasse, die sie in einen Teil des Auflaufs geschnitten hatte.

»Oder den da?« Jetzt zeigte sie auf eine Öffnung beim zweiten Stück auf der anderen Seite des Tellers.

»Ich glaube, du würdest da langgehen wollen«, sagte sie vorsichtig und deutete wieder auf das erste Stück. »Aber da der Weg blockiert ist, vielleicht lieber hier entlang.«

Sie bewegte ihre Gabel über die Stücke, schob sie ein wenig herum und zeichnete so eine Karte. »Also, um hier rauszukommen«, sagte sie, »musst du da, da, und da durch. Das ist nicht gut. Was würde die Maus also tun? Da sie weiß, dass die Katze ganz in der Nähe ist und ihr nur wenig Zeit bleibt, weil die sie sonst erwischt, und da sie auch weiß, dass es nur diesen einen Weg nach draußen gibt.« Sie zeigte ganz oben auf ihren Teller. »Das ist der Fluchtpunkt. Was macht sie jetzt? Sie muss sich bewegen.«

Sie überlegte. »Nun, die Maus *könnte* sich durch das große Stück hier fressen und das und das, aber wenn sie dann hier und hier und hier ankommt, sind längst all die anderen Mäuse hinter ihr, sie folgen ihr, machen Krach und alles, weil es so voll ist im Auflaufland, und so viele andere Mäuse wollen auch raus, und da sind all die Katzen und so. Und unsere Maus kann nicht fliegen, kann nicht über alles weg ... *aber* ...«

Und jetzt beschrieb Miggy mit der Gabel eine direkte Linie von ihrem großen Stück über mehrere andere Stücke, die für einzelne Gebäude standen, zum Rand, wo der Ausgang lag.

»Wenn die Maus von dem großen Stück hier durch einen Tunnel liefe, dann käme sie direkt zur Tür nach draußen. Und sie wäre in Nullkommanichts frei.«

Miggy legte die Gabel beiseite, sah Nate an, faltete die Hände und stützte die Ellbogen auf den Tisch. Mit den gefalteten Händen vor ihrem Gesicht sprach sie langsam.

»Überall unter Pennhurst gibt es Tunnel. Endlose Tunnel. Die haben sie früher benutzt, um im Winter Essen, Vorräte und sogar Kohle zum alten Kraftwerk zu transportieren. Die meisten von ihnen sind seit Jahren nicht benutzt worden. Große, leere Tunnel. Viele davon. Führn überallhin.«

Sie schob den Teller mit den Auflaufstücken von sich weg und fuhr fort.

»Sie haben Himmel und Erde in Bewegung gesetzt, um den kleinen Entenjungen zu finden, aber er blieb verschwunden. Überall haben sie ihn gesucht. Ohne Erfolg. Jemand sagte, er hätte ein Quaken gehört, das aus einem Tunnel unter Station C-1 hätte kommen können, von wo der Junge geflohen war. Aber niemand weiß sicher, ob es da einen Tunnel gibt, denn es ist eines der älteren Gebäude, fern von den Hauptgebäuden. Sie sagen, der Junge *könnte* da entwischt sein, denn es heißt, *wenn* es einen

Tunnel unter C-1 gibt, führt er raus zum Bahngelände, wo früher die Kohle für das alte Heizungshaus angeliefert wurde. Das steht direkt neben der Station C-1, es wird aber nicht mehr benutzt. Sie haben ein neues auf der westlichen Seite des Geländes gebaut. Er könnte also da langgelaufen sein, wenn denn da noch ein Tunnel ist. Aber wer weiß? Im Krankenhaus weiß es keiner. Wer immer die Tunnel gebaut hat, ist lange tot. Und du müsstest eine mutige Seele sein und bräuchtest Gott mit dir, um auch nur dran zu *denken*, durch einen der alten Tunnel zu gehen.«

Miggy seufzte und nippte an ihrem Kaffee.

»Sie haben den Jungen nie gefunden. Eine Weile haben sie gesucht und dann gesagt: ›Wahrscheinlich ist er tot, weg, vielleicht auch ermordet, wer weiß.‹ Oder ...«

Sie machte eine Pause, und ein listiges Lächeln strich über ihr Gesicht.

»Ich hab da lange drüber nachgedacht«, sagte sie. »Viel nachgedacht. Ich sagte: ›Wie kann so 'n kleiner Junge, der nicht mal für sich selbst sprechen kann, der nur quakt wie eine Ente, wie kann der rausfinden, wie er durch die Tunnel kommt?‹ Einer meinte: ›Wahrscheinlich hatte er eine Karte.‹ Aber es hat nie eine von den Tunneln gegeben. Sie haben sie vor hundert Jahren gebaut, als Pennhurst noch ganz neu war. Dann haben sie stückweise neue Gebäude dazugebaut, eins nach dem anderen, mit einem Tunnel hier, einem da, sie da zu- und hier und da aufgemacht, Tunnel überall. Die meisten sind zu, sagen sie, außer denen beim Verwaltungsgebäude. Wie also sollte so 'n kleiner Junge sich da auskennen? Unmöglich. Aber wenn er sie gekannt hätte«, sie zeigte auf ihren Teller, »hätte er gewusst, dass der Tunnel unter *diesem* Gebäude hier«, sie zeigte auf das größte Stück Auflauf, »durch den Nordteil von Pennhurst führt, wo die Verwaltung und das Krankenhaus sind. Und der Tunnel unter dem hier«, wieder zeigte sie auf ein Stück, »würde dich zu einer Öffnung im Westen bringen, wo es nur Wald gibt und niemand entkommen kann, weil es schon oft versucht wurde. Und *das* hier«, sie deutete auf die hintere Ecke mit der Gabel, »ist Station C-1, wo er war, was ihn, falls es da einen Tunnel *gäbe, hierhin* gebracht hätte«, ihr Finger wanderte zum Rand des Tellers, der für den Ausgang stand, »zum Eisenbahngelände. Er *hätte* da rauskommen können, zur Eisenbahn, und dann drei Kilometer über die Gleise zur Straße laufen, wo ihn eine Kutsche, ein Auto oder ein Pferdewagen hätte mitnehmen können. Oder vielleicht ist er auch auf einen der Güterwagen gesprungen, der jede Woche Sachen ins und aus dem Krankenhaus schafft.«

Sie zuckte mit den Schultern. »Aber wie könnte das sein? Er war noch ein Kind. Und du müsstest die Tunnel wirklich gut kennen.«

»Wer würde sie kennen?«, fragte Fatty.

Miggy zuckte mit den Schultern.

»Warum sparen Sie sich dann nicht die Mühe, drüber zu reden?«, fragte Fatty.

»Wegen Eiern.«

»Wegen was?«

»Eiern.«

»Was haben Eier mit den Tunneln zu tun?«

Miggy sah Fatty einen langen Moment an und lächelte dann ruhig. »Das ist der Unterschied zwischen den Farbigen auf dem Chicken Hill und bei uns in Hemlock Row. Wir glauben an Gott, wie ihr alle es tut. Wir setzen unsere Hoffnung auf Jesus wie ihr. Aber in der Row sind wir durch eine Vergangenheit miteinander verbunden, an die wir zu glauben gelernt haben, ob wir es mögen oder nicht. Wenn wir in die Kirche gehen, beten wir nicht nur zu Gott, sondern auch zu denen, die vor uns da waren, in einem fernen Land, und die zu uns auf Arten sprechen, die wir nicht verstehen, an die wir aber noch glauben. Für uns ist alles im Leben, sind alle Dinge und Kreaturen Gottes miteinander verbunden. Hier auf dem Hill, da schreit und ruft ihr nur alle.«

Sie sah Fatty an. »Eier haben alles mit Tunneln zu tun. Alles hat alles mit allem zu tun.«

Es dauerte ein paar Minuten, bevor Miggy fortfuhr, denn sie hatte beschlossen, dass mehr Kaffee nötig war, den Paper schnell kochte. Nach ein paar Schlucken, ohne dass jemand etwas sagte, legte sie den Kopf zurück, schloss die Augen, holte tief Luft und fuhr fort.

»Pennhurst sorgt für sein eigenes Essen«, sagte Miggy. »Sie haben eine Farm, die von den Patienten betrieben wird. Sie bauen da alle Arten von Gemüse an. Okra, Kartoffeln und auch Getreide. Aber das eine, was sie nicht anbauen können, sind Eier. Für Eier braucht man Hühner, und bei dreitausend Leuten wären das zu viele für eine staatliche Anstalt. Man kann nicht genug Leute haben, die sich um die Hühner kümmern, wenn man sich auch um die Leute kümmern muss. Die Eier müssen sie von draußen zukaufen.

Es gibt eine Hühnerfarm drei Kilometer nördlich von Pennhurst, die jeden Tag einen Wagen voller Eier in die Anstalt schickt. Viertausend Eier. Das ist eine Menge. Der Mann, der sie bringt, hat einen Maultierkarren. Er versorgt jede Station mit frischen Eiern und heißem Kaffee. Zwischen den Stationen liegen ziemliche Entfernungen«, sagte sie und zeigte auf die Auflaufstücke auf ihrem Teller. »Die Hauptgebäude hier«, sie deutete darauf, »wo die Sicherheitsleute und so sind, das sind gute drei Kilometer an Weg von den unteren Stationen. Die neueren Gebäude, die Verwaltung und das Krankenhaus, die haben alle voll ausgestattete Küchen und Eiskisten, und was sie sonst noch brauchen, um Essen für alle zu kochen. Aber in den unteren Stationen kochen sie nur mittags und abends. Morgens wollen die Angestellten da aber auch, was die Leute in den neuen Gebäuden kriegen: frisch gekochte Eier und heißen Kaffee. Die kalten Eier, den kalten Kaffee und das kalte Porridge, das sie den Patienten geben, wollen sie nicht. Sie wollen ihr eigenes gutes Frühstück mit Eiern und Kaffee.«

Miggy nahm ihre Gabel und steckte sie in ein Stück ganz am Rand des Tellers. »Station C-1«, sagte sie, »das ist Menschensohns kleines Königreich.« Und sie fuhr fort.

»Der Mann, der die Eier von der Farm nach Pennhurst bringt, ist ein Schwarzer. Ein Lowgod. Bis sechs Uhr morgens hat er alle Häuser auf der Seite mit den unteren Stationen mit warmen Eiern und heißem Kaffee versorgt. Das sind vierzehn Gebäude, stellt euch das vor. Das müssen um die sechs, sieben Kilometer sein, die er Wege rauf- und runterrennt, Treppen rauf zu dieser Küche, Treppen runter zu der. Wie schafft er es, vierzehn Gebäuden warmes Rührei und heißen Kaffee zu bringen, wo sie so weit auseinander liegen, und das alles bis sechs Uhr? Ein Auto könnte nicht so schnell die Wege rauf- und runterfahren, um Ecken und über Treppen auf die eine Station und dann die nächste. Nicht mal am sonnigsten Tag mit den freiesten Straßen könntest du das. Und im Winter, wenn Schnee liegt? All die Gebäude? Die Entfernung? Und seit dreißig Jahren macht er das. Wie kann er so schnell sein? Zu so was brauchst du Gottes Hilfe. Oder Tunnel. Das ist das, was ich mir denke.«

Nate sagte etwas: »Kennst du ihn?«

Miggy zuckte mit den Schultern und sagte kühl: »Ich habe gesagt, ich erzähle euch von meinem Leben, geh aber nicht ins Gefängnis für euch. Ich glaub allerdings, jemand hier könnte ihn vor ein, zwei Tagen getroffen haben.«

Und dabei sah sie Paper an, ließ das sacken und fuhr fort.

»Ich habe gehört – es heißt –, dass mein kleiner quakender Freund vom Menschensohn so schlimm missbraucht wurde, dass jemand Mitleid mit ihm hatte und ihn dem Mann mit dem Eierkarren anvertraut hat, der ihn durch einen der Tunnel direkt unter Station C-1 her, wo der Menschensohn lauert, zum Eisenbahngelände gebracht hat. Und von da haben ihn ein paar Gewerkschaftsjuden, die gerne revoluzzern, darunter ein paar Eisenbahner, mit einem Sack voller Proviant und zwanzig Dollar auf einen Güterzug nach New York gesetzt, und sie sagen, der Junge quakt da seitdem wie eine Ente rum.«

»Was ist mit diesem Kerl, von dem du geredet hast?«, fragte Nate. »Ist er noch da?«

»Der Menschensohn ist noch da, tut mir leid, das sagen zu müssen. Und wenn er dieser Tage auch nicht auf seine Station geht, hab ich doch gehört, dass vor drei Wochen ein neuer Junge da gelandet ist. Ein schwarzes Kind. Taub und vielleicht auch beschränkt. Ich weiß nicht, ob er sprechen kann oder nicht. Aber ich hab gehört, dass der Junge irgendwie verletzt war. Sie hatten ihn in einem Streckverband. Es geht ihm jetzt besser, wurde mir gesagt. Es ist verheilt. Sein Gips ist ab, soweit ich weiß. Was nicht gut für ihn sein kann.«

Schweigen legte sich über den Raum. Endlich sagte Nate etwas. »Bist du fertig mit dem Auflauf?«, fragte er Miggy.

»Ja«, sagte sie.

Nate zog den Teller zu sich heran und betrachtete ihn. Es war eine Karte. Mit Gebäuden, Straßen, Fußwegen. Er studierte sie und schloss die Augen, als wolle er sie sich einprägen.

»Iss den Auflauf oder gib ihn mir«, sagte Paper. »Verschwende ihn nicht.«

»Das ist keine Verschwendung«, sagte Nate mit immer noch geschlossenen Augen. Als er sie wieder aufmachte, sagte er zu Miggy: »Du sagst, der Eiermann beliefert alle Stationen?«

»Alle.«

»Bringt er auch dem Menschensohn seine Eier?«

»Das macht er.«

»Wie mag der seine Eier?«

»Wer?«

»Der Menschensohn. Wie mag er seine Eier?«

»Ich weiß es nicht. Das musst du ihn selbst fragen.«

»Ich kenne ihn nicht«, sagte Nate.

»Das macht nichts«, sagte Miggy. »Er kennt dich.«

25
DER DEAL

Die blonde Sekretärin mit dem knallroten Lippenstift, die am Empfang des Blitz Theater in Philadelphias Broad Street saß, dachte, er sei ein Gewerkschaftsmann. Sonst hätte sie den mittelalten Juden in seinem Overall auf der Stelle wieder hinausgeworfen. Er saß aufrecht in dem Plüschsessel im Warteraum des Büros und fingerte mit seinen schwieligen Arbeiterhänden an seinem Hut herum. Er musste eine Art Gewerkschaftsorganisator sein, dachte sie, denn er war nicht angenehm. Unorganisierte Arbeiter lächelten in der Regel und waren unterwürfig, freuten sich über Arbeit und waren vom schönen Wartezimmer, dem Ledersofa und den polierten Kaffeetischchen beeindruckt. Gewerkschafter dagegen waren überhebliche Männer in Arbeitskleidung, die sich auf die Sofalehnen setzten, rauchten und redeten, aufgeblasene Aufwiegler allesamt. Dieser Kerl gehörte eher zu Letzteren. Als Namen hatte er Marvin Skrupskelis angegeben und ihn dann buchstabiert, als wäre sie nicht dazu in der Lage, was tatsächlich zutraf, da sie Scoopskalek geschrieben hatte, doch er warf einen Blick auf ihre Notiz und korrigierte sie. Er sagte, er habe zwar keinen Termin mit Mr Isaac Moskovitz, müsse ihn aber sprechen. Nur, weil sie annahm, er könnte ein Gewerkschaftsvertreter sein, klingelte sie bei Isaac an. Der antwortete aber gar nicht erst, sondern drückte sie gleich wieder weg, was bedeutete, dass er verärgert war und sie diesen Mann, wer immer er auch sein mochte, hinauswerfen sollte. Sie nahm die Hand von der Sprechanlage und wollte genau das tun, als Mr Moskovitz die Tür seines Büros öffnete, zu dem Mann hinging, ihm die Hand schüttelte, »Da entlang«, sagte und ihn zur Tür in Richtung Aufzug schob.

Als er sie öffnete, sagte er zu seiner Sekretärin: »Ich bin eine Weile nicht da.«

Nach fünf Minuten Autofahrt in Isaacs schwerem schwarzem Packard die Broad Street hinunter warf Marv einen langen Blick auf Moshes Cousin, den großen, dominanten Burschen, der gelegentlich in Pottstown auftauchte, um seinem sanftmütigen Cousin durch Katastrophen und Chaos zu helfen. Er sah, wie Isaac den schweren schwarzen Wagen mit Leichtigkeit durch den Verkehr steuerte. Isaac wirkte wie eine ältere, festere Version Moshes, ohne das Lächeln, und er war auch nicht so gastfreundlich wie Moshe, er vergeudete keine Zeit. »Wie haben Sie mein Büro gefunden?«, fragte er.

»Es steht im Verzeichnis. Hätte ich zu Ihrem Haus kommen sollen?«

»Das wäre besser gewesen.«

»Ich wusste nicht, ob ich da willkommen gewesen wäre.«

»Das habe ich nicht gesagt, nur dass Sie besser dorthin und nicht in mein Büro hätten kommen sollen.«

»Nur, um es noch weiter zu verkomplizieren«, sagte Marv, »sind Sie einer von den verrückten rumänischen Theaterbesitzern, die eine Menge nutzloses Zeug wissen, wie dass Schmetterlinge mit den Füßen schmecken?«

»Sie haben es gerne kompliziert?«

»Ich bin Litauer«, schnaubte Marv, verstummte dann

und sah aus dem Fenster, während Isaac langsam und vorsichtig dahinfuhr.

Isaac warf einen Blick auf Marv. Er hatte ihn bei Chonas Schiwa gesehen. Oder war es sein Zwillingsbruder gewesen? Er konnte sie nicht auseinanderhalten. Wer immer es gewesen war, war lange geblieben und hatte wenig gesagt. Isaac kam zur Sache. »Was hat Moshe diesmal angestellt?«

»Nichts hat er angestellt. Er führt ein ehrbares Leben. Was mehr ist, als ich von einigen von uns in diesem Land sagen kann.«

»Sie wollen also zurück in Ihre alte Heimat?«

»Nein, ich mag es hier. Die Politiker versuchen, uns mit einer Hand die Kehle aufzuschlitzen, während sie mit der anderen die Begrüßungsflagge schwenken. Und dann nehmen sie einem die Steuern. Das erspart es ihnen, uns dreckige Juden zu nennen.«

Isaac lachte. »Haben Sie Hunger? Wollen Sie was essen? Brauchen Sie was? Sie hatten eine lange Anreise.«

Marv sah aus dem Fenster, seine braunen Augen spähten zu den Häusern hinüber, an denen die Limousine vorbeifuhr. »Er ist nachgiebig, ihr Cousin.«

»Sagen Sie mir was, was ich noch nicht weiß.«

»Ich mache Schuhe«, sagte Marvin.

»Ich werde dran denken, wenn meine entzündeten Füße das nächste Mal wie Hefe aufgehen.«

»Ich mache sie für alle möglichen Leute«, sagte Marv. »Sie kommen von weither. Aus Reading. Baltimore. Sogar aus New York.«

»Sie haben einen Zwillingsbruder?«

»Richtig.«

»Waren Sie es, den ich bei der Schiwa gesehen habe? Oder war es der andere?«

»Wahrscheinlich der andere.«

»Wo waren Sie?«

Marv reagierte gereizt. »Ich erinnere mich nicht, Sie gesehen zu haben, als ich da war. Aber wir waren immer den ganzen Tag da. Ich oder mein Bruder. Einer von uns war immer da, jeden Tag. Überprüfen Sie, wer zu Schiwas kommt?« Er schwieg eine Weile, während Isaac den Hieb verdaute, und fuhr dann fort.

»Letzte Woche kam einer zu mir, der Probleme mit seinem Zeh hatte. Er brauchte einen Schuh dafür. Doc Roberts hat ihn zu mir geschickt. Erinnern Sie sich an ihn?«, fragte Marv.

»Warum sollte ich was auf den Scheißer geben?«

»Weil dieser Mann den Doc in die Zange nehmen könnte.«

»Woher wissen Sie das?«

»Wenn ein Mann keine polierten Schuhe trägt und weiß, wie man Märchen in Bildern erzählt, heißt das noch lange nicht, dass er nichts im Kopf hat. Der Mann heißt Plitzka. Gus Plitzka. Er betreibt Dinge in Pottstown.«

»Wie was?«

»Alles. Den Stadtrat, das Wasserwerk, die Cops. Er spielt mit zweierlei Karten. Er wollte die Molkerei kaufen und hatte dann zu wenig Geld. Er hat sich was von einem Mann namens Nig Rosen geliehen. Einem Geschäftsmann von hier. Vielleicht kennen Sie Rosen?«

Isaac nickte und fädelte die große Limousine durch den Verkehr. »Sie könnten ihn so nennen, aber wen wollen Sie damit hinters Licht führen? Er lebt von Bürgschaftsscheinen und Benzedrine. Keiner, mit dem man spielt. Woher wissen Sie von ihm?«

»Pinochle.«

»Was?«

»Nicht jeder Jude in Pottstown sitzt herum, lutscht am Daumen und wartet auf Zuteilungen von der Deutsch-Jüdischen Gesellschaft. Pinochle. Ich spiele jede Woche in Reading. Um viel Geld. Ein paar Spieler da in Reading arbeiten für Rosen.«

»Und?«

»Sie kommen jede Woche nach Pottstown und setzen Plitzka unter Druck. Er schuldet Rosen einen ganzen Batzen. Ohne das Geld von ihm hätte er die Molkerei nicht kaufen können, und die bekommt ihr Wasser von seiner alten Farm, aber die hat keins mehr.«

»Und?«

»Unser Tempel auf dem Hill hat lange einen Brunnen angezapft, aus dem Wasser für die öffentliche Zapfstelle gepumpt wurde. Der ist jetzt trocken, und ich weiß sicher, dass Plitzkas Wasser aus dem neuen Reservoir kommt. Ohne, dass er dafür zahlt. Wenn der Staat wüsste, dass er sein Wasser gratis bezieht und gleichzeitig das städtische Wasserwerk unter sich hat, kämen sie und übernähmen das Ganze. Die Stadt braucht Wasser. Die Fabriken brauchen es. Das heißt, er ist verletzlich. Da er da verantwortlich ist, kann ihn vielleicht jemand unter Druck setzen, damit er Doc Roberts unter Druck setzt.«

»Der Goi wird niemals zugeben, eine Jüdin vergewaltigt zu haben.«

»Er hat sie nicht vergewaltigt. Er hat es nur versucht.«

»Das ist egal. Er hat ihr die Kleider runtergerissen. Das reicht. Um was geht es hier?«

»Gerechtigkeit«, sagte Marv auf Jiddisch.

»Noch irgendwelche andere Witze?«

»Ich mochte Chona.«

Isaac überdachte das alles sorgfältig und atmete schließlich tief durch. »Religion und Politik. Sind nicht gut fürs Geschäft.«

»Sie tun also nichts. Was ist das Leben einer Jüdin wert?«

»Sparen Sie sich Ihre Belehrungen, mein Freund.«

»Was werden Sie tun?«

»Wenn Irene Dunne eine Woche lang kommen und Lieder singen soll, zum Vorzugspreis, kann ich das arrangieren. Und auch, wenn Cab Calloway in Moshes Theater sein Hi-di-hi-di-ho zum Besten geben soll. Aber Deals mit Dummköpfen zu machen, damit sie Politiker in einer Stadt, die ich nicht kenne, Marshmallows und Zigaretten abtrotzen, das liegt außerhalb meiner Reichweite.«

»Sie tun also nichts.«

Isaac sagte behutsam: »Das habe ich nicht gesagt. Lassen Sie Rosen Plitzka packen. Vielleicht ist er damit so beschäftigt, dass er aufhört, mich damit zu plagen, seine billigen Flittchen in meine Shows aufzunehmen. Keiner will die Cops dabei haben. Keiner will den Staat oder die Bundespolizei. Keiner will Steuern. Keiner Probleme. Oder was zahlen. Vergessen Sie den Cowboy-Unsinn. Um in diesem Land Dinge zum Funktionieren zu bringen, geht man keinen Mann frontal an. Man bleibt ruhig. Macht Deals. Lassen Sie Rosen und Plitzka in Ruhe. Vielleicht stolpern die über einen Kanaldeckel und fallen rein. Ich brauche bei was anderem Hilfe.«

»Was für Hilfe?«

Isaac seufzte. Er warf einen langen Blick auf Marv und steuerte die Limousine vom belebten Boulevard in eine Seitenstraße mit Reihenhäusern, fuhr an den Rinnstein, zog die Handbremse und wandte sich Marv zu.

»Was Chona wollte«, sagte er, »war, dass die Schul überlebt. Machen Sie das Wasserproblem mit Plitzka öffentlich, dann ziehen Sie die Schul mit rein. Es hat keinen Sinn, Plitzka damit unter Druck zu setzen.«

»Was machen wir also?«

»Lassen Sie Plitzka sein Wasserproblem mit der Molkerei selbst lösen. Ich löse es für die Schul. Das läuft bereits, und der Tempel wird nicht dafür verantwortlich gemacht. Ich brauche nur bei einer Sache Hilfe, damit es funktioniert. Nichts sonst.«

»Und was ist das?«

»Ich brauche zwei Männer, Juden, um einen Zug für mich zu fahren. Von der Gewerkschaft.«

»Ein Gewerkschafter kann keinen Zug fahren. Das macht die Pennsylvania Railroad.«

»Ich meine nicht, ihn selbst fahren. Sie müssen nur drauf sein. Zwei. Auf ihm arbeiten.«

»Auf welchem Zug?«

Isaac sah in den Rückspiegel, dann aus dem Fenster, als ein Auto vorbeiwischte, gefolgt von einem Pferdekarren. »Der farbige Junge von Chona, der, der alles gesehen hat, er ist in Pennhurst, und es gibt einen Güterzug, der jede Woche Kohlen und Mehl dort hinbringt. Ich brauche zwei Männer auf diesem Zug, die sich das Kind schnappen, wenn es aus der Klapse kommt. Ich kümmere mich um den Rest.«

»Es sich wo schnappen?«

»Wo der Zug seine Fracht entlädt. Der Junge wird da sein, wenn sie kommen.«

»Wer bringt ihn hin?«

»Darum sorgen Sie sich mal nicht. Er wird da sein.«

»Und wohin sollen sie ihn bringen?«

»Sie müssen ihn nur in den Zug setzen, um den Rest

kümmere ich mich. Können Sie zwei Juden finden, denen zu trauen ist?«

»Natürlich. Im Bereich Reading arbeiten wahrscheinlich um die vierzig Juden für die Bahn.«

»Wie viel, denken Sie, wird das kosten?«

»Für Sie? Nichts.«

»Sie machen Witze.«

Marv schüttelte den Kopf. »Die Eisenbahnjuden sind alle in der Gewerkschaft. Sie lesen die Zeitungen, singen die Lieder, sie sind verrückt. Sie sind alle voll von Geschichten über die amerikanische Gerechtigkeit für einen und alle. Sie wissen von Chona, den Briefen, die sie geschrieben hat, den irren Sachen, die sie getan hat. Die Farbigen waren nicht die Einzigen, denen sie geholfen hat, ohne Geld dafür zu wollen. Der halbe Laden war voll mit Eisenbahnern, besonders am Wochenende. Chonas war sonntags der einzige offene Laden in Pottstown. Ich kann ihnen zehn Gewerkschaftsjuden von der Eisenbahn bringen.«

»Zwei, mehr brauche ich nicht. Wie viel wird es kosten, sie für mich anzuheuern.«

»Ich sagte doch, nichts.«

»Nichts gibt's für nichts.«

»Ich übernehme das.«

»Wie?«

»Alle brauchen Schuhe.«

»Sie machen Spaß, oder?«

»Frage ich Sie, wie Sie Ihr Geschäft betreiben? Bieten Sie einem Gewerkschafter ein Bestechungsgeld an, und er spuckt Ihnen ins Gesicht. Sie wissen, ich habe kein Geld wie Sie, um damit um mich zu werfen. Aber wenn ich meine Arbeit anbiete, meinen Beruf, dann wissen sie das zu schätzen. Sie ehren Prinzipien.«

Isaac wurde rot, weil er von Scham erfasst wurde. Prinzipien. In all den Jahren als Fusgeyer, als er und Moshe noch Kinder gewesen und um ihr Leben gelaufen und vor Soldaten und Hunger geflohen waren, waren sie das eine, von dem Moshe nie abließ. Er hasste niemals jemanden. Er blieb immer menschlich. Hätte noch seinen letzten Krümel weggegeben. Und hier in Amerika hatte er eine Frau geheiratet, die genauso war. Güte. Liebe. Prinzipien. Sie bestimmten diese Welt. »Ein Nein ist kein Nein. Es ist nur der Anfang einer Verhandlung«, sagte Moshe. Was für ein wundervoller Verhandler er war. Mit all seinen Talenten hätte er hier in Amerika ein reicher Mann werden können. Stattdessen lebte er in einem Scheißkaff, mit einer toten Frau, dank eines ... Isaac schluckte und biss sich auf die Lippe.

Er hörte Marv etwas sagen.

»Was?«

»Das Wasser«, sagte Marv. »Was ist mit dem Wasser? Wer löst das Problem? Sind Sie sicher?«

»Das ist bereits im Gange«, sagte Isaac. »Sorgen Sie nur dafür, dass die beiden Männer da sind, wenn der Junge aus dem Irrenhaus kommt. Das ist meine Seite des Handels.«

»Was ist mit Plitzka?«

»Vielleicht enden er und Rosen irgendwo in einer Urne. Wen stört's?«

»Wann wollen Sie die Männer dort haben? Mit welchem Zug?«

»Es gibt am Tag nur einen, der nach Pennhurst fährt, wie man mir gesagt hat. Ich schicke eine Nachricht, an welchem Tag. Halten Sie ihre Jungs bereit. Und würden Sie mir einen Gefallen tun?«

»Vielleicht.«

»Das nächste Mal, wenn Sie zu mir kommen. Meine Sekretärin ist eine Goi mit einem großen Mundwerk.«

Marv grinste. »Wem Sie an die Wäsche gehen, ist Ihre Sache.«

Isaac zog die Stirn kraus. »Wir können nicht alle Moshes sein«, sagte er.

26
DER JOB

Nachmittags drauf arbeitete Fatty am Motor des Great Chadwick Six, wobei ihm Big Soap über die Schulter sah. Fatty zog die letzte Zündkerze fest und schloss die Verteilerklappe. »Das ist kein Great Chadwick«, verkündete er.

»Woher weißt du das?«

»Das sind Ford-Teile«, sagte er. »Ein Ford-Verteiler passt in keinen Chadwick Six. Die Ford-Klappe ist kleiner. Steig ein, ich fahre.«

Big Soap sprang auf den Rücksitz, Fatty schwang sich hinters Lenkrad. Er drehte den Schlüssel, der alte Motor sprang an und stieß eine schwarze Rauchwolke aus.

»Hau den Gang rein«, schrie Big Soap. Er klatschte zweimal in die Hände und rief fröhlich: »Nach Hause, Charles!«

»Sehr witzig. Die Gänge gehen noch nicht.« Fatty stellte den Motor wieder aus und sah im Rückspiegel zu Big Soap, der es sich hinten bequem gemacht und seinen langen muskulösen Arm auf die Rücklehne gelegt hatte. »Soap, willst du etwas Kohle machen?«

»Nein, Fatty. Ich will durch die Welt wandern und Freude und Liebe verbreiten. *Natürlich* will ich Kohle machen.«

»Ich hab einen Job für uns.«

»Was?«

»Eine Wasserleitung auf dem Hill anzapfen.«

»Ist das illegal?«

»Nicht wirklich. Wir lösen nur eine alte Leitung von einer anderen und verbinden sie mit der von der Stadt. Alle bezahlen für das Wasser der Stadt. Also ist es praktisch nicht illegal. Aber wir müssen es bei Nacht machen.«

»Wenn es nur um eine Verbindung mit einer städtischen Leitung geht, warum lassen wir es dann nicht die Stadt machen?«

»Auf dem Hill? Machst du Witze?«

»Wie tief müssen wir graben?«, fragte Big Soap.

»Ist nicht viel. Einfach nur einen Deckel anheben, nach unten klettern, eine Leitung losmachen und an eine andere anschließen. Dann den Deckel wieder drauf.«

»Unter Druck stehende Wasserleitungen miteinander verbinden ist eine nasse Angelegenheit.«

»Willst du nun was verdienen oder nicht?«

»Nur, dass du es weißt, Fatty, ich verdiene ganz gut bei Dohler in der Fabrik.«

»Wie viel?«

»Drei Dollar fünfzig die Woche.«

»Was machst du da? Wahlurnen füllen?«

»Ofen anfeuern.«

»Erhöhen sie deine Kohle bald?«

»Wenn sie so weit sind.«

Fatty nickte und klopfte auf das uralte Armaturenbrett des Autos. *Typisch*, dachte er bitter. Big Soap wird gefeuert, findet einen neuen Job, seine Mutter verwünscht ihn vor seinen Freunden, die Iren drüben bei der Empire Fire Company lassen ihn dreißig Meter Schlauch hoch in ihren Turm hieven, während sie dahocken und Bier trinken, und er ist immer noch damit zufrieden, für nichts zu arbeiten. Der Trottel.

»Du kannst in drei Stunden zehnmal so viel verdienen. Und ich hole Rusty mit dazu.«

»Wenn Rusty mit dazu kommt, kann es nicht einfach sein.«

»Willst du den Job oder nicht?«

»Du hast noch nicht gesagt, wie viel.«

»Fünfunddreißig Dollar für dich.«

Big Soap pfiff durch die Zähne. »Das klingt nach einem Banküberfall. Ist es eine Bank?«

»Wie sehe ich aus? Wie ein Dieb? Es ist ein einfacher Klempnerjob, Soap. Wir heben einen Deckel von einem Einstiegloch. Klettern in einen Brunnen. Bauen ein Abzweigungsventil in ein Sechs-Zoll-Rohr vom Reservoir. Verbinden eine andere Leitung damit und klettern wieder raus. Schließen das Loch. Fertig. So was wird ständig gemacht.«

»Für wessen Haus ist es?«

»Es ist kein Haus. Der Brunnen liegt drüben beim Grundstück von Hayes & Franklin. Wo die öffentliche Zapfstelle ist.«

Big Soap zog die Brauen zusammen. »Ist da nicht die Clover Dairy?«

»Es ist gegenüber von der Molkerei.«

»Ist es für die?«

»Nein.«

»Für wen dann?«

»Kann ich dir nicht sagen. Aber sie zahlen gute Dollars. Willst du den Job jetzt oder nicht?«

Big Soap dachte einen Moment nach. »Fünfunddreißig Möpse sind 'ne Menge. Wie lange wird es dauern?«

»Ein paar Stunden.«

»Das klingt nicht zu schlimm. Wofür brauchst du Rusty?«

»Als Rückendeckung. Der Deckel auf dem Loch ist aus

altem Zement. Wenn wir ihn kaputtmachen, kann Rusty das in Ordnung bringen, und die Sache wie das Original aussehen lassen. Er ist gut mit Mörtel- und Zementgeschichten.«

»Du brauchst Wasser, um Zement anzumischen, Fatty.«

»Wir nehmen Wasser aus der Leitung, an der wir arbeiten.«

»Wo drin mischen wir ihn an?«

»Ich hab noch den alten gasbetriebenen Mischer hinter der Kneipe.«

»Den Schrotthaufen? Den kannst du nachts nicht anwerfen. Der ist laut wie 'ne Flüstertüte. Da weckst du das ganze Viertel auf.«

»Er hat auch eine Handkurbel.«

»Die funktioniert, wenn du Tarzan bist.«

»Rusty wird sie vorher ölen. Er kennt sich mit so Sachen aus. Oder wir nehmen eine Schubkarre. Rusty kann den Zement so färben, dass er genau aussieht wie der, den die Stadt benutzt.«

»Wir können den Mischer da nicht runterschieben, wenn er voller Zement ist, Fatty. Dann ist er viel zu schwer.«

»Rusty wird den Zement mischen, während wir, du und ich, das unten mit den Leitungen regeln. Wenn der Deckel denn bricht, was er wahrscheinlich nicht tut, weil wir ihn vorsichtig runterheben, okay? Das wird ein Schnäppchen.«

»Bist du sicher, dass Rusty da ist?«

»Warum sollte er's sagen, wenn er nicht da ist?«

Big Soap auf dem Rücksitz nickte, spähte gedankenverloren zum blauen Himmel hoch und sagte: »Fatty, der Eingang zur Molkerei geht auf die Franklin Street raus.«

»Es gibt auch noch zwei Türen zur Hayes Street.«

»Die fangen morgens um vier in der Molkerei an.«

»Es ist das Memorial-Day-Wochenende, Soap. Die Antes-Parade. Reden, Barbecue, Bier, Feuerwerk. Alles in der Stadt ist geschlossen.«

»Ist egal. Die haben wahrscheinlich einen Nachtwächter in der Molkerei, und der kuckt raus.«

»Der Wachmann wird beim Antes-Haus sein, bei der Parade, dem Feuerwerk und so weiter, wie alle anderen auch. Ich kenne ihn. Er ist farbig«, sagte Fatty.

»Dann wird er *nicht* zur Parade gehen«, sagte Big Soap. »Ich kenne keinen Farbigen, der zur Parade geht.«

»Es ist Reverend Spriggs.«

Big Soap hielt einen Moment inne, dachte nach und sagte dann: »Ist Snooks nicht dein Pastor?«

»Er ist nicht *mein* Pastor«, sagte Fatty. »Er ist *der* Pastor.«

»Ich wusste nicht, dass Snooks als Nachtwächter arbeitet«, sagte Big Soap. »Padre Vicelli macht nur unsere Kirche.«

Fatty tat das mit einer Handbewegung ab. »Immer, wenn sie in dieser Stadt einen Schwarzen brauchen, der bei Feiern rumsteht, was isst und glücklich aussieht, rufen sie Snooks. Das ist sein wirklicher Job.«

»Das klingt nicht schlecht«, sagte Big Soap. Er sah über Fattys Schulter. »Ah, oh.«

Fatty fuhr herum und folgte Big Soaps Blick. Paper stand vorm Kühlergrill des Wagens und hatte die Hände in die Hüften gestützt.

Als Fatty sie in ihrem in der Brise aufgebauschten gelben Kleid und mit dem Sonnenlicht auf ihrem schönen braunen Gesicht inmitten des Gerümpels auf seinem Hof stehen sah, glaubte er, in einem Raum voller warmer

Marshmallows zu stehen. Sein Herz fühlte sich leicht wie das eines Vierjährigen an.

»Komm her«, sagte sie und winkte ungeduldig mit einer Hand.

Er stieg aus dem Wagen, indem er sich auf den Sitz stellte, über die Windschutzscheibe auf die Haube trat, hinuntersprang und neben ihr landete. Sie griff nach seinem Ellbogen und drehte ihn, sodass sie beide mit dem Rücken zu Big Soap standen.

»Hast du noch nie vom frühen Vogel gehört?«, sagte sie.

»Nein, aber vom sich windenden Wurm.«

»Du solltest heute Nachmittag zu Nate, um zu besprechen, wann du ihn raus nach Hemlock Row bringst. Er will es machen. Heute Nacht.«

Fatty verspürte den plötzlichen Drang, zu gestehen und Paper zu sagen, dass er einen anderen Job angenommen hatte, mit kleinem Risiko, der sich wirklich lohnte und ihm – vielleicht sogar ihnen, wenn es denn ein *ihnen* gab, worauf er hoffte – richtiges Geld einbringen würde.

»Heute Nacht?«, stotterte er. »Heute Nacht hab ich zu tun.«

»Was?«

»Es hat sich ein Job aufgetan.«

»Deine Schnapsgeschäfte kannst du morgen wieder machen. Es ist alles organisiert. Fahr runter zum Theater. Nate braucht deine Hilfe, um ein paar Trommeln und Sachen für die Parade zum Antes-Haus zu fahren, bevor er anfängt.«

»Ich dachte, ich soll ihn nach Hemlock Row bringen. Keiner hat was davon gesagt, Kram für Doc Roberts Parade herbeizuschaffen. Und schon gar keiner, dass das alles heute sein muss.«

»Spiel einfach mit, okay? Es sind 'ne Menge Trommeln und sonst noch alles Mögliche.«

»Es gibt reichlich Leute, die Nate helfen können. Warum will er ausgerechnet mich?«

»Weil du der Einzige hier mit einem Wagen bist, der groß genug ist, um all die Instrumente kurzfristig in einem Rutsch hinzubringen. Sonst braucht er den ganzen Tag, und den hat er nicht. Er muss das heute Nacht machen.«

»Warum?«

»Miggy hat ihn mit dem Eiermann verabredet. *Heute Nacht.*«

»Warum können die weißen Leute ihr Zeugs für die Parade nicht selber holen? Sind sie allergisch gegen Arbeit?«

»Fahr hin und frag Nate selbst.«

»Kannst du ihm sagen, dass ich es nicht schaffe, Paper?«

Paper lehnte sich locker auf die Haube und berührte sanft sein Gesicht. »Sei lieb, Fatty. Ich weiß, du kannst es.«

In Anerkennung der jüdischen Gemeinde gewährte die John Antes Historical Society Moshes All-American Dance Hall & Theater alljährlich das Privileg, die verschiedenen Trommeln und Gerätschaften für die Parade und das Feuerwerk zum Memorial Day in seinem riesigen Keller zu lagern. Siebzehn Marschtrommeln, sechzehn Tomtoms, vier riesige Basstrommeln, achtzehn Trommelgeschirre, Banner, Plattformwagen, zwei Minifeuerwehrwagen, Schaummaterial und alle möglichen Utensilien für die Würdenträger der Parade, zu denen Doc Roberts und einige Stadträte gehörten.

Normalerweise schickte die Stadt einen Lastwagen, um alles abzuholen. Aber in diesem Jahr kam keiner. Stattdessen kam ein Highschool-Schüler mit der Nachricht zu Moshe, die Trommeln und die Ausrüstung bitte zum Antes-Haus zu bringen.

Moshe war nicht im Theater, als der Junge kam. Er fühlte sich nicht wohl und war zu Hause geblieben. So landete die Nachricht bei Nate, der nicht lesen konnte und sie Addie gab, die es konnte und zu Moshes Haus ging, um sie ihm zu bringen, dann aber zurückkam zu Nate, der hinter der Bühne alles für den Wochenendauftritt der großartigen Bluessängerin Sister Rosetta Tharpe vorbereitete.

»Was hat er gesagt?«, fragte Nate.

»Er hat tief geschlafen. Er fühlt sich nicht gut, und ich wollte ihn nicht wecken«, sagte Addie.

»Er rackert sich ständig zu Tode ab, um es den Weißen hier recht zu machen«, sagte Nate. »Wir helfen ihm. Wir schaffen die Trommeln und den Kram da rüber. Mir bleibt genug Zeit, um am Abend nach Hemlock Row zu kommen.«

»Vergiss die Parade«, sagte Addie. »Wir haben unsere eigenen Sachen zu erledigen. Sollen die sich ihren Krempel selbst abholen.«

»Ich hab genug Zeit.«

»Und wer holt das Zeug nach der Parade und dem Feuerwerk zurück?«

Nate winkte ab. »Die brauchen die ganze Nacht, um das Antes-Haus wieder zuzumachen. Ich hol die Trommel und die Sachen am Morgen wieder ab.«

»Nicht, wenn die Polizei hinter dir her ist.«

»Sie werden nicht hinter mir her sein. Ich werd wieder hier sein.«

Addie schwieg. Sie hatte ihre Angst wegen der ganzen Unternehmung beim Treffen mit Miggy gestern Abend nicht gezeigt, doch jetzt, da Nates Aufbruch näher kam, wurde sie zunehmend nervös. »Vielleicht ist es das Beste, Dodo in Gottes Hand zu lassen«, sagte sie.

»Er *ist* in Gottes Hand«, sagte Nate. »Deshalb treffe ich mich mit dem Eiermann in Hemlock Row. Ich werde ihm sagen, was ich will. Zahle ihm ein paar Schekel und lasse ihn den Rest machen. Ich bin um Mitternacht zurück. Wenn sie also herausfinden, dass der Junge weg ist, und die Polizei herkommt, um nach ihm zu suchen, werden sie ihn nicht finden. Nur mich in meinem Bett. Ich fahre da nicht hin, um ihn zu holen, Schatz. Ich treffe nur den Eiermann. Den Rest überlasse ich ihm und Miggy. Es gibt nichts, worum du dir Sorgen machen musst.«

In dem Moment begriff Addie, dass es keinen wirklichen Plan gab, den sie kannte. Fatty hatte sich bereiterklärt, Nate nach Hemlock Row zu fahren, um, von Miggy organisiert, Bullis, den Eiermann, zu treffen. Addie konnte sich nicht erinnern, was sie am letzten Abend sonst noch dazu gehört hatte, denn Miggy drückte sich in Gleichnissen aus, und der Gedanke, dass Dodo der Gnade dieses ... *heidnischen* Menschensohnes ausgeliefert war, machte sie ganz krank, gar nicht zu reden davon, dass Nate, ihr Nate ... Sie hatte immer schon gewusst, dass er ein Geheimnis hatte. Er hatte gesagt, er komme aus dem Süden. South Carolina sei sein Zuhause, hatte er gesagt. Aber Hemlock Row? Sie beschloss, später darauf zu zurückzukommen. Sie fürchtete sich vor dem, was da bevorstand. Nate, ihr Nate, ging nicht in das Krankenhaus. Dodo hin oder her.

»Ich mache mir wegen ein paar Dingen Sorgen, über die gestern gesprochen wurde«, sagte sie.

»Darum kümmern wir uns, wenn wir das jetzt hinter uns gebracht haben.«

»Nur, um sicher zu sein. Du gehst da nicht selbst rein, oder?«

»Ich will da nicht rein«, sagte Nate abweisend.

Sie wollte ihn anschreien, dass er es wirklich besser nicht tue, doch da unterbrach Hufgeklapper ihre Gedanken, das sich die Main Street hinunter dem Theater näherte. Sie drehte sich um und murmelte: »Oh, mein …«

Fatty, der einzige Schwarze auf Chicken Hill, der so kurzfristig etwas herbeischaffen – oder überhaupt darauf kommen – konnte, womit sich genug Ausrüstung für eine Parade mit dreihundertfünfzig Leuten transportieren ließ, hielt mit einem von einem Maultier gezogenen Wagen am Straßenrand. Neben ihm saß Big Soap und grinste.

»Taxi?«, rief Fatty fröhlich.

Addie verdrehte die Augen.

»Sind doch nur ein paar Meter«, sagte Fatty.

Nate war nicht direkt erfreut, aber er führte Fatty und Big Soap nach hinten zum Bühneneingang, wo sie zu dritt hastig den Wagen beluden, voll bis über den Rand, alles mit Stricken festzurrten und losfuhren. Fatty und Nate saßen vorne auf dem Bock, Big Soap hinten auf dem Rand und ließ die Beine herunterbaumeln.

Während sie voranrumpelten und Big Soap außer Hörweite war, kam Fatty schnell auf den Punkt. »Nate, musst du den Eiermann heute Abend in Hemlock Row treffen?«

»Ja, muss ich. Wir sollten so gegen sieben da raus.«

»Geht es auch an einem anderen Abend?«

»Was ist los?«

Fatty sah sich um, ob sie einer hören konnte, obwohl sie doch fern von allem hoch oben auf dem Karren saßen. »Ich hab noch einen Job«, sagte er.

»Und?«

»Gerade heute Abend. Nur eine kleine Sache. Kann ich dich früher nach Hemlock Row bringen? Vielleicht so gegen vier? Wenn das okay ist?«

»Wann würdest du mich hinterher wieder abholen?«

»Das wird spät. So gegen Mitternacht.«

Nate runzelte die Stirn. »Also gut. Solange ich morgens wieder hier bin.«

»Hast du was, wo du in der Row unterkommst, während du auch mich wartest?«

Nate grinste. »Mach dir um mich mal keine Sorgen.«

»Tut mir leid, Nate. Ich steh da unter Druck. Ich brauch das Geld von dem Job. Ist 'ne Menge. Aber du kannst auf mich zählen.«

Es klang unehrlich, als er es sagte, und als sich der Karren dem Antes-Haus unten am Chicken Hill näherte, warf er einen Blick auf die drei Straßen höher liegende Clover Dairy. Er beschloss, Nate die Wahrheit zu sagen.

»Nate, meine Schwester hat mir heute einen Brief gebracht.«

»Bin froh, dass ihr wieder miteinander redet.«

»Jemand hat mir durch sie einiges Geld zukommen lassen. Sie wollen, dass ich die Wasserleitung gegenüber von der Molkerei ausbuddele. Da gibt's eine Abzweigung, die die jüdische Kirche mit dem Brunnen der Zapfstelle verbindet. Ich mach sie los und schließ sie an die städtische Wasserleitung vom Reservoir oben an. Der Brunnen muss trocken sein.«

Nate nickte. »Alle Quellen unterm Hill trocknen aus. Es sind einfach zu viele. Das Wasser kommt heute nicht richtig und dreckig aus den Hähnen. Woher kennst du dich mit den Leitungen da aus?«

»Mein Daddy hat viele von denen verlegt, und ich hab

ihm dabei geholfen, als ich noch klein war. Das war nicht nach dem Gesetz damals, aber so wurde es gemacht. Wir haben einfach Leitungen verlegt, wo's ging. Ich denke, die wollen das nicht über die Stadt gemacht kriegen.«

»Sie wollen keine Ganoven schmieren müssen, das ist es. Wer hat den Brief geschrieben?«

»Ich weiß es nicht, und Bernice hat nichts gesagt. Aber es war eine Menge Geld drin. Und noch was war in dem Brief, aber ich ... hab einen Teil davon verloren.«

»Du hast was verloren?«

»Es gab eine zweite Seite, die ich aus Versehen zerrissen habe. Ein Stück hab ich gefunden, aber der Rest ... Er ist hinter meiner Kneipe runtergefallen, und als ich wieder hin bin, war er komplett durchgeweicht und nicht mehr zu lesen.«

»Nichts davon?«

»Nur was über Eisenbahner. Gewerkschaftsarbeiter ... Juden ... und den Zug nach Pennhurst. Aber was das alles bedeutet, keine Ahnung.«

Nate überlegte einen Moment und lächelte dann. »Mr Isaac steuert das alles im Hintergrund.«

»Wer?«

»Mr Moshe hat einen Cousin namens Isaac. Ein schwerreicher Bursche aus Philly. Theatermann. Das gleiche Geschäft wie Mr Moshe, aber größer, dreimal so groß. Er ist okay. War da Geld in dem Brief für die Eisenbahner?«

»Da waren extra vierhundert Dollar an den Teil über Eisenbahner geklebt. Ich weiß nicht, wofür.«

»War das das ganze Geld im Brief?«

»Himmel, nein. Es waren fünfhundert für die Leitung neben den vierhundert für die Eisenbahner.«

Nate schwieg eine Weile, während das Klippklopp des

Maultiers die Straße hinunterklang. Endlich sagte er: »Das für die Eisenbahner musst du mir geben. Ich weiß, es ist eine Menge Geld, aber es ist nicht für dich gedacht. Das ist für Dodo.«

»Von wegen!«, wollte Fatty sagen und hätte es auch, hätte ein anderer und nicht Nate Timblin neben ihm gesessen.

Als sie am Antes-Haus ankamen, stieg Nate ab, trat neben den Wagen und sagte zu Fatty, der noch oben saß. »Geh nach Hause, hol die vierhundert Dollar und bring sie zu Addie ins Theater. Du und Soap, ihr macht das. Ich lade das hier ab.«

»Das ist eine Menge Geld, Nate.«

»Gib's auf, Sohn. Es fällt auf die eine oder andere Weise auf dich zurück, wenn du's nicht tust. Jemand zahlt für eine Leistung. Dein Job ist es, sie zu erbringen.«

»Und was ist das?«

»Ich kümmer mich drum«, sagte Nate. »Wenn du Addie das Geld gegeben hast, erledige deinen Job hier heute Nacht. Ich komm schon allein raus nach Hemlock Row, und ich bringe dein Maultier und den Karren morgen früh zurück zu deiner Kneipe.«

Hätte irgendein anderer Mann aus Pottstown die vierhundert Dollar von ihm verlangt, die ihm in den Schoß gefallen waren, und ihm gesagt, er solle nach Hause gehen, sie holen und dann auch noch seiner Frau bringen, hätte Fatty ihn zum Teufel gejagt und ihm eins in den Nacken und einen Tritt in den Hintern verpasst, während er zur Tür rausgerannt wäre. Aber Nate Timblin war nicht irgendeiner. Fatty tat, was ihm gesagt worden war.

27
DER FINGER

Dodo wurde von einem Rütteln an seinem Gitterbett geweckt, öffnete die Augen und sah, wie Monkey Pants ihn anstarrte. Die linke Hand, die Monkey Pants ruhig halten konnte und die er hauptsächlich zum Reden nutzte, deutete auf Dodo, und der Mund bewegte sich.

»Später«, sagte Dodo.

Am Tag zuvor war der letzte Gips heruntergekommen. Dodo war aus dem Bett geholt und in einen Raum gebracht worden, wo er Krankenhaushemden und Hausschuhe bekam, und man zeigte ihm seinen Spind, in dem nichts war und zu dem nur die Betreuer einen Schlüssel hatten. Er wurde in den Strom der Männer in die Cafeteria eingereiht, anschließend ging es in den Tagesraum und kurz zurück auf die Station, dann zum Mittagessen wieder in die Cafeteria, wo er zusammenbrach, denn seine Beine waren noch zu schwach. So schickten sie ihn zurück in sein Gitterbett, wo er einschlief, um den Nachmittag und Abend mit Monkey Pants auf der relativ leeren Station zu verbringen. Er war froh, weg von den Männern zu sein.

Monkey Pants wollte wissen, wie der Rest der Station aussah. Das Bad, der Tagesraum, die Cafeteria. Aber Dodo war nicht in der Stimmung zu reden. Die Enormität der Wirklichkeit, in der er gelandet war, hatte ihn, als er sich unter die Männer mischen musste, ein zweites Mal überwältigt. Die verzweifelte Einsamkeit, die er empfand, nagte nicht nur an ihm, sie zerstörte ihn. Er konnte es fühlen. Die Patienten, von denen einige nett waren, sprachen mit ihm – er las ihnen die Worte von den Lippen ab –, wie Männer mit Kindern reden, aber sie waren machtlos, wenn die Betreuer kamen. Jeder nahm sich, was er kriegen konnte, und die nettesten Patienten litten am meisten. Wenn Dodo beim Essen den Blick vom Haferschleim auf seinem Tablett abwandte, um zu sehen, was jemand sagte, kamen Hände und nahmen ihm sein Essen. Es gab eine Hackordnung. Die kräftigsten, fähigsten Patienten hielten die Fäden in der Hand, die schwachen blieben sich selbst überlassen. Die ständige Bewegung, das Reden, Schwatzen, Beißen, Stoßen, Verhandeln, Stehlen von Zeitungen und Zigaretten, machte einen verrückt. Im Tagesraum musste Dodo sich auf den Boden setzen, denn sich einen Platz zu suchen, auf dem gewöhnlich ein anderer saß, führte zu Zornesausbrüchen und Flüchen. Die ständigen Fragen seiner Mitpatienten, von denen er viele nicht verstand, da sie unter Sprachproblemen oder irgendwelchen verstörenden Eigenarten litten, machte das Lippenlesen schwierig. Einige redeten mit ihm, als wäre er geistig zurückgeblieben, andere sprachen über sehr komplizierte Dinge, und alle schienen zu denken, dass sie nicht hierhergehörten. Ein Mann sagte: »Alle hier sind krank, nur ich nicht. Ich habe ein schlechtes Nervensystem. Hast du ein schlechtes Nervensystem?« Ein anderer vertraute ihm an: »Ich bin irrtümlich hier gelandet, weil ich in der Abendschule war.« Wieder ein anderer, ein weißer Mann, erklärte: »Du kannst nicht krank sein, mein Junge. Als ich ein Schwarzer war, war ich nie krank.« Diese Reden machten Dodo Angst. Als der Menschensohn hereinkam, richtete sich die gesamte

Aufmerksamkeit auf ihn. Einige Patienten gingen ihm aus dem Weg, aber die meisten, besonders die gewandteren, versammelten sich um ihn. Er überragte sie alle in seiner völlig weißen Uniform, ein tiefschwarzer Messias, der Macht ausstrahlte und inmitten der aus der Gesellschaft Ausgestoßenen stand, die ihn umschwirrten. Selbst der zweite Betreuer, ein weißer Mann, schien sich ihm zu fügen. Dodo verzog sich so weit wie möglich von ihm weg in eine Ecke, konnte aber nicht aus dem Tagesraum hinaus. Er sah, wie der Menschensohn ihn betrachtete, und als sich ihre Blicke begegneten, zwinkerte ihm der große, kräftige Kerl zu. Die Aufmerksamkeit und das stark riechenden Desinfektionsmittel, mit dem der Boden geputzt wurde, verursachten bei Dodo heftige Kopfschmerzen.

Aber er konnte Monkey Pants all diese Dinge nicht mitteilen. Er war zu erschöpft und verwirrt. Dazu kam, dass er zum ersten Mal, seit der Schmerz in seinen Beinen zurückgegangen war, etwas noch Quälenderes empfand: Schuld. Er dachte an die vielen Dinge, die er falsch gemacht hatte. Das gelegentliche Stibitzen eines Stückes Schokolade in Miss Chonas Laden. Dass er einer von Miss Bernices Töchtern in ihrem Garten eine Murmel weggenommen hatte. Warum hatte er diese Dinge getan? Warum war Miss Chona wehgetan worden? Warum besuchten ihn Onkel Nate und Tante Addie nicht? *Wegen mir*, dachte er. *Es ist alles mein Fehler. Ich habe einen weißen Mann angegriffen. Ich bin im Gefängnis. Mein Leben lang werde ich hier sein.* Er beachtete Monkey Pants' wilde Handbewegungen nicht und wandte den Blick ab, bis sein Freund schließlich aufgab.

So lagen sie eine lange Weile da, und irgendwann blickte er wieder zu Monkey Pants hinüber. Sein Freund lag auf dem Rücken und starrte zur Decke, den Mund weit geöffnet, die Beine zu einer fötalen Position an die Brust gezogen. Es sah komisch aus, als hätte er Schwierigkeiten, Luft zu bekommen. Dodo setzte sich auf.

»Was ist los, Monkey Pants?«

Sein Freund hörte nicht zu. Er starrte zur Decke und atmete keuchend ein und aus. Dodo dachte, er könnte einen Anfall haben, denn er wusste, wie das aussah, er hatte es mehrmals bei Miss Chona erlebt, und Monkey Pants hatte seit Dodos Ankunft schon einige gehabt. Sie waren kurz, kamen öfter als Miss Chonas, waren aber ähnlich furchterregend. Monkey Pants wand und hob sich, als drückten Hände seinen Rücken zu einem Bogen durch, der ganze Körper verbog sich widernatürlich, Bauch und Becken stießen in die Luft, kamen herunter, stießen hoch, mehrfach, gefolgt von Windmühlenbewegungen der Arme und Beine, ganz so, als würden sie von unterschiedlichen Motoren angetrieben. Sein Körper verdrehte sich so schrecklich, und sein Bett wackelte so heftig, dass der ganze Boden erzitterte. Was für gewöhnlich mehrere Betreuer und eine Schwester herbeieilen ließ, mit Spritzen und Tabletten, die ihn zu beruhigen schienen und stundenlang unruhig schlafen ließen. Monkey Pants hasste seine Medizin, und oft sah Dodo ihn seine tägliche Pillenlitanei schlucken, nur um alles wieder auszuspucken, sobald der Betreuer ihm den Rücken gekehrt hatte.

Jetzt schien sich Monkey Pants' Atem zu beruhigen, als hätte er den Krampf mit reiner Willenskraft besiegt. Er wandte sich Dodo zu, nickte und signalisierte, dass es ihm besser ging. Aber Dodo hatte sich bereits wieder in die Wolke seiner Niedergeschlagenheit zurückgezogen. »Ich habe einen Fehler gemacht, Monkey Pants«, sagte er. »Deshalb bin ich hier.«

Monkey Pants zusammengezogene Brauen formten ein »Nein«.

»Ohne mich wäre Miss Chona nichts passiert.«

Monkey Pants wiederholte sein »Nein, nein, nein«, aber Dodo schüttelte den Kopf. »Doch, doch, doch. Sag das nicht.«

Monkey Pants hob einen Finger, um etwas zu buchstabieren.

Dodo achtete nicht weiter darauf.

Dann holte Monkey Pants die Murmel hervor, womit er immer Dodos Aufmerksamkeit bekam.

»Was?«

Dodo sah zu, wie Monkey Pants ein *B* signalisierte.

»Und weiter?«

E.

»Weiter.«

Und am Ende hieß es:

B.E.R.Ü.H.R.

M.E.I.N.E.N.

F.I.N.G.E.R.

»Warum?«, fragte Dodo ungeduldig.

Die enttäuschte Grimasse seines Freundes war zu viel. Dodo streckte seine Hand aus, und ihre Zeigefingerspitzen berührten sich. Monkey Pants zog seinen Finger wieder zurück.

»Ich wette, du kannst ihn so nicht länger halten«, sagte Dodo.

Monkey Pants gluckste, und Dodo verstand das als ein: »Ich wette, ich kann es.«

»Also gut«, sagte er. »Sehen wir mal, wer es am längsten kann.«

Monkey Pants streckte seinen Finger aus dem Bett. Eine Herausforderung.

Dodo nahm sie an, und die beiden Jungen drückten durch das Gitter ihrer Betten die Finger gegeneinander. Fünf Minuten, zehn Minuten. Dodos Arm wurde müde, und er zog ihn zurück. »Das ist nicht fair. Du hast deinen Arm auf dem Bett abgestützt.«

Monkey Pants zuckte mit den Schultern.

Plötzlich schwanden die Schwermut, die Schuldgefühle und der Schmerz, denn es galt, etwas zu bestehen, und Dodo wurde wieder ein Junge. Er drehte sich auf die rechte Seite, schob die linke Faust unter den Kopf, streckte den rechten Arm durchs Gitter, den Zeigefinger voran, und sagte: »Noch mal.«

Monkey Pants machte mit, und sie kämpften wieder, die Finger gegeneinandergedrückt. Fünf Minuten. Zehn Minuten, zwanzig. Dreißig. Währenddessen begann Dodo zu reden, und da Monkey Pants die linke Hand dazu brauchte, wurde er nicht unterbrochen. Er erzählte Monkey Pants, wie der Tagesraum aussah und das Bad, er erzählte ihm von dem merkwürdigen Betreuer, der den ganzen Tag Schluckauf hatte, und dem Patienten, der behauptete, einmal ein Schwarzer gewesen zu sein. Sein Arm wurde so müde, dass er aufhören wollte, aber er redete weiter und hoffte, dass es Monkey Pants müde machen würde. Aber der hielt aus.

Nach einer Stunde gab Dodo auf und zog seinen Finger zurück.

Das Aufblitzen weißer Zähne und Lachen aus Monkey Pants Gitterbett ließ ihn düster dreinblicken.

»Du mogelst. Du liegst auf dem Rücken.«

Monkey bedeutete ihm, er solle es auch machen.

So drückten sie ihre Fingern weitere zwanzig Minuten gegeneinander. Vierzig Minuten. Eine Stunde. Zwei Stunden. Das Abendessen kam. Der Betreuer, der ihre Tabletts brachte, sah amüsiert, was sie machten, stellte ihr Essen ab und holte es später unberührt wieder ab. Die beiden Jungen schenkten ihm keine Beachtung, ihr Willenskampf war in vollem Gang. Monkey Pants machte ins Bett. Dodo auch. Die Betreuer merkten es und gingen weiter. Sonst kam niemand mehr. Die Jungen drückten ihre Finger fest zusammen, und keiner von beiden war bereit aufzugeben.

Dann kam die Nacht und mit ihr Veränderung.

Erst machten sie weiter wie die Männer, als die sie sich sahen. Die anderen Patienten kamen aus dem Tagesraum und bewegten sich durch den Raum, legten sich am Ende ins Bett, und die neue Betreuerschicht dämpfte die Deckenbeleuchtung. Dann versank der Raum in Dunkelheit, nur das Licht vom Betreuertisch schien noch in den Raum. Die meisten Männer lagen unruhig in ihren Betten und versuchten zu schlafen.

Die beiden Jungen machten immer weiter.

Dodo konnte Monkey Pants' Finger nicht mehr sehen, nur noch den Umriss seines Arms. Die Betten standen in U-Form um den Betreuertisch in der Mitte, dessen Licht einen gespenstischen Schimmer in die Station warf, der jedoch nicht bis an die Ränder reichte, sodass Dodo nur mehr den dünnen weißen Arm von Monkey Pants ausmachen konnte, nicht viel mehr.

Die meisten Männer schliefen, nahm Dodo an, der sah, wie sich einige Leiber ruhig auf und ab bewegten. Es war bereits eine Stunde nach Verlöschen des Lichts, etliche schnarchten. Schläfrigkeit senkte sich auch über ihn, und er konnte den Kopf nicht länger halten und legte ihn zurück aufs Kissen. Er sah hinauf zur Decke, den Arm immer noch ausgestreckt, den Finger auf dem von Monkey Pants. Ihm wurde bewusst, dass er ihn nicht viel länger so halten konnte. Der Schlaf gewann. Monkey Pants wurde ebenfalls schwächer, und endlich sackte sein Finger von Dodos weg, doch er riss sich zusammen und streckte ihn ihm erneut hin. Dodo nahm die Herausforderung an. Er war der Bessere! Dann rutschte Monkey Pants Finger erneut weg.

»Komm schon«, zischte Dodo und hielt seinen Finger ausgestreckt, »oder ich habe gewonnen.«

Aber Monkey Pants Finger kam nicht zurück.

Dodo lag auf dem Rücken und kämpfte befriedigt gegen den Schlaf an. Erschöpft hob er den Kopf und sah triumphierend zu seinem Freund hinüber, nur um sich zu versichern, aber es war zu dunkel, weder Monkey Pants noch sein Arm waren zu erkennen. Er hatte gewonnen.

Dann wurde die Lampe auf dem Betreuertisch plötzlich verschoben, und er konnte eine Bewegung am Fuß seines Bettes sehen. Dodo vergaß seinen Sieg, denn da stand in seiner hellweißen Betreueruniform, lächelnd, mit im schwachen Licht aufblitzenden Zähnen, das gut aussehende Gesicht nur ein Schattenriss – der Menschensohn.

»Hey, Pfau«, sagte er.

Die beiden Betten standen zehn Zentimeter voneinander entfernt, und Dodo spürte eine schreckliche Angst in seiner Kehle, als der Menschensohn sein Bett ohne ein Geräusch an der Ecke anhob, von Monkey Pants wegzog und in den Raum dazwischen trat. Eine Wand schob sich zwischen ihn und seinen Freund, den einzigen Sicherheitsanker an diesem Ort.

Mit einer schnellen Bewegung öffnete Menschensohn das Gitter an Dodos Bett und schob es herunter.

Dodo setzte sich auf, aber seine Beine waren schwach, und ein Arm schlug ihn zurück. Dodo öffnete den Mund, um zu schreien, doch eine Hand verschloss seinen Mund und seine Nase und drückte sein Gesicht so fest zusammen, dass er dachte, seine Nase könne brechen. Der Menschensohn legte einen Finger auf die Lippen, als wollte er »Pssst!« sagen.

Er drehte Dodos Kopf von sich weg, packte ihn, legte ihn auf die Seite und drückte ihm ein Kissen auf den Kopf. Mit der einen Hand hielt er das Kissen, mit der anderen riss er Dodos Krankenhaushemd hoch und entblößte seine Rückseite.

Dodo wand und wehrte sich, aber der Menschensohn war stark und mächtig. Dodo trat aus, doch der Mann drückte ein Knie auf das untere Bein und hielt das andere leicht in die Höhe.

Dann spürte Dodo, wie eine kalte Paste zwischen seine Hinterbacken geschmiert wurde, und gleich darauf einen explosionsartigen Schmerz, aber nur für eine Sekunde, denn in dem Moment begann der Boden zu wackeln und das Knie, das seine Beine hielt, wurde hastig weggezogen. Der Menschensohn wandte sich ab und löste seinen Griff. Etwas lenkte ihn ab.

Er stieß das Kissen von Dodos Gesicht, und Dodo spürte, wie der Stationsboden zitterte, schwer und heftiger, als er so was je gespürt hatte, ganz so, als gäbe es ein Erdbeben. Unversehens gingen die Lichter an, und es kam zu einem Tumult im Raum, Patienten setzten sich auf und schrien, andere liefen bereits verwirrt umher. Der Menschensohn stand unter ihnen, achtete nicht auf sie, war wütend, riss sich seine weiße Betreuerjacke herunter und benutzte sie wie ein Handtuch, um sich Gesicht und Kopf abzuwischen, der zu Dodos Überraschung mit menschlichen Exkrementen bedeckt war.

Im Bett neben ihm zuckte Monkey Pants unkontrollierbar und hatte seinen schwersten Anfall bisher, Arme und Beine verdrehten sich wild, sein Mund war weit aufgerissen, offensichtlich schrie er, nahm Dodo an, aber mit Absicht, denn seine gute Hand, die linke, hielt, was von den Exkrementen übrig war, die er auf den Menschensohn geworfen hatte. Am Kopf hatte er ihn getroffen, und auch die Jacke und die Hose hatten was abgekriegt. Sein Anfall und seine Schreie hatten die gesamte Station geweckt, und einige andere Betreuer herbeigeholt.

Dodo sah zwei von ihnen zu Monkey Pants Bett laufen, und wie sie versuchten, ihm einen Löffel in den Mund zu drücken, aber es war unmöglich, sein Anfall war zu heftig. Nach einigen langen Sekunden dann ging er zu Ende, und Monkey Pants sackte zurück auf sein Bett.

Zwei Betreuer wollten Monkey Pants Bettzeug wechseln, doch der Menschensohn hielt sie auf. Jetzt, wo das Licht an war, konnte Dodo seine Lippen lesen.

»Lasst ihn«, sagte er. »Ich mache das.«

Die beiden traten zur Seite und wollten zurück in ihren Bereitschaftsraum, als ein junger weißer Arzt erschien. Dodo konnte nicht alles verstehen, was er sagte, bekam aber das Wesentliche mit, denn der Menschensohn und die beiden Betreuer wurden plötzlich ganz unterwürfig. Der Arzt sah, dass die Betten von Dodo und Monkey Pants auseinandergerückt worden waren, und schien wissen zu wollen, warum. Er sah, dass das Seitengitter von Dodos Bett unten war, und fragte, ob um diese Zeit Medikamente verabreicht würden. Was immer der Menschensohn als Erklärung anzubieten hatte, schien den Arzt nicht zu beeindrucken. Er befahl, dass Monkey Pants gesäubert und die beiden Betten wieder zusammengerückt werden sollten, klemmte Dodos Bett doch vor dem des armen Patienten auf der anderen Seite. Der Arzt untersuchte Monkey Pants schnell und trug einem der Betreuer etwas auf, sah sich auch Dodo kurz an und erklärte, da seine Verletzungen verheilt seien, solle er am Morgen in ein normales Bett kommen. Er gab noch ein paar weitere Anweisungen, die Dodo nicht verstand. Als der Arzt fertig war, hatte der Menschensohn die Station verlassen.

Der Arzt untersuchte Monkey Pants jetzt etwas genauer. Der Junge hatte nichts gesagt. Er lag reglos da und atmete schnell und flach ein und aus. Ein Betreuer kam mit einem Tablett, und der Arzt gab Monkey Pants eine Spritze, worauf der sich zu erholen schien. Er bewegte sich wieder normal, schläfrig, schloss die Augen und schlief ein. Die Ordnung war wiederhergestellt. Das Licht wurde gelöscht.

Aber Dodo konnte nicht schlafen. Er war voller Angst, dass der Menschensohn zurückkommen könnte, und kämpfte gegen den Schlaf an. Er fürchtete, aufzuwachen und den Menschensohn neben sich zu sehen, diesen schrillen Schmerz wieder zu spüren. Er wusste nicht, was er tun sollte. Er war so hilflos, und wieder überkamen ihn Schuldgefühle. *Ich habe Unrecht getan*, dachte er. *Unrecht, Unrecht, Unrecht. Ich werde für immer hier bleiben.*

Seine Müdigkeit wurde schlimmer und mit ihr die Angst. Er begann, sich zu fragen, ob er schon schlief oder nicht, und da er es nicht sagen konnte, wuchs die Angst noch mehr. Er begann zu schluchzen. Er war verloren.

Er wusste, wenn das Licht aus war, rief jedes Geräusch einen wütenden Betreuer herbei, vielleicht den Menschensohn selbst. Aber er konnte nicht anders. Er schluchzte: »Monkey Pants.«

Dodo spürte ein leichtes Klopfen am Gitter seines Bettes. Er war so erschöpft, dass er sich nicht auf die Seite zu drehen vermochte. Stattdessen streckte er, auf dem Rücken liegend, einen Arm durchs Gitter und wischte blind mit der Hand durch die Luft. Einmal. Zweimal. Bis er einen Arm fühlte. Ein Handgelenk. Einen Finger. Einen Finger wie zuvor.

Er legte seinen darauf.

»Danke, Monkey Pants.«

So lag er da, über den Finger mit seinem Freund verbunden, bis er einschlief.

Als er am nächsten Morgen aufwachte, ragte sein Arm immer noch durchs Gitter. Monkey Pants lag mit offenem Mund auf dem Rücken, auch sein Arm ragte zwischen den Gitterstäben heraus, der Finger war noch ausgestreckt, in Freundschaft und Verbundenheit.

Aber der Rest von Monkey Pants war nicht mehr da.

28
DIE LETZTE LIEBE

Anna Morse, die Besitzerin des Morse's Funeral Home, hatte seit dem Tod ihres Mannes vor drei Jahren schon viele Male beschlossen, aus Linfield, PA, wegzuziehen. Das Beerdigungsinstitut zu führen, war zu viel Arbeit, und eine gute Hilfe war nicht zu finden. Allein schon das Gebäude zu unterhalten, einen extravaganten Ziegelbau am Rand der Stadt, in dem sie oben ihre Wohnung hatte und unten das, was sie den »Betrieb« nannte, ihr Institut mit den Toten, bereitete ihr Kopfschmerzen. Weiße weigerten sich, für eine farbige Frau zu arbeiten, und Farbige hatten andere Vorstellungen, hofften darauf, sich zu verlieben und in eine begüterte Zukunft zu finden. Deshalb rief sie, wenn es um Reparaturen im Haus ging, immer ihren alten Arbeiter Nate Timblin. Nate war ein Schatz. Verlässlich. Solide. Ganz gleich, zu welcher Zeit und was zu tun war, er kam. Zu wissen, dass es ihn gab, war ein Grund, warum sie am Ende in Linfield blieb.

So sagte sie denn auch gerne Ja, als Nate am Nachmittag des Memorial Day anrief und sie bat, ihn hinaus nach Linfield zu fahren, das direkt nördlich von Hemlock Row lag, wo er einen Freund besuchen wolle. Von Hemlock Row waren es gerade mal anderthalb Kilometer nach Pennhurst, und Anna erriet seine Absicht sofort. Er wollte zu seinem Neffen. Sie hatte es in der Zeitung gelesen. Ein zwölfjähriger farbiger Junge, taub, der eine weiße Frau angriff? Da hatte sie ihre Zweifel. Aber nun ... Ärger tropfte auf die Schwarzen wie Regen herab. Es tat ihr leid, dass es Nate und Addie getroffen hatte, die zu den besten Menschen auf dem Chicken Hill gehörten.

Es war eine schnelle Fahrt von zwanzig Minuten, ihn abzuholen, und sie war in guter Stimmung, denn noch hatte sich niemand entschlossen, an diesem Wochenende zu sterben, wobei vier Möglichkeiten näher rückten, allein zwei auf dem Chicken Hill, eine in Royersford und eine in Reading. Die in Reading sorgte sie am meisten, weil das gute dreißig Kilometer entfernt lag und das einzige andere Bestattungsinstitut für Farbige direkt in Reading ansässig war – und wer immer die jammernde Familie zuerst erreichte, gewann. Aber Anna kannte den Pastor in Reading und den farbigen Arzt, und sie hatte eine Cousine in der Stadt, die sie eingeladen hatte, das Memorial-Day-Wochenende bei ihr zu verbringen. Was sie tun wollte, wobei es reiner Zufall wäre, wenn der Kunde starb, während sie in Reading war. Gottes Wille. Aber ein ärgerliches Leck in ihrem Haus gab ihr zu denken. Wasser sickerte durch die Wand im Bad oben und hatte in der Nacht die Decke im Aufbahrungsraum unten verfärbt. Was so nicht bleiben konnte. Die Vorstellung, dass winzige Tröpfchen auf die Köpfe der Dahingeschiedenen fallen könnten, während sie besucht wurden, machte sie verrückt. Sie hatte vor, Nate zu bitten, sich das einmal anzusehen.

Er kam ihr ungewöhnlich still vor, als er neben ihr in ihrem polierten Packard saß und sie die Pottstowner High Street nach Süden in Richtung Linfield hinunterfuhren.

»Hast du viel zu tun?«, fragte sie.

»Ein bisschen«, sagte Nate.

»Kann ich irgendwie helfen?«, fragte sie und war darauf bedacht, das Thema mit dem Neffen zu umgehen.

»Das tust du schon.«

Anna setzte nicht nach. Nate war sowieso niemand, der viel redete. Schweigen gehörte zu seiner Persönlichkeit. So sagte sie: »Musst du auch wieder zurück?«

Nate schüttelte den Kopf. »Ich bleibe über Nacht in der Row. Es reicht, wenn ich morgen zurückkomme.«

Sie wollte fragen: »Bei wem bleibst du da?«, denn sie kannte so gut wie jede Familie dort. Stattdessen sah sie eine Möglichkeit.

»Nate, ich hab ein Leck im Haus. Ich glaube, das Wasser kommt vom Dach und läuft durchs Bad oben bis runter in die Halle. Hast du Zeit, dir das mal anzusehen?«

»Sicher. Das mach ich, bevor ich rübergehe.«

»Stört es dich, wenn ich dich allein lasse? Du weißt ja, wo alles ist. Ich wollte nach Reading. Meine Cousine und ihr Mann schieben einen Truthahn in die Röhre.«

»Nur zu. Ich gehe rüber in die Row, wenn ich fertig bin. Ist ja nur ein Stück die Straße rauf.«

»Du hast keine Angst vor den Toten, oder?«

»Nein.«

»Also, da steht eine Liege in der Abstellkammer über dem kleinen Vestibül hinter dem Aufbahrungsraum. Da bewahre ich Sachen auf. Du kannst gerne darauf schlafen, wenn du willst.«

Nate schüttelte den Kopf. »Ich hab schon was, wo ich bleiben kann.«

»Bist du sicher, dass ich nicht helfen kann, Nate?«

»Ich seh mir das Leck an und geh dann rüber.«

Sie nickte befriedigt. »Wenn du so weit bist, dass du richtig Geld verdienen willst, Nate, komm und arbeite für mich. Ich bezahle dich gut genug, dass du dir ein Auto kaufen kannst.«

Nate nickte geistesabwesend und sah aus dem Fenster auf das vorbeiziehende Farmland. »Ich brauche kein Auto«, sagte er.

Bis kurz vor sieben arbeitete er in Annas Haus, kletterte zunächst aufs Dach, fegte das Laub aus der überfließenden Dachrinne und entfernte den kleinen Flecken im Bad und den an der Decke des Aufbahrungsraums. Er wusste, wo Anna alles hatte, und die Sache war einfach zu erledigen. Die Arbeit beruhigte ihn und gab ihm Zeit zum Nachdenken. Er hatte keine Eile. Er war früh dran, Miggy hatte gesagt, sie sollten sich um halb zwölf nach ihrer Schicht treffen, und nach Hemlock Row waren es zu Fuß kaum zwanzig Minuten. Er hätte nicht gewusst, wo er sich in der Row vier Stunden lang verstecken sollte, wenn er gleich hinginge.

Nate legte die Werkzeuge zurück, trat in den leeren Aufbahrungsraum und weiter ins Vestibül dahinter, wo Anna die Leichen aufbewahrte, die auf ihre Beerdigung warteten. Sie hatte immer ein oder zwei da »herumliegen«, wie sie scherzend sagte. Er fand zwei offene Särge, hintereinander wie zwei Eisenbahnwagen, darin zwei Männer, die wohl noch ein letztes Mal betrachtet werden wollten. Der erste war mittelalt mit auf der Brust gefalteten Händen. Darauf lag ein brandneues, ordentlich gefaltetes kurzärmeliges Hausmeisterhemd mit einer extra gedruckten Aufschrift auf der Brusttasche: »Herb's Diner, zu Ehren unseres Ted S. Culman.« Der zweite war ein junger Mann, siebzehn oder achtzehn. Nate betrachtete beide eine Weile, ging dann nach hinten in die Kammer, suchte ein paar Dinge aus und machte sich auf den Weg nach Hemlock Row.

Miggy würde ihn zum Eiermann bringen und gehen. So war es geplant. Er durchdachte alles noch einmal, während er den dunklen, zweispurigen Highway hinunterging. Miggy wollte ihn um Punkt halb zwölf treffen, nicht früher und auch nicht später. Dann würde sie ihn zu Bullis bringen, der, wie sie sagte, um vier zu einer nahen Farm fuhr, um seine Eier zu holen, was bedeutete, dass er um drei Uhr aufstehen musste, um rechtzeitig zur Arbeit zu kommen. Aber wo wohnte Bullis? In Hemlock Row? Es gab ein paar Lowgods in der Row, die womöglich nach ihm suchten, überlegte Nate. Wenn sie ihn entdeckten, würde es nicht angenehm werden. Miggy hatte ihm versichert, dass ihn niemand sehen würde, wenn er zu ihr kam. Aber was, wenn sie kalte Füße bekommen hatte? Was, wenn sie bereits von ihm erzählt hatte? *Nate Love lebt. Er sitzt nicht im Knast, und er ist auch nicht unten im Süden. Er wohnt direkt drüben auf dem Chicken Hill.* Er durchdachte es sorgfältig. Warum sollte sie das Risiko eingehen und ihm helfen?

Er trottete unsicher voran. Das gefiel ihm nicht.

Es war halb drei, als Miggy, immer noch in ihren weißen Krankenhaussachen, vom Fenster ihres Hauses in der Row aufstand. Sie öffnete die Eingangstür, nahm die Laterne, die am Haken auf der Veranda hing, und ging wieder hinein. Nach weiteren zehn Minuten gab sie auf. Sie verließ das Haus leise durch die Hintertür und ging den Weg hinunter zum vierten Haus, in dem das Licht einer nackten Glühbirne durchs Fenster zu sehen war. Sie klopfte an die Hintertür, und ein alter Mann mit weißem Bart und einem düsteren Gesicht machte ihr auf.

»Er kommt nicht, Bullis«, sagte sie.

»Auch gut«, sagte Bullis.

»Denkst du, er ist aufgehalten worden oder jemand hat ihm aufgelauert?«

»Ich hoffe, es hat ihn einer mit einer Pistole ausgeknipst«, sagte Bullis.

»Mit solchen Gedanken kommst du nicht weit.«

»Was für Gedanken soll ich denn dann haben?«

»Du hast einem Handel zugestimmt.«

»Mit der hübschen jungen Freundin von dir, die du Paper nennst. Mit ihm nicht. Ich werd wegen ihm nicht meinen Job aufs Spiel setzen oder wegen dem üblen Knirps da in Pennhurst.«

»Hat sich irgendeine meiner Voraussagen je für dich als falsch erwiesen, Bullis?«

Bullis runzelte die Stirn und sagte: »Ich hab den Mund gehalten. Keiner Seele hab ich was erzählt über Nate, nichts, gar keinem, Gott ist mein Zeuge. Aber um die Wahrheit zu sagen, bin ich froh, dass er nicht kommt.«

»Ich hab gestern kurz mit dem Menschensohn geredet«, sagte Miggy. »Er hat's nicht gut aufgenommen.«

»Du solltest ihm aus dem Weg gehen.«

»Kannst du noch fünf Minuten warten?«

»Nein, kann ich nicht. Du hast halb zwölf gesagt. Jetzt ist es fast drei. Ich muss los zur Farm. Ich bin schon spät dran.«

Er schloss die Tür, und Miggy ging nach Hause.

Irgendwas, dachte sie, *stimmt hier nicht.*

Für den Weg von Hemlock Row zur Farm, wo er den Karren mit den Eiern holte, brauchte Bullis normalerweise dreißig Minuten, aber er war spät dran, also nahm er die

Abkürzung über das Kornfeld der Farm, wobei er darauf bedacht war, keine Halme umzutreten, denn das würde sein Boss merken und sauer reagieren. Um zehn nach drei kam er an. Nicht schlecht. Es waren fünfundvierzig Minuten bis nach Pennhurst mit den Eiern und dem Kaffee. Das Pferd hieß Titus, ein Appaloosa, das mit seinen vierzehn Jahren so gut wie blind, aber eine verlässliche Seele war. Titus kannte die Arbeit und den Weg, und die beiden verstanden sich gut.

Bullis fand das Pferd in seinem Stall, warf ihm etwas Heu hin, ließ es fressen und führte es aus der Scheune zum Hühnerstall, einem langen, rechteckigen Gebäude, das nach Hühnerdreck stank. Die Tür war mit einem Haken verschlossen, um Füchse und andere Tiere draußen zu halten. Der Karren stand in der Mitte, und Bullis zog Titus herein und spannte ihn davor. Die Eier hatte er tags zuvor sorgfältig in Kisten gepackt, die er auf extra dafür eingebauten Brettern stapelte. Eine über die andere.

Er arbeitete schnell, aber nach ein paar Minuten wurde ihm bewusst, dass es seltsam ruhig war im Stall. Die Hähne, die normalerweise um diese Zeit zu krähen begannen, blieben still. Er hörte mehrere Tauben im Dachgebälk flattern, und die Schweine im nahen Pferch drängten sich in die äußerste Ecke, was alles ungewöhnlich war. *Deutete das auf kommenden Regen hin?*, dachte er. *Oder war Miggy böse auf ihn und hatte ihn verwünscht? Würde sie so etwas tun?*

Er schüttelte den Kopf, schob den Gedanken beiseite, kletterte auf den Karren, nahm die Zügel und rief: »Hü!«

Titus war schon einige Meter in Richtung Tor unterwegs, als Bullis plötzlich an den Zügeln zog. »Verdammt, Titus ... ich hab was vergessen.«

Hinten auf dem Wagen stand ein großer silberner Behälter für den Kaffee. Das heiße Wasser dafür zapfte er jeden Morgen auf dem Weg zu den unteren Stationen aus dem Boiler der Kohleheizung ab. Das Heizungshaus war sein erster Stopp in Pennhurst, und die fünf Minuten, die er dann noch bis zur ersten Station hatte, waren genau richtig, um den Kaffee aufzubrühen. Damit das funktionierte, reinigte er täglich den Filter, durch den er das Wasser goss, denn manchmal enthielt es Asche und Sand. Eigentlich sollte er das Wasser aus dem Boiler nicht benutzen, aber wer in Pennhurst schmeckte schon einen Unterschied?

Der alte Mann leerte den Inhalt des Filters in den nahen Schweinepferch, ging zum Brunnen am anderen Ende des Hühnerstalls und wusch das Sieb aus. Gerade dort angekommen, hörte er Titus überraschend aufwiehern und schnauben, achtete jedoch nicht weiter darauf. Er musste sich beeilen. Bullis reinigte den Filter, setzte ihn in den Kessel ein und lief zum Lagerhaus, wo der Farmer den Kaffee aufbewahrte. Zurück am Karren, füllte er den frisch gemahlenen Kaffee in den Filter, kletterte auf den Bock und fuhr los.

Das Pferd wirkte nervös und unruhig. Bullis wollte, dass es schneller lief, doch der alte Kerl schien das nicht zu mögen.

»Komm schon, Titus«, sagte er. »Ich bin auch nicht mehr der Jüngste.« Aber Titus behielt seinen Schritt bei.

Am riesigen schmiedeeisernen Tor von Pennhurst winkte Bullis zum Torwächter hinüber, lenkte das Pferd auf einen einspurigen Weg und hielt direkt auf die unteren Stationen zu. Mehr als einen guten Kilometer vom Haupteingang entfernt, bei den unteren Stationen, erreichte er ein weiteres Tor, winkte erneut, fuhr hindurch und folgte dem Weg, der sich den Hang hinunter zum riesigen, mit Kohlen betriebenen Heizungshaus wand. Er hielt davor, schloss einen Schlauch an einen der Hähne des mächtigen Boilers an, füllte den Kaffeekessel mit kochend heißem Wasser und lenkte Titus den Hang wieder hinauf. Aber anstatt zu den unteren Stationen abzubiegen, fuhr er hinter die Station V-1, von wo aus der Weg in Richtung Eisenbahn führte. Von dort, außer Sicht der Stationen, steuerte er das Pferd ins Dickicht auf einen nur wenig benutzten, mit Disteln und Gestrüpp überwucherten Pfad. Sie hatten es nicht weit. Nach ein paar Metern wand sich der Pfad auf eine kleine Anhöhe zu, von der es hinunter zum Eisenbahngelände mit dem Zugdepot ging. Titus war zwar fast blind, fand aber sicher durch das Dickicht, und der Karren holperte nur ganz leicht. Am Rand der Anhöhe, außer Sicht sowohl der Bahn unten als auch der Station hinter ihnen, sprang Bullis vom Wagen, zog zwei lange Planken aus dem Gebüsch und legte sie vor die Karrenräder. So manövrierte er Pferd und Wagen über ein paar unbenutzte Gleise, versteckte die Planken wieder, fuhr ein Stück weiter, stieg ab, drückte einige Büsche und Disteln zur Seite und stand vor einem schweren alten Holztor mit verrosteten Eisenriegeln.

Dem Tunnel.

Einem alten Eisenbahntunnel aus den Tagen, da die Pennsylvania Railroad die Kohle direkt bis zum alten Heizungsgebäude bei den unteren Stationen gebracht hatte, wo es heute nur noch ein von Unkraut überwuchertes Feld zwischen den Stationen V-1 und C-1 gab. Bullis öffnete das Tor, entzündete seine Laterne und lenkte das Pferd in den Tunnel. Titus suchte sich seinen Weg über Zementbuckel und Schlaglöcher. Hier und da waren noch die alten Gleise zu sehen, die man überzementiert hatte. Bullis fiel ein weiteres Mal auf, wie Titus sich quälte, und war beunruhigt. Waren die paar Eier und der Kaffee zu schwer für ihn?

»Schon gut, Titus, es wird gleich leichter.«

Titus zog weiter, hatte aber sichtlich Mühe. Bullis sah ihn besorgt an. Gestern war mit dem Pferd noch alles bestens gewesen. *Könnte es tatsächlich sein*, dachte Bullis, *dass Miggy mich verwünscht hat?* Er hatte Titus noch nie so müde erlebt. Das Pferd schien erschöpft. Sollte Titus hier im Tunnel zusammenbrechen und sterben, waren sie beide ruiniert. Dann hatte er keinen Job und keinen Freund mehr.

Hatte Miggy ihn verwünscht? Das würde sie doch nicht tun, oder? Nicht wegen dem gottverdammten ... Er wollte seinen Namen nicht mal denken. Der keinesfalls Glück brachte. Stattdessen sagte er laut: »Miggy hat dich nicht verwünscht, Titus. Komm schon, los doch!«

Titus reagierte, legte sich ins Geschirr und bog um eine enge Ecke im dunklen Tunnel. Endlich kamen sie an die erste Tür. Es gab nur drei hier unten, die zu den Kellern der Stationen V-1, V-2 und C-1 führten. Die ersten beiden Stationen belieferte er ohne Zwischenfall, denn die Betreuer schienen immer darauf aus, von ihren Stationen wegzukommen, und versuchten mitunter, mit ihm zu schwatzen. Er ging jedoch nie darauf ein, und so holten sie nur ihre Eier und ihren Kaffee, den sie aus dem großen Silberkessel in ihre kleineren Behälter füllten und nach drinnen trugen. Und schon fuhr Bullis weiter zum nächsten Stopp.

Als er an der letzten Station vom Wagen sprang und zur Tür ging, um zu klopfen, hielt er kurz inne. Ihm war unwohl.

Bullis kannte den Menschensohn. Er hatte alle möglichen Gerüchte über ihn gehört, von denen viele verstörend waren. Aber Bullis war nicht der Mann, etwas dazu zu sagen. Er war alt und lebte in einer ungerechten Welt. Er lieferte nur Eier und Kaffee aus und versuchte, bei C-1 immer besonders schnell zu sein. Der Menschensohn sagte nie viel, und Bullis hoffte, dass es auch heute so sein würde.

Aber als er klopfte, sich die Kellertür öffnete und sich das glatte, gut aussehende Gesicht des Menschensohns im Schimmer des Laternenlichts abzeichnete, sah er, dass es heute nicht normal ablaufen würde. Der Menschensohn lächelte. Er hatte den jungen Mann noch nie lächeln sehen.

»Morgen«, sagte der Menschensohn.

Bullis knurrte einen Gruß, holte einen Holzkeil aus seiner Tasche und schob ihn unter die Tür, um sie offen zu halten. Dann ging er zum Wagen, um eine Kiste zu nehmen.

Der Menschensohn entfernte den Keil, schloss die Tür und sperrte damit das Licht aus dem Keller aus. Der Tunnel wurde wieder allein von der Laterne auf Bullis Wagen erleuchtet. Der Menschensohn hielt den Kopf komisch zur Seite geneigt und ließ seine weiß glänzenden Zähne sehen.

»Ist kein schlechter Trick, alter Mann, mit deinem Karren zu kommen, um hier jemanden rauszuholen.«

»Wovon redest du?«, wollte Bullis wissen und gab sich Mühe, dabei grimmig zu klingen.

»Miggy war gestern Abend auf meiner Station, hat herumgewettert und für einen Jungen die Tasche gepackt.«

»Ich weiß nichts von einem Jungen oder von einer Tasche.«

»In diesem Tunnel sind keine Pferde erlaubt. Und keine Leute. Das weißt du, oder? Du solltest nicht hier sein.«

»Sag mir nicht, wie ich meine Arbeit machen soll, mein Sohn. Ich mach das schon, solange du lebst.«

»Ich bin nicht dein Sohn, alter Mann.«

»Werd nicht frech, Junge.«

Der Menschensohn lächelte. »Du solltest mit dem Menschensohn nicht so reden.«

Bullis saugte verärgert an seinen Zähnen. »Eines Tages, wenn ich schreiben gelernt habe, werde ich kleine alte Buchstaben auf Karten malen, mich Al Capone nennen und sie an die Leute verteilen. Dann hab ich einen schicken Namen wie du. Und könntest du mir jetzt bitte den Weg frei machen?«

Bullis ging zur Tür, um sie aufzudrücken, aber der Menschensohn stellte sich davor. »Du könntest im Gefängnis landen, wenn du jemandem aus einem Staatskrankenhaus ausbrechen hilfst«, sagte er. »Für viele Jahre.«

»Die hab ich nicht mehr«, sagte Bullis und seufzte. »Mein Sohn, ich bin nur ein alter Mann, der versucht, ein paar Dollar in seine Tasche zu bekommen.«

»Was ist mit meiner Tasche?«

»Was soll damit sein?«

»Da sind nur Fussel drin.«

»Ich bin nicht hier, um dir deine Tasche zu säubern.«

»Das ist meine Station.«

»Steht dein Name drauf?«

»Red weiter so abfällig, alter Mann, und ich schicke dich heulend und jammernd aus diesem Tunnel.«

Bullis lief die Galle über, er spürte, wie ihm das Blut ins Gesicht schoss. »Du schickst mich nirgends hin, du räudiges kleines Stinktier! Du hast keinen Respekt vor dem Alter, so wie du redest. Und jetzt schieb deinen mageren kleinen Arsch zur Seite.« Er drehte sich um, nahm eine

Kiste Eier, drängte an dem weit jüngeren Mann vorbei, trat die Tür mit dem Fuß auf und ging hinein.

Als er das tat, fühlte er, wie etwas Hartes auf seinen Schädel schlug, und seine Knie gaben nach. Er fiel seitlich gegen die Türfüllung, die Kiste flog voraus in den Raum. Eier spritzten überall über den Kellerboden.

»Meine Eier!«

Bullis versuchte, wieder hochzukommen, bekam aber einen weiteren Schlag auf den Kopf und fand sich auf dem Boden wieder. Er drehte sich auf den Rücken und sah, was ihn getroffen hatte. Ein mit Sand gefüllter Strumpf, der jetzt in seinem Gesicht landete. Er hob die Arme, um sich zu schützen, aber der junge Mann war stark und drückte Bullis' Arme mit den Knien auf den Boden, setzte sich auf seine Brust, ließ mit dem Strumpf Schläge auf ihn niederregnen und sprach so ruhig zu ihm, wie es ein Vater tun mochte, der einem Kind den Hintern versohlte.

»Alter!« *Rumms!*

»Schwarzer!« *Rumms!*

»Irrer!« *Rumms!*

»Bastard ... der in mein Haus will!« *Rumms. Rumms, Rumms.*

Jetzt wusste Bullis, dass Miggy ihn verwünscht hatte, denn während ihm der überwältigende Schmerz bis in die Nervenenden fuhr, begriff er auf demütigende Weise, dass ihn der junge Betreuer schlug, als wäre er ein Patient, und dazu diesen Strumpf benutzte, weil er keine Spuren hinterließ. Und in den grell blitzenden weißen Schmerz hinein sah er über die Schulter des jungen Mannes plötzlich zwei Füße aus dem Stauraum seines Wagens schießen, der immer noch im Tunnel stand und durch die offene Tür zu sehen war. Der Stauraum erstreckte sich unter den Eierregalen über die ganze Länge des Wagens und war gut sechzig, siebzig Zentimeter hoch. So nützlich er sein konnte, um Sensen, Schaufeln und andere Gerätschaften zu transportieren, wurde er doch selten benutzt – war aber groß genug auch für einen Mann, um sich dort hineinzuquetschen. Groß genug selbst für einen Geist.

Der Geist, der sich da herauswand, war kein normal aussehender Geist. Es war ein schwarzer Mann in gesetztem Alter mit einem stillen, ruhigen Gesicht, hinter dessen Augen ein Orkan wütete. Es war ein Gesicht, das Bullis seit dreißig Jahren nicht gesehen hatte, das er aber dennoch, nach all den Jahren gealtert, doch von der gleichen alten grimmigen Entschiedenheit gezeichnet, sofort wiedererkannte.

»Ich hab dich zurückgelassen!«, rief Bullis.

Der Geist antwortete nicht, sondern bewegte sich wie eine wilde Böe in den Raum und packte die Hand des Menschensohns, die sich zu einem weiteren Schlag hob.

»Ich wünschte, das hättest du«, sagte Nate.

Der Menschensohn sah über die Schulter zurück und blickte direkt in Nates Augen, was ihn erstarren ließ, und so blieb er wie eine Statue, den rechten Arm im Griff einer Hand wie aus Eisen, die andere konnte er nicht sehen. Er konnte nicht sehen, was Nate in seiner rechten Hand hielt, aber er wusste es. Dennoch blieb er sitzen, wo er saß, auf Bullis, und seine Rechte hielt den Strumpf hoch wie eine Fackel. Er war eine merkwürdige Freiheitsstatue, die den Arm mit Hilfe eines schwarzen Bruders in die Höhe reckte – *Gebt mir eure müden, eure armen ... Massen, die nach Freiheit schmachten* –, und fühlte all diese Dinge, denn der Blick, der da auf ihn gerichtet war, war nicht mit Hass oder Wut gefüllt, sondern eher mit Mitgefühl und

Schmerz. Der Menschensohn sah Nate in die Augen und erblickte hinter den wirbelnden Tiefen schillernder Ruhe dessen Vergangenheit, aber auch die eigene Zukunft und die der Gemeinde, die sie beide hinter sich gelassen hatten, und sogar die Gründe, warum. Der Anblick betäubte ihn, und er hatte für einen Moment das Gefühl, von einem hellen Licht geblendet zu werden.

Nate seinerseits hatte die strapaziöse Wagenfahrt mit zusammengebissenen Zähnen überstanden. Er hatte sich gewünscht, dass die Alten aus seiner Vergangenheit zu ihm sprächen, denn er war voller Angst. Nicht davor, entdeckt zu werden, aber in einer Position zu sein, in der jemand ein übles Gift in seine Richtung senden mochte. Er hatte sein ganzes erwachsenes Leben damit verbracht davonzulaufen, seit seinem dreizehnten Lebensjahr – nur etwas älter war er da gewesen als Dodo heute –, denn mit dreizehn hatte er seinen eigenen Unfall gehabt, seine eigene Explosion. Nicht durch einen Ofen, sondern durch einen Vater, der seine Familie aus dem gefährlichen South Carolina ins gelobte Land Pennsylvania geschleift hatte, um dort festzustellen, dass Gerechtigkeit und Freiheit, obwohl sie doch unter den friedlichen Lowgods in Hemlock Row lebten, im neuen Land genauso wenig bedeuteten wie im alten. Der weiße Mann verachtete sie in Pennsylvania so, wie er es auch in ihrer alten Heimat getan hatte. Der Unterschied war allein, dass er seinem Hass im Süden auf klare, eindeutige, genaue Weise Ausdruck gab, während der weiße Mann im neuen Land ihn hinter Erzählungen von Weisheit und Tapferkeit versteckte, mit einem falschen Lächeln und Geschichten von Jesus Christus und anderem Unsinn, mit denen er um sich warf wie mit Konfetti bei der Pottstowner Parade. Ohne Mittel zu leben, ohne Hoffnung zu überleben, von Gott abhängig, um die Dinge zu richten. Der Menschensohn – er war besser als Nates eigener Vater, den der Umzug nach Norden zerstört hatte und der daraufhin Nates Mutter zu Tode geprügelt und vom eigenen Sohn der Gnade Gottes überantwortet worden war, nachdem er ihm befohlen hatte, eine Schrotsäge zu holen und mit ihm in den Wald zu gehen, um einen Baum zu fällen. Das Kind nahm das Schicksal in die eigenen Hände und schaffte einen Ausgleich. Aber es brachte alles nichts, denn damit wurde das rücksichtslose Leben eines verlassenen Kindes, das beide Eltern an den Tod verloren hatte, zum letzten Vermächtnis der Loves, einst eine der besten Familien South Carolinas. Nate war der letzte Love in Hemlock Row, die nach Norden gekommen waren, um unter den Lowgods zu leben, welche ihn irgendwie vergaßen und in eine Kindheit als Bettler und Dieb stießen. Und als er Jahre später als Erwachsener sein Leben fristete, indem er andere Menschen leiden ließ, wurde dem durch eine Gefängnisstrafe ein Ende gesetzt, nachdem er einen wertlosen Vergewaltiger und Dieb getötet hatte, der sonst von einem anderen rechtschaffenen Mann getötet worden wäre. Und es war, als wäre dieser Mord Nates einzige Rettung, wenn es die denn gab, indem er die Hoffnung entwickelte, Gott könne ihm vergeben und ein Ziel für ihn finden. Und als er aus dem Gefängnis kam und Addie kennenlernte, die ihre Hand in die Tiefen von Verletztheit und Schmerz tauchte, die sein Herz ausmachte, alles Böse aus ihm leerte und es mit Liebe und Sinn füllte, da war er sicher, dass seine Hoffnung wahr geworden war. Sie hatte ihn gesäubert. Und jetzt würde er das alles wieder verlieren. Er wollte es nicht, doch er wusste, es war so.

»Es ist nicht dein Fehler«, sagte Nate zum Menschensohn.

Und damit rammte er ihm das Küchenmesser, das er hinter sich in seiner Rechten hielt, tief ins Herz.

Als der Menschensohn von ihm fiel, hörte Bullis in der Ferne den Pfiff des morgendlichen Zuges, der Kohle und Vorräte brachte. Und der Geist vor ihm, der das blutige Messer noch in der Hand hielt, sprach ruhig zu ihm.

»Oben ist ein Junge, den ich holen will«, sagte er. »Und du führst mich zu ihm. Uns bleibt keine Zeit.«

»Ich gehe da nicht hinauf.«

»Du bringst den Kaffee, oder nicht?«

»Nur bis hierher, in den Keller.«

»Heute nicht. Heute bringst du ihn nach oben. Und wenn jemand fragt, ich bin dein Helfer.«

29
AUF DIE ZUKUNFT WARTEN

Der Beginn der Parade wurde aus zwei Gründen verschoben. Der erste war, dass der Haken-und-Leiter-Wagen der Empire Fire Company unerklärlicherweise direkt vor dem Antes-Haus nicht weiterwollte und den Weg der Parade blockierte. Zweitens waren die Kostüme in einem heillosen Durcheinander, was Hal Leopold, den Paradeleiter, beinahe den Verstand verlieren ließ. Leopold war ein Pedant, für den alles bis ins letzte Detail stimmen musste. Er war der Teemeister der weiblichen Hilfstruppen für die Parade und Oberaufseher für alle Feierlichkeiten in Pottstown. Im Übrigen backte er den besten Kuchen der Stadt und hatte seine eigene Bewirtungsfirma. Der bemitleidenswerte Zustand der Revolutionskostüme trieb ihn in den Wahnsinn. Er stolzierte herum, inspizierte die sich sammelnden Marschierenden und geriet außer sich, weil vier seiner zehn Ordner, darunter auch Gus Plitzka und Doc Roberts, rote britische Uniformjacken mit rotem Besatz, weißem Futter und weißen Knöpfen trugen, anstatt mit lederfarbenem Besatz, weißem Futter und blauen Knöpfen.

»Ihr zwei seid völlig daneben«, sagte er verächtlich und klopfte mit dem Finger auf Plitzkas Jacke. »Gus, das ist eine britische Jacke mit pennsylvanischem Besatz, Futter und Knöpfen. Und Doc, warum ziehst auch du dich wie ein Brite an? Wir sind die Continental Army. Wir tragen *blaue*

Uniformen, keine roten, und dazu blaue Dreispitze. Auf welcher Seite stehst du?«

»Ich habe angezogen, was sie mir gegeben haben«, sagte der Doc. Er war erschöpft, denn er war mit Plitzka in seine Praxis geeilt, damit er ihm eine Spritze in den Zeh geben und den Schmerz betäuben konnte, dann ebenso eilig wieder zurückgekommen, nur um festzustellen, dass die Uniformen bereits ausgeteilt worden waren. Und mehr noch, die Uniformen, die normalerweise instand gesetzt, gesäubert und gebügelt waren, befanden sich in einem bemitleidenswerten Zustand. Die Lederschärpen und Gürtel, sonst immer makellos, waren ungepflegt und voller Risse. Motten hatten sich in die Ränder der Uniformjacken gefressen. Die Musketen hatten allen Glanz verloren, waren angerostet, das Holz nicht poliert, sondern schimmlig. »Wer kümmert sich um die Sachen?«, fragte Plitzka.

Leopold blickte düster drein. »Der jüdische Schneider, wie heißt er noch, Druker? Der hält die Uniformen instand.«

»Auch die Halfter, die Schnallen und die Gewehre?«, fragte der Doc. »Sieh dir das an«, sagte er und zeigte auf das raue Leder und den stumpfen Musketenlauf. »Das ist unmöglich.«

Leopold schüttelte den Kopf. »Nein, das sind die ... diese Verrückten. Die Skrup-Brüder, die machen das Leder, die Schärpen, Knöpfe, Schuhe, Gewehre und so weiter. Dieses Jahr aber nicht.«

Keinem der drei Männer wurde bewusst, dass all diese Dinge, das Aufbewahren und Schneidern, das Polieren und Reparieren, ganz allein von den Juden der Stadt übernommen wurde, ohne dass sie etwas dafür bekommen hätten. Genauso wenig, wie jemandem auffiel, dass das kleine

Kontingent arschkriecherischer Englisch sprechender deutscher Juden, die normalerweise in der Cornet Marching Band der John Antes Historical Society mitmarschierten, heute nicht da war, auch Avram Gaisinsky nicht, der russische Jude, der tatsächlich ein ausgezeichneter Kornettspieler war und stets seine vier Söhne Todrish, Zusman, Zeke und Elia mitbrachte, alle ebenfalls sehr gute Bläser. Die Gaisinskys waren eine bemerkenswert musikalische Familie.

»Wenigstens die Instrumente sind in gutem Zustand«, sagte der Doc.

»Moshe bewahrt sie auf«, sagte Leopold. »Das macht er gut.«

»Wer ist das?«, wollte Plitzka wissen.

»Du kennst doch Moshe«, sagte Leopold. »Er ist der Theatermann, dessen Frau vor ein paar Monaten gestorben ist? Sie ist von einem verrückten farbigen Jungen angegriffen worden, den sie anschließend nach Pennhurst geschickt haben.«

Es kam zu einer unangenehmen Pause, bei der Doc den Blick abwandte.

»Ihr Jungs seht scheiße aus«, sagte Leopold. »Ihr müsst das in Ordnung bringen. Ihr seid Ordner. Zieht die roten Jacken aus. Und, Doc ...«, er schüttelte den Kopf, »du kannst keine purpurne Generalmajorsschärpe zur roten Mütze und Jacke eines einfachen britischen Gefreiten tragen. Weg mit der Jacke, weg mit der Mütze. Tausch die Sachen mit einem von den Jüngeren. Ihr müsst Blau tragen, Jungs. Ihr seid Ordner. Kein Rot.«

»Kannst du einem sagen, er soll mit mir tauschen?«, fragte der Doc.

»Doc, wenn du berühmt oder wichtig sein willst, stirb

zur rechten Zeit. Im Übrigen trag deine eigene Last. Such dir selbst jemanden, der mit dir tauscht. Ich habe unzählige andere Dinge zu tun. Wir müssen den Feuerwehrwagen wieder in Gang bringen.« Und damit verschwand Leopold.

Gus lehnte an einem Telefonmast, um seinen frisch behandelten Fuß entlasten zu können, und betrachtete den Doc. Die Fahrt in die Praxis und anschließend zurück zu Leopolds Garderobe hatte die beiden in gewisser Weise vereint und dazu kam, dass der geschwollene Zeh nicht länger pochte, sondern nur noch leicht schmerzte. Der Doc tat Gus leid.

»Setz dich da hin, Doc«, sagte er, »und gib mir deine Jacke. Ich such uns was Blaues.«

Der Doc zog seine rote Uniformjacke aus und ließ sich erleichtert auf die Bank hinter dem Antes-Haus sacken. »Sieh auch nach einer Mütze, wenn's dir nichts ausmacht.«

Plitzka humpelte in Richtung Feuerwehrwagen, um dessen Motorhaube sich mehrere Männer versammelt hatten und hektisch darin herumwerkten. Ein paar Highschool-Kinder in blauen Continental-Army-Uniformen standen ganz in der Nähe, aber ihre Jacken waren mindestens zwei Nummern zu klein für ihn und den Doc.

Dann sah er eine Gruppe größerer Teenager etwa zehn Meter weiter und wollte zu ihnen, als wie aus dem Nichts ein Mann in einem grauen Anzug auftauchte und ihm einen Arm um die Schultern legte. »Hey, Gus, Sie sind in der falschen Mannschaft. Warum tragen Sie Rot?«

Der Mann war groß, und sein Arm wog schwer auf Plitzkas Schultern, sein Bizeps drückte hart gegen seinen Nacken. Er sprach mit einem ausländischen Akzent. Plitzka nahm an, er war Russe. Wahrscheinlich jüdisch.

Verdammte Juden. Gangster. Wut und Angst rumorten in seinem Bauch.

»Nehmen Sie den Arm runter.«

Der Arm fühlte sich an wie aus Holz und hob sich nur langsam. »Mr Rosen sagt, ich soll Ihnen sagen, er ist einsam«, sagte er.

»Dann soll er sich einen Hund anschaffen.«

»Er hat schon einen. Mich. Wollen Sie meine Zähne sehen?«

Gus blickte sich nervös um. Niemand schien ihnen Beachtung zu schenken. Die Männer um den Feuerwehrwagen etwas weiter unten wichen plötzlich zurück, als der Motor röchelnd zum Leben erwachte und eine schwarze Rauchwolke aus dem Auspuff quoll. Es gab Applaus, und die Leute suchten eilig Instrumente, Kostüme, Mützen und Fahnen zusammen.

»Ich hab das Geld nächste Woche«, sagte Gus.

»Das haben Sie letzte Woche schon gesagt. Und die davor.«

»Was wollen Sie? Ich habe im Moment nichts.«

»Ich auch nicht. Was für ein Zufall.«

»Sie können kein Wasser aus einem Stein wringen«, sagte Gus.

Der Mann nickte und klopfte Plitzka gutmütig auf die Schulter. Seine Hand war so groß, dass sie sich wie ein Amboss anfühlte. »Wo wir schon von Wasser reden«, sagte der Mann. »Ich habe Durst.« Er blickte zum Chicken Hill über ihnen hinauf. »Wo kommt hier überhaupt das Trinkwasser her?«

Gus spürte, wie ihm die Wut in die Brust stieg. »Das würden Sie nicht wagen.«

Der Mann zuckte mit den Schultern. »Ihre Zeit ist abgelaufen, Gus.«

»Zum Teufel mit Ihnen.«

»Sie müssen sich den Mund mit Seife auswaschen, wenn Sie so reden.«

»Ich sagte, ich hab's nicht!«

Der Ausdruck des Mannes, ruhig und überlegt, veränderte sich kaum. Er nickte langsam, traurig. Er war kein übel aussehender Kerl. Er schien, dachte Gus, ziemlich betrübt. »Wir reden später, Gus. Vielleicht bei Ihnen zu Hause. Heute Abend noch. Nach der Parade.«

»Ich rufe die Cops.«

»Woher wissen Sie, dass ich keiner bin?«, fragte der Mann, zog die Hutkrempe ins Gesicht, glitt am Feuerwehrwagen der Empire Fire Company vorbei, wandte sich zur High Street und verschwand zwischen den Leuten.

Plitzka schmeckte Galle in seiner Kehle. Er hörte, wie ihn Hal Leopold rief. »Gus! Ins Glied!«

Er ging in Richtung Kopf der Parade, rieb sich nervös die Stirn und dachte: Ich muss einen Ausweg finden. Er war fast vorn an der Spitze der sich sammelnden Kolonne, als ihm einfiel, dass der Doc hinter dem Antes-Haus auf ihn wartete.

Auf dem Weg zurück zum Haus sah er einige Highschool-Kinder, die sich in die Parade einreihten und blaue Continental-Uniformen trugen. Er unternahm einen letzten Versuch, eine Jacke von einem der größeren Kerle zu organisieren, indem er ihm fünfzig Cents dafür bot, die blaue gegen seine rote einzutauschen, endlich mit Erfolg.

Er ging hinters Antes-Haus, wo der Doc stand und immer noch seine rote Jacke in der Hand hielt.

»Hast du keine blaue für mich gefunden?«, fragte der Doc. Gus war verstört. Scheiß auf die blaue Jacke! Was, wenn der Kerl wirklich zu seinem Haus ging? Seine Frau!

Die Kinder! »Hier«, sagte Gus und zog die blaue Jacke aus. »Nimm meine. Du kannst den Amerikaner geben. Mich stört's nicht, ein Brite zu sein.« Er hielt dem Doc seine Jacke hin.

Der nahm sie, fasste dann jedoch einen Entschluss, der sein bereits angespanntes, verqueres, amerikanisches Kleinstadtleben für immer verändern sollte, und gab Plitzka die Jacke zurück.

»Zum Teufel damit«, sagte er. »Ich bleibe Brite. Die Jacke ist mir sowieso zu klein.«

»Bist du sicher, Doc? Du willst die blaue Jacke nicht?«

»Blau, rot, wen stört's? Was für einen Unterschied macht das?«

Wie sich herausstellen sollte, einen großen. Den größten überhaupt.

Der Schläger, der für Nig Rosen arbeitete, vergeudete nicht viel Zeit mit Gus. Er wandte sich nach rechts in die Washington Street und schlug einen Haken den Chicken Hill hinauf, während die Parade über die High Street unter ihm zog. Er fühlte sich unwillig. Es war fast fünf und noch nicht dunkel. Es würde Stunden dauern, bis die Parade zu Ende war und er einen sicheren Ort fand, um seine Messingknöchel im Gesicht des armen Gus Plitzka zu platzieren. Er würde es hinbekommen, aber er musste warten. Er war müde. Er war mit dem Zug aus Reading gekommen, und da gab es heute Abend ein Pinochlespiel mit reichlich Dollars auf dem Tisch, das er nun verpassen würde.

Gedankenverloren schlenderte er die Straße hinauf. Sein Name war Henry Lit. Er war vierunddreißig Jahre alt, ein russischer Jude aus Kiew, ein ehemaliger Boxer und hoffnungsloser Spieler. Wie so viele in der Welt war Lit eigentlich ein sanftmütiger Mensch, der Gewalt nicht mochte, hauptsächlich, weil er wusste, wie viel Schaden sie anrichten konnte und was es kostete, nicht nur finanziell, was kaputt war, wieder in Ordnung zu bringen. Er verstand nicht, wie irgendwer so dumm sein konnte, sich von Nig Rosen Geld zu leihen. Aber er hatte seinen Marschbefehl, und wenn der von Nig kam, war er eisenhart.

An der Ecke Washington und Beech zog Henry die Jacke aus und hängte sie sich über die Schulter. Er war tatsächlich ziemlich durstig. Ihm fiel ein stämmiger Schwarzer, gefolgt von einem riesigen, breitschultrigen weißen Mann, auf, der einiges an Werkzeugen und Rohren dabei hatte. Der Mann sah aus wie ein sephardischer Jude, hatte dunkles Haar und wirkte grüblerisch, und so rief Henry ihm, als er näher kam, auf Jiddisch zu: »Ist hier irgendwo ein Wasserhahn?«

Big Soap blieb verwirrt stehen und antwortete auf Italienisch: »Das habe ich nicht verstanden.«

Lit erholte sich schnell und stellte seine Frage noch einmal auf Englisch. Big Soap ging bereits weiter und rief: »Da drüben.« Er nickte zu einem leeren, mit Unkraut überwucherten Grundstück ein paar Meter die Straße hinunter hin. »Da ist ein öffentlicher Zapfhahn.«

»Danke. Kommt die Parade hier vorbei?«, fragte Lit.

»Hinterher gibt es Feuerwerk, Spanferkel und Bier«, sagte Big Soap über die Schulter. »Bleiben Sie noch.«

Lit nickte und ging weiter, während Big Soap sich beeilte, Fatty einzuholen, der den Hill hinauf in Richtung Clover Dairy ging. »Was wollte der?«, fragte Fatty.

»Er dachte, ich wär ein Jude.«

Fatty war sauer. »Ich sollte Mr Moshe in Rechnung stellen, dass ich Nate meinen Maultierwagen hab benutzen lassen. Dieser Scheiß ist schwer.«

»Woher weißt du das? Ich schleppe doch alles.«

»Ich sag das ja wegen dir. Hast du mit Rusty gesprochen?«

»Er kommt um sieben zur Kneipe. Willst du auch was tragen?«, sagte Big Soap.

Fatty überhörte das. »Wir müssen vielleicht noch mal zurück und ihm mit dem Mörtel helfen – ohne meinen verwünschten Karren, den Nate hat.«

Die beiden waren gekommen, um sich die Zapfstelle und das Loch über dem Brunnen bei Tageslicht anzusehen und Werkzeug und Material auf dem angrenzenden Grundstück zu verstecken, in den Ecken hinten, die voller Müll lagen. Sie gingen an der Molkerei vorbei, stellten fest, dass sie, wie Fatty vorhergesagt hatte, geschlossen war, und liefen noch ein Stück den Hill hinauf. Sie taten so, als wollten sie eine Straße weiter, schlugen sich dann aber in letzter Minute in die Büsche und versteckten die Schaufel, die Schraubenschlüssel, den Bohrer, den Gewindeschneider, die Rohrstücke und zwei Ventile unter ein paar alten Kisten. Schon standen sie wieder auf der Straße, gingen den langen Block hinunter, nur um anschließend wieder kehrtzumachen zu dem ausgetretenen Pfad hin, der zu der Stelle mit dem Brunnen und der öffentlichen Zapfstelle führte, wo fünf Leute geduldig darauf warteten, ihre Fässer und Eimer mit Wasser zu füllen.

»Damit hatte ich nicht gerechnet«, sagte Fatty mit einem Blick auf die Schlange und die Sonne am Himmel. »Es ist heiß.«

Die beiden warteten, bis sie an der Reihe waren, dann beugte sich Fatty mit hohlen Händen vor, während Big

Soap den Hahn aufdrehte. Fatty ließ den Blick über den Boden gleiten und sah, wonach er suchte.

Ein zementiertes Einstiegsloch und am Rand ein alter Hebelansatz. Perfekt.

Die beiden wechselten die Position, und Fatty pumpte. Dabei sah er sich den Sockel des Brunnens näher an, schwatzte und scherzte mit den Wartenden. Fatty kannte praktisch alle auf dem Hill. Anschließend gingen sie weiter zur nächsten Kreuzung und bogen in Richtung von Fattys Kneipe ab.

»Jede Menge Leute«, sagte Big Soap.

»Keine Sorge. Nachts holt kein Mensch Wasser«, sagte Fatty. »Ab neun ist da alles wie ausgestorben und kein schwarzer Narr in Sicht.«

Er hatte recht. Um neun waren keine Schwarzen mehr unterwegs. Nur reichlich Weiße. Die Cornett Marching Band der John Antes Historical Society, die bereits mit zweistündiger Verspätung losmarschiert war, wurde am anderen Ende der Stadt eine weitere Stunde aufgehalten, denn der Feuerwehrwagen der Empire Fire Company hustete ein paarmal, hatte eine Fehlzündung und blieb erneut stehen. Diesmal war genug Platz für die Marschierenden, um an ihm vorbeizuziehen, aber die Fehlzündung erschreckte das Pferd einer Mennonitenfamilie, die mit ihrer Kutsche in die Stadt gekommen war, um sich die Parade anzusehen. Das arme Tier war locker an eine Parkuhr gebunden, und der Knall ließ es Reißaus nehmen, die Leine riss, und so konnte es davongaloppieren, samt Kutsche und der Familie darauf. Die Rufe »Wildes Pferd!« ließen die Parade stocken, und der Farmer und einige Männer versuchten, die verschreckte Kreatur einzufangen, die aus einer vollen Straße in die nächste galoppierte. Das Ganze dauerte vierzig Minuten. Als die Parade endlich weiterzog und schließlich zurück zum Antes-Haus kam, war es acht Uhr. Die meisten der gut aufgelegten Frauen, die seit Tagesanbruch das Spanferkelessen vorbereitet hatten, gingen, um das Feuerwerk von zu Hause aus zu verfolgen. Eine weitere Stunde dauerte es, die Kornetts, Kostüme und Trommeln unter den wachsamen Augen Leopolds ins Antes-Haus zu schaffen, der erschöpft war und die Leute deutscher als deutsch anschrie, alles müsse ordentlich im Flur aufgereiht werden, damit es am Morgen abgeholt werden könne. Damit verschreckte er die wenigen sanftmütigen Seelen, die guten Willens geblieben waren, um zu helfen, nun aber auch gingen. Es war das Bier, das die Teilnehmer der Parade jetzt wollten und brauchten.

Plitzka ging kaum, dass sie angekommen waren. »Ich muss nach Hause«, sagte er zum Doc. »Die Missus will, dass ich da bin, wenn das Feuerwerk losgeht.« Tatsächlich war es jedoch nicht seine Frau, an die er dachte. Er war in Panik und überzeugt, dass Rosens Schläger zu ihm unterwegs war. Einen Moment lang überlegte er, ob er die Polizei rufen sollte, entschied sich dann aber dagegen. Stattdessen beschloss er, seinen Cousin Ferdie anzurufen. Falls er in einer Urne endete, sollte Ferdie zumindest wissen, dass es sein Fehler war.

Gus hinterließ seine Uniformjacke ordentlich gefaltet exakt so im Antes-Haus, wie Leopold es wollte, und zog sich eilig zurück.

Der Doc dagegen beschloss zu bleiben. Er wollte Bier. Er hatte es sich verdient. Es war ein hartes Stück Arbeit gewesen, es sich mit dem Widerling Plitzka nicht zu verderben, aber die Parade hatte seine Laune gehoben. Es gab keinen Grund, nach Hause zu eilen, wo nur seine Frau wieder wegen irgendeinem finanziellen Problem herumjammern würde. Zudem war seine Schwiegermutter in die Stadt gekommen, um sich das Feuerwerk anzusehen. Es bestand wirklich keine Eile. Immer noch in seiner roten britischen Uniformjacke nahm er sich ein Glas von einem nahen Picknicktisch, füllte es und setzte sich zu einigen anderen Freiwilligen, hauptsächlich Feuerwehrmännern, die auch bereits jeder ein Bier in Händen hielten, auf die Bank hinter dem Antes-Haus. »Auf Amerikas Feuerwehrautos und durchgehende Pferde«, sagte er, hob sein Glas und mehrere Freiwillige lachten. »Gott segne diese verdammte Stadt.« Er nahm einen großen Schluck, er war glücklich. Er liebte Pottstown.

Fatty stand auf dem leeren Grundstück zwei Straßen weiter, hörte das Lachen der Männer hinter dem Antes-Haus, und es gefiel ihm nicht. Er durfte keine Zeit mehr verlieren. Er hatte das Geld dieses Mannes von seiner Schwester genommen, wer immer dieser Mann auch war. Und wenn du das Geld eines Mannes nimmst, mach deinen Job. Es war Zeit anzufangen. Er konnte die schimmernden Lichter der Laternen beim Antes-Haus sehen, hörte das Lachen, aber das Grundstück war so dunkel wie die Molkerei auf der anderen Seite der Straße, und der Wachmann der Molkerei, Reverend Spriggs, war wie erwartet nicht in Sicht. Wahrscheinlich war er beim Spanferkelessen, alberte mit den Weißen herum und tat sich am Freibier gütlich.

Fatty und Big Soap gingen zum öffentlichen Zapfhahn, der gut einen Meter in die Höhe ragte und mit einer aus der Erde kommenden Leitung verbunden war. Big Soap hielt das Brecheisen in der Hand. Fatty kniete sich in der

Dunkelheit hin und tastete den Rand des Einstiegslochs nach der Lücke für das Brecheisen ab. Er fand es und steckte das Ende des Eisens hinein.

»Also los, Soap«, sagte er. »Heb es an. Ganz vorsichtig. Der Deckel ist alt.«

Big Soap ging bedächtig vor. Der Zementdeckel hob sich einen Zoll, dann zwei, kam aus dem Loch – brach entzwei und fiel polternd und mit einem Platschen in den Brunnen hinunter.

»Himmel, Soap!«

»Was willst du, Zauberei? Ich hab's so vorsichtig gemacht, wie du gesagt hast.«

Sie standen über dem Brunnen und starrten in die Schwärze hinunter.

Fatty zündete seine Laterne an, legte sich flach auf die Erde und hielt das Licht ins Loch. Der Brunnen war rund, und von den moosüberzogenen Seiten tropfte Wasser. Es waren, so schätzte er, vielleicht fünf Meter bis ganz nach unten. An einer Seite führte eine grob gezimmerte Leiter in die Tiefe. Unten war einen alte Pumpe zu sehen, daneben die Teile des zerbrochenen Deckels.

»Zum Glück sind sie nicht in der Quelle gelandet«, sagte er.

»Was machen wir jetzt?«, fragte Big Soap.

»Wir gießen einen neuen Deckel«, sagte Fatty.

»Jetzt?«

»Eins nach dem anderen. Machen wir erst unseren Job. Um den Deckel sorgen wir uns später. Vielleicht kommt Rusty ja noch.«

Die beiden kletterten nach unten. Fatty hielt die Laterne. Zwei Rohre kamen aus einer Verbindung unten an der Pumpe. Fatty sah, wo die ursprüngliche Leitung, die den Zapfhahn oben speiste, hervorkam und mit den Leitungen zur Molkerei und der Schul verbunden worden war. Und er sah auch, wo die Zapfhahnleitung und die Molkereileitung losgemacht und mit dem neuen Sechs-Zoll-Rohr verbunden worden waren, das vom neuen Reservoir der Stadt herunterkam. Nur die Leitung der Schul hing noch an der alten Pumpe.

»Einer von der Molkerei hat hier herumgespielt«, sagte Fatty. »Kuck dir die Verbindung da an. Die sollte nicht da sein. Die Molkerei sollte ihr Wasser aus dem alten Plitzka-Brunnen kriegen, nicht von der Stadt. Die holen es sich für nichts, Soap. Und das reichlich.«

Er kniete sich hin und befühlte die Pumpe, um festzustellen, wie hoch das Wasser stand.

»Da ist nichts, Soap. Kein Wasser. Der Brunnen ist knochentrocken.«

»Vielleicht kommt es wieder hoch, wenn es regnet.«

»Warten wir nicht, bis der Teufel hier auftaucht. Los geht's.«

Sie legten sich ins Zeug und schleppten ihre Schraubenschlüssel, den Bohrer, die Handsägen und Rohrstücke ins Loch. Alles war ruhig, und mit der Laterne konnten sie einigermaßen gut sehen. Kurz nachdem sie angefangen hatten, fing es an zu krachen, und die plötzlichen Blitze des Feuerwerks tauchten sekundenweise alles in noch helleres Licht. Weil sie in der Mitte des Grundstücks waren, umgeben von hohem Gestrüpp, waren sie für Passanten nicht zu erkennen. Das Donnern der Explosionen pumpte Adrenalin in ihre Systeme, und sie arbeiteten schnell. Zuerst mussten sie an das Wasser aus dem großen Rohr vom Reservoir kommen. Es abzustellen war unmöglich. Sie mussten gleich mit der Verbindung rein. Fatty nahm ein kurzes

Stück Rohr mit einem Absperrventil am Ende und gab Big Soap einen Handbohrer mit Messingspitze und Gewindeschneider.

»Wenn du das Rohr anbohrst, kommt das Wasser herausgeschossen«, sagte er. »Ich weiß nicht, wie viel Druck genau dahinter ist, aber es ist ein Fünf-Zoll-Rohr. Das ist eine Menge, Soap, und eine Menge Druck, also auch eine Menge Wasser. Du machst weiter mit dem Bohren und hörst nicht auf. Bohr, bis du ganz drin bist, auch mit dem Gewindeschneider, und dann versuch, ihn nicht einfach rauszuziehen, sondern schalte in den Rückwärtsgang, okay? Sonst beschädigst du das Gewinde. Danach schraube ich das Rohr mit dem Ventil rein und stoppe das Wasser.«

»Okay.«

»Du musst schnell sein. Da kommt eine Menge Wasser.«

»Okay.«

Big Soap nahm den Bohrer und klopfte wie ein Baseballspieler, der sich auf einen Schlag vorbereitete, zweimal auf das Rohr, konzentrierte sich und beugte sich vor, um den Bohrer anzusetzen. Fatty hielt ihn auf.

»Hör nicht auf zu bohren, Soap, wenn du erst mal angefangen hast. Oder wir ersaufen hier drin.«

Big Soap nickte. Er bohrte fünfzehn, zwanzig Sekunden, dann hörten sie beide ein seltsames, dumpfes Geräusch, gefolgt von etwas Wasser, dann einer wahren Explosion, die Fatty von den Füßen holte. Das Wasser schoss mit voller Kraft wie aus einem Feuerwehrschlauch hervor, aber nur Fatty fiel. Big Soap gelang es irgendwie stehen zu bleiben, die Füße auf fester Erde, links und rechts von der Pumpe, wenn auch schon zwei Handbreit unter Wasser, das so schnell stieg, dass es ihnen bald schon bis zu den Hüften reichte.

»Beeil dich, schnell, Soap!«

Big Soap, immer noch über dem Loch mit der Pumpe stehend, lehnte sich gegen den Bohrer, biss die Zähne zusammen und drehte und drehte, während ihm das Wasser weiter ins Gesicht spritzte. Mit gesenktem Kopf begann er, den Bohrer schließlich wieder herauszuschrauben, seine mächtigen Arme kämpften, das Wasser stach in seinen Schädel, verbrannte ihn und drang ihm in Nase und Mund.

»Komm schon, Soap!«

Big Soap gab alles. Sein Haar wurde vom hervorschießenden Wasser waagerecht nach hinten geblasen. Fatty stand hinter ihm, irgendwie geschützt, den Kopf gegen Soaps Schulterblatt gedrückt. Die Kraft des Wassers war so immens, dass er sich mit einer Hand an der Wand hinter sich abstützen musste, um sich aufrecht zu halten. Er durfte das Rohrstück mit dem Ventil und den Schraubenschlüssel nicht verlieren. Das Wasser reichte ihm bis zu den Achseln, als er spürte, wie Big Soap sich entspannte, und er ihn durch das ohrenbetäubende Zischen schreien hörte: »Fertig!«

»Dann geh aus dem Weg!«

Fatty hob den Arm, um das Anschlussstück ins Rohr zu schrauben, aber der Druck war so groß, dass sie es am Ende nur gemeinsam ansetzen und hineinbekommen konnten. Als es endlich geschafft war, schlossen sie das Ventil, und es hielt, das Wasser versiegte, und es war wieder ruhig und still unten im Brunnen.

Fatty stand das Wasser bis zum Hals, er hielt sich an Big Soaps Schultern fest. Aber sie lebten beide Gott sei Dank noch.

»Du bist so ein Kerl, Soap. So ein Wahnsinnskerl.«

»Fatty, frag mich nie wieder, ob ich so was machen will.

Nicht für mickrige dreißig Dollar. Auch nicht für hundert.«

»Okay, okay. Beenden wir den Job.«

Sie schwappten im Wasser herum, aber der Rest war einfach. Innerhalb einer halben Stunde schnitten sie die Schul-Leitung von der Brunnenpumpe ab und verbanden sie mittels einer Verlängerung mit dem Rohr vom Reservoir, das sowohl die Zapfstelle als auch die Molkerei versorgte – und damit, einfach so, war es geschafft. Die Schul hatte frisches Wasser. Vom Reservoir. Gratis.

Sie kletterten die Leiter hinauf und setzten sich auf den Rand des Brunnens, tropfnass und völlig erledigt. Erst da kam Big Soap auf das Offensichtliche.

»Wir müssen das Loch hier wieder zumachen. Wo ist Rusty?«

Fatty dachte das Gleiche, hatte jedoch Angst, es auszusprechen.

»Kann nur sein, dass er den Mörtel nicht gefunden hat. Ich hab ihm gesagt, wo er ist.«

»Ich weiß noch, dass er gestern meinte, er wolle rauf zum Bach beim Reservoir, um Sand zu holen«, sagte Big Soap.

»Warum?«

»Er wollte den Sand von da oben nehmen, damit der Deckel die gleiche Farbe hat wie der alte, falls wir ihn kaputt machen.«

»Und das haben wir, gottverdammt! Wo ist er jetzt?«

Fatty überlegte einen Moment. Er griff in die Brunnenöffnung, wo die Laterne hing, und löschte das Licht. Es wurde dunkel.

»Also dann. Wir müssen uns beeilen. Ich geh zur Kneipe, hole ausreichend Mörtelmischung und ein paar Bretter.

Du gehst zum Theater und holst die Schubkarre zum Anrühren. Sie ist wahrscheinlich im Wagen, wo Nate sie hingepackt hat. Geh nicht am Antes-Haus vorbei, nimm die Hale oder die Washington Street oder besser noch den Weg bei der alten John-Reichner-Hütte. Das ist der schnellste Weg außenrum. Und falls du Rusty siehst, sag ihm, er soll sofort seinen Arsch hierherbewegen, mit Sand vom Bach oben oder ohne. Wir rühren den Mörtel an, den wir haben. Wir gehen nicht in den Knast, bloß weil Rusty eine Macke hat.«

So verschwanden sie in verschiedene Richtungen, während die letzte Rakete vom Antes-Haus in die Höhe schoss und ihr Licht verströmte.

Der Doc war sturzbetrunken, sah der letzten Rakete hinterher und grölte seine Freude heraus. »Es ist alles ein Traum!«, schrie er. »Oh, du großes Amerika! Du Land der unbegrenzten Möglichkeiten! Schick uns deine Armen. Deine Müden. Deine Schwachen. Wir geben ihnen Jobs. Und Häuser. Und Geschäfte! Wir machen Männer aus ihnen. Und Frauen. Und sie *werden*«, er rülpste lautstark, »*uns ersetzen!*«

Die Männer der Empire Fire Company, die Letzten, die abgesehen von ein paar Versprengten noch da waren, lachten. Sie waren es nicht gewohnt, Doc Roberts betrunken zu erleben. Das war gut.

Er saß an einem Picknicktisch, hörte das Lachen und sah zu den Feuerwehrmännern hinüber, die einander zuzwinkerten. Als Arzt kannte er viele von ihnen. Einige mochte er, andere hasste er. Die meisten waren Iren, ungebildet, gut für gewisse Dinge, dachte er, aber größtenteils Nichtsnutze. Die neuen Leute in der Stadt. Einwanderer. Die alles besudelten. Sie gingen weder in die Oper noch zu Pferdeveranstaltungen. Wussten nichts von der Geschichte. Gingen ins Kino, zu Boxkämpfen und soffen den ganzen Tag. Proleten. Ohne jedes Verständnis für Bücher, Medizin, Gedichte oder Frauen. Weinflecken auf der weißen amerikanischen Tischdecke, das waren sie. Ausländische Luschen aus Ländern mit strahlenden Städten wie London oder Paris, die er hätte besuchen sollen und können, wenn er gewollt hätte. Europa. Land der Künstler, Musik und Frauen. Wunderschöner Frauen.

Und dann sah er das Gesicht Chonas vor sich, des schönen jungen Mädchens. Chona an ihrem Spind, die zarte weiße Hand, die in ihn hineingriff, ihre entzückenden Augen, die ihn fast in den Wahnsinn trieben. Chona mit dem außergewöhnlich dunklen Haar, die ihr Bein so wundervoll nachzog und seinen Pferdetrott und seine klumpigen Schuhe so schwerfällig erscheinen ließ. Chona, die diesen unansehnlichen Theaterbesitzer geheiratet hatte, eine blühende Schönheit, in der Düsternis einen Schmuddelladens gefangen. Wer war sie, dass sie ihn vor all den Jahren abgewiesen hatte? Und dann noch einmal, Jahre später, als sie nichts anderes war als eine Verkäuferin in einem Laden, in dem sie Nigger bediente? Eine Jüdin!

»Wusste sie nicht, wer sie *war*?«, brüllte er.

Die wiehernd lachenden Iren verstummten kurz und sahen einander an.

»Geh nach Hause, Doc«, sagte einer von ihnen.

»Ganz ruhig, Doc ...«

Der Doc fuhr lange genug aus seiner Träumerei auf, um zu begreifen, dass es an der Zeit war, nach Hause zu gehen.

»Dieses Land«, erklärte er, »ist dem Untergang geweiht.« Er trank sein Bier aus. »Gute Nacht, Amerika.«

Und damit stolperte er davon, den Hill hinauf, anstatt die High Street hinunter.

Er wohnte neun Straßen entfernt und beschloss, die Abkürzung über den Hill zu nehmen. Es gab da ein leeres Grundstück mit einem öffentlichen Zapfhahn gegenüber der Clover Dairy, mit der dieser polnische Dieb Plitzka seine Pennys verdiente, und wenn er da durchging, war er vier Straßen schneller. Er kannte den Hill wie seine Westentasche.

»Gehst du nicht in die falsche Richtung, Doc?«, hörte er einen der Feuerwehrmänner rufen.

Der Doc ging weiter, schwankte ein wenig und tat die Frage angewidert ab, sah nicht einmal zurück. »Mein Junge, ich kannte diese Stadt schon, da warst du nicht mehr als ein Leuchten in den Augen deiner Mutter.«

Mit ihrem Lachen in den Ohren trottete er weiter, fühlte plötzlich etwas Kleines, Hartes in der Tasche und griff hinein. Der Mesusa-Anhänger. Der es irgendwie in seine Hand geschafft hatte bei … bei dieser Sache … im Heaven & Earth Grocery Store. Er hatte ihn mit zum Antes-Haus gebracht, um ihn auf dem Hill loszuwerden. Perfekt. Er würde ihn auf das Grundstück werfen, wenn er außer Sichtweite vom Antes-Haus war. Er zog die Hand, mit der er die Mesusa hielt, aus der Tasche und marschierte weiter. Den Hill hoch. Immer weiter den Hill hoch.

Nig Rosens Schläger Henry Lit wachte vom letzten Knall des Feuerwerks auf. Er war hinter der winzigen Baptistenkirche ein paar Straßen vom Antes-Haus entfernt eingeschlafen. Erst dachte er, er hätte alles verpasst. Aber als er den Hill hinunterging und an der Ecke stehen blieb, von der er den Platz hinter dem Antes-Haus überblicken konnte, seufzte er erleichtert. Im schwachen Licht der Laternen bei den Tischen sah er Plitzka sitzen, sturzbetrunken und immer noch in seiner roten Jacke, wie er ein Bier in die Höhe hielt und etwas rief. Perfekt.

Staunend sah er zu, wie Plitzka auf den Hill und ihn zuwankte. Als die rote Jacke näher kam, wich Lit zur Seite und lehnte sich an die Wand eines alten Schuppens, außer Sicht, als Plitzka vorbeistapfte, die Straße lang und auf das leere Grundstück mit dem Wasserhahn zu, an dem Lit vorher seinen Durst gestillt hatte. Er war sicher, dass es Plitzka war, weil er die rote Jacke anhatte und leicht hinkte, wie es ihm am Nachmittag aufgefallen war. Lit wartete, bis die rote Jacke auf dem Grundstück war, zog die Schuhe aus und trug sie mit sich, während er Plitzka leise folgte und darauf hoffte, dass keine Scherben herumlagen.

Es bestand keine Notwendigkeit, leise zu sein, als er sich Plitzka näherte, denn der summte leise vor sich hin. Lit machte zwei, drei schnelle Schritte und entschloss sich, nicht zu warten. Harte Jobs waren schnell zu erledigen. Es hatte keinen Sinn, sie genau zu durchdenken. *Bring's hinter dich*, sagte er sich. *Es ist Teil deiner Arbeit, und in Amerika arbeiten alle.*

Er war jetzt vier Schritt weit auf dem Grundstück und konnte Plitzkas Jacke klar im Mondlicht sehen, drei Meter vor sich. Der Kerl war ein Leuchtturm, ein Licht.

Gebt mir eure müden, eure armen, eure bedrängten Massen, die nach Freiheit schmachten ...

Während Lit Plitzka folgte, die Schuhe in der linken Hand, griff die rechte in seine Tasche und fuhr mit den Fingern in einen Schlagring. Es war eine einzige Bewegung.

Plitzka hörte ihn nicht mal, als Lit nur noch zwei Schritte entfernt war. Er drehte den Kopf genau rechtzeitig, um auf Lits Faust – *Whamm!*– zu treffen, die seinen Kiefer erwischte.

Lit hörte ein Knacken und spürte, wie der Knochen brach. Er hatte ihn verletzt. Er wusste, wie es sich anfühlte. Mehr musste er nicht tun. Er sah die rote Jacke zur Seite fallen, mehr nicht, er hatte sich bereits weggedreht.

Es war Zeit, sich davonzumachen.

Lit schritt schnell davon. Nicht um alles in der Welt und solange er lebte, was nicht mehr allzu lang sein würde, konnte er sich erklären, warum er so ein lautes Platschen gehört hatte, als Plitzka zu Boden ging. Da gab es einen Zapfhahn. Keinen Teich. Den Hahn hatte er gesehen.

Als Nig Rosen später zu ihm sagte: »Wie hast du Plitzka dazu gebracht, so schnell mit der Knete rüberzukommen?«, sagte Lit: »Ich habe ihm eine verpasst, ihm den Kiefer gebrochen, und er ist in eine Art Teich gefallen.«

Rosen sagte: »Du hast eine rege Fantasie, Henry. Ich hab ihn gesehen. Er war hier und hatte nichts am Kiefer. Er hat mir ein Ohr abgequatscht vor lauter Bettelei. Und von einem Teich hat er nichts gesagt.«

Zehn Zentimeter.

Hätte Fatty sich die Mühe gemacht, seine Laterne zehn Zentimeter tiefer in den Brunnen zu halten, hätte er den komischen Schuh gesehen, der unten aus dem Wasser ragte, und auch den glitzernden Mesusa-Anhänger daneben, immer noch an seiner Kette, der an einem aus der Wand ragenden Stein hing und nicht mehr von der Faust gehalten wurde, die ihn im Fallen losgelassen hatte. Er hätte die Hose und das Ende des roten Rockschoßes gesehen, der etwa anderthalb Meter unter der Wasseroberfläche über der jetzt nutzlosen Pumpe und dem zerbrochenen Zementdeckel trieb. Die Pumpe war nicht mehr angeschlossen, und traurigerweise der Mann auch nicht. Denn seine Frau liebte ihn nicht. Seine Kinder vermissten ihn nicht. Die Stadt errichtete ihm zu Ehren keine Statue. Und all die Mythen, an die er glaubte, würden in den nächsten Jahren zu einer noch größeren Mythologie kristallisieren und zu Kriegswaffen werden, die Politiker und Schufte dazu nutzten, dutzendfach wehrlose Schulkinder zu töten. Damit ein paar reiche Männer, die die gleichen Ideen verbreiteten wie der Doc, ein paar Inseln mit mehr Reichtümern kaufen konnten, als Pottstown besaß und je besitzen würde. Gigantische Jachten würden um die Welt fahren und Wasser und Luft verpesten, die Männern gehörten, die große Fabriken schufen und mit der Arbeitskraft armer Männer Waffen von großer Wirksamkeit produzierten, Waffen, die so billig verkauft wurden, dass auch die Ärmsten sie erwerben und einander erschießen konnten. Jeder konnte eine kaufen, in eine Schule gehen und Dutzende Kinder, Lehrer und all die töten, die dumm genug waren, der amerikanischen Mythologie von Hoffnung, Freiheit, Gleichheit und Gerechtigkeit zu glauben. Das Problem waren – und würden es immer sein – die Nigger und die Armen und die dummen weißen Leute, die Mitleid mit ihnen hatten.

So war es denn nur angemessen, dass ein Nigger und ein dummer weißer Mann den Toten unten im Brunnen begruben. Fatty hatte keine Ahnung, was da im Wasser lag, als er und Big Soap zurückkamen, um den Deckel zu ersetzen. Das wäre sowieso die kleinste seiner Sorgen gewesen.

»Wie machen wir den Deckel?«, fragte Big Soap.

»Wir klemmen einfach Bretter unters Loch. Wir fügen

sie zwischen die Steine und schütten Mörtel drüber. Das Gras formt die Rundung. Er ist schon da. Der Kreis. Er ist die Gussform.«

»Wie ein Hockeypuck«, sagte Big Soap.

»Ein was?«

»Das spielen sie bei den Olympischen Spielen, Hockey.«

»Hast du je ein Hockeyspiel gesehen?«

»Nein. Werde ich aber eines Tages.«

»Soap, können wir bitte die Bretter einpassen?«

Big Soap kletterte so tief in das Loch, dass sein Kopf in Höhe der Öffnung war, und sie passten die Bretter an. Anschließend kam er wieder hervor, sie fügten sie ein, das letzte mit der Brechstange, damit sie dicht abschlossen. Den Beton mischten sie in der Schubkarre mit Wasser aus dem Zapfhahn und gossen ihn in die Öffnung.

Der Deckel war perfekt. Sie warfen noch ein bisschen Sand und Schmutz darüber, damit er nicht so neu aussah.

»Sollen wir eine kleine Öffnung zum Aufhebeln hineinmachen?«, fragte Big Soap.

»Warum nicht?«

Sie steckten ein Stückchen Holz dafür in den frischen Beton. Fatty beschloss, ein paar Minuten zu warten, bis die Mischung trocken genug war, dass sie das Holz wieder herausziehen konnten. Es war jetzt sicher, hier zu sein. Es war nach ein Uhr.

»Sollten wir nicht verduften?«, fragte Big Soap.

»Warum? Wir können warten, bis der Beton etwas getrocknet ist. Wenn einer kommt, sind wir einfach nur zwei Jungs, die mitten in der Nacht auf einem Feld sitzen und warten.«

»Worauf?«

»Auf die Zukunft, Soap, auf die Zukunft.«

EPILOG

DER RUF

Hirshel Kofler, zweiundzwanzig, und sein Bruder Yigel, vierundzwanzig, waren erst sechs Wochen in Amerika, als sie als Bremser für den als Tanker Toad bekannten Güterzug der Pennsylvania Railroad angeheuert wurden, der zwischen Berwyn, PA, und dem Krankenhaus Pennhurst hin- und herfuhr. Für die beiden ehemaligen österreichischen Eisenbahner, jüdische Flüchtlinge, war Amerika ein Land voller Überraschungen. Da war die Sprache, die, natürlich, unverständlich war. Da war das Essen, nicht koscher und manchmal köstlich. Und schließlich der quälende, widerliche Rauch der Fabriken, während die Leute zahlreich zwischen großen und kleineren Städten hin- und herzogen. Aber nichts, was sie in jenen ersten Wochen erlebten, war so merkwürdig wie das Szenario, in dem sie sich am Memorial-Day-Wochenende des Jahres 1936 wiederfanden. Da saß ein großer, hoch aufgeschossener Schwarzer in der Ecke ihres leeren Waggons und hielt ein weinendes Kind in den Armen, als ihr Zug von Pennhurst in Richtung Berwyn fuhr. In einem Land voller Überraschungen und Geheimnisse schoss das den Vogel ab.

Sie sprachen nicht mit dem Mann, denn die Anweisungen ihres Gewerkschaftsbosses Uri Guzinski waren klar gewesen. Uri war Jude wie sie, ebenfalls ein Eisenbahner, aus Polen und seit siebzehn Monaten in Amerika.

Zwar war Uri eher kurz angebunden und sein Englisch nicht toll, auch wenn es besser war als das der zwei Brüder zusammengenommen, aber er behandelte sie immer gut. An diesem Morgen hatte er ihnen sogar seine Lunchbox gegeben, denn es war ein seltsamer amerikanischer Feiertag und der koschere Laden neben ihrer Absteige in Berwyn war geschlossen. »Memorial Day«, hatte Uri gesagt. Memorial, wunderten sie sich. Aber sie fragten nicht, denn Uris Instruktionen an diesem Morgen, als sie um 5 Uhr 20 zu ihrer ersten Fahrt des Tages nach Pennhurst in den Zug stiegen, waren klar und auf Jiddisch erfolgt: »Nehmt die Schwarzen in den Zug, bringt sie nach Berwyn und übergebt sie einem Pullman.«

Weder Hirshel noch Yigel hatten eine Ahnung, was ein Pullman war, doch sie trauten sich nicht zu fragen. Und sie waren auch nicht sicher, was er mit »Lunchbox« meinte, weil er das Wort herausgenuschelt hatte. Aber Uri war nun mal der Boss. So blickten die beiden denn, als der Tanker Toad fahrplangerecht um 6 Uhr 05 in den Bahnhof von Berwyn einfuhr und der Tag am prachtvollen Himmel Pennsylvanias aufzog, nervös hoch zum Fenster des Stellwerks, wo sie sahen, wie Uri zwei großen, makellos gekleideten Schwarzen mit weißen Hemden, Krawatten, polierten Schuhen und den charakteristischen Pullman-Porter-Mützen zunickte, die am Rand des Güterhofs standen.

Die beiden Schwarzen kamen zu ihrem Waggon, gaben Hirshel und Yigel ohne ein Wort einen Umschlag, sahen sich kurz um und brachten den großen Schwarzen und den Jungen über die Gleise zu den nahen Bahnsteigen, wo der 6 Uhr 14 Sandy Hill bereits unter Dampf stand, um zur 30th Street Station in Philadelphia zu fahren.

Die zwei hatten keine Ahnung, wer die beiden Passagiere waren, und sie würden es auch nie erfahren, aber als sie den Umschlag öffneten, fanden sie darin vierzig Dollar für ihren »union job« und eine Notiz, die lautete: »Kommen Sie zu mir, ich habe ein neues Paar kostenlose Schuhe für Sie«, unterschrieben von »M. Skrup« mit einer Pottstowner Adresse.

Als sie den Zug davonfahren sahen, sagte Yigel, der die Lunchbox in der Hand hielt, auf Jiddisch zu seinem Bruder: »Erinnerst du dich an den Minjan?«

»Welchen?«

»Den in Pottstown. In der Schul. Wo sie wegen des Froschs in der Mikwe gestritten haben?«

Hirshel lachte und nickte.

»Denkst du, da kommt das Geschenk her?«

Hirshel zuckte mit den Schultern. »Warum sollte es?«

»Da haben sie von Schwarzen geredet.«

Hirshel winkte ab. »Sei nicht blöd. Es gibt Tausende Schwarze in diesem Land, Yigel. Warum sollte das Geld daher kommen?«

Aber auch das war eines der vielen Wunder Amerikas, denn das Geschenk kam ja indirekt von dem Minjan in der Schul. Das Versprechen neuer Schuhe war natürlich von Marv Skrupskelis, dessen Zwillingsbruder Irv beim Treffen gewesen war. Das Geld kam von Moshes Cousin Isaac, der es Bernice gegeben hatte, die dann Fatty und Fatty Nates Frau Addie, die es an ihren Mann Nate weitergereicht hatte, der einen Teil davon Paper überlassen hatte, die es zweien ihrer Pullmann-Schaffner gab, die mit Uri arrangierten, die beiden Flüchtigen in Empfang zu nehmen und sie von einem Schaffnerteam zum nächsten zu bringen, zunächst von Berwyn nach Philadelphia, denn mit dem General Lee, einem Expresszug in Richtung Süden, in einem Schlafwagen erster Klasse nach Charleston, SC, Nates Zuhause.

Nate würde Addie nie wiedersehen. Da war er sich sicher. Und als der Zug Philadelphia in südlicher Richtung verließ, fügte er sich seinem Schicksal. Er verdiente nicht, was sie ihm gegeben hatte. Aber Liebe blüht immer wieder neu, und eines Tages würde sie zu ihm zurückkehren. Er glaubte es da nur noch nicht. So wie er es sah, war er der Letzte der Loves. Es würde keine mehr geben.

Was Dodo betraf, so würde die Erinnerung daran, wie Onkel Nates Arme ihn genommen, aus dem Bett gehoben und durch den Keller getragen hatten, die Erinnerung an die holprige Karrenfahrt hinaus in die Freiheit und das Gefühl, von zwei jüdischen Bremsern übernommen zu werden, die ihn sanft wie ein Baby hielten, während Onkel Nate in den Güterwagen kletterte, all das würde verblassen und in Vergessenheit geraten. Genau wie die Zugfahrt nach Charleston in einem Schlafwagen der ersten Klasse mit Pullmann-Schaffnern, die sich den ganzen Weg über intensiv um ihn kümmerten und ihn mit Reis, Schinken, Hühnchen, Kuchen und Eiscreme fütterten, so viel er nur wollte. Auch das würde er vergessen, denn der Nebel der Medikamente brauchte Wochen, um sich ganz aufzulösen, und die Erinnerungen an Pennhurst und die traurigen Ereignisse, die ihn dort hingebracht hatten, waren laut wie Haubitzenschüsse in seinem Kopf explodiert, aber nach Pennhurst waren Geräusche keine Kategorie mehr für ihn. Er besaß jetzt seinen eigenen Klang, den ihm das schöne South Carolina mit seinem Anblick, seinen Gerüchen und Gefühlen schenkte. Und während der Jahre auf seiner Farm im schönen Süden – gekauft mit den dreihundert Dollar eines jüdischen Theaterbesitzers aus Philadelphia, der eines Tages mit seinem Cousin Moshe und einigen anderen jüdischen Theaterbesitzern ein Camp für behinderte Kinder in den Bergen Pennsylvanias aufmachen würde, das sie Camp Chona nannten und das es noch lange nach dem Tod dieser jüdischen Einwanderer geben sollte – wurde Dodo zu einem Mann, der Getreide anbaute, Kühe molk und dreimal in der Woche in die Kirche ging, einem Mann, der den Shout Dance ohne die Beine zu überkreuzen lernte, der seinen Kindern beibrachte, wie man ein Dach ausbesserte, einen Rohrstuhl flocht, Fleisch in Eisentöpfen garte und im Sommer durch spanisches Moos ging, einem Mann, der zusah, wie seine Kinder von ihrem Großonkel Nate lernten, wie man eine pferdebetriebene Zuckerrohrmühle baute, von ihrer Großtante Addie, wie man Reis drosch und Mehl mahlte, und von seiner geliebten Frau, wie man Azaleen und seine Lieblingsblumen zog, Sonnenblumen in allen Farben und Größen. All sein Leben in Pennsylvania war aus seinem Denken, seinem Herzen und seiner Erinnerung getilgt.

Dennoch ...

Die Erinnerung an die Frau mit dem glänzend schwarzen Haar, den funkelnden Augen und den magischen Murmeln wollte ihm nicht aus dem Kopf, und er konnte auch den Freund nicht vergessen, der seinen Finger ausgestreckt und wie einen Leuchtturm in die Dunkelheit gehalten hatte, die ganze Nacht, bis die Sonne aufging. Die Erinnerung an diesen Finger, den einen einsamen weißen Finger, der sich ihm in Freundschaft und Solidarität entgegengestreckt hatte, leuchtete wie ein heller Stern in ihm. Und so blieb es bis an das Ende seines vollen und sehr fruchtbaren Lebens, sodass er bei seinem Tod nicht

Dodo aus Pottstown, sondern vielmehr Nate Love II. war, der Vater von drei Jungen und zwei Mädchen. So war Nate denn doch nicht der letzte Love. Und es würde mehr geben. Sie umringten Nate Love II., als er starb. Er starb am 22. Juni 1972, an dem Tag, an dem Hurricane Agnes einen Großteil von Pottstown vom Gesicht der Erde fegte, und einen Tag, nachdem ein alter Jude namens Malachi, der Zauberer, für immer in den Bergen von Südost-Pennsylvania verschwand.

Und als er in den ewigen Schlummer hinüberglitt, umgeben von seinen Liebsten und ganz in der Nähe seiner Sonnenblumen und des spanischen Mooses, die geholfen hatten, den Aufruhr der ersten zwölf Jahre seines Lebens zu tilgen, sprach er drei letzte Worte, die für alle, die ihn kannten und liebten und in den letzten Momenten seines Lebens bei ihm waren, auf ewig ein Rätsel bleiben sollten, nur für den einen nicht, der fern von allen war und längst in jenem Land lebte, in dem die Lahmen gingen und die Blinden sahen, und der ihn erwartete, als er nach oben trieb, und von all den vielen Abenteuern hören wollte, die Dodo erlebt hatte, seit sie voneinander getrennt worden waren. Zu ihm sprach er, nicht zu denen um sich herum.

Er rief ...
»Danke, Monkey Pants.«

DANK

Dieses Buch begann als eine Ode an Sy Friend, den im Ruhestand befindlichen Direktor des Variety Club Camp in Worcester, PA. Wie viele fiktionale Geschichten verwandelte es sich zu etwas anderem. Als Student am Oberlin College habe ich vier Sommer dort im Camp gearbeitet. Das war vor mehr als vierzig Jahren, doch was ich von Sy über Inklusion, Liebe und Akzeptanz gelernt habe – nicht mit herablassender Freundlichkeit gewährt, sondern mit Taten, die ihren Empfängern den Weg zu wahrer Gleichheit aufzeigten –, ist mir mein Leben lang erhalten geblieben. In dem Sinne bin ich der ganzen Variety-Club-Familie dankbar: den verstorbenen Leo und Vera Posel, die in den Dreißigern ihr Land für das Camp stifteten, dem ebenfalls verstorbenen Treuhänder des Camps Bill Saltzman, der darauf bestand, mich zum Counselor zu machen, als ich mich mit neunzehn um die Stelle eines Tellerwäschers bewarb. Meinem Freund und ehemaligen Counselor-Kollegen Vinny Carissimi, der später ein brillanter, knallharter Anwalt in Philadelphia wurde, der mich und viele andere ehemalige Mitarbeiter des Camps aus einigen schrecklichen rechtlichen Bredouillen befreit hat, gewöhnlich kostenlos. Und natürlich Sy und seinem Mann Bob Arch, die jetzt in Rente in Lake Worth, FLA, leben. Mit sechzehn hat Sy im Camp angefangen und ihm bis zu seiner Pensionierung drei Jahrzehnte später gedient (1950–1979). Ich habe nie einen brillanteren, leidenschaftlicheren Menschen kennengelernt. Schlank, gut aussehend und schnell bewegte er sich wie ein guter Geist über das Gelände, in sauberen weißen Tennisschuhen, Shorts, einem Golferhemd, stets mit einer Zigarette zwischen den Fingern und der Melodie einer faszinierenden Oper im Kopf, denn er liebte Opern. Er kannte die Namen aller Bewohner des Camps und oft auch die ihrer Eltern. Er war seiner Zeit um Jahrzehnte voraus. Seine Angestellten sahen wie die Vereinten Nationen aus, lange bevor das Wort »Diversität« durch Amerika hallte. Wir wurden alle schlecht bezahlt und waren überarbeitet, aber was wir von Sy lernten, machte uns reich. Viele seiner ehemaligen Mitarbeiter taten sich später in unterschiedlichen Bereichen hervor.

Die Kids liebten ihn von ganzem Herzen. Jeden Abend zur Schlafenszeit spielte er die verkratzte Aufnahme eines Waldhorns über den uralten Lautsprecher des Camps ab, gefolgt von einem sanften »Gute Nacht, liebe Jungen und Mädchen«. Und wenn du draußen vor den Hütten standest, die alle keine Klimaanlage hatten – er weigerte sich, die Treuhänder welche einbauen zu lassen, indem er sagte: »Sie müssen die Luft spüren. Lasst sie leben. Sie sind das ganze Jahr drinnen.« –, konntest du alle einundneunzig Kids in ihren Betten gleichsam sagen hören (und die Worte hallten zwischen den Hütten hin und her): »Gute Nacht, Onkel Sy.«

Das Jahr über war er ein Rektor im Schulbezirk von Philadelphia, aber im Sommer wurde er für die Kinder des Camps zur Legende. Einer meiner Camper, Lamont Garland, heute fünfundfünfzig, in Nord-Philly geboren und aufgewachsen, der es seiner lebenslangen Abhängigkeit von Krücken, die auf das zurückgeht, was man damals eine Zerebralparese nannte, nie erlaubt hat, ihn davon abzuhalten, bis zu einer Verrentung 2014 fünfundzwanzig Jahre für die Philadelphia Electric Company zu arbeiten, hat mir eine Geschichte erzählt, die ich nie vergessen werde. Lamont lebt heute in Columbia, SC, die Geschichte hat er mir erzählt, als er sieben oder acht Jahre alt war. Zu der Zeit ging er in die Widener Memorial School in Philadelphia, in der man sich seit 116 Jahren auf bewundernswerte Weise um Kinder mit Behinderung kümmert. Eines Sommernachmittags saßen wir auf der Veranda einer der Hütten des Camps, und er sagte völlig aus dem Blauen heraus: »Onkel Sy war mal in der Widener.«

»Warum?«

»Ich weiß es nicht.«

»Hat er da gearbeitet?«

»Nein. Er ist einfach so aufgetaucht. Wir waren in der Morgenversammlung in der Aula, und er kam hereinspaziert.«

»Was war dann?«

»Wir haben ihm stehend applaudiert.«

Ich überlasse es Ihnen, liebe Leser, sich die vollgestopfte Aula vor mehr als 45 Jahren vorzustellen, eine Ansammlung von Krücken, Rollstühlen und Kindern mit allen möglichen Behinderungen, die in lautstarken Beifall ausbrachen. Wer stehen konnte, nehme ich an, stand auf, der Rest jubelte so, wie ich es miterlebt habe, wenn Sy das Camp wieder mal für ein spezielles Event auf den Kopf gestellt hatte, das er oder einer seiner Mitarbeiter sich ausgedacht und das sie zu einem überwältigenden Karneval des Lebens machten, woran sich jeder von uns sein Leben lang erinnern würde: das Johlen, das Klatschen, die Rufe, das

Jauchzen, die Krücken, die durch die Luft fuhren, die herrliche Kakofonie des Lebens in den Rollstühlen, einige der Kinder mit besonderen Brillen, andere mit Hörgeräten, das Gestikulieren, das Blinzeln und freudenvolle Knurren, die Grimassen, das Kopfschütteln und begeisterte Geheul all derer ohne »normale« Fähigkeiten. Es ist unmöglich zu beschreiben.

Aber es reduziert sich alles auf das Eine.

Die Liebe. Eines Mannes. Und das eine Prinzip, dem er sein Leben widmete: Gleichheit.

Deshalb dieses Buch.

Der Autor
Lambertville, NJ, im Dezember 2022

EDITORISCHE NOTIZ

Dieser Roman ist angesiedelt in einer Welt, in der Vorurteile und Anfeindungen gegen Menschen anderer Ethnie, Hautfarbe oder Religion zum Alltag gehören. Dem Verlag ist bewusst, dass es sich bei einigen der verwendeten Ausdrücke um Diffamierungen bzw. Stereotype handelt, deren Verwendung und unverfälschte, nicht beschönigende Übersetzung jedoch zur Charakterisierung der Figuren gehört.

Die Originalausgabe erschien 2023 unter dem Titel
»The Heaven & Earth Grocery Store« bei Riverhead Books,
an imprint of Penguin Random House LLC, New York.

Der Verlag behält sich die Verwertung der urheberrechtlich
geschützten Inhalte dieses Werkes für Zwecke des Text- und
Data-Minings nach § 44 b UrhG ausdrücklich vor. Jegliche
unbefugte Nutzung ist hiermit ausgeschlossen.

Penguin Random House Verlagsgruppe FSC® N001967

2. Auflage
Deutsche Erstausgabe Oktober 2024
Copyright der Originalausgabe © 2023 by James McBride
Copyright © der deutschsprachigen Ausgabe 2024 by btb Verlag
in der Penguin Random House Verlagsgruppe GmbH
Neumarkter Straße 28, 81673 München
produktsicherheit@penguinrandomhouse.de
(Vorstehende Angaben sind zugleich
Pflichtinformationen nach GPSR)

This edition published by arrangement with Riverhead Books,
an imprint of Penguin Publishing Group,
a division of Penguin Random House LLC.
Covergestaltung: semper smile, München, nach einem
Entwurf und unter Verwendung einer Illustration von
Penguin Random House USA
Autorenfoto: © 2023 Chia Messina
Satz: Uhl + Massopust, Aalen
Druck und Einband: Nørhaven A/S, Viborg
MK · Herstellung: KH
Printed in Denmark
ISBN 978-3-442-77469-2

www.btb-verlag.de
www.facebook.com/penguinbuecher